肇庆学院学术著作出版资助金资助

梁宗岱诗学研究

张仁香◎著

暨南大學出版社
JINAN UNIVERSITY PRESS

中国·广州

图书在版编目（CIP）数据

梁宗岱诗学研究 / 张仁香著 . —广州：暨南大学出版社，2014.12
ISBN 978 - 7 - 5668 - 1257 - 5

Ⅰ . ①梁…　Ⅱ . ①张…　Ⅲ . ①梁宗岱（1903—1983）—诗学—研究
Ⅳ . ① I207.2

中国版本图书馆 CIP 数据核字（2014）第 252075 号

出版发行：暨南大学出版社

地　址：中国广州暨南大学
电　话：总编室（8620）85221601
　　　　营销部（8620）85225284　85228291　85228292（邮购）
传　真：（8620）85221583（办公室）　85223774（营销部）
邮　编：510630
网　址：http://www.jnupress.com　http://press.jnu.edu.cn

排　版：广州联图广告有限公司
印　刷：佛山市浩文彩色印刷有限公司

开　本：787mm×960mm　1/16
印　张：13.5
字　数：250 千
版　次：2014 年 12 月第 1 版
印　次：2014 年 12 月第 1 次

定　价：35.00 元

前 言

《梁宗岱诗学研究》之“诗学”的含义，包含如下三种意义：①“诗”即诗歌文体，中国古代最早的文体即“诗歌”，亦是文学研究的始端；②“诗学”取自古希腊亚里士多德的《诗学》，一本文艺理论著作，因此，诗学亦即文学理论研究；③在比较诗学的框架内，“诗学”概念的提出更加重视不同文化下比较文学的内部研究，或称文学性的研究，非文学的外部研究被排除在外。本书以中国现代早期诗学家梁宗岱的诗歌创作、诗理论、比较诗学以及诗批评为对象作整体研究，尤其对其在中国现代早期的比较诗学领域所作出的贡献予以阐释。

梁宗岱之诗学“体系”——无体系的体系，是隐藏在其诗歌创作、诗理论、比较诗学以及诗批评中的一种现代诗学思想与精神。它首先受到西方现代诗学的影响，尤其是西方19世纪象征主义诗学的影响，同时又传承了中国古典诗学的精髓，并将两者对接。梁宗岱在中西方诗学的权衡中，并没有单向后者倾斜，而是借助于西方诗学的方法与精神寻求与中国古典诗学相沟通，寻求不同文化语境下中西诗学的共同点，在诗的文体意识与诗的精神层面建立起两者的关联性，这全面地体现在梁宗岱的诗论、比较诗学及诗批评中。在阐释象征主义诗学中，梁宗岱并不仅仅停留在概念的辨析上，而更注重精神血脉的通融，从而达到他所追求的象征主义“灵境”。在比较诗学的框架内，梁宗岱更加注重文体与风格的比较，也就是文学性的比较，回归比较诗学本身。在诗学批评方面，其慎思明辨、不留情面的批评个性，融“思”与“诗”的中西交融的思维方法，确立了自己在中国现代批评史中的地位。

本书限于中国现代诗学家的个案研究。作为个案，其置身的历史语境是梁宗岱前研究所常用的方法。北京师范大学陈太胜的博士学位论文（专著）《梁宗岱与中国象征主义诗学》（北京师范大学出版社2004年版）就是将梁宗岱的诗学思想置于中国现代象征主义的历史语境下，揭示梁宗岱诗学发生的原因并建构起梁宗岱诗学的基本框架。此书是国内研究梁宗岱诗学的第一本学术著述，具有开拓意义。全书立意较高，将梁宗岱的诗学思想纳入到中国现代象征主义流派中来，寻求其在流派中的“共生”意义。作者以中国诗学的现代化视角来考量梁宗岱诗学的贡献与得失，让读者从中领略到梁宗岱诗学的地位与意义。作者在第七章——“梁宗岱的诗学建构与文化认同”中，探讨了梁宗岱诗学建构的文化认同的心理动力，得出了“新传统化”为梁宗岱诗学建构的方式。但由于“文化认同”或“新传统化”是文化学意义上的概念，这种宏观视野俯瞰梁宗岱及其诗学思想固然提升了此论著的理论制高点，但是一定程度上遮蔽了其诗学文本独特的美学、哲学阐释。该书缺少对古典诗学的纵向观照，使得诗学现代性的转型缺少学理支撑。特别需要提到的是此书的第六章——“中西比较诗学”，梁宗岱诗学核心部分的论述比较表象化，没有将作者的比较诗学特色凸显出来。这也为后者研究梁宗岱留下了空白。乐黛云主编的跨文化个案研究丛书之一——《梁宗岱：穿越象征主义》（董强著，文津出版社 2005 年版），以“主题学”的方法切入，将梁宗岱诗论中的主题词“纯诗”、“崇高”、“瓦雷里”以及“象征”、“契合”等置于法国象征主义的视野中追根溯源。作者的身份是法国文学研究者，精通法语。该书的原创性在于尽可能地运用了法文原著中的一些经典资料，其中有些甚至是由作者首次译成中文，这样就避免了断章取义或牵强附会解读经典，为读者提供了与梁宗岱诗学相关的法国象征主义的第一手材料。该书对象征主义的狭义与广义的区分以及对梁宗岱诗学中阐述的象征主义的解读都是有学理依据的，是令人信服的。作者对法国象征主义代表人物马拉美、魏尔伦、瓦雷里等的诗学思想，有较详细的介绍，为读者理解梁宗岱诗学提供了很好的西学背景，但也显然留下了“中学”，即梁宗岱诗学对中国传统诗学的继承与转换研究，尤其是梁宗岱诗学整体研究的空白。辽宁大学齐光远的博士学位论文《梁宗岱美学思想研究》则以梁宗岱的诗学范畴为核心，将其上升到中西文化哲学、美学的高度来阐释。该文对梁宗岱诗学中的“宇宙意识”、“象征的灵境”、“直觉”、“纯诗”、“崇高”等作了中西哲学美学的互释，尤其在概念辨析中发掘作者的思维范式：综合直觉与清晰逻辑的统一，吸收西方的理性思辨来弥补中国传统的诗意朦胧，二者相互补充，寻求现代美学诗学发展之路。这本身也深化了梁宗岱诗学研究的内涵。但对梁宗岱诗学文本的学科意识以及在各个学科领域中的贡献，尤其是比较诗学的学科建构的地位与价值未做阐释，这也为梁宗岱诗学研究留下了空间。

中国文艺学界对梁宗岱诗学的研究，较多的是围绕梁宗岱诗学对中国现代象征主义诗学的贡献以及“纯诗”理论的讨论。如北京大学教授温儒敏在《中国现代文学批评史》一书中，提出梁宗岱受到法国象征主义诗学的影响，形成了自己的“纯诗”理论特色，目的是针对中国现代新诗整体艺术质量下降的问题，试图通过中西诗学的比较，寻求新诗向纯正方向发展的理论依据。许霆在《全面超越二十年代诗学——论现代诗学演进中的梁宗岱诗论》中指出，梁宗岱诗论代表着20世纪30年代“纯诗”理论的最高成就，它是在现代诗学演进中对20年代中国现代诗学的全面超越，成为中国现代诗学在30年代走向成熟的重要标志。清华大学姜涛的《论梁宗岱的诗学建构及批评方式》从诗学批评的角度出发，认为梁宗岱是中国现代文学批评史上一位没有得到充分研究的理论家。作者从其诗学建构及批评方式入手，指出梁宗岱在中西诗学比较研究中，将两种诗学体系的“共相”误读为诗歌艺术本体，目的是建构自我诗学体系，同时对梁宗岱诗学理论批评的艺术化予以讨论。近年来，上海交通大学的文学武博士发表的系列论文《突破与超越——梁宗岱与中国现代诗学体系的现代性》等将梁宗岱诗学置于中国现代诗学的现代化与世界化进程中阐释其独特贡献，在中西比较诗学的框架内研讨梁宗岱诗学的基本精神，有着前瞻的视界，但缺乏足够的论证。

本书将深入梁宗岱诗学内部作精细的探究并与宏观结合起来，以文本解读与时代语境同步，以学科意识视野研讨其诗学贡献。梁宗岱诗论文章看似随意，却字字珠玑，句句可以唤起阅读者的想象与感情。从梁宗岱诗论的字里行间能够感受到深厚的人文情怀、人文情愫，甚至升华为一种对“诗”的宗教精神。在科学理性发展的今天，我们重读梁宗岱，从中感受他的这份真挚的情怀，是十分必要的。梁宗岱的诗论不是就诗论诗，其中所渗透的跨学科思维意识：创作、诗论、诗评以及美学、心理学乃至文化哲学等浑融一体，使其诗论在同代诗论家中独具特色。梁宗岱的诗论是中国现代诗学史上不可越过的“界碑”，值得后人膜拜。

在借鉴前人研究成果的基础上，本书将从文艺学的比较文艺学学科视野来研讨梁宗岱作为一个诗论家、诗评家，所表现出的与同代人、同行人的不同特色，追寻这种特色形成的内外动因以及形成这种特色的思想渊源，研讨其诗论的核心价值理念，发掘其在比较诗学领域的贡献，以启示我们对当代文学理论研究的经验。为此，本文提出了以下几个核心问题：

（1）追述梁宗岱的生平学术历程，从梁宗岱的出生地广西百色——诗人成长自然与社会环境，分析其形成的自我个性，以梁宗岱的双重身份——学者与行医者，中学与西学文化模式的交融与社会历史的演进来解读其文化人格的生成、冲突及解决，这是我们展开梁宗岱诗学研究的前提。

（2）梁宗岱是诗人，其诗集《晚祷》在20世纪20年代中国现代诗坛独具风格，诗作所表现出的古典、浪漫与象征主义倾向影响着后期诗歌批评；40年代出版的诗词集《芦笛风》是古典的回归，与《晚祷》诗歌创作在表现手法上仍有密切关联。梁宗岱的诗人身份对其诗论的形成具有独特意义。

（3）梁宗岱的诗学理论虽来源于法国象征派与德国歌德浪漫派，却形成自己的诗学核心观念："诗与真"、"纯诗"、"象征的灵境"等，对中国传统古典诗学儒家"经世致用"观念有所批判，对古典批评方式"顾美失真"有所继承，更是对近代王国维提倡的"纯美术"和追求诗本体价值观的传承与发展。梁宗岱对中国现代诗学的建构，即对中国现代象征主义诗学具有承前启后的意义。

（4）梁宗岱对中国现代比较诗学的贡献是突出的，梁宗岱的诗学比较堪称是整体的文学性比较，与韦勒克的比较文学原则不谋而合。他的《象征主义》是比较诗学的力作，通过中西诗学概念平行比较，建构了中西融通的象征主义诗学理想。梁宗岱的译文取向对诗学比较观念的形成有重要影响。

（5）梁宗岱诗学批评在中国现代诗学批评中，与同代诗学批评比较，有其鲜明的个性风格，其批评是"真"与"美"的合一：慎思明辨与诗性体悟，对当代诗学批评具有重要价值。文章最后将梁宗岱的翻译成就作为一种参照，阐释其对诗论的重要影响。从某种意义上说，翻译是梁宗岱的"招牌"，他的理念必当渗透到他的诗论之中。

目　录

第一章　梁宗岱的生平创作、个性及文化人格

梁宗岱的一生富于传奇色彩，16岁便被誉为“南国诗人”显现出诗性才华，30岁得到法国19世纪象征主义大师瓦雷里（又译“梵乐希”）以及作家罗曼·罗兰的赏识，出版法译《陶潜诗选》，20世纪30年代中期，其诗论集《诗与真》、《诗与真二集》问世，到新中国成立后默默无闻，专心法语的教学与行医者的施药、制药，其人生呈现波谷之状。何以如此？追述梁宗岱出生地——广西百色，自然山水的灵秀以及殷实的家境对本来就天赋极高的诗人来说，提供了天时、地利、人和的生长空间，令他的前半生在人生、爱情以及文学艺术方面演绎出不一样的精彩。他执拗、天真以及自傲的个性便导致了他后半生的近似悲剧的命运。在中西文化模式下考量诗人梁宗岱生成的双重文化人格，对解读梁宗岱的人生走向也许能提供一个较清晰的思路。

第一节　梁宗岱的生平与创作

一、“培正中学”时代

梁宗岱（1903—1983），祖籍广东新会。1903年七月十四日（农历）出生于广西百色。其父梁奕爋，时在百色经商，母陈氏。梁宗岱6岁时生母病故，父续弦何氏，继母何氏对梁宗岱很好。梁宗岱自幼喜好古典文学，文思敏捷，文笔超卓，小学作文曾被老师评125分，足以显示其写作才华。他13岁随父自百色还乡新会探望祖父母，一举考入新会县立中学，次年梁宗岱一人独闯广州，考进闻名遐迩的培正中学。

培正中学是一所由华人基督教徒李济良等于1889年自筹资金创办的学校，初名“培正书院”，课程兼顾新学、儒学、宗教，除讲四书五经外，还有格致（自然科学）、算术、英文等。培正中学以兼容中西的办学传统，引进西方先进的教育经验和课程，力图与世界教育潮流接轨。培正中学的英语科多请外教任教，因此，该校学生的外语水平很高。

梁宗岱于1917年考进培正中学，因英语考试不及格被编入专修科补习英文，本该补习三年英文，但他仅用了半年时间就过了英语关，破格升入了中学一年级。培正学校将“基督化”教育贯穿于课程教学中，学习《圣经》是

每个年级的必修课之一，每日有早祷会，举行宗教仪式，唱圣诗、祈祷、读《圣经》和讲道。宗教文化的影响对学生是不言而喻的。由于梁宗岱的文学才华以及超强的领悟力，加上广泛地阅读中外文学作品，他视野开阔，在中学时期就表现出与其年龄不相符的文艺识辨力与鉴赏力。他第一篇文学批评文章《左氏浮夸辨》写于1917年（署名“英文专科梁宗岱”，梁宗岱当时只有14岁），这是梁宗岱仅见的一篇古文作品（还有一篇文言文写成的文章《留别母校同学书》载“培正中学一九二三年同学录”[①]），发表在学校的刊物上。文章以后世学者效仿韩愈《进学解》中“春秋谨严，左氏浮夸”的观点，亦认为《左传》所载之事即“虚谬怪诞”，作者通过论证得出了明确结论：“盖所谓‘浮夸’者，非虚诞之谓，谓其辞丰义富也。”[②]全篇不足500字，但观点之明晰，立论之大胆，文字之精练已彰显出他的批评勇气与思辨力。

梁宗岱发表在出版刊物上的第一篇评论是1923年8月20日上海《文学旬刊》84期的《杂感》。他在这篇评论中针对当时创造社的作家成仿吾与郭沫若的评论文章及译文提出了不同意见，当时梁宗岱年仅20岁。

梁宗岱在中学四年级时与在岭南大学附中上学的司徒乔（后来成为著名画家）和在岭大寄读的日本著名诗人草野心平（当年在岭南大学教日语，同时学习汉语）结成挚友。三人曾经在宿舍的楼顶一起读法国作家罗曼·罗兰的英译本长篇小说《约翰·克利斯多夫》。

这部小说对梁宗岱产生了很大影响。这种影响是精神与道德上的，也是人格上的。小说里的一句人物语言成为梁宗岱的最爱，也坚定了他的人生信仰：

> 去死吧，你们应该死的！去受苦吧，你们应该受苦的。一个人并非为快乐而活着。他活着是为完成我底律法，受苦，死，但做你所应该做的：一个“人”。

是的，做一个“人”，一个顶天立地一空倚傍的好汉，一个要由“毕生超人的奋斗和努力去征服他底苦痛，完成他底工作”的人：这便是《约翰·克利斯多夫》这部散文交响乐底基调，也是罗曼·罗兰一生在作品里，在行为上所带来的使命，所树立的榜样，无论他底思想如何演变，无论他所信仰的是什么主义。[③]

纵观梁宗岱的一生，他在学术上追求自由之精神，独立之人格，他顽强

---

① 刘志侠、卢岚：《梁宗岱欧游时期的译作》，《新文学史料》2009年第1期。
② 梁宗岱：《左氏浮夸辨》，梁宗岱著，马海甸主编：《梁宗岱文集·评论卷》，北京：中央编译出版社2003年版，第289页。
③ 梁宗岱著，马海甸主编：《梁宗岱文集·评论卷》，北京：中央编译出版社2003年版，第193~194页。

的生命意志以及正直的品性，的确可以从《约翰·克利斯多夫》主人公身上找到影子。更何况他后来又在法国亲耳聆听了罗曼·罗兰大师的教诲。

在培正中学时代，梁宗岱的文学天赋在各种文艺活动中得以表现。他的作文、演讲、英文成绩等尤为突出，同时主编《培正学报》、《学生周报》等校刊。也在这时，梁宗岱尝试诗歌创作，开始以“菩根”作为自己的笔名向报刊投稿。英国文艺复兴时期的哲学家和散文家弗兰西斯·培根对梁宗岱文风的影响很大。培根的文章语言凝练、思想缜密，句中常点缀着富有诗意的比喻，形象生动，耐人寻味。培根的文风受影响于法国文艺复兴时期的散文家蒙田，而梁宗岱留欧时对蒙田的喜爱是不言而喻的，这是后话。

梁宗岱在《太平洋》、《学艺》上发表了《小娃子》、《深夜的Violin》、《泪哥》、《夜深了么》等初学写作的几首诗，又先后在广州的《越华报》、《群报》等报刊上发表诗作。梁宗岱16岁时便被誉为“南国诗人”，广州各大报馆的记者都纷纷前来采访他。

中学毕业前夕，梁宗岱的祖母为他订了一门亲事，新娘何氏是新会人，梁宗岱死活不依，在他的抗拒下，婚礼草草收场。事后，梁宗岱同情新娘，送她去广州的护士学校学习，负担她学习的一切费用，以补偿对她的不公。十年后，他们的婚姻闹上了法庭，并引发一场风波。

1921年冬，梁宗岱应郑振铎、沈雁冰之邀加入“文学研究会”，成为文学研究会广州分会的第四位会员。1923年8月梁宗岱与刘思慕、叶启芳等人组织文学研究会广州分会，10月其会刊《文学旬刊》第一期出版，附于《越华报》发行。这年的秋天，梁宗岱收到岭南大学赠送给他的奖学金，免试入读。

1924年，上海商务印书馆出版了诗集《晚祷》，收入梁宗岱1921至1924年发表在各种刊物上的诗歌。这本诗集奠定了梁宗岱在中国现代诗坛的地位。但其诗歌作品在当时并未产生大的影响，也许是独特的自我风格与时代节拍错位，也许是中国现代文学史抒写的立场意识不同，梁宗岱始终是被缺席的。

二、留学欧洲时期

1924年秋，梁宗岱听从岭南大学李宝荣老师的忠告——真正有志于文学的人就应该去欧洲文化中心法国。于是，梁宗岱从香港乘船赴欧留学，先在瑞士的日内瓦停留了一年，主要是学习法语，一年后离开，进入法国巴黎索尔邦大学攻读法国文学。留法期间，梁宗岱同中国艺术家刘海粟、傅雷等人在学习之余，聚在一起探讨艺术。因刘海粟的油画《玫瑰村》，梁宗岱与傅雷两人还发生了争执，他后来为上海商务印书馆出版的《海粟的油画》撰写序言，给予刘海粟画高度评价，认为刘海粟的画“已经创造了有生命的东西了”。

1926年春，梁宗岱有幸结识了法国后期象征派大师保尔·瓦雷里。梁宗岱与瓦雷里的相识，正处在大诗人创作以及声誉的辉煌阶段。瓦雷里对诗歌艺术的创作体会与见解，深深影响着这个年轻的中国学子。1927年秋，梁宗岱在听了瓦雷里讲述自己的长诗《水仙辞》的意境之后，在激情中将这首300余行的长诗译成中文，并撰写《保尔·瓦雷里评传》寄回国内，刊载在1928年《小说月报》（第20卷第1号）上。1931年，上海中华书局又出版了《水仙辞》的单行本，使这位法国大诗人的作品得以首次与中国读者见面。同时，梁宗岱也将自己的诗《途遇》译成法文，于1927年12月刊登在欧洲第一流的刊物《欧罗巴》上。1928年3月，梁宗岱法译王维的《酬张少府》也在这家刊物发表。梁宗岱的译介促进了中法两国文化艺术的深入交流。

1929年夏天，梁宗岱到瑞士南部的阿尔卑斯山避暑，回巴黎途中前往日内瓦逗留，在新城拜会了法国著名作家罗曼·罗兰。大作家的学识、精神品格深深感染了梁宗岱。1929年冬天，梁宗岱将我国晋代诗人陶渊明的代表作《五柳先生传》、《归去来兮辞》、《桃花源记》3篇散文及《归园田居》、《饮酒》、《咏贫士》、《和郭主簿》等十余首古诗译成法文。这些译文得到了罗曼·罗兰的高度赞许。1930年的秋天，其法译《陶潜诗选》在巴黎由Editions Lemarget出版社出版单行本，由瓦雷里作序。

1931年，梁宗岱与徐志摩在法国相遇。徐志摩回国后，两人常有书信往来，切磋新诗创作。这年的4月，由徐志摩主编的《诗刊》第2期刊登了梁宗岱的一封谈诗的长信，后题名为《论诗》被收入梁宗岱的文集《诗与真》中。同年夏天，梁宗岱到了意大利，进入著名的佛罗伦萨大学进修意大利语。同时，他应国际联盟附属机构“为争取和平之宗教与道德力量联合会”的邀请，赴日内瓦演讲“裁军的道德问题”，并被选为该会的理事。

近年来，梁宗岱在中山大学法语系的学生刘志侠、卢兰夫妇有感于梁先生七年的法国生活，学界少有记述与回忆，因而展开了艰难的《梁宗岱巴黎文踪》的追述活动。他们利用互联网以及法国国家图书资料馆藏，搜集到第一手资料，先后发表了《梁宗岱与巴黎文艺沙龙》、《梁宗岱的英文诗》、《梁宗岱在索尔邦大学》以及《梁宗岱与普雷沃》等，为国内学界展现了一个在法国文坛上、外国学者眼中不寻常的中国年轻诗人的形象。在这些文章里，我们看到一个中国年轻诗人初到欧洲三四年，便跻身法国文坛，发表诗作，其中包括法文诗以及英文诗。他参与巴黎的高级文艺沙龙，仰慕大诗人瓦雷里，对诗歌艺术有着宗教般信仰，与法国作家、诗人普雷沃结下深厚情谊，在文风方面也深受其影响。梁宗岱在巴黎索尔邦大学学习虽未获得学位，但其勤敏好学，自由活泼的性格以及对诗歌的热爱却给外国学者留下了极深的印象。梁宗岱为学个性突出、深思好辩，为人处之泰然、年轻自信，甘愿追随大诗人瓦雷里左右。从这些材料的发掘中，我们看到梁宗岱始终如一的个性，浪漫的诗人情怀，一生并未改变。

三、20 世纪 30—40 年代

1931 年秋，梁宗岱回国，接受了北京大学校长蒋梦麟和文学院院长胡适的聘请，任法文系主任兼教授，同时兼任清华大学讲师，年仅 28 岁。北京大学自 1917 年蔡元培接任校长以来，实行“思想自由，兼容并包”的办学方针，提倡学术民主，允许自由讲学。北京大学一直保持这种优良传统，学术活动多，学术氛围十分浓厚。

1933 年，梁宗岱在北京大学国文学会作题为《象征主义》的演讲，事后整理成文，发表在 1934 年《文学季刊》第 2 期上。该文是以中西比较文学的视角，对诗学中的“象征”范畴做了深入的阐发。梁宗岱的诗论被视为象征主义诗论体系的代表。

梁宗岱在北京大学执教期间，经常参加朱光潜在自己家里举办的文学沙龙，其中不乏文艺界的名流：冰心、凌叔华、林徽因、郑振铎、陈西鸿、冯至、孙大雨、周作人、沈从文、卞之琳、何其芳、朱自清、萧乾等。梁宗岱的好“辩”是出了名的，与他有过“笔辩”的学者、名人就有梁实秋、李健吾、朱光潜等，至于口头的辩论就更多了。梁宗岱的《象征主义》、《论崇高》、《试论直觉与表现》等文章都谈到与朱光潜在文艺美学问题上的不同见解。梁宗岱的“争辩”有些不留情面，但纯是学术上对真理的执拗追求，并无人格上的恶意诋毁。

1934 年春，梁宗岱与夫人何氏产生了婚姻纠葛，最后对簿公堂，最后以梁宗岱作出赔偿为条件，办理了离婚手续。由于胡适插手梁宗岱的婚姻以及两人学术思想上的分歧，遂关系恶化，梁宗岱辞去北京大学教职。同年 8 月，梁宗岱与结识不久的女作家沉樱女士前往日本游学，两人结为夫妻，度过了一段甜蜜的新婚岁月。这期间，梁宗岱先后翻译了尼采、波德莱尔、布莱克、歌德（又译“哥德”）等人的诗歌，辑成译诗集《一切的峰顶》于 1936 年在上海图书公司出版。梁宗岱是中国现代文学史上著名的翻译家，他的译作不多，但以质取胜。在北京大学任教时，有许多学生就是看了他的译作而慕名前来求教的。

梁宗岱在 1934 年 9 月，还撰写了《谈诗》，文章并非系统的诗论，而是随笔。

在这篇文章中诗人提出了“纯诗”的观点。同年底，梁宗岱阅读了朱光潜发表在《文学季刊》上的《刚性美与柔性美》一文，于是他针对一个美学范畴名词的翻译，写了《论崇高》与朱光潜商榷。1935 年 2 月，梁宗岱的诗论集《诗与真》出版。

1935 年秋，梁宗岱偕同沉樱回国，始任天津《大公报》文艺副刊《诗特刊》的编辑，并为《诗特刊》创刊号撰写发刊词《新诗底纷歧路口》。这期间梁宗岱还为《诗特刊》写了按语和跋，如《论长诗小诗》、《关于音节》、《论平淡》、《论音节与意义》及《诗、诗人、批评家》等。

1936 年夏，梁宗岱将自己在日本写下的，发表在《诗特刊》上的文章结集交由商务印书馆出版，题为《诗与真二集》。这年梁宗岱的译文《蒙田试笔》，从法国文艺复兴时期人文主义思想家、散文家蒙田的散文集中选译。以《蒙田散文选》载入由郑振铎主编，生活书店于 1935—1936 年陆续出版的《世界文库》中。

1936 年初，梁宗岱受聘为天津南开大学英文系教授，该系专为梁宗岱增设了一门西洋文学名著选课程。梁宗岱的课广受师生好评，他在南开大学的两年（1936—1937）生活十分愉快。这不仅因为南开有良好校风，而且校长张伯苓以身作则的苦干精神，解除了师生的后顾之忧，同时也激励了教师的工作热情。

1937 年 7 月 5 日，梁宗岱与沉樱的大女儿在天津出生，取名思薇，为纪念梁宗岱在法国时的女友安娜。1938 年初，因战乱，梁宗岱一家避乱到内地，受聘为迁到重庆的复旦大学外文系的教授。1940 年 3 月，梁宗岱父亲病逝，他赶回广西百色，为父操办了丧事。1941 年，梁宗岱受聘为复旦大学外国文学系主任（1941—1944），跻身著名教授行列。同年 5 月的端午节，为纪念古代大诗人屈原，梁宗岱撰写了 5 万字的长篇论文《屈原》。这篇文章以直扣作品的批评方式，论证了屈原大多作品的所有权，向文史家们发起挑战。1942 年，《非古复古与科学精神》一文，载西南联合大学的《文学季刊》，梁宗岱批评了中国人自海通以来对传统文化抱有两种偏颇的态度：“夜郎自大”与“妄自菲薄”。为此，他指出中国人缺少一种平心静气、不偏不倚的为学问而学问、为真理而真理的科学精神，过于注重功利倾向：学而优则仕，得鱼忘筌。文章思想深邃，令国人警醒反思。这一年《试论直觉与表现》载于《复旦学报》，这篇文章是梁宗岱早期诗歌创作的经验之谈，对朱光潜阐发的意大利哲学家克罗齐的“直觉即表现”提出了自己不同的观点。

1941 年，梁宗岱将奥地利杰出诗人里尔克撰写的《罗丹论》译成中文，以《罗丹》为题于 1943 年交由正中书局出版，向中国读者介绍了这位被誉为雕刻史上最伟大的肖像雕刻家、“现代的米开朗基罗”——法国雕刻大师罗丹。同年3月，他把自己从1923—1936年间陆续译成的小说、剧本以《交错集》为题，由正中书局出版。1942年，梁宗岱翻译出版了法国大作家罗曼·罗兰的《歌德与悲多汶》（传记），1981年人民音乐出版社重印，易名为《歌德与贝多芬》。抗战期间，西南联合大学中国文学系指定的十种课外读物，梁宗岱的《诗与真》、《诗与真二集》列于其中，可见梁宗岱诗论的影响力。

这期间(1941—1944),梁宗岱回广西百色处理家业,偶识粤剧演员甘少苏。一出才子佳人戏《午夜盗香妃》深深打动了诗人梁宗岱，激发了诗人久违了的诗情（此时开始梁宗岱写了许多的诗词，大部分写给甘少苏）。甘少苏的逼真表演引发了他的好奇心，想进一步了解其身世，走进甘少苏的内心世界。诗人对她产生了无比的同情，甚至下决心拯救其出苦海：“由来燕雀多饶舌，偏是乌鸦憎白雪。任他谣诼起纷纭，不惜为卿千万劫！”[①]两人从相恋到结合，闹出了社会绯闻。1942年，梁宗岱的二女儿出世，名思清。沉樱得知梁宗岱与甘少苏的关系后，便携子女弃梁宗岱而去（二人在分离前，沉樱又生下了梁宗岱的儿子思明）。1943年,《芦笛风》由梁宗岱自费在广西桂林华胥出版社出版，当时是手写体的石印本。1944年华胥出版社再出铅印本，附录“商籁”6首。《芦笛风》主要是旧体诗词，其题材正如诗人所说“楼头思妇的哀愁”，收入其1941年冬至1943年春的诗歌作品。

1943年，时任国民党中央宣传部部长的梁寒操（广东肇庆人）提名要梁宗岱任“立法委员”被其断然拒绝。1944年,国民党政府在北碚创办译员训练班，聘任梁宗岱为训练班主任兼教授，身份是中将军衔，但梁宗岱拒穿国民党政府送来的中将军服。同年秋，蒋介石派人持其手函先后三次到复旦大学召见梁宗岱，试图邀其加入蒋氏“智囊团”，最后一次由留德同学徐道麟坐蒋介石的高级轿车来接梁宗岱，均被梁宗岱婉拒。

1944年暑假，梁宗岱辞去复旦大学教职，返回百色，隐于商贾，不再发表文章(避免国民党蒋介石知道他的行踪),专心翻译《蒙田试笔》和歌德的《浮士德》。1945年，应广西长期从事教育的雷沛鸿邀请，合办西江学院，旨在收容因沦陷失学的学子。梁宗岱担任教授、教务长，其后任代理院长，直至广西解放前夕。1949年，梁宗岱接到沉樱的来信，被告知她准备带三个孩子去台湾。梁宗岱即从广西飞至上海，力劝沉樱留下，未果。

---

① 梁宗岱著，马海甸主编：《梁宗岱文集·诗文卷·法译卷》，北京：中央编译出版社2003年版，第51页。

四、20 世纪 50—80 年代

1950 年 10 月，梁宗岱作为特邀代表参加广西省人民代表大会，后在省政协成立大会上当选为第一届省政协委员兼参事，协助百色当地政府工作。

1951 年，因“清匪反霸”运动在“左”的思潮影响下扩大，梁宗岱于 9 月 17 日被“敦请”入狱直至 1954 年 6 月被无罪释放。期间港澳及海外一度盛传他已逝世，好友还为他举行了悼念活动。1955 年，他赴南宁，在广西省人民医院对其自制的两种新药进行临床试验，未果。

1956 年，广州中山大学筹办法语专业，梁宗岱被聘为教授，不久成为中山大学学术委员会的委员。1957 年加入中国民主促进会，任广东分会理事，同时加入作家协会当选为理事，任广东省第二届政协委员，后续任第三、第四届省政协委员。

1958 年，他与中山大学师生一道被下放到东莞麻涌公社劳动，写下《麻涌杂咏》（四首）发表在 1961 年 9 月 27 日的《羊城晚报》上。旧体诗《惠州西湖吟》（四首）载于《羊城晚报》1961 年 11 月 11 日。旧体诗《虎门怀古》（五首）是梁宗岱在参观东莞虎门要塞及林则徐纪念馆后写下的，前四首发表于《羊城晚报》1962 年 1 月 20 日，第五首载于《作品》1962 年 5、6 月号。旧体诗《春来》（两首）创作于 1962 年，发表于《作品》7 月号。旧体诗《海南杂咏》（两首）载 1964 年 1 月 4 日的《羊城晚报》。1949 年，他为广州培正中学建校六十周年写了《黄君璧的画》发表在《培正学报》上。1962 年，梁宗岱陆续在《羊城晚报》上发表了《论神思》、《怎样理解于连这个人》、《法国启蒙运动的杰出代表卢梭》等文章。

1966 年，“文革”开始，梁宗岱家前后被抄 20 次，烧去罗曼・罗兰的 6 封信、瓦雷里的 13 封信。梁宗岱的译著手稿《蒙田试笔》、《莎士比亚的十四行诗》、《浮士德》（上卷）被毁。梁宗岱被打四次，身体状况急转直下，香港第二次疯传梁宗岱已不在人世。

1970 年，中山大学外语系并入广州外国语学院，梁宗岱转至广州外国语学院任法语教授。至此后，他曾参与翻译联合国文件，参加《新简明法汉词典》的编订工作，审校《恩格斯与保尔・拉法格、劳拉・拉法格通信集（二）》。教研工作之余，重译《莎士比亚十四行诗》和《浮士德》，继续研制中草药并施药、赠药，写下《我学制药的经过》文稿。

1976 年，长女思薇偕丈夫齐锡生教授回国探望梁宗岱。以后梁宗岱又与沉樱恢复了通信联系，但两人始终无缘再见面。

1978 年，梁宗岱译《莎士比亚十四行诗》问世，收入人民文学出版社《莎士比亚全集 · 第十一卷》中。

1979 年 10 月，胡乔木来广州，会见梁宗岱。10 月下旬，梁宗岱应邀赴京参加中国第四次文代会，见到多年不见的故人刘思慕、罗念生、卞之琳等。1980 年，经学生黄建华的联络，与瓦雷里的儿子取得联系，与好友让 · 普雷诺的妻子法国作家玛赛尔 · 奥克莱恢复往来，这让梁宗岱甚感宽慰。3 月，他在重译《浮士德》过程中发病，赶着把上卷译完，便想开始翻译下卷，但已力不从心，无法执笔。

1981 年，梁宗岱开始瘫痪，反复住院。1983 年 11 月 6 日，因脑动脉硬化兼败血症医治无效，辞世。教育部、广东省政府等机构和胡乔木、巴金、朱光潜、刘海粟、欧阳山等知名人士送来花圈并发来唁电。在“文革”期间，梁宗岱被打得不省人事，梦见“天使”来拯救，冥冥中向上帝伸出了援手，终于皈依基督教。梁宗岱逝世后，甘少苏听从了钟敏慧（梁宗岱中学同学，基督教徒）的建议，将其骨灰移到广州的基督教公墓安葬。

第二节　梁宗岱的家境及自我个性

一、广西百色——灵秀的自然山水与殷实的家境——诗人成长的摇篮

诗人梁宗岱的一生富有传奇色彩。之所以说传奇，是因为熟知梁宗岱的人讲起他的故事仿佛在讲一个个神奇的传说。他在人生、爱情以及文学艺术领域演绎出与常人不一样的精彩。广东外语外贸大学文学院的师生在 2013 年 11 月 2 日纪念梁宗岱诞辰 110 周年的日子里，自编自导了原创大型话剧《梁宗岱》。以梁宗岱的青年、中年以及老年三个阶段，表现了诗人一生的为人、为学以及爱情。虽然本人研究梁宗岱，读过许多关于梁宗岱的文字，可是还从来没有这样直观地感受话剧舞台上梁宗岱的伟岸形象。虽然演出成员都是一些涉世未深的青年学生，可是他们能深刻理解梁宗岱的精神并生动诠释出他的形象，着实令人动容。这部话剧，让人真正感受到梁宗岱的阳刚之气，一种中国文化所缺乏的正气、骨气。他是一个真正的男人，一个真正的学者，一个追求自我个性的人，一个有浩然之气的伟岸诗人！

我们不禁要问，是什么造就了诗人的一生以及性情？恐怕我们要追溯到诗人的出身、家世以及成长的环境。

梁宗岱的出生地——广西百色，一个西南边陲风景优美的小城镇。地理

位置非常独特，虽为边陲之地，但处于桂、黔、滇三省的交界。城中有一条河，叫澄碧河，因河水碧绿清澈得名，发源于广西凌云县境内青龙山，流经凌云县、百色市。在城的西北方向建有澄碧河水库。还有一条江，发源于云南广南的龙山，流经广南、富宁以及广西西林，至百色城区大码头与澄碧河汇合。汇合后的干流称为右江。右江因与左江相对而得名，与左江为广西壮族自治区的两大江河。两江汇合后称为邕江。右江河道宽阔，江水量大湍急，四季通航，可拖载百吨货物经梧州直达广州。右江两岸平原土地肥沃，易于农作物生长。百色小城因其得天独厚的地理优势，又是右江航运的终点站，因此交通便利，商贸繁荣。如果我们现在到广西百色，有一条街道特别引人注目，那就是位于百色商业繁华区的解放街（也叫解放路）。解放路正位于市区澄碧河的岸边，高于河岸十几米。街道地面铺的是整齐光洁的石板，两边是威武壮观的一色白的骑楼，这里曾经也是商贾云集。这条街上有一个粤东会馆，始建于清朝康熙五十九年（1720）。会馆里的大门两边立了几块对称的石碑，上面镌刻着捐资人的名字及资金的数目。会馆建筑雕梁画栋、飞檐翘壁，具有粤文化的气韵，是当地会馆中规模最大、最豪华气派的。尽管来这里的生意人来自云南、贵州、江西、广东等地，但广东人的生意做得最大，已初具规模。粤语在当时曾一度成为百色城的主要语言，这种情形也使广东人在当地显得威武、风光。

广西百色解放路的74号，就是梁宗岱祖上留下的“梁全泰”商铺。店铺占地面积也有几百平米，有两个店面，共四层。这个店铺在解放街上也是最气派的，尤其是“梁全泰”的店名。站在四楼的露台上往东南看，正是澄碧河与右江的交汇处，远山绿树掩映，近处岸边翠竹倒影水中，风景秀美，令人顿生豪迈之感。大自然赋予这块土地山灵水秀，所以孕育出天赋灵秀的诗人气质是再自然不过的了。

从梁宗岱的祖辈来这里创业起，到了梁宗岱的父亲这一代，梁家已经有了多家商铺，经营烟丝等生意，已是当地殷实的富庶之家了。尽管梁宗岱的生母离世早，他也曾因此产生过感伤的情绪，但这始终没能成为梁宗岱性格的主导倾向，生在富庶家庭的梁宗岱因为得到了继母的呵护，较一般普通人家的孩子总会有种优越感。梁宗岱从小身体壮硕，好打抱不平，争强好胜，性格高傲，不知是否继承了其祖先的遗风。在黄建华教授撰写的《梁宗岱》一书中记述了其族谱中始祖都是不寻常之人，身份高贵，并曾掌管“军旅之事”。梁宗岱天资聪颖，学业大进，深得父亲梁奕爝的宠爱。在梁宗岱身上始终寄予着父亲未遂的心愿（如果那时家境许可，梁宗岱的父亲就是梁启超的同窗）。据现居百色解放街的老人讲，在这条街上，梁家是比较富庶的家庭，但当时舍得拿钱资助孩子读书的并不多，尤其是将孩子送到国外，但梁宗岱的父亲是例外。父辈的这种视野与胸怀何尝不对梁宗岱有影响呢？更为重要的是，生长在这样的家庭，梁宗岱耳濡目染的是家中的生意经以及父亲对中草药的偏爱。父亲乐善好施，为贫苦人赠医赠药，对幼小的梁宗岱产生了深刻的影响，使他从小就有悲天悯人的济世情怀。由于他经常随父亲到山中采集中草药，亲近大自然，所以视野开阔，胸襟豁达。梁宗岱与同时代的文人知识分子有着不同的生长环境空间，尤其两广一带是中国较早的商业贸易地区。受这种大环境的影响，梁宗岱的童年与内地出生的一些文人相比，更容易接受新事物，少了旧文化观念的熏染。

二、梁宗岱自负与自傲的自我个性

梁宗岱悟性极高，文章写得相当有文采，深得老师的喜爱。梁宗岱从小学到中学一直出类拔萃，学习上表现出超常的天赋，这自然形成了梁宗岱不服输的个性甚至恃才傲物。梁宗岱的“恃才”使他自信自我的判断，大胆假设，大胆求证；梁宗岱的“傲物”使他初生牛犊不怕虎，敢于傲视名人，乃至不留情面地指出别人发现但未敢指出的错误，不隐晦、不含蓄甚至有些苛刻地表达自己的观点与见解。这样，梁宗岱一介入文坛，就显示了其非传统知识分子内敛的姿态，颇有些傲视群雄的狂妄。中国文人历来秉承传统的儒家文化，其做人的原则都持“中庸之道”，不偏不倚，在态度上都比较含蓄、温婉，甚至有些保守。梁宗岱则属于另类，读书不重蹈古人覆辙，注重抒写自己的真实感受。他文思敏捷，文笔流畅，善于思考，不复古、不拟古，大胆质疑，真诚表白。与梁宗岱同时期的美学家朱光潜因出生在安徽桐城这一氤氲着传统文化气息的古镇，其祖父又擅长八股文，父亲则熟读经史百家、经义策论，开设私塾馆，使朱光潜接受了严格的古文写作训练。在桐城中学时对古文的一番背、诵、读、写的浸泡功夫，为朱光潜打下了深厚的国学基础。这种深入、系统的古典文化熏陶，自然形成了朱光潜平淡含蓄的审美趣味。朱光潜一辈子从不轻易臧否别人，追求一种“超然出世”的人生哲学。说白了就是“退一步海阔天空”的应时处事方式。这种为人与为学的态度与梁宗岱正好有所对照。

1917 年，梁宗岱考入广州的培正中学，开启了人生的转折点。在这里，他初次受到西方人文主义精神的洗礼，个人奋斗以及实现自我价值成为他执着的信念。这种信念在他日后留学欧洲的日子里得以变为现实。根据美国 20 世纪人文主义心理学家马斯洛的观点，自我实现需要是人生需要的最高境界，它是建立在生存、安全、归属、尊严等基本需要得到满足的前提之下的。梁宗岱没有生存的危机，对人生充满了热情与期待，也可以尽情施展其浪漫主义的诗人情怀；他与法国象征主义大师瓦雷里的相遇，使他在学业上有了一种归属感，“忽然在一道悠长的闪电中站住了，举目四顾，认定他旅程底方向：这样便是我和你的相遇”[①]，知道自己该做什么。更何况他的诗词译作得到了大诗人瓦雷里的赏识和罗曼·罗兰的称许。一个初到欧洲的中国青年，在短短的三四年时间里就在欧洲最有影响力的文学刊物上发表诗作，这是一种怎样的认可与尊重？梁宗岱从这些大师身上找到了自我价值的认同，也获得了极大的自信。

梁宗岱的学术才华在20世纪三四十年代发挥得淋漓尽致。也就是说，此时期的社会文化环境为这些自由知识分子提供了相对自由的学术空间。作为“文化古城”的北京不仅远离政治、经济的中心（1928—1937年民国政府在南京建都），还拥有聚集了国内大批人才的最高学府清华、北大，他们秉承“思想自由，兼容并包”的办学理念，倡导学术民主，张扬学术个性。在这里，新旧思想的冲突，现代与传统的交战，中外思潮的融汇营造了浓厚的学术氛围。当时聚集在一起的诗人、学者举行“读诗会”、“文艺沙龙”等活动，大家因对诗歌艺术的浓厚兴趣走到一起，所谈皆是“纯艺术”、“纯文艺”问题。他们生活安逸，志同趣和，专心致志在纯文学的道路上进行探索。各种学术报告以及学术刊物的出版发行，都为诗人的创作及学者的理论探索提供了舆论阵地。这样的学术环境使梁宗岱如鱼得水，悠游自如。

抗战爆发后，民族矛盾上升，民族的命运关系着知识分子的命运。他们面临两种抉择：一是投入到抗日救亡的民族阵线中；二是投身在国民政府的麾下，做“御用文人”。梁宗岱坚决拒绝充当后者，对当时抗战诗歌所充斥的“贫血病”，他也“不合时宜”地予以指责。在那样一个求生的年代，诗人主张“欲求生得死”，反对盲目不择手段，应该用完美的形式表现时代的脉搏震荡。诗人在那样的烽火年代，固执地寻求文艺的最高表现，自然他走的是另一条路：归隐故乡百色，离开学术圈子，潜心翻译和进行中草药的研制。

新中国成立初期，梁宗岱曾经有个宏伟的设想，将父辈留下的财产“梁全泰”商铺改建为“太和化工社”，欲进行大规模的制药，造福于民，并于1950年4月开始动工。该计划后来不但破产，梁宗岱还因此锒铛入狱。这一场冤狱之后，是梁家实业的彻底破产。在20世纪50年代中期至60年代，梁

① 梁宗岱：《忆罗曼·罗兰》，梁宗岱著，马海甸主编：《梁宗岱文集·评论卷》，北京：中央编译出版社2003年版，第192~193页。

宗岱到中山大学外语系任教，仍然跃跃欲试，想在三尺讲坛上施展“自由知识分子”的才华，执着于自己的教育理念，“一意孤行”，在“文化大革命”中遭到非法的围攻与毒打，身心备受摧残，终致罹病。70 年代，梁宗岱身体一度恢复，心态仍然乐观，坚持译著，但已经很少与人谈论学术问题，而是把主要精力用于制药、赠药，以解除病人的痛苦作为自己的快乐。

面对时代的动荡以及家族产业的急需继承，20 世纪 40 年代中后期，梁宗岱一度放弃了自己钟爱的大学教职以及诗歌艺术。曾经轻狂自信的梁宗岱，到了后半生变得颇有些自负，梦想经商，妄想制药！在众人的眼中甚至有些“自恋”与“自大”，因为他常常口出狂言，对别人来说，特立独行，令人敬而远之。对梁宗岱本人来讲，诗人的率性与天真几乎到了幼稚的地步，对复杂生活缺少足够的认识。他只注意那一片片阳光、白云以及五彩的风景，不去关注阴暗、尘土以及风雷闪电。在他的心目中，人生、文学、女人永远是值得依恋的，是美好的。他的自信使他在学界独树一帜，卓有建树，他的自负也使他深陷生活的泥潭。他纯真得可爱，也纯真得可悲。他是一个简单的人，却负载着复杂的时代风云。他的自负，他的纯真，他的简单决定了他后半生的悲剧命运。

第三节　梁宗岱的双重身份彰显文化人格

在心理学著作中，“人格”被定义为“源于个体身上的稳定行为方式和内部过程”[①]。简单解释来说，人格具有稳定性与持久性，就像人性格的差异；人格也指个体与外界接触中内心产生的动机、情绪以及认知过程。文化人格，是指在不同文化模式的影响下表现出来的不同人格特质。在文化模式影响下的个体人格呈现出相应的结构特征，反过来，一定的人格结构也彰显着一定的文化特质与模式：“人格结构是一种内在的、隐形的模式……作为文化的原型形式，它是至关重要的……人格一旦形成，就总是倾向于在现实世界中加以实现，这实现的途径，一是将其展开为相应的思维方法，一是将其外现为相应的行为模式，而价值取向便同时寓含其中。”[②]

纵观诗学家梁宗岱的一生，其在做人的风格以及学术品格上保有始终一贯的一致性，但其身份是双重的：一是诗人、学者和大学教授；二是商人、

① [美]Jerry M.Burger 著，陈会昌等译：《人格心理学》（第七版），北京：中国轻工业出版社 2010 年版，第 3 页。
② 刘承华：《文化与人格——对中西方文化差异的一次比较》，合肥：中国科技大学出版社 2002 年版，第 54 页。

实业家和行医者。双重身份对梁宗岱而言既相互对抗又相互融合，因此在梁宗岱的思维逻辑中既追求科学精神又具备诗性想象，这是独特的现象。我们不妨将梁宗岱和与其同时期的文艺理论家、美学家朱光潜先生做一对比，在比照中把握两人不同的文化人格差异。朱光潜（1897—1986）一生从事理论研究，由心理学、哲学转而研究美学、文学，是中国现代著名的美学家、文艺理论家。20世纪三四十年代出版的《文艺心理学》、《诗论》以及新中国成立后的《西方美学史》等著作，奠定了其在中国现代文艺美学界的地位。朱光潜一生直至晚年笔耕不辍，与梁宗岱有不同的学术人生选择。有意思的是，他们既是文坛诤友，也是颇具影响力的诗学家。下面主要从两人生长的自然环境、家庭生产模式考察其人格构成的基础，以其共同的留学经历，对爱情、艺术、诗学观以及人生道路的选择来探讨其文化人格的彰显、冲突及解决。将两人置于中西文化观照下看其自我的生存选择与认同。

一、自然、家庭生产方式对人格构成的影响

我们从梁宗岱生长的自然环境以及家庭生产模式对其性格形成的影响入手，来考察其人格的构成。

梁宗岱出生在广西百色，在广东新会和广州度过了他的青少年时光。两广地处我国的南方，与北方的气候凛冽、崇山峻岭、荒漠浩瀚相比，这里气候温和、山清水秀、植被茂盛、人杰地灵，赋予了诗人超常的诗性才华；梁宗岱家庭的生产模式：经商，做生意，从事商贸交易，与那种官宦世家培养出的纨绔子弟或书香世家造就的“两耳不闻窗外事，一心只读圣贤书”的旧式文人不同。前者饭来张口，衣来伸手；后者固守古人圣训，性情木讷、拘谨、保守。从事商贸经营的世家培养出的，首先是人自身的生存能力。这种能力包括：对世事行情信息的及时捕捉，承受财产风险的良好的心理能力，耐心、勤恳的劳作以及灵敏的头脑，善于交往，有海纳百川的胸怀，久而久之也会培养出一个人进取、冒险的勇气。总之，财富的积累与对自身的才干的锻炼是呈正比的。

梁宗岱所生长的商人家庭，滋生了他较强的个人意识，从事商业经济，扩大了人际间的交往，打破了固有的生活圈子，自然就形成了一种开放的思想意识。在梁宗岱中学时代仅留下的两篇古文作文中，其中一篇批评文章，表达出来的思想是“不破不立”，对古文有质疑，具备现代的创新思想，与循规蹈矩、故步自封根本不搭界。有了这样的家庭生产基础，自然也就造就出与之相应的性格。梁宗岱所处的正是新学取代旧学的时代，新的国家政体取代了旧的封建统治制度。抛弃古老的腐朽思想观念，接受新生活的自由理念，

是知识文人的普遍选择，但真正敢于做到这一点的当属梁宗岱。

这种家庭生产模式的背景促使梁宗岱的人格构成与美学家朱光潜形成了鲜明的比照。朱光潜在1980年写的自传中说道："我笔名孟实，一八九七年九月十九日出生于安徽桐城乡下一个破落的地主家庭。父亲是个乡村的私塾教师。"①其中所描述的"破落的地主家庭"已经表明家庭的生产模式以经营土地为主，靠土地为生计。朱氏一族若追述起来，为南宋理学家朱熹的后裔。朱光潜的祖父是清朝的贡生，虽说八股文作得好，但与进士比，显然后者升官晋爵，身份地位要风光得多。到了朱光潜父辈一代更是科举不第，仅仅是一个乡村的私塾教师，虽终身笃志于学，但其生活的窘困与清贫可想而知。中国古代的私塾本身并不具有独立的经济实体，它隶属于宗族或是官宦之家，本身也是依附性的。以土地为生计的生产模式，主要依赖于农业的收成，而农业的收成好坏不完全取决于人的主观能动性，而是"听天由命"，"谋事在人，成事在天"。中国古代最早发展起来的就是这种农业文明，其培养出来的人格更多的是忍耐、憨厚以及对外界的依赖，个性自我常常消弭在这样的生存环境中。

朱光潜生长的桐城位于中国内陆安徽的西南部，这里有 "中国文都"之称。它不仅因以方苞、刘大櫆、姚鼐等为代表的清代"桐城派"文学家而知名，近代还有吴汝纶创办的桐城中学等奠定了这座城市深厚的古文化底蕴。氤氲在这样的国学氛围之中，他从小在父亲的私塾教育下，除了诵读大量的传统经典书籍之外，就是训练古文写作，主要是应付科举考试的八股文训练。策论经义等文体写作方法锻炼了他清晰、晓畅的说理能力，在对经典的释义过程中，内隐的思想观念以及含蓄、敦厚的审美趣味直接影响到他的爱好与品味。朱光潜说："我的父祖都是清寒的教书人。我从小所受的就是半封建式的教育，形成了一些陈腐的思想，也养成了一种温和而拘谨的心理习惯。"②这几句告白基本上表露了朱光潜先生在这种生产方式和文化熏陶影响下生成的性格特点。它典型地反映了中国古代儒家文化思想下的文人的依附性的性格取向。

以上从家庭的经济模式入手，讨论了梁宗岱与朱光潜两人的基本性格特质。

二、中西文化碰撞下的人格彰显

从梁宗岱与朱光潜日后留学欧洲、回国任教以及在中国现代政治经济文

① 吴福辉、钱理群主编：《朱光潜自传》，南京：江苏文艺出版社1998年版，第1页。
② 吴福辉、钱理群主编：《朱光潜自传》，南京：江苏文艺出版社1998年版，第197页。

化发生大变动的时代，两个人在人生道路的选择上表现出不同的情感态度、价值取向以及学术坚守，使得他们各自的文化人格得以彰显。

不管是通过考试取得官费出国，还是听从师长的建议自费出国。两个人都在文学研究方面迈出了重要一步，是实现自我价值层面的人生需要的选择。

梁宗岱留学八年（1924—1931），朱光潜留学九年（1925—1933）。西方文化所造就的人格特点，在梁宗岱身上有突出的显现，在朱光潜的潜意识中也有影响。两个人都共同提到西方人倡导的“寓健全的精神于健全的身体”，梁宗岱不仅追求“心灵”的发展，更追求身体的健全。东亚人与欧洲人相比，身体的羸弱是不得不承认的事实，但梁宗岱以自己壮硕的身体纠正了这一偏见。作为中国现代文人，他对西方文明的接受不是停留在观念中，而是贯穿在实际生活里，身体力行地诠释了这一西方人倡导的理念。梁宗岱良好的身体素质是他生命创造力的物质基础。他的激情、他的欲望以及他的活力都能够从他的身体源头中找到依据。 梁宗岱喜欢冒险，挑战自我，追求超越，都是受到西方文化影响的人格体现。朱光潜在 1936 年给《申报周刊》的青年读者写的信中谈到了民族生命力，尖锐地指出我国国民的体格羸弱：“中国十个人就有九个人像烟鬼，黄皮刮瘦，萎靡不振。每个人脱去衣服，在镜子里看看自己的身体，固然自惭形秽；就是看看邻人的面孔，也是那么憔悴，不能激起一点生气来。”[①]“我常仔细观察我所接触的人物，发现这种体格与心境的密切关系几乎是普遍的。我没有看见一个身体真正好的人为人不和善，处事不乐观；我也没有看见一个颓丧愁闷的人在身体方面没有丝毫缺陷。中国青年多悲观厌世，暮气沉沉，我敢说大半是身体不健康的结果。”[②]朱光潜虽然痛批中国国民的体格羸弱，但并不避讳谈自己从小就是体弱多病者，一生都在与各种身体不适作斗争。我们从朱先生的照片中可以发现朱先生为中国旧式文人体格的典型写照。正如朱先生的身体，虽然倾慕西方的文化人格，但是骨子里已经抹不去中国古典文化对他的浸润。

诗人梁宗岱与朱光潜在情感方面，比如在对爱情的处理上也表现出不同的格调。朱光潜一生有两次婚姻，他的第一次婚姻是父母包办的，朱光潜以离家出走的方式默默反抗着这无爱的婚姻。后来的夫人奚今吾是朱光潜在中国公学任教时的学生，两人渐渐产生爱慕的感情，先后去欧洲留学，并组成了家庭。这段婚姻一直很稳定，两人相伴走过了后半生。朱光潜为人低调，一生不曾臧否别人，在勇敢追求爱的过程中所承受的与亲人决别的痛苦只有

---

① 吴福辉、钱理群主编：《朱光潜自传》，南京：江苏文艺出版社 1998 年版，第 94 页。
② 吴福辉、钱理群主编：《朱光潜自传》，南京：江苏文艺出版社 1998 年版，第 95 页。

靠自己心里慢慢地排解。朱洪在《朱光潜大传》中曾经提到他因感情问题企图自杀，因不满包办婚姻与家庭决裂后，在乘船去上海的途中，读到德国作家歌德的《少年维特之烦恼》，被月光下波光粼粼的美丽海景震动，曾一瞬间产生了“脱离这个世界的愿望”。“惊慌中，他默守丹田，沉稳呼吸。终于，那一阵几乎失控的情绪过去了。”[①]在这一行为中，可见朱光潜人格中有内敛的倾向，理性会主动约束自己的欲望、控制自己的行为，不做出过激的举动。这也使我们想起朱光潜在解释古希腊亚里士多德关于悲剧的“净化”一词的含义时曾经讲过，人的悲哀情绪在达到极致时会向相反方向转化，转化的方法可通过听癫狂的音乐来宣泄这种情绪。朱光潜则是借助月光下的海景来宣泄了自己几近崩溃的情感。

梁宗岱与朱光潜相比，诗人的主观浪漫情怀表露无遗。他的感情生活不像朱光潜那样平静，在梁宗岱的三次婚姻中（确切地说是两次，他同粤剧女演员甘少苏结婚时与第二任妻子沉樱并未离婚）有两次作为新闻事件登上了当地报纸的头版头条。第一次是与何女士离婚，闹得对簿公堂；第二次是20世纪40年代在广西百色与粤剧女演员甘少苏产生的恋情，为拯救甘少苏脱离前夫钟树辉的纠缠，被当地的新闻报道渲染：“梁教授为女伶大打全武行”。梁宗岱与甘少苏女士的感情生活是不被业内人士看好的，当时作为梁宗岱妻子的沉樱不仅是一位作家，有才华、有修养，而且为他生下三个可爱的孩子（最小的男孩是二人婚变后所生）。在甘少苏女士写的传记《宗岱和我》中将自己与梁宗岱的相识、相知以及相恋过程细致地描述出来，从中可以发现梁宗岱性格的端倪。这其中真的不能简单用“道德”来衡量这桩婚姻，只能说梁宗岱性格中的至情至性表露无遗，在无奈中跟着感觉走。诗人梁宗岱是被女演员表演的苦情戏带入剧情，自然产生了想了解演员内心的愿望。而这个女伶悲惨的遭遇不自觉地让诗人产生了悲悯与同情。甘少苏写道：“在纵情声色、人欲横流的社会里，宗岱抛弃了世俗观念，用艺术审美的眼光来鉴别人的品性，从社会的最底层发现了我，付出了很高的代价救我于水深火热之中，让我恢复了人的尊严，走出了苦海，过上了正常人的生活。”[②]实际上梁宗岱是用三万元赎回了甘少苏的人身自由。面对被救出的甘少苏，梁宗岱说出了内心的无奈：“只好这样吧（指两人结婚）。”在这无奈的话语背后是诗人内心的无奈的妥协。在感情问题上，诗人梁宗岱的情感与理性的天平倾斜了，前者压倒后者。梁宗岱揭下了自己脸上的面具，回归到真实的自己。梁宗岱

① 朱洪：《朱光潜大传》，北京：人民日报出版社2012年版，第59页。
② 黄建华主编：《宗岱的世界·生平》，广州：广东人民出版社2003年版，第325页。

的“英雄救美”，也令甘少苏一生以仰慕之情对待他。而对妻子沉樱来说，追求平等与人格独立的女作家对梁宗岱时有的吹嘘、狂妄的自负却妄加嘲讽，以致后来梁宗岱对甘少苏说出“你比她（沉樱）更适合”的话来。

梁宗岱与朱光潜欧洲留学回国后，处在相同的时代政治与学术语境下，但两人的人生之路以及学术坚守仍然显出不同的价值选择。在20世纪40年代，蒋介石有意让梁宗岱做参政员，享有中将待遇，每月大洋500元，并派梁宗岱的老熟人、老同学持亲笔信召邀他，结果前后四次都被梁宗岱谢绝了，最后一次他拉老同学喝酒，佯装醉态，蒙混躲过了。梁宗岱一生与政治保持距离，与其说是维护人格尊严，不如说是维护人身自由，更确切地说是保留自己纯真的性情。从这里似乎能看到梁宗岱受中国道家文化思想的影响，但梁宗岱仅仅是潇洒生活，并未超离尘世，他有自己享受人生的方式方法。朱光潜则没能超脱出去。20世纪30年代末至40年代，朱光潜在四川大学担任文学院院长时，就参加过抵制四川大学“易长”的学潮，牵头反对国民政府官员程天放任四川大学校长，并亲自起草文书。在这场“易长”风波中，能够感受到朱光潜先生不屈的人格。在他看来：“大学校长之唯一选格，必其学术湛深，操行纯洁，为学术界教育界所推服而不营营于政治活动者。”[①]后来学潮失败，朱光潜辞职离开四川大学，来到当时在四川乐山的武汉大学任教务长，后被武汉大学校长拉进了国民党，并挂了国民党三青团中央监委的头衔。这种被逼无奈的选择对朱光潜于新中国成立后的生活带来了负面的影响。在当时背景下朱光潜的政治选择实在是为了生存的无奈之举。

在文艺观以及学术观点上，梁宗岱与朱光潜两人性情不同，他是一个诗人，专注于诗歌创作、翻译乃至诗歌评论。朱光潜则对文学、心理学、美学、哲学都做过一番系统的研究；梁宗岱天性聪颖，悟性超人，对诗歌、文学艺术有超常的直觉敏感，有创造力。朱光潜从小在父辈的教育下，学做八股文，培养了写作说理文的一套方法：观点明晰，深入浅出，通俗易懂，其更擅长解析与综合；梁宗岱颇具形象思维与创造性思维，个性突出，张扬自我，主观意识强，甚至有些眼高手低。朱光潜擅长理性思维，综合能力强，隐藏自我，观点上更善于调和折中。我们读梁宗岱的文章，处处可以感受到诗人生命的灵动与新锐见解，相反，我们读朱光潜的文章，在理性思辨中通晓道理，字里行间缺少灵动的生命感。梁宗岱在文艺观、诗学观上一直追求诗歌评价的最高标准，也就是艺术的“绝对价值”。艺术的魅力在于生命的恒久而非短暂的功利，因此梁宗岱在抗战正酣时期，仍反对艺术的宣传而主张艺术的

---

① 朱洪：《朱光潜大传》，北京：人民日报出版社2012年版，第136页。

"无用之用"。艺术对梁宗岱而言，是一种理想，一种信仰，一种对完美的追求。对写作，他强调"中肯"和"确当"，他认为这是行文的一切（用字、选词、命意和举例）最高标准，也是一切文章风格最高的理想。对文学批评，他试图努力树立一种绝对"无私"的态度，"这就是说，我们对于作品的评价，对于事理之是非，要完全撇开个人感情上的爱恶，而当作一种客观的事实或现象看待"①。梁宗岱浪漫的天性在这里彰显无疑。从这个角度说，与传统知识文人相比，梁宗岱的文化人格更倾向西洋文化中的个性表现与自我张扬，也正是西方文化的人文模式建构了梁宗岱的个性心理。

刘承华先生就中西文化人格差异做过比较，他认为西方人的人格构成是"以内在自我为核心，是在内在自我的基地上生长出人际自我和社会自我……在西方人看来，一个人要成为什么样的人，不是由其他任何人决定的，而是由自己的内在自我决定的，人际自我和社会自我都只是在它的支配下实现自己，因而所遵循的也是内在自我价值取向和运作模式"②。这种人格与中国人格构成模式不同，"中国人是以人际自我为核心来铸造自己的人格。以人际自我为核心，是说人在建构自己人格、决定自己将要成为一个什么样的人时，主要不是从自己的内在自我，而是从他人对自己的要求出发进行自我设计。换句话说，不是自己给自己定义而是由他人给自己定义"③。两种人格模式，前者突出自我个性，注重与他人的不同，有"求异"的心理倾向；后者突出隐藏自我，注重他人感受，有从众的"求同"心理要求。在西方，个人的独立性是受保护的，在与他人的交往中也有意保持一定的距离，个人拥有相对的自由空间与行为习惯。而在中国文化观念里，个人的独立性是缺乏的，个人是在他人以及群体中被认定的。在中国，个人要重视与他人之间的关系，在意他人对自己的看法，否则寸步难行。受到过西方文化洗礼的诗人梁宗岱与美学家朱光潜，在归国后20年时间里，享受了一个自由知识分子的特权，但在新中国成立后，人格内在自我发生了分裂。

三、人格内在自我的冲突与解决

通过上述梁宗岱与朱光潜人生选择的行为模式及价值取向比较，可以看到，他们受制于各自的心理张力。因为"求异"，诗人梁宗岱的个性化、主观化导致其产生与社会及人际的对立化倾向，以此来维护自我的这种"精神个性"。也就是说他的思想及观点可能不兼容于社会。朱光潜先生的从众性、

---

① 梁宗岱：《诗与真续编》，北京：中央编译出版社2006年版，第59页。
② 刘承华：《文化与人格——对中西方文化差异的一次比较》，合肥：中国科学技术大学出版社2002年版，第30页。
③ 刘承华：《文化与人格——对中西方文化差异的一次比较》，合肥：中国科学技术大学出版社2002年版，第30~31页。

折中性会导致其与社会寻找一个平衡点，即以“中庸”的态度调和自我与外界的矛盾。两人在新中国成立后，一个甘愿自我批判，学术上努力做新旧观点的调和，一个干脆放弃学术研究，除教学外，专门从事制药、施药和普济众生的慈善事业。

梁宗岱作为受西方文化影响的文人知识分子，新中国成立后其深层的人格心理倾向与变动的社会政治现实发生了强烈的错位，导致其心理处于矛盾和分裂的状态。这些“自由知识分子”有自杀未遂的，有转行离开的，有干脆放弃的，梁宗岱属于最后者。他放弃文学艺术研究转而去制药、施药，是他有所为而有所不为的精神写照。他毕竟生长在中国的土地上，是中国的传统文化乳汁喂养大的文人，因此，他自然不能脱离母胎。他与他的家族有着亲密的血缘关系，这血脉是连在一起，不可隔断的。无论走到哪里，他都会听到父辈的呼唤。中国传统文人知识分子长期受到儒家文化的浸染，儒家文化的积极出世，对社会有所为，报效家国的意识也同样贯穿梁宗岱的一生。他仍然渴望得到社会的认同或者角色的定位，尤其在他的后半生。诗人彭燕郊在甘少苏著的《宗岱和我》一书的序言中说到梁宗岱的制药、施药：

> 对于一个读书人来说，最难做到的是忘记长期积累下的知识，和由它培养起来的志趣，那是比忘记曾经有过的幸福甚至光荣更为艰难的。当你命令自己去忘记，你就不能不残酷地去否定自己。当你把自己的过去说得一无是处，你就有了大的空虚，你就必须填补这个空虚，否则你就无法生存，即使是强者……

梁宗岱一方面具有自我的精神个体性，以这种精神个体性为中心；另一方面他也期待他人对自身社会角色的认定，或者身份的认同。在特定的语境下，想得到社会身份的认同，就必须放弃这种“自我的精神个性”，然而梁宗岱先生又恰恰不肯放弃，这是一个悖论，是相互矛盾的，于是悲剧就发生了。由于他的前半生所处的家庭与社会环境助生了一种保持自身个性的文化人格，所以梁宗岱能顺风顺水，而他的后半生所处的社会语境背离了这种文化人格，因此造成了他人格的分裂，心理上发生了巨大的错位，偏执一隅又精神空虚。但在那样一段残酷的岁月里，梁宗岱的表现也体现了他崇高的人格。我们也不可否认梁宗岱的性格有主观执拗的一面，譬如制药，他本想通过临床实验来获得医学界的认可，终究由于各种原因没有实现。他的想象会激发科学创造的灵感，但也可能会妨碍这种创造的客观性。梁宗岱从内心深处曾有从商的打算，由于客观环境，或诗人偏于主观的心性，他在商场上没能成功，于是便将产品（中药制剂）转入地下，免费赠药，行善百姓，表明自我理想的实现和确证自我的价值存在。在梁宗岱近一个世纪的漫长人生中，前半生的辉煌成就与后半生的悲惨命运尽管是伴随着新旧时代的交替震荡，但决定因素与其个性气质及文化人格仍存在一定关系。

第二章　梁宗岱早期诗歌创作：从《晚祷》到《芦笛风》

研究梁宗岱诗学，固然要把它放到中西文化诗学的横纵坐标中加以体认，但是诗人自身的创作经历是其诗学生成的“原点”，不可忽视。梁宗岱早期诗歌有 20 世纪 20 年代创作的自由体诗，结集《晚祷》，1924 年由上海商务印书馆出版，对这部诗集学界给予了很多评论。另一部是 40 年代，梁宗岱在重庆复旦大学外文系任教期间，回到故乡广西百色创作的诗词，结集《芦笛风》，1944 年由广西华胥出版社出版。2001 年它由梁宗岱的学生黄建华教授加上注释，并作序，由广东人民出版社再版。这部词集，以往人们很少关注。笔者发现，词集中所表达的情感和审美意识与早期的《晚祷》有关联，尽管它表明作者在创作上的转向：从浪漫主义与象征主义创作方法转向中国传统的古典主义，但依然体现了梁宗岱“真的追求与美的创造”的诗学理想。这种转向是诗人的自我回归，也表达了他对诗功利性的一种抵抗。

第一节　《晚祷》诗的现代审美取向

梁宗岱的诗集《晚祷》中收集的诗，创作于 1921—1924 年。此期间中国现代白话新诗尚处在探索阶段。朱自清在赵家璧主编的《中国新文学大系》第八集《诗歌》卷导言中清晰地梳理了中国现代新诗第一个十年（1917—1927）的发展历程及流派特色。他将中国现代新诗流派概括为三种：自由诗、格律诗和象征诗。

胡适作为第一个尝试新诗创作的人，矫枉过正，力图将诗写得像说话，其目的是解放诗体。今天再读他的《尝试集》感觉确实不像诗，想象力匮乏，倒像是平铺的叙事，只是分行而已，谈不到诗歌的技巧与手法，情感平淡，缺少意境。中国现代白话情诗开始早期创作的是一群被称为“湖畔派”的年轻诗人，其中以汪静之为代表。他们言为心声，抒写自己心中的爱情苦闷。读他们的情诗，能感觉到浓郁的抒情基调，但总有一种苦涩的味道流露在字里行间。青年男女之间那种相爱的美好感觉以及朦胧意境，在“湖畔派”的情诗中很少看到。难怪朱自清评价道：“潘漠华氏最是凄苦，不胜掩抑之致；冯雪峰氏明快多了，笑中可也有泪；汪静之氏一味天真的稚气；应修人却嫌味淡些。”[①]

到了民国十二年女作家冰心出版了《繁星》，收集了1919—1921年写的小诗。第二年又出版了诗集《春水》，同年宗白华的《流云》诗集出版。两个人的小诗在当时的文坛引起了很大的反响。冰心说她是受到印度作家泰戈尔作品的启发，以她女性特有的清新、温婉细腻捕捉着自然、人生的意象，寄予自己对人生的思考与美好的情感。冰心小诗抒情色彩浓郁，被称为抒情哲理诗。宗白华的小诗更趋向古典诗境，人生、艺术、宇宙相互涵容，气韵生动，一种生命的节奏流露在其诗行里。

梁宗岱的《晚祷》也属于这类小诗。在朱自清编选的《中国新文学大系》诗歌卷中，收入了梁宗岱诗五首：《散后》，《晚祷》（二），《晚情》，《太空》（五、十二）。梁宗岱的小诗虽没有冰心、宗白华那样有影响力，但能够收入《中国新文学大系》（1917—1927）这部经典编著中，说明其诗价值也不容小觑。梁宗岱创作这些诗正值其中学时代，那时候他还是一个初出茅庐的青年！我们今天读梁宗岱的小诗，将它与上述几家诗作做一比照，就会发现梁宗岱的诗有意境，有美好的情感。小诗也表现刹那的感兴，即景抒情，感悟生之哲理，有浪漫主义的情怀以及对自然人生的宗教般的信仰，营造象征的情境，颇有诗味，能够满足现代人对自然、人生以及爱情的审美需求。

一、宗教体验：一种唯灵主义浪漫情怀

从《晚祷》梁宗岱创作诗体看，的属于欧化的自由体，不用韵。按诗的内容，大致可以分为三类：一是倾向于自我心绪的书写与表达，比如《夜枭》、《晚风》、《苦水》以及三篇散文诗《归梦》、《秋痕》、《光流》；二是写自身青春的萌动与恋情以及失恋的感伤，比如《失望》、《泪歌》、《途遇》、《白莲》、《晚情》；三是庄严的圣歌——宗教意味浓郁的《晨雀》、《晚祷》、《晚祷》（二）、《星空》、《夜露》，此外，还有若干哲理性的随感小诗《散后》等。在这三类诗中，第三类比较集中地表现了梁宗岱诗歌创作的精神特色。在当时文学研究会的诗人中，梁宗岱的这类诗作独具自己的精神个性。

梁宗岱的这类诗常常采用宗教的语汇：祈祷、忏悔、感恩、赞美、虔敬、慈爱等，在对神恩的颂赞中将自我精神提升，令人不自觉地进入庄严神圣的诗境，与诗人一起感受那种雍穆与虔敬。以他的《夜露》为例：

---

① 赵家璧主编：《中国新文学大系》（第八集），上海：上海文艺出版社1981年版，第4页。

当夜神严静无声的降临
把甘美的睡眠
赐给一切众生的时候
天，披着件光灿银烁的云衣
把那珍珠一般的仙露
悄悄地向大地遍洒了
于是静慧的地母
在昭苏的朝旭里
开出许多娇丽芬芳的花儿
朵朵向着天空致谢①

这首诗采用的诸多意象：夜神、众生、仙露以及地母，将自然界泛神化。诗人把自然神灵化，在对神灵的膜拜中，将自我化入其中，创造出无限的神秘境界。

当代学者李怡将这首诗与中国古典传统的诗歌比较，认为诗人在这里所展现的“不是传统诗歌物我融洽、浑然一体的夜景，不是自然之夜的纤细的律动印证和引发了诗人内心的思绪”，而是“一个安详和谐而又分离的世界；安详和谐的是它的气质与氛围，分离则是它的存在方式——天上是‘夜神’的恩典，是环绕着神恩的非凡的壮丽，地上是承受着神恩的万千生命，它们仰视苍穹，默默地虔敬地‘向着天空致谢’。在这样一个由‘神恩’引领的世界秩序里，人的自我精神也不是蜷曲在大自然声色的本原形式里，不是在本然形态的浑融和谐里追寻自我情绪的浮动，人类向‘神’感恩致谢的‘颂’歌就是对神所创造‘分离’世界的体认：我们都有必要不断脱离凡俗的人间，向着永恒的壮丽的苍穹礼赞和飞升，祈祷、礼赞都是自我精神超越的高尚形式”。②

我们读他这类诗中的《星空》：

深沉幽邃的星空下
无限的音波

① 梁宗岱：《晚祷》，梁宗岱著，马海甸主编：选自《梁宗岱文集·诗文卷·法译卷》，北京：中央编译出版社 2003 年版，第 36 页。
② 李怡：《中国现代新诗与古典诗歌传统》（增订版），北京：北京大学出版社 2008 年版，第 247 页。

正齐奏他们的无声的音乐
听呵！默默无言的听呵
远远万千光明的使者
颂赞的歌声
从纷蓝荧荧的天河里
隐隐的起了

是夜色深深
造物的慈爱深深
心灵的感觉深深[①]

这首诗正像庄严、肃穆的颂神曲，其节奏与宇宙星空相应和“呈现出一种极大的精神氛围”。心灵已经完全摆脱了尘世的一切，沉浸在一种“造物主”的“爱”的境界里。

这种精神，是一种基督精神，它实质上也是“唯灵主义的浪漫精神，即灵魂对现实世界的超越和对彼岸世界的追求。它的目光不是朝向现世，而是投向彼岸。任何原始宗教都是为了人而祈求神，而基督教则是为了神而超越人”[②]。如果说，前两首诗是对自然、宇宙神的颂曲，那么，颇有代表性的《晚祷》二首，同样是情感的宗教体验。

《晚祷》
——呈泛、捷二兄

不弹也罢
虽然这清婉潺湲
微飔荡着的
兰香一般缥缈的琴儿
一切忧伤与烦闷
都消融在这安静的旷野
无边的黑暗

① 梁宗岱：《晚祷》，梁宗岱著，马海甸主编：《梁宗岱文集·诗文卷·法译卷》，北京：中央编译出版社2003年版，第35页。
② 赵林：《西方宗教文化》，武汉：长江文艺出版社1997年版，第179页。

与雍穆的爱慕下了
让心灵恬谧的微跳
深深地颂赞
造物主温严的慈爱①

《晚祷》（二）
——呈敏慧

我独自地站在篱边
主呵，在这暮霭的茫昧中
温软的影儿恬静地来去
牧羊儿正在开始他野蔷薇的幽梦
我独自地站在这里
悔恨而沉思着我狂热的从前
痴妄地采撷世界的花朵

我只含泪地期待着
祈望有幽微的片红
给春暮阑珊的东风
不经意地吹到我的面前
虔诚地，轻谧地
在黄昏星忏悔的温光中
完成我感恩底晚祷②

这两首诗侧重庄严肃穆的“晚祷”境界体验。前一首，造物主的慈爱感化了诗人的心灵，心灵摆脱了世俗的烦扰，静谧、雍穆、虔诚升华了心灵的境界；后一首，以忏悔的口吻，真诚期盼一种圣洁的情感，表达了诗人的虔敬与祈祷，在感恩的晚祷中得到了心灵的慰藉。后一首也是爱情诗，真挚，含蓄，充满了象征与暗示。梁宗岱的情诗与同期“湖畔派”诗人汪静之的《蕙的风》相比，后者只是将蝴蝶着花而不得的情态拟写得生动逼真，仅停留在感觉层次，

① 梁宗岱：《晚祷》，梁宗岱著，马海甸主编：《梁宗岱文集·诗文卷·法译卷》中央编译出版社2003年版，第31页。
② 梁宗岱：《晚祷》，梁宗岱著，马海甸主编：《梁宗岱文集·诗文卷·法译卷》中央编译出版社2003年版，第32页。

前者真诚、执着，情感升华到宗教的境界，走进读者的心灵。

梁宗岱早期诗歌中的宗教体验，在同时代诗人冰心的诗作中也有所表现。比如，冰心的诗集《繁星·春水》中也有两首《晚祷》，我们举其中的一首：

《晚祷》（一）

浓浓的树影
做成帐幕
绒绒的草坡
便是祭坛

慈怜的月
穿过密叶
照见了虔诚静寂的面庞。
四无人声
严静的天空下
我深深叩拜

万能的上帝
求你丝丝的织了明月的光辉
作我智慧的衣裳
庄严的冠冕
我要穿着它
温柔地沉静地酬应众生

烦恼和困难
在你的恩光中
一齐抛弃
只刚强自己
保守自己
永远在你座前
做圣洁的女儿
光明的使者
赞美大灵

四无人声
严静的天空下
只慈怜的月
照着虔诚静寂的面庞[①]

梁宗岱与冰心的诗歌创作有着相似的背景。两人都曾经在教会学校读书，一个是培正中学，一个是贝满女中；两人都不是基督教徒，但基督教精神无疑对他们都产生了深刻的影响；在文学创作中，两人都执着于对“真”的追求：冰心认为，能表现自己的文学是“真”的文学：“文学家！你要创造‘真’的文学吗：请努力发挥个性，表现自己！”[②]

梁宗岱也指出“真是诗底唯一深固的始基，诗是真底最高与最终的实现”。[③]在两人早期的诗集中，可以见出创作的真品性。由于两人都受到宗教精神的濡染，因此诗文中都表现出清雅、纯净、圣洁的风格，只不过作为女性，冰心的诗更加温婉，富于爱的情怀；梁诗则更“静穆”，试图超越自我的有限而追逐其无限的精神气质。可以说，作为诗人的冰心从基督教神学中所接受的是“爱的哲学”；梁宗岱所接受的是宗教的体验，一种崇高的体验，一种信仰的哲学。我们比较两人同标题的诗《晚祷》（一），不难发现，两人在“晚祷”中，同是营造“静穆”的氛围，但叙述的主体行为并不一致。冰心诗中的“我”始终是一个叙述人——虔诚的祈祷者，在“上帝”面前，刚强自己，做圣洁的女儿，光明的使者，这种“静穆”，是诗人对夜空中寂静的感知。梁诗的《晚祷》（一）叙述者——主体自我并未出现，而是通过止了的琴声、安静的旷野以及雍穆下的黑暗来营造“静穆”的氛围，在对造物主的颂赞中，心灵有了恬谧的回应。梁诗始终以“心灵的感觉深深”来表达宗教体验，有不悔的真诚与执着，有自我精神的超越。冰心以小诗的形式体悟对家庭、社会、自然以及生活的真相，诗性的感悟与理智的思考结合；梁宗岱则是以诗为媒介，借助宗教的形式来表达自我的一种精神追逐，这种追逐升华到“心灵”、“灵魂”的高度，具有宗教浪漫主义色彩。我们读梁宗岱的诗，常常会引起心灵的感应与灵魂的追索。

梁宗岱早期诗歌追求的不是客观世界的“真相”，而是心灵的感觉之真，

---

① 冰心：《繁星》，北京：人民文学出版社 2003 年版，第 133~134 页。
② 冰心：《文艺丛谈》，贾植芳等编：《文学研究会资料》（上），郑州：河南人民出版社 1985 年版，第 69 页。
③ 梁宗岱：《诗与真》，梁宗岱著，马海甸主编：《梁宗岱文集·评论卷》，北京：中央编译出版社 2003 年版，第 5 页。

也谓“心灵之真”。当代学者李怡认为：“梁宗岱将他的诗论定名为‘诗与真’，按照他的说法，这一命名是受了歌德自传的启发，‘诗’指的是幻想，而‘真’指的是事实，幻想与事实就是一个人‘将毕生追求的对象底两面’。考虑到梁宗岱早年《晚祷》中的圣境礼赞，以及后来诗论中也不时流露出来的对于‘光明’境界的向往，我甚至怀疑，在少年时代就深受基督教洗礼的梁宗岱的心目中，是不是也一直暗含着对于‘真’的另一重超验的理解？在基督教的观念中，上帝就是真理本身，就是至高无上的真理。……‘真’至少并不就是简单的‘现实’，而是与某种心灵的超越性经验相联系的东西。”①

从宗教心理学的观点来看，“任何崇拜都是人的内心的自我启示和情绪的投射”②。因此，宗教不失为青年人解脱烦扰的心灵寄托。19世纪德国心理学家冯特从种族群体意识的发生系统来研究宗教的起源：“神的概念按其真正的本性——也就是说在客观上——是具有一种理想的价值；并且，既然理想超越现实，所以，宗教又具有超感觉的特性；同时，它又必须满足人们对理想的生活目的的主观需要。”③美国心理学家威廉·詹姆士重视宗教经验与情感研究，认为宗教就是个人在孤单时，他自己与任何一种他认为神圣的对象保持关系而发生的感情、行为和经验。所谓宗教经验，是信仰者深切地意识到精神的东西之实在性的一瞬间的感受，这种感受往往伴随着一种“神圣的欣快感”④。

精神分析学家弗洛伊德认为，一切宗教都是幻想满足欲望的表现。梁宗岱的早期诗歌，借助了宗教体验，一种“生命意志的彼岸化的需求”，一种对于自己生命意志的有限性的自觉，从而谋求超越自己在生之面前的无能为力。“诗是寓意的”，但丁的这句话，是对《神曲》而言，但也同样适合解释一切诗。梁宗岱把自己青年时期的人生理想、情感追求甚至迷茫的思绪，都呈现在了诗歌的象征的形式里，对之虔诚至神至性，令人肃然。

读梁宗岱的诗，我们常常会感到这不是一个宗教徒对神的虔诚，而是对自然、对爱情、对人类固有感情的宗教般的崇拜。这个神不是基督教中的“上帝”，而是自然、情感以及心灵。

---

① 李怡：《中国现代新诗与古典诗歌传统》（增订版），北京：北京大学出版社2008年版，第255页。
② 转引自世瑾：《宗教心理学》，北京：知识出版社1989年版，第36页。
③ 转引自世瑾：《宗教心理学》，北京：知识出版社1989年版，第39页。
④ 世瑾：《宗教心理学》，北京：知识出版社1989年版，第49页。

二、诗歌的手法：古典与现代的交融

梁宗岱早期诗歌的意象营造，有其独特的风格。他的诗既具有现代象征的手法，又融合了中国古典诗歌的“通感”形式，恰到好处，颇有“诗”的韵味，是现代人的现代情感表达方式。

《途遇》

我不能忘记那一天
夕阳在山
轻风微漾
幽竹在暮霭里掩映着
黄蝉花的香气在梦境般的
黄昏的沉默里浸着
独自徜徉在夹道上
伊姗姗的走过来
竹影萧疏中
我们互相认识了
伊低头赧然微笑地走过
我也低头赧然微笑地走过
一再回顾的——去了

在那一刹那里
直到如今犹觉着
心弦感着了如梦的
沉默、羞怯、与微笑的颤动[①]

诗人营造了柔和的意境：夕阳下的黄昏，幽幽的竹林，微风轻漾。将“黄昏”视为“梦境般的静默”，便有了超然之感。而“黄蝉花的香气”在黄昏里“浸着”，则采用了古典诗的“通感”形式，将人的嗅觉与触觉打通。这里的“浸”原本与水有关，即“水浸”，但此处含义为，人被香气熏陶而“沉浸”，不能自已。人沉浸于香味中不能自拔，可以想见这香气的温婉诱人！这是一首情诗，这句如同古诗中的起兴，意味着文中那个姗姗走来的“伊”对“我”

① 梁宗岱：《晚祷》，梁宗岱著，马海甸主编：《梁宗岱文集·诗文卷·法译卷》，北京：中央编译出版社 2003 年版，第 15 页。

的诱惑。这样醉人的情境，已使我们产生美妙的联想了。男女二人擦肩而过，羞涩地微笑着，恋恋不舍地一再回顾，则把这种欲爱而不能拥有的情感含蓄、委婉地表现了出来。诗人最后的心灵独白，给人一种梦幻迷离，含蓄、蕴藉、意犹未尽的感受。

同时期的“湖畔派”诗人的情诗，因过于直白而少了曲意与余味，又因其中夹杂了“苦涩”的味道，而少了美好的想象与甜蜜的情感体验。尽管宗白华先生评价汪静之的爱情诗《蕙的风》，说它放情歌唱少年天真的情感，没有丝毫的假饰，没有丝毫的顾忌，但就诗歌的艺术表现而言还是稍显逊色。

梁宗岱的诗具有中国古典诗的韵味与张力，但与中国古典诗歌比较，在诗歌意象的表现上又有所不同。试看梁宗岱的《白莲》一诗：

一个仲夏的月夜
我默默无言的
倚栏独对着
那滟潋柔翠的池上
放着悠澹之香的白莲
见伊惨淡灰白地
在月光的香水一般的情泪中
不言不语的悄悄地碎了[①]

诗中写的是月下的白莲（“白莲”乃佛教中的意象，有洁净之意。梁宗岱诗中意象本身就营造了一种“圣洁”的气氛）。“白莲”在诗人的笔下并非客观物象。“惨淡”、“灰白”已是拟人化了，而“香水般的情泪”、“不言不语”、“碎了”等显然是赋予了“月下的白莲”暗示与象征意义。正是诗人营造的象征灵境，继而引发人无限的遐想。诗中的“白莲”成为象征的载体，显现“我”与“物”间关联的微妙的心绪。隋唐时期的诗人陆龟蒙作过同标题的诗《白莲》：

素华多蒙别艳欺，
此花端合在瑶池。
无情有恨何人觉，
月晓风清欲堕时。[②]

---

① 梁宗岱：《晚祷》，梁宗岱著，马海甸主编：《梁宗岱文集·诗文卷·法译卷》，北京：中央编译出版社 2003 年版，第 34 页。
② 陈伯海主编：《唐诗汇评》（下），杭州：浙江教育出版社 1995 年版，第 2744 页。

诗中素淡的白莲，在色彩鲜艳的莲花中间，显得柔弱可欺。这个白莲花呀，真适宜在西王母仙宫的瑶池里生长（自喻其高贵）。没有人能觉察白莲这一无情之物心中的“怨恨”，在晨晓风清之时悄然坠落。诗人笔下的白莲，显然被人格化，是借物喻人。客观外物被赋予了主观化与道德化的痕迹。

梁宗岱的诗，意象塑造方法中“意”与“象”是一体的，两者很难区分。“意”是被象征、暗示的；在陆龟蒙诗中，“意”与“象”是两分的，“象”被人格化，“意”是比附的。从上述比较中，我们着实能见出梁宗岱诗体的现代象征意味。这意味有些近似于中国诗学中托物寓情的“比兴”，“它着重研究的是诗歌如何创造对应性的言、象去暗示深微曲隐的情意”[①]而非“寓善于美”的“比德”。中国古典诗学中的“比德”传统，其实重在“德”而非重在“美”。

梁宗岱在后来的诗论名篇《象征主义》一文中将“象征”与“兴”联系起来，不是无缘由的，在他早期的诗歌创作中已有表现。梁宗岱说：“象征的微妙，‘依薇拟义’这几个字颇能道出。当一件外物，譬如，一片自然风景映进我们眼帘的时候，我们猛然感到它和我们当时或喜，或忧，或哀伤，或恬适的心情相仿佛，相逼肖，相会合。我们不摹拟我们底心情而把那片自然风景作传达心情的符号，或者，较准确一点，把我们底心情印上那片风景去，这就是象征。瑞士底思想家亚美尔说，‘一片自然风景是一个心灵底境界’。这话很可以概括这意思。”[②]梁宗岱反对将“象征”作为“比”以及寓言，实际上，是他的象征主义诗学“纯化”的一个表现。在他看来，“诗”只有其自身的意义，不该有外在的道德、政治的意义。“纯诗”是他早期诗歌创作的理论化。

在梁宗岱的《晚祷》诗歌集中，例外地选入了三篇散文：《秋痕》、《归梦》以及《光流》，虽说是散文，实则是散文诗，因为文中音韵之和谐，情思之迷蒙，都是作者刻意营造的诗境。

《秋痕》写年幼的“我”与父亲的一次远行。在一个秋夜，乘坐的船停泊在河岸，父亲携着“我”走在“迷惘的荒野”，在这暮色行进中“我”霎时生出一种“轻烟般的恐怖”感。作者营造了一种萧索的氛围：“四顾景色苍茫，悄然寂然。没有密密的村庄，也没有疏疏的院落。只颓废的古刹里射出一点孤灯，伴着森森的树影，与寒月相辉耀。木鱼声无聊地从刹里断断续续地透出来，落叶只是萧萧着。”[③]作者回避了人的心情描写，但这“孤灯”

① 吕斌：《道家象征诗论考辨》，《湘潭大学学报》（哲学社会科学版）2008年第5期。
② 梁宗岱：《象征主义》，梁宗岱著，马海甸主编：《梁宗岱文集·评论卷》，北京：中央编译出版社2003年版，第63页。
③ 梁宗岱：《晚祷》，梁宗岱著，马海甸主编：《梁宗岱文集·诗文卷·法译卷》，北京：中央编译出版社2003年版，第17页。

与“寒月”已使得我们瑟瑟了。文中“密密”、“疏疏”、“森森”、“萧萧”的叠字运用，有音韵之和谐，读到此我们已经佩服诗人的妙手了。文中的结尾“父亲呵！稚弱的心是离不开你的慰安的”，抒发了作者的心情，这个秋夜在“我”的心灵中留下了深深的印痕。

同样,《归梦》也是写“我”梦中归乡,那种迷离恍惚的景致:“漠漠的赤沙，慢慢的长途。凄烟迷雾里，只见朔风怒号，寒月苦照，惊鸿凄咽，怪鸱悲鸣。小心里,惶然悚然！只剩有寂寞,只剩有荒凉！”[①]回到家,喝了母亲的淘米水,得了母亲的抚爱,孤寂而恐惧的心灵得到了安慰。以上两篇散文显得有些稚嫩,文笔过于矫饰，但《光流》不同，作者对亲人思念的泪流与对圣像发出的光流浑融在一起，所象征与暗示的情思更含蓄，更耐人寻味。

祖母呵
是你从那寂寞的泉路
寄给你眷爱的孙儿
慈蔼的探望么
昨夜凄忧的残梦里

你手植的白薇花的殇魂
披着迷蒙的暗月
在窗外憔悴的紫荆树上
隐约而呜咽地哀哭呢

——二三，七，九夜的梦痕

他辗转的想了一回往事，热泪从他的枕上滴着。

窗外潺潺的飘了一场急雨。雨止了，远远雨洗过的黝蓝的天边，三五玄秘的星光荧荧的闪耀着。幽邃的清辉，反映着他的灵台，把他的记忆的灯儿更光亮的燃起来。他重复辗转的想了一会往事，热泪从他的枕上滚滚的滴着。

室中是黑漆漆的。一切都只剩了模糊的影子，只有路边荒凉的电灯，照着壁上的耶稣圣像，显出一片淡黄的暗光，像已隐在镜光后面，看不清楚了。横窗的睡态惺忪的树影，不时的随着阵阵的微风，从像面渺无痕迹的轻轻地拂过。

---

① 梁宗岱:《晚祷》，梁宗岱著，马海甸主编:《梁宗岱文集·诗文卷·法译卷》，北京:中央编译出版社 2003 年版，第 28 页。

记忆的灯儿，把他照到他长眠的亲人去了。热泪从他的枕上滚滚的滴着。

他无意识的望望壁上的圣像。镜上的光，和他眼里晶莹的泪光，贯成了一道光流……不知是从镜上流到眼里，还是从眼里流到镜上。

他定睛沿着光流望去。光流尽处，便是淡黄的黯辉一片……电光一闪，他忽忽地，不自知的，微茫而历历如春夜的梦境一般，在一处冷森森的墓园蹀躞着了。黯淡的墓影，阴沉沉的罩住了一切。野茉莉，百合花，在积着冷露的白杨的败叶丛中，杂着些媚红的山花缤纷地开着，闪着寂寂的幽馨，徐温着泉下长眠的归人。

从无数累累的败黄的土坯中，他看见了他永别的亲人长眠的地方了……慈母的墓，哥哥的墓，弟弟的墓，和新立的祖母的墓……他们都在墓中安眠着，幽静而且和平灰白的面庞，现出枯寂的辗然的微笑，恍惚知道他的行近一样，低微到不可闻的问他说："你来了么？"

悲哀像墓影般罩住了他稚弱的心灵了。热泪从他的枕上滚滚的滴着。

窗外的雨滴又潺潺了，把他从浮漾的梦尘一般的幻景滴醒来。一切……墓园，慈母，哥哥，弟弟，祖母……都如烟的消散了。他呜呜咽咽的哭起来……母亲……祖母……

光流愈益宽广了。晶莹的光，射在壁间的圣像上；温柔，慈怜，圣爱的脸，遂如澄潭的月影般浮现出来，慈悲地反映出一道灵幻的圣光，暖云一般的慰藉了他稚弱的心灵。他如哭后的婴儿般止了。余泪还从他的枕上徐徐的滴着。①

梁宗岱的这三篇散文，擅于以"古刹"、"孤灯"、"寒月"、"落叶"、"惊鸿"、"怪鸥"以及"墓影"、"圣像"等意象营造"孤寂、萧索、悲凉、阴郁"的气氛，以此象征稚弱少年哀戚的心境，故寻求至亲人爱的慰藉。诗人终在耶稣圣像的灵幻圣光中得以体悟。

梁宗岱的《晚祷》还有音乐的节奏感与鲜明的色彩感。这与他后来诗论中提到的"纯诗"理论所吻合。因为在梁宗岱的"纯诗"论中，特别强调"音乐"与"色彩"，认为这是诗形式不可缺少的基本要素。梁宗岱的诗节奏大多是沉静、内敛或是高昂与庄严的，绝无哀婉缠绵或失落的感伤。前者如《晚祷——呈敏慧》，后者如《晨雀唱了》：

晨雀唱了
在这晶莹欲碎
藕灰薇融的晨光里

---

① 梁宗岱：《晚祷》，梁宗岱著，马海甸主编：《梁宗岱文集·诗文卷·法译卷》，北京：中央编译出版社 2003 年版，第 38~40 页。

他唱出圣严的颂歌
赞美那慈爱的黑夜
在朦胧而清醒的梦境中
织就了人间悲欢甜苦的情绪
他唱出绵婉的喜曲
讴歌那丝丝溶着的晨光
在天香流着的朝气里
带着婴儿般的希望临降
他不诅咒黑暗
他知道那是光明的前驱[①]

《失望》一诗有鲜明的色彩感，借助“金丝鸟”、“黑蝴蝶”、“箐幽的竹林”这样的自然物象，隐喻诗人的伴侣。虽然伴侣飞来又飞去，但是这美妙的富于色彩的“意象”，却留在了读者的心中。因此，我们读梁宗岱的《失望》，是一种美妙的“失望”，并无哀伤感。梁宗岱诗中“景”与“情”共存在象征的境界里，意境深邃朦胧。

第二节　《晚祷》诗的现代价值及对其诗论建构的意义

一、《晚祷》诗的现代价值与意义

1. 梁宗岱诗的“审美追求”

梁宗岱的《晚祷》在中国现代白话诗歌中，形成了独特的风格。这种风格非写实的，而是表现的。周良沛认为：“梁宗岱的这些诗完全沉浸在脱尘免俗的精神境界里，而诗的这种情调，在当时也是比较‘洋’的。虽然新诗本身，就是外来文化影响的产物，但那时的新诗又毕竟是汉语古文学根基很深的学人在写，那些‘白话诗’又常常留有许多旧体诗词的胎痕。梁宗岱与那些诗人相比，他文化营养取之不同，也就形成了另一种诗型。一般地说，一味地尚洋、西化并不可取，但从梁宗岱本人来讲，他的文化背景又是很自然地形成了他的艺术个性的‘这一个’。”[②]

---

① 梁宗岱：《晚祷》，梁宗岱著，马海甸主编：《梁宗岱文集·诗文卷·法译卷》，北京：中央编译出版社2003年版，第30页。
② 周良沛：《中国新诗库·梁宗岱卷》（序），引自黄建华主编：《宗岱的世界·评说》，广州：广东人民出版社2003年版。

对周良沛先生的这段话略作分析。

第一，说梁宗岱的诗沉浸在“脱尘免俗”的精神境界里，诗的情调在当时是“洋”的。笔者理解，在白话新诗的最初十年时间里，曾经有过诗是“平民的”还是“贵族的”之争。俞平伯坚持诗的“平民化”，而康白情、周作人以及朱自清等都认为诗是贵族的。这里不作词语的辨析，但是读梁宗岱的诗，的确有种高贵的感觉。这高贵不是因为衣着华丽，穿着贵族的服饰，而是骨子里的优雅与精致，就像是几代延续下来的贵气，渗入骨髓里。且不说他的诗意境高远，令人仰望，就是情诗也超脱尘俗之上，有种朦胧而又纯粹的美。比如，我们读《晚祷》（二），明明是一个青春少年的欲望冲动，“悔恨而沉思着我狂热的从前，痴妄地采撷世界的花朵”，但控制在微妙而温婉、幽美的遐思里，怀着宗教的虔诚与敬畏，将读者带到至高的纯粹境界：“祈望有幽微的片红，给春暮阑珊的东风，不经意地吹到我底面前。虔诚地，轻谧地，在黄昏星忏悔地温光中，完成我感恩底晚祷。”诗人善用“意象”，寄情于景：“幽微”、“片红”、“春意阑珊”、“轻谧”、“温光”等意象营造了柔和的意境，幽美的意境。这怎能是现实营营男女所能体验到的境界呢？这种与现实世界的距离，使得梁宗岱的诗难以引起大众的共鸣。

第二，周先生接下来的话说得有些模棱两可，说梁宗岱诗属另一种诗型，哪种诗型呢？宗教诗吗？应该不是，因为不只他一人写宗教诗，倒是“梁宗岱的文化背景很自然地形成他艺术个性的‘这一个’”这句话值得回味。“这一个”就是梁宗岱诗歌中流露出的艺术个性：唯灵主义的浪漫自我抒怀，浓郁的宗教色彩，追求诗歌艺术的含蓄、象征的表现，追求形式纯美。如果我们把梁宗岱的《晚祷》诗歌置于中国现代白话诗歌中考察，他的这个特点是异常鲜明的。

与同是抒发自我情感的浪漫派诗人郭沫若相比，郭沫若的诗长于“笔力的雄劲”，感情的奔放以及大胆的想象，但短在感情过烈，以致“杀掉了诗美”（鲁迅）；短在不重意象建构，以致少了回味与曲意。正像郭沫若自己所言：“我所著的一些东西，只不过尽我一时的冲动，随便地乱跳乱舞的罢了。”[①]宗白华在给郭沫若的通信中，曾经希望他作诗，“构造方面还要曲折优美一点，同做词中的小令一样。要意简而曲，词少而工”[②]。以情诗为例，梁宗岱的情诗表达了对心中理想爱的企盼，但他将感情控制在一种精神的或是心灵的范围内，把情感潜藏在象征的意象里：牧羊儿、野蔷薇、花朵、东风等，表达了诗人隐晦曲婉的情意。郭沫若的爱情诗，其表白的

---

① 宗白华等著：《三叶集》，合肥：安徽教育出版社 2006 年版，第 36 页。
② 宗白华等著：《三叶集》，合肥：安徽教育出版社 2006 年版，第 24 页。

大胆与直率在现代诗坛也是鲜见的："我把你这张爱嘴，比成着一个酒杯。喀不尽的葡萄美酒，让我时常醉！我把你这对乳头，比成着两座坟墓。我们俩睡在墓中，血液化成甘露！"[①]这首 *Venus* 写在诗人婚恋期间，与其他诗歌一样，其风格仍是火热的激情以及奇异的想象。在诗歌的表现手法上，郭沫若的诗是直抒胸怀；梁宗岱的诗则采用象征与暗示，追求诗的意境美。

对诗的象征意境表现，梁宗岱的《晚祷》与宗白华的《流云》小诗相媲美。《流云》小诗在数量上胜于《晚祷》。从诗的形式看，宗白华的诗多是短句，也许是受冰心诗体的启发。这种短句易记、易诵，朗朗上口。而梁宗岱的诗多是长句，相对于短句就不那么容易背诵了。所以读梁宗岱的诗很像读翻译过来的外国诗。

宗白华的小诗善于营造意境，一种中国古典哲学、诗学、美学的意境。比如《深夜倚栏》："一时间，觉得我的微躯，是一颗小星，莹然万星里，随着流星。一会儿，又觉着我的心，是一张明镜，宇宙的万星，在里面灿着。"[②]我中有物，物中有我。我观宇宙之寥廓，令我心胸无比之广阔。《夜》："伟大的夜，我起来颂扬你：你消灭了世间的一切界限，你点灼了人间无数心灯。"[③]哲学的沉思："夜"泯灭了一切的差异，因而激发人心的追索。黑夜与光明，宇宙与心灵是这样的辩证一体的。《诗》（一）："啊，诗从何处寻？——在细雨下，点碎落花声！在微风里，（载）来流水音！在蓝空天末，摇摇欲坠的孤星。"[④]用艺术审美的眼光看世界，世界就是诗，就是歌，就是音乐。

梁宗岱《晚祷》诗的意境是另一种风格，受西方宗教文化精神的昭示，营造一种"庄严"、"神圣"、"静穆"的氛围。受西方浪漫主义文学的影响，《失望》、《夜枭》、《泪歌》、《晚风》等流露出感伤的情调，比如，《夜枭》一首："'呜唔，呜唔'，夜枭的声音，人生诅咒者的声音，像凄切的葬钟一样，把我从乱藤般的恶梦当中，兀地惊醒了……但我无穷的梦想，柔弱者虚幻的梦想，都给你诅咒殆遍了，连我的游魂都一并招去罢。我怎能够也'呜唔，呜唔'的把人生努力地诅咒呢？"[⑤]《梁宗岱穿越象征主义》的作者董强指出，在梁宗岱的《晚祷》诗中，以"静穆"为最高境界的佛教，也出现在梁宗岱的诗歌散文中："《秋痕》中的'颓废的古刹'和'木鱼'声。

① 郭沫若著，陈志永校释：《〈女神〉校释》，上海：华东师范大学出版社 2008 年版，第 169 页。

② 宗白华：《宗白华全集》，合肥：安徽教育出版社 1996 年版，第 359 页。

③ 宗白华：《宗白华全集》，合肥：安徽教育出版社 1996 年版，第 361 页。

④ 宗白华：《宗白华全集》，合肥：安徽教育出版社 1996 年版，第 356 页。

⑤ 梁宗岱：《夜枭》，梁宗岱著，马海甸主编：《梁宗岱文集·诗文卷·法译卷》，北京：中央编译出版社 2003 年版，第 8 页。

《散后》中坠入污泥的白莲意象和《白莲》中‘放着悠澹之香的白莲’；《苦水》中的‘尘网’和‘苦水’和‘菩提露’，都是佛教的意象。”[①]在梁宗岱的诗歌中，中西方意象是交织在一起的，同样给人一种圣洁之感。

由上述比较，我们可以说梁宗岱的《晚祷》诗渗透出西方现代诗学精神。这种精神应当是西方的浪漫主义、象征主义与中国古典诗歌“意境”三位一体的融合。它与19世纪法国象征主义诗人们倡导的，表现自我内在灵魂的隐秘象征观念十分接近。

梁宗岱诗歌中表现出的这种现代诗学精神，得益于他在培正中学时期所接受的中西合璧式的教育。《圣经》对他的影响是不言而喻的，此外，还有大量的中外作品：中国古代大诗人屈原、陶渊明、李白；（美）惠特曼、（印度）泰戈尔、（德）歌德、（英）雪莱的诗歌。梁宗岱阅读外国作品，都是英文原版。在中学三年级时，他读美国诗人朗佛罗翻译的但丁《神曲》（梁宗岱在《屈原》一文中说，他当时读《神曲》的热忱连英文女教员和她许多美国朋友都惊诧不已）。梁宗岱天性具有诗人的敏感气质，接受了这些中外浪漫派大诗人作品的熏陶，他的诗歌创作形成了具有浪漫特质的风格，追求自我表现，擅长抒写心灵的感兴是自然的事。

梁宗岱的个性气质以及教育背景，使他的诗歌一开始就形成了另外一种诗型：追求诗的音与美。正如他在《试论直觉与表现》一文中所说：“我和诗接触得那么晚（我15岁以前的读物全限于小说和散文），一接触便给它那么不由分说地抓住（因为那么投合我的心境），以致我不论古今中外新旧的诗都兼收并蓄。于是，踯躅在无端的哀乐之间，浸淫浮忱于诗和爱里，我不独认识情调上每一个音节，并且骤然似乎发现眼前每一件物的神秘。我幼稚的心紧张到像一根风中的丝弦，即最轻微的震荡也足以使它铿然成音。”[②]梁宗岱对诗的感觉如同对音乐，是中国现代诗学中倡导的“纯诗”的早期创作尝试。

2. 梁宗岱诗歌的价值意义

通过对梁宗岱早期诗歌创作的分析，对其诗歌在中国现代白话诗中独特性的阐释，我们发现梁宗岱的诗学核心，中西融通的“象征”诗学理论在这里会找到它的“雏形”；梁宗岱所倡导的“纯诗”之理论，推崇“崇高”、“出水芙蓉”的诗艺境界以及诗要心灵的丰富乃至灵魂的追索，都能在他的早期诗歌创作中见出。因此，探讨梁宗岱的诗学理论，不可不了解他早期诗歌创

① 董强：《梁宗岱穿越象征主义》，北京：文津出版社2005年版，第115页。

② 梁宗岱著，马海甸主编：《梁宗岱文集·评论卷》，北京：中央编译出版社2003年版，第328页。

作的审美取向与精神追求，不了解这一点就不能了解真正的梁宗岱，也就不能揭示梁宗岱诗学的价值意义。

梁宗岱一生所追求的诗学理想即“真的追求与美的创造”。在他早期诗歌创作中，“真”为诗人在诗歌中自我内心的情绪，以及青年男女间的圣洁、虔敬情感的流露。“美”指诗的暗示、象征手法的运用以及情景融合，意象与氛围的营造。梁宗岱自叙其早期信奉文艺原理——诗是音乐的，“无论是二十岁前的《晚祷》之系统地摒除韵脚（那是为了获得一种更隐秘更富于弹性的音乐），或者那对于极严格的几乎与中国文字底音乐性不相投合的意大利式商籁之试作，差不多都指向这一点：要用文字创造一种富于色彩的圆融的音乐”[①]。梁宗岱的诗力图追求音乐般的纯粹美，为其后来的诗论奠定了创作实践的基础，尽管其诗体不尽完备。

二、《晚祷》诗歌对其诗论建构的意义

梁宗岱的诗论，主要受法国后期象征主义大师瓦雷里的诗学观念影响，建构起一套“象征主义心灵诗学”理论，提出“纯诗”观念，为中国现代白话新诗向现代化发展指出路径。梁宗岱的诗论既有严谨的逻辑，又有心灵的感召，既有理论批评家的识见，又有诗人的旨趣与眼光。可以说，诗人的气质与血脉贯穿在梁宗岱的诗论当中。

梁宗岱自己说：“梵乐希影响我底思想和艺术之深永是超出一切比较之外的：如果我底思想有相当的严密，如果我今日敢对诗以及其他文艺问题发表意见，都不得不感激他。”[②]梵乐希被称为哲学诗人，因为他的诗往往表达人生中的生死、灵肉等一些永恒的主题。梵乐希一直追求内心的最高真实，对人性与灵魂的思索涵融在完美的形式里。因此，梵乐希的诗及诗学观影响了梁宗岱一生，并且使梁宗岱对诗的认识生发到一个较高的起点上。

首先，梁宗岱的自由体诗歌创作为其接受法国象征主义诗学理论奠定了实践基础。很难设想，如果没有诗歌创作的实践，梁宗岱与梵乐希的相遇，会认定自己的“旅程”有了“方向”。梁宗岱从其早期初步尝试象征主义手法的诗歌创作，到留欧后接受象征主义诗学的主张，这其中有一些必然的因素：梁宗岱具备诗人的天赋才能，这一点与梵乐希有共性（梵乐希曾经有过弃文

---

① 梁宗岱著，马海甸主编：《梁宗岱文集·评论卷》，北京：中央编译出版社2003年版，第296页。

② 梁宗岱著，马海甸主编：《梁宗岱文集·评论卷》，北京：中央编译出版社2003年版，第192页。

学而从科学的打算，他的诗思是多年积淀后的爆发），只不过后者是大器晚成，而且登峰造极；前者是少年得志，“南国诗人”的诗作尽管还不是炉火纯青，但已经彰显出诗人的才气。再就是，梁宗岱早期所取的“文化营养”是西洋的宗教文化，努力寻求的是心灵的表现与灵魂的超脱，是心灵对自我的观照；而梵乐希的诗学也被称为真正的“精神的诗学”或“灵魂的诗学”，是心灵与肉体、心灵与自我、心灵中的有意识与无意识的挣扎，是诗人“灵境的写真”，是诗所能达到的最高的“象征主义的灵境”。有了这样相近的背景与创作的历程，梁宗岱感到与梵乐希的结识，就如同在迷茫的沙漠中看到了绿洲一样，在文艺上有了归属感。

其次，梁宗岱在诗歌的鉴赏上强调心灵震撼且推崇“崇高之美”。梁宗岱面对中国现代当下的新诗，他以“花”隐喻，提出诗欣赏的不同阶段：第一是“生花”；第二是“瓶花”；第三是“出水芙蓉”。这“出水芙蓉”隐喻诗艺的最高境界：自然、雍容、美丽，富于生机与活力，却见不出栽者的一丝痕迹。这一诗学理想的范例存在于中外古代经典诗歌中。梁宗岱以此为参照，批评现代白话新诗情感浅薄，并非发自内心的需要而作。比如，以《诗刊》中的孙大雨《决绝》为例：“读了《决绝》，我们的心弦连最微弱的震动都没有！我们只看见作者卖力气去描写一个绝望的人心目中的天地，而感不着最纤细的绝望底血脉在诗句里流动！”[①]为什么？他认为，诗人情感的贫瘠源自于生活的贫瘠、艺术的贫瘠。缺乏生活经验的深厚积淀，同时也缺少中外大师作品的艺术陶冶，两种贫瘠导致心灵的贫瘠，乃至灵魂的贫瘠，致使一些现代新诗以“假”充“真”，将情感停留在表层的嘶喊上面。梁宗岱给《大公报·文艺》栏里《诗特刊》写的跋和按语，其中有一篇“论平淡”，针对胡适之谈到自己的诗——“刚忘了昨儿的梦，又分明看见梦里的一笑”，“我受的训练只许我说这平淡的话”。梁宗岱指出，“真正的‘平淡’并非贫血或生命力底缺乏，而是精力弥满到极端，‘返虚入浑’，正如琴弦底匀整微妙的震荡到了顶点时显得寂然不动一样。”因此，“只有丰饶的禀赋才能够有平淡的艺术。枯瘠的沙漠既谈不到浓郁，更谈不到平淡”[②]。

梁宗岱在《论崇高》一文中质疑朱光潜翻译的一个名词：Sublime（朱光潜借助康德的意思译成“雄伟”，梁宗岱认为是不妥帖的，应译成“崇高”），指出朱光潜借助 Sublime（崇高）和 Grace（秀美）分析中外文艺作品，有牵

① 梁宗岱著，马海甸主编：《梁宗岱文集·评论卷》，北京：中央编译出版社 2003 年版，第 27 页。

② 梁宗岱著，马海甸主编：《梁宗岱文集·评论卷》，北京：中央编译出版社 2003 年版，第 167 页。

强比附的嫌疑。朱光潜把文艺复兴时期的艺术家米开朗基罗与达·芬奇比照，认为前者代表刚性美而后者代表柔性美，而梁宗岱认为，达·芬奇的《蒙娜丽莎》与《最后的晚餐》的构思与创作技法，仍能使我们内心产生“神妙”或“崇高”感觉。因此，梁宗岱得出结论：用 Grace（妩媚或秀美）来形容达·芬奇的艺术是不妥当的；柔性美与 Sublime （崇高）并不是不能相容的；这里，Sublime 译成“雄浑”不适用。显然，梁宗岱的质疑有诗人的趣味与眼光，有对美感的直觉与思辨，他并不停留在美感的“形”的层面，而是深入“神”的本体，因此其赏鉴作品更加独到深邃。

因此，梁宗岱在讨论当下新诗创作时，不可避免地用心灵的感受，指责新诗工具的粗浅、直白，缺少生命的意识。梁宗岱在其诗论中多处谈到新诗的形式问题。比如语言、节奏、跨句、韵等，他多是从辩证的思维来看待诗歌的形式问题。

最后，梁宗岱在诗歌的创作上，“纯诗”美学主张的倡导以及诗人特有的旨趣与眼光，使得梁宗岱的诗论更具有新锐的见解以及美感的恒久魅力。梁宗岱一直强调“诗与文”的不同：“诗所传达的不是一些凝固的抽象观念，亦不是单纯的明确的情感，而是一些情与思未分化之前的复杂的经验或灵境……”①散文与诗在“文字”这一表现工具上就有了明显的差别。梁宗岱提出，文字的三个元素：颜色、声音和意义，其中，意义在散文中是“唯我独尊”的，声音则是附庸。在诗里却相反，声音是组成诗的形式的主要元素：平仄、双声、叠韵、节奏和韵等。声音与意义二者在诗中，有时宁可牺牲意义而迁就声音“在任何文字底诗学里，句法之倒置，主词动词之删略，虚字系词之减削，都成为不可缺乏之规律”②。梁宗岱的这一见解有绝对化之嫌，但是他突出诗的声音之美，显示了一个诗人对诗艺的敏锐见解，正因为梁宗岱重视诗与文的区分，重诗的“本体”的美学价值，所以他的诗论因不受时局左右，经得住时间的考验，具有恒久的魅力。这一美学观点的坚守与梁宗岱早期诗歌创作理念有着密切的联系。

梁宗岱 1931 年归国后，相继在北大、南开、复旦等名校任教，其身份以及面对的学术语境，与早期已经有了很大的不同。梁宗岱是饱读诗书的学者、教授，面对当下的中国现代新诗的现状——白话文体之散文化，内容之贫乏，语言之浅易，感情之平淡，急需寻求新诗发展的“航海灯”。此时的梁宗岱

---

① 梁宗岱著，马海甸主编：《梁宗岱文集·评论卷》，北京：中央编译出版社 2003 年版，第 340 页。

② 梁宗岱著，马海甸主编：《梁宗岱文集·评论卷》，北京：中央编译出版社 2003 年版，第 341 页。

不是单纯的诗人身份，而是理论家的身份，需要他独具慧眼地发现与评判。在这种发现与评判中，诗人的气质与趣味、诗论家思想的深刻与思维的严谨，比较完美地体现在了梁宗岱的身上：一方面他重视诗之形式的审美表现，进行了“可操作性的探索”；另一方面通过对象征、崇高等美学范畴的争辩性探究，提出了诗歌的最高审美创造：象征的灵境与崇高的境界。要做到这一点，必须丰富诗人的心灵，必须“超度我们的灵魂到一种神游物表的光明极乐的境域”，也就必须如同老庄所言——“万物与我为一”。“一种超越灵与肉，梦与醒，生与死，过去与未来的同情的韵律在中间充沛流动着。我们内在的真与外界底真协调了，混合了。我们消失，但是与万化冥合了。我们在宇宙里，宇宙也在我们里：宇宙和我们底自我只合成一体，反映着同一的阴影和反映着同一的回声。”[①]梁宗岱的诗美学始终在追求一种理想：真与美的融合。

第三节 诗词集《芦笛风》：古典主义的回归

一、《芦笛风》创作的动机

1.《芦笛风》：出于强烈的切身哀乐而作

梁宗岱于20世纪40年代创作和出版的诗词集《芦笛风》，最先由他自费在广西桂林的华胥出版社出版。原版是手写体的石印本，按竖行的格式印出，印数很少。所收入的词，包括两部分：《芦笛风》词38首，《鹊踏枝》12首，共50首，均为1941年冬至1943年春的作品。时值抗战时期，复旦大学内迁到西南重庆。梁宗岱在该校外语系任教。1941年，梁宗岱从重庆返回故乡广西百色处理家事，邂逅了粤剧女演员甘少苏。甘少苏主演了一出粤剧《午夜盗香妃》。剧中香妃的悲苦身世被她诠释得淋漓尽致，深深打动了诗人梁宗岱的心。女演员甘少苏成了诗人挥之不去的“梦影”，他不禁诗情大发：

妙语清音句句圆，
谁言粤剧不堪传？
歌喉若把灵禽比，
半是黄鹂半杜鹃。[②]

---

① 梁宗岱著，马海甸主编：《梁宗岱文集·评论卷》，北京：中央编译出版社2003年版，第72~73页。
② 黄建华、赵守仁：《梁宗岱》，广州：广东人民出版社2004年版，第175页。

诗人梁宗岱见演员将悲剧表演得生动逼真，便想进一步了解演员的身世，于是开始了他们之间的交往。据甘少苏在《宗岱与我》的叙述，她所演的每一场戏，梁宗岱一定到场观看；梁宗岱所写的诗词，也一定会先拿给甘少苏读，两人深陷于感情的漩涡，以致谁也离不开谁。《芦笛风》中有 38 首词，就是梁宗岱与甘少苏交往期间写下的。

《玉楼春》

菊花香里初相见，
一掬笑容堆满面。
当时只道不关心，
谁料如今心撩乱？

绵绵一曲情何限，
情到深时词觉浅。
暗将眉睫惜华年，
脉脉似含芳草怨。[①]

这首词的后半段，含蓄、有暗示性，启发人的想象。甘少苏读了这首词，默默不语，恐怕与梁宗岱一样心有灵犀，只是双方心照不宣。因为当时梁宗岱与女作家沉樱已结婚近十年，育有两个女儿，一个儿子。当他将甘少苏从其丈夫钟树辉那里赎出，让她寄居在自己家里时，梁宗岱内心的复杂感情是可想而知的。收入《芦笛风》中的 38 首词，大多是写给甘少苏的，也有小部分道出了诗人此时复杂的思绪。

《菩萨蛮》（二）

新欢旧梦相萦绕，
销魂一缕炉烟袅。
眉黛一番新，
新人似旧人。

此情谁得免？
我独何能遣！

① 梁宗岱：《芦笛风》，梁宗岱著，马海甸主编：《梁宗岱文集·诗文卷·法译卷》，北京：中央编译出版社版 2003 年版，第 49 页。

惆怅梦回时。

松阴月正低。[①]

这首词，据甘少苏回忆，梁宗岱与她散步，忽然对其说出一句话："你很像那个法国姑娘。"这个法国姑娘就是梁宗岱留学期间热恋过的女友安娜，也就是白薇。白薇是梁宗岱为她取的中文名字。梁宗岱还为她作过一首诗《白薇曲》，寄回国内发表在《小说月报》1925年第十六卷第三号上。甘少苏认为，这诗是写给法国姑娘安娜的。梁宗岱的学生黄建华则认为，这是写给诗人妻子沉樱的。不管是写给谁的，这首诗表现的一定是梁宗岱内心复杂的情感。20世纪70年代以后，当梁宗岱与妻子沉樱恢复了通信，沉樱曾经将她与梁宗岱的夫妻关系称为"怨藕"。这"怨藕"一词，饱含一个妻子多么深沉的爱：藕断丝连，因而"愁怨"是无穷无尽的！

对梁宗岱与甘少苏之间产生的情感，如果我们了解梁宗岱作为诗人的浪漫气质与行侠仗义的秉性，就不会觉得意外，甚至在某种程度上，甘少苏的出现，满足了一个对艺术有着宗教般信仰的诗人的心灵渴求。他留欧七年，从那样一个丰富的艺术国度，回到了一个比较现实的社会，西方的那些诗歌、歌剧、绘画、雕塑似乎已成为遥不可及的东西。抗战正酣，蒋介石试图劝梁宗岱加入"智囊团"，增添了他的烦恼，因为这与他的个性极不相符。妻子沉樱因家务拖累，不能从事自己喜爱的创作，已心怀幽怨。因父亲病故，家业被人败坏，继母何氏催促他回乡整理家产，故梁宗岱匆匆返回百色。在这样一个商业小城，没有想到一个粤剧演员的表演深深地感动了他，与他一向追求的"艺术之真"在这近乎文化沙漠之地有了应和。梁宗岱那颗久违了的艺术灵魂被唤醒，由艺术的共鸣而产生了心灵的共鸣。

从梁宗岱的诗作和生活可以看出，他始终遵从自己的个性与性情，包括对艺术的执着，从不改变初衷，忤逆自己的心性。

这些词正像梁宗岱自己所说的，是"迫于强烈的自身哀乐而作"。

2.《鹊踏枝》：为"步韵"而作

《芦笛风》中收入《鹊踏枝》（和阳春六一词）12首，作于1943年春。这12首词，是为"步韵"而作。诗人自称《鹊踏枝》是在"比较超然的为创造而创造"的心态下写出的。

梁宗岱提到，自己开始创作《鹊踏枝》，是因为读了南唐诗人冯延巳（正

---

① 梁宗岱：《芦笛风》，梁宗岱著，马海甸主编：《梁宗岱文集·诗文卷·法译卷》，北京：中央编译出版社版2003年版，第50页。

中）收在《阳春集》中的14首《鹊踏枝》，其中有4首他在欧阳修的《六一词》中读过（冯延巳的《鹊踏枝》中有四首词，在晏殊与欧阳修的词集中也有收入。他们到底出自谁手，学界也有争议），因此感到熟识而亲切。

下面我们看冯正中的《鹊踏枝》（其二）：

谁道闲情抛掷久
每到春来
惆怅还依旧
日日花前常病酒
不辞镜里朱颜瘦
河畔青芜堤上柳
为问新愁
何事年年有
独立小楼风满袖
平林新月人归后①

冯正中的这首词，写得很有情致。全诗以“惆怅”、“愁”为主题，将这一哀戚的情感置于生命勃发、生机盎然的春天季节，“每到春来，惆怅还依旧”，这正是王国维评冯正中词“和泪试严妆”风格的写照，也是《诗经·采薇》中的“昔我往矣，杨柳依依；今我来思，雨雪霏霏”的表现方法。这种方法是将情景悖逆配合，从而加强各自的表现力。“日日花前常病酒，不辞镜里朱颜瘦”，用台湾诗学家叶嘉莹的解释就是表达了诗人“殉身而无悔的情意”。最后两句将诗人的“惆怅”之情达至深致：人呆呆地站立在小楼上，春风料峭，直至新月升起……启人无尽地深思与联想。

梁宗岱步古诗词的“韵”，《芦笛风》中几首《金缕曲》词牌，几乎是一气呵成的。《鹊踏枝》的“和韵”则并非如此。梁宗岱自己说：“可是说我底《鹊踏枝》之产生，完全出于技巧的考虑，节奏的煽动，也不符事实。因为这是精神活动底一个奇迹，在这些表面似乎纯是辞藻的游戏，以及对韵脚的挣扎，竟融入了我生命中一个最恒定最幽隐的脉搏，一个我常常被逼去表现而迄未找到恰当的形式的情感生活底基调，那当万物都苏醒的时候一年一度袭击我心灵的基调……”②这个基调是什么呢？梁宗岱引用了冯正中的这首诗中的一

① 黄进德选注：《唐五代词选》，上海：上海古籍出版社2001年版，第327页。
② 梁宗岱著，马海甸主编：《梁宗岱文集·评论卷》，北京：中央编译出版社2003年版，第302页。

句“每到春来，惆怅还依旧”。

笔者以为，梁宗岱读冯正中的词，唤醒他的不单是“韵”，重要的是冯正中词中所表现的心灵、情感与意境。冯正中的词善于表现自身心灵的奥秘，其情感渗透着时间意识与生命意识，意象朦胧、不确指，意境开阔，表现手法多变，具有很强的艺术张力。

梁宗岱认为，“步韵”诗词的成功，在于诗词中的“韵”能够在读者心中唤起一个新鲜活泼的境界，不是使“韵”束缚性灵，窒塞情思，单纯为凑韵导致牵强、空洞和不连贯。他自己创作的《鹊踏枝》12 首，就意象构造而言，都融入了自身的经验，传达出了诗人内心最隐秘的心声。因此，《鹊踏枝》的创作是成功的。梁宗岱自己也承认这一点。

《鹊踏枝》（七）

只道未言心已许
谁料东风，反促花飞去
心事重重谁寄语
可怜都被浮云误

怎得游丝千万缕
飞遍天涯，遮住韶华路
夜夜相思肠断处
为君默祷君知否

《鹊踏枝》（八）

过眼芳华常苦短
不奈飘零，况复惊时换
一夜霜风吹雪管
千花百草俱魂断

惨绿残红堆两岸
满目离披，骚首观天汉
瑟缩流莺谁与伴
空巢可记年时满[①]

① 梁宗岱：《芦笛风》，梁宗岱著，马海甸主编：《梁宗岱文集·诗文卷·法译卷》，北京：中央编译出版社 2003 年版，第 75 页。

"春之惆怅"得到了象征表现。

梁宗岱深深地意识到，他所推崇的冯正中的词，是被归为"花间词"派的。在当时的境况下，识辨力告诉他，写"春之惆怅"这类的主题，最容易被认为是"完全出自性欲"的不合时宜（或最缺乏所谓时代精神）的题材。于是他对这两种观点给予反驳。对于前者，梁宗岱认为，那些解心术者们的理论，固有其生理依据，但他们忘记了在那"性欲"的源头，是抵抗死的幻灭与追求生的祈向。"唯物史观和解心术底理论根据，都不外孔子底'食色，性也'一句话，而只各执一端。但从生物学底立场，食底动机是维持生命，色底动机是传递生命。所以说到是处，人类最后动机，和一切有生之伦一样，是求生，就是说，是对于死的畏缩，抗拒，悲悯，或征服"，因此"一切文艺底动机或主题，说到是处，并非爱而是死；并非欲望底文饰而是求生的努力"①。梁宗岱的这段话有为自己词作的题材做辩解之嫌，但这辩解又是有远见的。《芦笛风》中的词："楼头思妇的哀愁。"它一问世，就遭到了冷遇。因为，前方抗战进行得如火如荼，诗人偏居一隅，不思救亡，陷于"缠绵悱恻"的男女情感，自然与慷慨昂扬的悲壮气氛不相协调。因为抗战时期的文学，特别是诗歌都以社会功用为上，这种指责也是很自然的。

在今天看来，却不能因此而否定这些词的艺术价值。梁宗岱说："关于批评，我始终相信'时间是最公允的裁判'。同时代的意见大抵不流于过誉就是过毁。"②黄建华在分析梁宗岱这些词之后，从艺术的角度提出这样两点：一是，梁宗岱的《芦笛风》是因情而作的诗，读这些诗"一股铭心刻骨的真情，把你紧紧攫住"；二是，梁宗岱的这些"恋词"，与五四时期，比如与汪静之"情诗"相比，后者过于直白浅露，给人一览无余的感觉，前者则委婉曲隐，令人读后回味无穷。笔者是同意这一看法的。

二、《芦笛风》：古典与现代的结合

《芦笛风》的词作风格，的确与他《晚祷》的诗风迥然相异，与梁宗岱自己所提倡的象征主义心灵诗学相比，缺少了现代气息。因此，这部词集，往往被人们所忽略。20 世纪 70 年代以后，梁宗岱的很多著作都重新出版，唯

---

① 梁宗岱著，马海甸主编：《梁宗岱文集·评论卷》，北京：中央编译出版社 2003 年版，第 304 页。

② 梁宗岱著，马海甸主编：《梁宗岱文集·评论卷》，北京：中央编译出版社 2003 年版，第 294 页。

独没有这部词集。直到 2001 年，梁宗岱的学生黄建华欣赏其艺术价值，对全诗词加了注释，并为之作序，由广东人民出版社出版。

我们从非功利的角度看，或者说将之作为艺术创作来看，也许正如黄建华所说，词中所抒写的恋爱中的真性情，与他早期诗集《晚祷》中表达失恋的真性情仍有一致之处。梁宗岱《芦笛风》中意境的创造，也不同于古典诗词的“即景抒情”而是象征的意象。比如《鹊踏枝》的第一首：“只道未言心已许，谁料东风，反促花飞去！心事重重谁寄语？可怜都被浮云误。”在欧阳修的《玉楼春》中有“东风本是开花信，及至花时风更紧。吹开吹谢苦匆匆，春意到头无处问”。后者是诗人借“东风”抒发情怀，前者的“东风”则有象征的意味。梁宗岱一向倡导的诗歌中的象征、暗示在古典诗词中有了延续。这或许正是这部词集的价值所在。

梁宗岱为什么重返古典诗词的创作？他在 1944 年写的长文《试论直觉与表现》中，开端便解释了这一缘由。他首先肯定中国现代新诗的不断努力，认为像孙大雨、何其芳、艾青的作品为现代新诗奠定了坚实的基础，并直言，最成熟的，或者说最投合自己趣味的是卞之琳的《十年诗草》和冯至的《十四行诗》，“这两部诗集大体上都是卸却铅华的白描：前者文字底运用和意象底构成似乎更活泼更流丽更新巧，后者则在朴素的有时生涩的形式下蕴藏着深厚的人生的体验和自然的观感或二者底交融”[①]。他坦诚地说，自己过去对新诗是一个爱唱高调而一无所成的人，并认为自己青年时代的《晚祷》并非成功的作品，而中年转填古诗词是自然的感情倾向。他说：“我并非为词辩护，更无意于损害商籁或新诗底尊严去替词说法。我只叙述我底经验。我以为在艺术领域里，每个作家都必须为自己寻找那最适合自己个性的方式：没有谁能够勉强或诱掖谁，也没有方式可以自诩占有绝对的优越。问题只在于找到你底个性和方式间的和谐，有时甚至是两种极端的矛盾性底和谐。譬如我自己在生活上是最爱野朴与自然，在艺术上却极醉心于格律与谨严，而我最大的野心就是要在极端的谨严中创造极端的自然。”[②]梁宗岱选择了符合自己个性的艺术表达方式。这种方式并未游离他的诗学观念和主张：真的追求与美的创造。诗人用这种方式来维护自己的诗学理想，表达了对艺术功利性的抵抗，《芦笛风》应该在梁宗岱的诗学体系中占有一定的位置。

---

① 梁宗岱著，马海甸主编：《梁宗岱文集·评论卷》，北京：中央编译出版社 2003 年版，第 296 页。

② 梁宗岱著，马海甸主编：《梁宗岱文集·评论卷》，北京：中央编译出版社 2003 年版，第 298~299 页。

三、结　论

梁宗岱的《晚祷》创作于20世纪20年代，《芦笛风》则创作于40年代；《晚祷》诗采用了现代的自由体，《芦笛风》则重填古典词。它们的主题都是表现恋情，一个是失恋的感伤，另一个是恋爱中的“魂牵梦绕”。它们同样抒写真性情，同样有着浪漫的情怀，同样运用象征手法。不过，前者有青年人情感的迷茫，有对理想的坚执与自我的超越；后者则有情感的困惑，但也有对爱的不悔的誓言。如果说梁宗岱的《晚祷》是现代诗歌创作的尝试，那么《芦笛风》则借助古典填词，表达了回归传统的意愿。这与抗战时代的慷慨悲歌似乎相游离，但也是诗人偏于一隅、回归自我的见证。

这里我们不必深究其因，诗人在文章中曾表达过对抗战时期某些应景诗创作的体认，与其将诗作为激发民众斗志的手段，放弃诗的本体价值，不如不做。换句话说，如果将诗应用于现实，变成宣传的工具，牺牲其永久价值，则等于毁灭诗，梁宗岱对诗的见解可谓深刻之至！在这个意义上，梁宗岱的诗评论在其诗歌创作之上。我们称梁宗岱先生为诗论家更合乎其身份。《芦笛风》的词创作，也有诗人背后的难言之隐。诗人的家族产业使得诗人不可能超脱到不食人间烟火而去做纯粹的诗人。诗的创作总是自身经验的写照，成就高也罢，低也罢，都是自身处境使然。想到这些，我们对诗人的诗作也不必苛求，一切皆是缘。

第三章　梁宗岱的诗学理论

梁宗岱的诗学理论主要体现在《诗与真》、《诗与真二集》中。它从法国象征主义及德国歌德古典与浪漫主义中汲取诗学元素及精神气脉，建构起以“诗与真”、“纯诗”、“象征的灵境”等为核心概念的中国现代象征主义诗学体系。其诗论既有对同代诗论的超越，也为后来的现代诗学提供前瞻的视界，堪称中国现代象征主义诗学之界碑。本章将分析梁宗岱诗学体系建构的核心概念，并将梁宗岱的诗论置于中国古、近代诗学史上，考察其对儒家“经世致用”功利观念的批判，对古典诗评的“顾美失真”方式的继承，对近代学者王国维的诗学本体价值的传承，从而揭开梁宗岱诗学的本真价值及对当下诗学建构的意义。

第一节　梁宗岱诗学理论对中国传统诗学的批判与继承

一、梁宗岱诗学理论的地位与影响

梁宗岱是中国现代诗学史上从比较诗学的视角阐释象征主义诗论的学者。他将中国现代白话新诗与古典诗歌的浪漫传统承接，同西方诗学“汇通”，提出“纯诗”化的，具有“象征灵境”的现代性诗学理念，为新诗的发展树立了高标尺。梁宗岱的现代诗学思想，置于“五四”以来中国现代白话新诗的创作与理论的发展进程中考察，极具前瞻性，也有很高的诗学质素，理应在中国现代诗学史上占有自己的地位。

但在相当长的一段时间内，梁宗岱被学界所忽略。这当中的原因颇为复杂，有两点值得提出：一是历史语境的变迁。梁宗岱出生于20世纪初，一生跨越新旧两个时代。他的诗论著述集中在20世纪三四十年代，后来一直沉寂。直至改革开放以后，20世纪80年代中期才为学界所关注。二是梁宗岱天性浪漫，追求个人理想。他的诗歌创作和诗学主张是他理想追逐的一部分，经历了人生和历史的曲折之后，他后半生将主要经历投入到制药、施药中，将早年的理想化为“普济众生”的“人道主义”行动，回避学术问题，少写甚至不写文章。

梁宗岱的诗论著述主要分为两部分：一部分是两本诗集《诗与真》、《诗与真二集》，它们分别于1935年与1936年由上海商务印书馆出版。1984年外国文学出版社将这两本集子合成一册，名为《诗与真·诗与真二集》。《诗与真》，收入梁宗岱从1928年至1936年写的诗论文，共五篇。《诗与真》：《保罗·梵乐希先生》（1928）、《论诗》（1931）、《论画》（1932）、《文坛往哪里去——“用什么话”问题》（1933）、《象征主义》（1934）。《诗与真二集》，收入1934年至1936年发表的诗散文或译文，共十三篇：《谈诗》（1934）、《李白与歌德》（1934）、《论崇高》（1934）、《说“逝者如斯夫”》（1935）、《歌德论》（保罗·梵乐希作，梁宗岱译）（1935）、《歌德与梵乐希》（1935）、《新诗底纷歧路口》（1936）、《按语和跋》（1936）、《法译“陶潜诗选”序》（保罗·梵乐希作，瀛生译）（1934）、《韩波》（1936）、《骰子底一掷》（保罗·梵乐希作，梁宗岱译）（1936）、《诗·诗人·批评家》（1936）、《忆罗曼·罗兰》（1936）。另一部分是没有收入两本集子中的一些关于诗歌的翻译、创作等批评文章。这些文章被收在2003年中央编译出版社出版的《梁宗岱文集·评论卷》里。有《左氏浮夸辨》（1917）、《蒙田四百周年生辰纪念》（1933）、《屈原》（1941）、《非古复古与科学精神》（1942）、《试论直觉与表现》（1944）、《黄君璧的画》（1949）、《论〈神思〉》（1962）、《法国启蒙运动的杰出代表卢梭》（1962）、《怎样理解于连这个人》（1962）。此外，2006年，梁宗岱的学生刘志侠主编的《诗与真续编》中，又收入了梁宗岱生前发表在报刊上的文艺评论和抗战政论杂文：《杂感》（1923）、《〈尼采底诗〉译序》（1934）、《关于〈可笑的上流女人〉及其他》（1935）、《再论〈可笑的上流女人〉及其他》（1935）、《巴士卡尔〈随想录〉译注》（1935）、《释〈象征主义〉——致梁实秋先生》（1936）、《从滥用名词说起》（1937）、《〈从滥用名词说起〉底余波——致李健吾先生》（1937）、《论诗之应用》（1938）、《不在其位，不谋其政》（1938）、《谈抗战诗歌》（1938）、《谈“朗诵诗”》（1938）、《求生》（1938）、《胜利的条件》（1939）、《莎士比亚的商籁》（1943）等。

从以上三个部分来看，后两个部分大多是对翻译和文艺方面的争辩性批评文章，针对性较强，侧重具体现象的分析与辨识；前一部分，梁宗岱的《诗与真》、《诗与真二集》，用“浓缩的精华”来概括，绝不为过。1984年外国文学出版社将两部集子合成为《诗与真·诗与真二集》，也仅仅是一本薄薄的小册子，共217页。这本小册子充分展现了诗人对诗歌的卓越见解。它不仅在诗歌观念上追逐西方现代性，又传承古典诗学精神气脉，更重要的是，它提出了中国现代白话新诗创作与发展中的一些重大理论问题。他倡导“纯诗”，提出诗鉴赏的“出水芙蓉”说以及建构象征主义的诗学体系等，特别是《象征主义》一文，以比较的理论意识将西方诗学中的“象征”与中国古典诗学的“兴”相融合汇通，建构象征主义的理想体系，代表了梁宗岱诗论的最高成就。就是这样的两本小册子，在抗战期间被指定为西南联合大学中文系的必读书目之一，实际也是作为精选的教材被引用的。此外，梁宗岱翻译的莎士比亚的《商籁诗》（七首）被语言学家王力先生收在他的书里，作为范例引用，可见梁宗岱翻译的魅力。

梁宗岱的诗论核心即象征主义的心灵诗学，追求诗学的本体价值以及心灵的丰富，其卓越的诗性见解，具有超越时空的意义。香港文学家壁华先生说的话可以为证：“他的作品虽然不多，但却能以质取胜，抵抗得住时间尘埃的侵蚀，保持其青春的鲜艳与活力。”[①]梁宗岱是活跃在20世纪二三十年代的中国现代诗人、诗论家、翻译家，可以说从40年代之后，诗人基本上就沉寂了。新中国成立后，50年代诗人在大学的讲坛上试图再展风云，但是随之而来的“文化大革命”的风暴，将其摧残至罹患重病，只在翻译上尽自己的微薄之力。诗人逝世后，20世纪80年代中期国内重新掀起了研究梁宗岱的热潮。学者们在梁宗岱的诗论中似乎寻找到了今天我们所缺失的东西：怎样具备现代性的眼光（尽量与世界诗学贯通），怎样承继我们光荣的诗学传统（三千年中国古代诗史中艺术精华），怎样建设新时代的诗学理论（崇高人格、心性的锤炼与个性化的创作）等等。梁宗岱以一个诗人兼批评家的身份，以他深厚的中外艺术学养、特有的个性化趣味与哲思者深邃的理性，将诗学中的艺术、美学乃至哲学问题融合在他的一篇篇具体的文章里。所以，我们读梁宗岱的诗学著作，从一篇具体文章得到的是感性与理性的结合，诗学艺术与哲学思想全方位的整体感知。在这点上，我们似乎已有所悟，为什么梁宗岱那样倾心法国后期象征主义大师梵乐希以及德国大作家歌德，正是他们的精神个性以及创作风格深深地影响了这位青年学子。因此，梁宗岱所留下的诗学著作正是诗人追寻中外大师哲人的脚步，承前启后、继往开来的见证。

作为同时代的诗学家，梁宗岱可以比肩的朱光潜、宗白华等人对现代诗学卓有建树，但朱光潜的诗学在审美趣味上不如梁宗岱那样富有生命力，感觉没那么敏锐，判断也没那么准确。从诗人的审美直觉以及对艺术境界的追求上，梁宗岱与宗白华倒有不少相似之处。因为两人都深谙艺术精神的精髓，都有一种生命意识流沛在诗学著作的字里行间，同时又有美学、哲学的深度文化内涵。换句话说，就是浓厚的“人文情怀”，因此说梁宗岱的著作能够“保持其青春的鲜艳与活力”并不是妄言。宗白华先生的一生也有相当长的沉寂

---

① 黄建华主编：《宗岱的世界》，广州：广东人民出版社2003年版，第109页。

时期，也是20世纪80年代再度崛起。如果我们再上溯的话，清末学者王国维的诗学美学观，为梁宗岱所承继，但梁宗岱的诗学理论却较前人已注入了极强的现代意识和观念，同时必然给后人带来深刻的启迪。时间的刷洗让我们看到，梁宗岱在中国现代诗学中的地位正在被人们逐渐重视，随着世界诗学——比较诗学学科的兴起，在中国的比较诗学领域，梁宗岱处于堪与王国维、鲁迅、钱钟书并置的地位。他的《诗与真》、《诗与真二集》也正在被比较诗学学者们关注，因为在这两部集子中，“比较”也不仅仅是一种方法，更是一种视野、一种现代意识，或者可以说是一种追逐世界诗学的理想。

梁宗岱的诗论，有自己鲜明的个性特色。他先从事诗歌创作和文学翻译，然后才涉足评论，他有丰富的审美直觉体验，且倾其生命地投入，他的诗论常常是他最隐蔽的心灵表达，诗人的灵感常常浮现在字里行间。梁宗岱中学、西学学养深厚，其诗论对古今中外名家作品信手拈来，运用自如。他的诗论与他早期的诗歌创作同样氤氲着极大的精神氛围，有一种提升人心灵境界的力量。正如他的学生刘志侠所说：“他的诗人气质和雄辩性格，在评论中发挥得淋漓尽致。和学院派字正腔圆的评论不同，他不爱卖弄名词和理论，使用人人喜闻乐见的文学语言和手法，文字优美，滔滔不绝，常常一泻千里，气势非凡，令人读起来趣味盎然。”[①]在今天，我们的文学理论家急于从西方的文化理论中寻找、借鉴，努力建构自己的理论大厦的时候，不妨先读一读梁宗岱；我们撰写文学批评文章，机械地套用西方现代批评话语，因缺乏生命的体温，千篇一律，毫无个性魅力的时候，我们可以用心去读梁宗岱。为此，研究梁宗岱诗学对我们当代文学理论、比较诗学的建设具有重要的现实意义。下面我们将梁宗岱诗学置于中国诗学、近现代诗学发展的链条上，看其诗学的特色及价值贡献。

二、中国诗学的功用倾向及批评的“顾美而失真”

1. 中国诗学的主流——儒家“经世致用”的诗学倾向

中国古代诗学，尤其是儒家诗学有浓厚的“经世致用”倾向。西方诗学从古希腊始有一种“求真知”的探索精神，比如，我们读柏拉图的《文艺对话集》或是读亚里士多德的《诗学》，其中都蕴含着一种对诗、艺术的本体价值的探讨。

柏拉图的《文艺对话集》，大都是通过两个人的对话来研讨诗学的范畴

① 刘志侠、卢岚：《纷纭万象中，皆见永恒美》，梁宗岱著：《梁宗岱选集》，北京：中央编译出版社2006年版，第9~10页。

或概念问题。如第一篇《伊安篇》讨论的是“诗的灵感”，通过虚设的两个对话人——苏格拉底与伊安，两人一问一答，不知不觉进入正题，由“诵诗”谈到“作诗”，提出本论的观点：诗人凭什么写出他们伟大的诗篇？得出的结论是，不是凭技艺也不是凭知识而是凭借灵感。在对灵感的描述上，又升华到了“迷狂”、“神灵”这样的境界：“凡高明的诗人，无论在史诗或抒情诗方面，都不是凭技艺来做成他们的优美的诗歌，而是因为他们得到了灵感，有神力凭附着。”①在亚里士多德的《诗学》里，则是系统地对艺术进行了分类，重点分析了古希腊的悲剧与喜剧的特征，尤其是对悲剧的形式做了深入的探究，提出了悲剧的形成因素：情节、人物以及悲剧的效果。亚里士多德在其《诗学》中对“诗”也做了本体论的哲学思索，认为“诗人的职责不在于描述已发生的事情，而在于描述可能发生的事情，即按照可然律或必然律可能发生的事情”，历史家与诗人的差别在于“一叙述已发生的事，一叙述可能发生的事。因此，写诗这种活动比写历史更富于哲学意味，更被严肃地对待；因为诗所描述的事带有普遍性，历史则叙述个别的事”②。亚里士多德由此建立了一套诗学的理论体系。古希腊的诗学思想中也有功利的成分，例如强调诗的教育功用，但这是建立在“认知”的基础之上的。

与西方的早期诗学相比，中国古代诗论不重视这种诗的本体求索，而是一开始就赋予“诗”一种主观的诠释，以便达到“尚用”的目的。比如，《尚书·尧典》中提出“诗言志”，被中国现代诗学家朱自清先生认为是中国历代诗论的“开山纲领”（因为它对后来的诗学理论，甚至不仅是诗学，包括一切文学有着深远的影响），即便之后有不少注释者，但都仅仅从语义或语音方面做解释，没有像西方那样展开一系列深入的关于诗本体价值的讨论。我们可以从字面上来释“诗言志”的“志”，自当可以解释成“心志”、“情感”，是诗人个人情志的自由表现因素，那“情志”是什么？在诗人的主体心性中占据着怎样的位置？诗家表现了何种“情志”？其背后的哲学意念是什么？这些在西方有可能被讨论的问题，在中国的诗学中被忽略了。

如果今天我们读《诗经》中的诗，会觉得不过是自然的情绪表现而已，但在先秦时期，就是这样的一部诗歌总集，被抬举到了“崇高”的地位。我们这里用了罗根泽先生在《中国文学批评史》中的一个词语——崇高来概括，这是很恰当的，没有夸大。至此，诗本身的意义被遮蔽、汩没了。实际上《诗

---

① ［希腊］柏拉图著，朱光潜译：《文艺对话集》，北京：人民文学出版社 1988 年版，第 8 页。
② 胡经之主编：《西方文艺理论名著教程》，北京：北京大学出版社 1986 年版，第 64 页。

经》中所引述的诗，所表达的自然有功利意识的一面，但更多的是没有明显的功用价值的。编撰者本身已经将“诗”框定在儒家“经世致用”的哲学观念之中了，这无疑就是对诗的本体文学价值的扼杀。春秋时期，有士大夫以“赋诗”为荣耀，这种赋诗既不是体察诗人的情意，也不是欣赏诗的文学美，而大多是“赋诗断章，余取所求”，以他人之意暗示自己之意，已经在很大的程度上误读“诗”了。

儒家的创立者孔子提出了系统的诗学思想：“诗三百，一言以蔽之曰，‘思无邪’。”[①]提出了诗歌情感表达的“中庸适度”的原则。“兴于诗，立于礼，成于乐”[②]，“不学诗，无以言”，“诗”被视作当时的一种“雅言”，引用起来，有提高自身身份的意义。“诗”具有塑形象的功能，这与“礼”正好相互呼应。“礼”是行为方式的规范，“诗”是言语表达的形象化，而“乐”则是成就一个人品德修养的最高境界，在三种境界中完成一个人的心性修炼；“诗可以兴，可以观，可以群，可以怨”[③]，认识到“诗”的“兴寄”功能，而“诗的兴观群怨”说，明显地强调“诗”的社会教育作用，这种作用是通过“托物兴辞”或是“引譬连类”所引发的联想、想象所达到的，非抽象的说教所能比拟。这里，我们看到孔子给予了“诗”相当的地位，但他的目的不是张扬“诗”的自身价值，而是为儒家的学说找寻最好的注脚。“诵《诗》三百，授之以政，不达；使于四方，不能专对；虽多，亦奚以为？”[④]在孔子看来，如果一个人读了诗，授之以政事，但在外交与政治场合中，仍不能应对自如，这样的诗读得再多又有何用？这种以功用说诗而非以文学说诗，表达得再露骨不过了。因而《诗经》在春秋战国时期，与《书》、《礼》、《易》、《春秋》被视为儒家的“五经”之一，而孔子评诗的标准，可以说几乎影响了从先秦以来直至明清时代的诗文创作与评说。

儒家学说的发扬光大，一般是在每一个朝代的集权统治达到鼎盛或政局相对稳定的时期，比如说，汉武帝“罢黜百家，独尊儒术”的提倡，后儒学家对“经学”研究的盛行，赋予“诗”强大的“人伦教化”功能，“经夫妇，

---

① 夏传才：《中国古代文学理论名篇今译》（第一册），天津：南开大学出版社 1985 年版，第 23 页。
② 夏传才：《中国古代文学理论名篇今译》（第一册），天津：南开大学出版社 1985 年版，第 24 页。
③ 夏传才：《中国古代文学理论名篇今译》（第一册），天津：南开大学出版社 1985 年版，第 26 页。
④ 夏传才：《中国古代文学理论名篇今译》（第一册），天津：南开大学出版社 1985 年版，第 25 页。

成孝敬，厚人伦，美教化，移风俗”[1]，其中所提出的一些观点，比之孔子走得更远：“《关雎》，后妃之德也，风之始也，所以风天下而正夫妇也。故用之乡人焉，用之邦国焉。风，风也，教也；风以动之，教以化之。”[2]自此，诗的教化之说得到了最大的张扬。尽管他们也认识到了诗情感的重要性，但仍然要“变风发乎情，止乎礼仪。发乎情，民之性也；止乎礼仪，先王之泽也”[3]。如此，将“情”限定在儒家所认可的礼仪规范之内。汉代的宗经风气一直到魏晋时期的玄学兴起，方才渐趋衰微，但它并未消失。儒、道、佛三大教派，成为中国古代诗学的隐形理念，并且儒家学说一直是潜在的主流，影响并规约着对诗学的创作走向与批评标准的把握。

到了宋明时期，兴起了一种“理学”。“理学”是一种新“儒学”，是在一种新的时代条件下，对儒家学说的再阐释。“理”即天理，天理就是儒家的纲常伦理。他们将“理”与“欲”对立起来，提出要“存天理，灭人欲”，儒学的“义理”再度被推向高峰。宋代理学家周敦颐首次提出“文以载道”的观点：“文所以载道也，轮辕饰而人弗庸，徒饰也。况虚车乎？文辞，艺也；道德，实也。笃其实而艺者书之；美则爱，爱则传焉，贤者得以学而至之，是为教。故曰：‘言之不文，行之不远。’然不贤者，虽父兄临之，师保勉之，不学也；强之，不从也。不知务道德而第以文辞为能者，艺焉而已。噫！弊也久已。”[4]“理学”成为贯穿宋元明清的封建正统思想，尽管它有不同的派别，但其核心理念是一致的。这个“理学”不是“理性”，与西方的启蒙主义不同。西方的启蒙主义推崇“理性”，实际上针对中世纪的蒙昧主义，来启发人类自身存在的“理智”，开启人类的智慧，张扬自我价值，使得自我得到最大限度的表现。它倒比较类似于西方古典主义时期的“理性”，推崇“法理”，而蔑视人的感情。中国宋明时期的“理学”，是“天理”或“天道”，世间一切必得服从这样的“理性”，这样人就失去了人自身的本性，文学艺术也自然变成了“理学”的工具，失去了它的本体价值。自宋朝以后，尽管中国古代诗学在漫长的历史发展中复古与非古思潮交替出现，但总体来看，“述而不作，信而好古”可以说贯穿了整个诗学的历史过程。

---

① 郭绍虞主编：《中国历代文论选》（第一册），上海：上海古籍出版社 1979 年版，第 63 页。
② 郭绍虞主编：《中国历代文论选》（第一册），上海：上海古籍出版社 1979 年版，第 63 页。
③ 郭绍虞主编：《中国历代文论选》（第一册），上海：上海古籍出版社 1979 年版，第 63 页。
④ 张少康、刘兰富：《中国文学理论批评发展史》（下卷），北京：北京大学出版社 1995 年版，第 33~34 页。

2. 中国诗学批评的主观倾向——“顾美而失真”

中国诗学到了魏晋时期，有了新气象。从创作实践到诗学理论都努力摆脱儒家“经世致用”的功利倾向，开始回归诗的本体。这首先表现在对“诗言志”说的放弃，张扬“诗缘情而绮靡”的观点。陆机《文赋》的出现，可以说有标新立异的意味，开创了一代诗风，因为诗“发乎情”却不必“止乎礼仪”。另一方面，诗绮靡的言辞表达得到强调，高度重视形式的意义，这一点与儒学家们的观点正相反，因此，“诗缘情而绮靡”也被后来清朝的诗学家们从儒学的立场予以批判，如纪昀在《云林诗巢序》中认为：“知‘发乎情’而不必‘止乎礼仪’，自陆平原‘缘情’一语，引入歧途。”[①]可见陆机这一观点的意义。陆机的《文赋》仅是短篇的文章，是以“赋”的形式写成的诗论，本身就有诗学价值。其中所讨论的问题，也开了中国诗论的“印象”评点的先河。他的“诗缘情而绮靡”说，仅仅是论述以往诗家文体时一个点到为止的概括：“诗缘情而绮靡，赋体物而浏亮。碑披文以相质，诔缠绵而凄怆。铭博约而温润，箴顿挫而清壮。颂优游以彬蔚，论精微而朗畅。奏平彻以闲雅，说炜晔而谲诳。”[②]并没有展开深入的求索。作为一部诗歌批评的书，正如钟嵘在《诗品序》中所言，“陆机《文赋》通而无贬”，指出了《文赋》的弊病所在。没有对前人诗说的批评，就谈不上本身诗学的建构，只能说是自己对前人的诗歌创作构思与表达的一点领悟，缺乏一种西方诗学家所独有的“求真”态度。

在这一点上，西方的诗学批评可谓真正的“批评”。柏拉图的“对话体”本身就是一种“辩体”。“辩”是要举证和论说精当，层层深入，抓住对方言说的要害而攻之，有理有据，不可以“误读”或“曲解”，更不可以不顾事实地主观臆断。古罗马时期有一部《论崇高》，相传为朗加纳斯所作，文中批评语之犀利是鲜见的。作者给前人凯齐留斯所作的《论崇高》以尖锐的批评，认为它完全抓不住问题的要点，只是费力地罗列千百种例子来说明“崇高”的性质，同时又没有告知读者怎样鉴赏“崇高”，并提高自己的能力。作者在阐述“崇高”这一范畴过程中，以他卓越的识见，充沛的激情以及大胆的批判，告诉读者什么是“崇高”，形成“崇高”风格有哪些因素，阻碍“崇高”风格形成的现实弊端是什么等，这部著作对西方的影响是相当深远的。

---

① 张少康、刘兰富：《中国文学理论批评发展史》（上卷），北京：北京大学出版社1995年版，第190页。

② 周伟民、萧华荣：《〈文赋〉〈诗品〉注译》，郑州：中州古籍出版社1985年版，第20~21页。

在西方的诗学中这样的著作不胜枚举。

与其相比，中国古代也不是没有“争辩”，只是中国的“辩”有实无名，换句话说，就是没有在“名学”上建立起一套抽象的概念系统来加以讨论。关于这一点，王国维在他《论新学语之输入》一文中有明确的说明：“夫战国议论之盛，不下于印度六哲学派及希腊诡辩学派之时代。然在印度，则足目出，而从数论声论之辩论中抽象之而作因明学，陈那继之，其学遂定。希腊则有雅里大德勒自哀利亚派诡辩学派之辩论中抽象之而作名学。而在中国则惠施、公孙龙等所谓名家者流，徒聘诡辩耳，其于辩论思想之法则，固彼等之所不论，而亦其所不欲论者也。故我中国有辩论而无名学，有文学而无文法，足以见抽象与分类二者，皆我国人之所不长，而我国学术尚未达自觉之地位也。”[①]王国维先生这里所说的“我国学术尚未达自觉之地位”，即指中国学术中的“求真”精神显然不足，这自然影响到中国诗学。

中国古代第一部诗歌批评著作当推钟嵘的《诗品》。钟嵘是我国齐梁时期的诗学批评家。在钟嵘之前，出现了刘勰体大思精的文学理论专著《文心雕龙》，这可谓是一部系统的文学理论著作，它着重对一些诗学中的理论问题进行了阐释，不重批评，而重建构。钟嵘的《诗品》与之相比，不重体系建构，而重在品评。在《诗品》中，作者评价了汉魏至齐梁间的120位五言诗人，分上、中、下三卷，前面有一个总序。《诗品》的序是作者的一个总评，分为三部分：一是对古代五言诗的形成以及传承发展予以回顾，对建安文学取得的成就予以高度的肯定，尤其突出了曹植的贡献。作者提出诗的创作要酌情运用赋、比、兴表现手法，“宏斯三义，酌而用之，干之以风力，润之以丹采，使味之者无极，闻之者动心，是诗之至也”[②]。推崇内在有“风骨”之气，外在有华茂的辞彩，令读者回味无穷，心生感动的作品。接下来，作者说明这部《诗品》的由来，为端正诗风，为读者提出一个评诗的统一标准。二是说明各品对诗人的品评是以时代为先后，不以作家的优劣为次序，反对诗歌“用典”，主张直陈其事，最后指出前人诗家论著的不足，“陆机《文赋》，通而无贬；李充《翰林》，疏而不切；王微《鸿宝》，密而无裁；颜延论文，精而难晓；挚虞《文志》，详而博赡，颇曰知言。观斯数家，皆就谈文体，而不显优劣”[③]。因此，本文目的在“辨彰清浊，掎摭利病”。三是诟病今人

① 于春松、孟彦弘编：《王国维学术经典集》，南昌：江西人民出版社1996年版，第102页。
② 周伟民、萧华荣：《〈文赋〉〈诗品〉注译》，郑州：中州古籍出版社1985年版，第46页。
③ 周伟民、萧华荣：《〈文赋〉〈诗品〉注译》，郑州：中州古籍出版社1985年版，第61页。

诗歌创作中单纯追求“声律”，“使文多拘忌，伤其真美”。最后清点五言诗中的经典诗句。在这个总序中，作者对诗坛状况有清醒的认识，对存在的弊端，比如对诗的“用典”、讲究“声律”有温婉的批评，多是点到为止。在《诗品》的上、中、下三卷中对诗人的批评，肯定多于否定，而且多是风格方面的评价，或说是一种整体的评价，不求细密的分析与论证，也不求深入的理论上的阐释。可以举例，卷上第五首《魏文学刘桢》：“其源出于《古诗》。仗气爱奇，动多振绝。真骨凌霜，高风跨俗。但气过其文，雕润恨少。然自陈思已下，桢称独步。”[①]这是对建安七子之一刘桢诗的批评，全文共五句话，却概括了诗的源起，诗人的个性气质，诗歌的风格、形式以及诗人当时的地位。认为刘桢的诗有刚健之风，有超凡脱俗之气，但只是气势过人，少了雕饰润色，但刘桢诗仍是除曹植之外的独一无二的诗人。我们读了这段点评，只是对这个诗人有个大致的印象，至于怎样的超凡脱俗、雕饰不足，就不是很清楚，还需要读者具体去读诗人的诗以及比较其他诗人的诗才能有所了解。

对中国古代诗评不求甚解的态度，叶嘉莹在《王国维及其文学批评》一书中，也有详细的阐述。在这部著作的第二章第二节“中国文学批评之传统及其需要外来之刺激为拓展的必然性”中比较深入地分析了中国传统诗学批评的弊端所在。她首先提出一个发人深思的问题：中国的诗学批评是一门发展得早但发展得很慢的学问，到魏晋时期，才开始对文学有了反省与自觉，出现了像曹丕《典论·论文》、陆机的《文赋》、刘勰的《文心雕龙》以及钟嵘的《诗品》等上乘的诗学著作，取得了可观的成就，但是在唐宋以后，诗歌创作名家辈出，但诗学批评寥寥无几，大多是诗家的一些单篇述作，只有皎然的《诗式》以及司空图的《诗品》可称为诗学批评，也不过是对诗之品式以及诗之风格的主观品评而已，基本上没有理论上的建树。宋代以后受到了佛教语录体的影响，盛行诗话。五代以来词之兴起，又有了词话。明清以后虽诗话词话之作络绎争出，但因袭多，创建少。

何以如此？叶先生总结了这样几点：一是由民族特质联系到思维方式以及归结到语言的特点，认为中国汉语言有“独体单音”、“疏于文法”，适于做“声律对偶的唯美安排”而不适于“曲折详尽的说理”（美国华裔诗学家叶维廉在翻译外国诗时也谈到了中国汉语言不同于西方语言的特点，可参照）。二是中国人的表达方式，许是受语言的影响，喜具象、个性化的表达，而不喜欢抽象的概括或探讨与具象之间的关系，从而建立起一种抽象的法则。

---

① 周伟民、萧华荣：《〈文赋〉〈诗品〉注译》，郑州：中州古籍出版社1985年版，第82页。

这种表达方式在道家老庄的思想影响下，绝圣弃智的态度也使得诗学“顺性而为”，不去深究学理。到佛教传入，禅宗之学的兴起，直指本心的妙悟，对中国诗学偏重主观直觉的印象式批评起到了推波助澜的作用。诗学是有传承性的，已经形成了相对稳定的形式，这种传承除非有外来的因素，否则不会轻易改变。三是我们提到的最重要的一点是儒家的“经世致用”的思想。这种思想在中国古代漫长的封建社会贯穿始终，或隐或显，因此自然形成了以“尊崇往古依托圣贤”为荣的传统，这无疑阻碍了诗学家的创新意识，如果一种诗学总是走不出古人思想的藩篱，就会囿于古人狭隘的意识，不能超脱。叶先生在她的著作中还以《文心雕龙》为例，说明它之所以成为一部有理论纲领的诗学著作，与刘勰本人“博通经论，别部类录而序之”有关。刘勰精通佛典，曾经整理过佛典的部类区分，因此立论归纳的方法对刘勰撰写这部著作有直接的借鉴意义。叶先生认为，对刘勰而言，《文心雕龙》对传统的一点拓展仅仅就是一种有纲目条理的体系观念，就批评本身而言，仍然以传统的言说方式，对一些专门的术语并没有做明晰的义界，比如说，“道”、“气”、“风”、“骨”等意念模糊，但又不作推理的思考，也引起后人的颇多争论；刘勰的著作有骈文的形式，有时为了达到形式的完美不惜牺牲内容。故叶先生指出，创作可以求“美”，而批评必须求“真”，因而我们的古代诗学批评顾美而失真。

罗根泽在他的《中国文学批评史》第一卷第一章的绪言中，通过中西文学批评的比较分析来谈中国文学批评的特点，他认为与西洋文学批评不同的是，在中国，文人从不把批评作为重点。他以刘勰的《文心雕龙》为例，说这“是一部体大思精的文学批评书，但其目的不在裁判他人的作品，而是‘论文叙笔’，讲明‘文之枢纽’。其他的文学批评书，也大半侧重指导未来，不侧重裁判过去文学”[①]。即便是有对作家作品的批评，大多褒多于贬，目的也是借以建立一种诗论，比如钟嵘的《诗品》。与西洋文学批评家不同，中国的文学批评不重裁判，不吹毛求疵，目的在探讨创作的理论，指导未来的创作。在中国，“批评者不是作家的仇人，而是作家的师友。所以中国的批评，大都是作家的反串，并没有多少批评专家”[②]，这是一个方面。在中国，由于对作家作品的批评比较冷淡，对一些大家的经典作品，注释的多，批评的少，因而就不像在西方那样重视批评理论。中国作家对批评理论不感兴趣，只有一些评点之类的东西，这与西方系统的批评论著无法相比。中国的诗学只是

① 罗根泽：《中国文学批评史》，上海：上海古籍出版社 1984 年版，第 14 页。
② 罗根泽：《中国文学批评史》，上海：上海古籍出版社 1984 年版，第 14 页。

探讨一些与创作有关的实际问题，从不空论，不做本体意义上的深究。为什么会这样？罗根泽从历史与地理的自然条件来加以解释："欧洲的文化，发源于温和的地中海沿岸，经济的供给较丰富，海洋的性质较活泼，由是胎育的文化，尚知重于尚用，求真甚于求好。中国的文化，发源于寒冷的黄河上游，经济的供给较俭啬，平原的性质较凝重，由是胎育的文化，尚用重于尚知，求好重于求真。"①

三、近代诗学的自觉——王国维的诗学观

这种"尚用"与"求好"到了近代，在大学者王国维那里有了改变。

王国维先生短暂的一生，治学却经历了两次重大的转变：从立志新学而触哲学始，兴趣转向旧文学、诗学以及戏曲；辛亥革命后，放弃喜爱的哲学与文学完全沉入古史考据之学研究。两次转变虽然一定程度上补偿了他人生中所缺失的东西但终没能坚定他人生的信念，在他 50 岁（1927）的时候，自沉湖水中，结束了自己的生命。

王国维先生是性情中人，生性忧郁、体素羸弱，有悲悯情怀。叶嘉莹先生说他是"知"与"情"相统一的性格，这自然不错。但从学者这个角度来看，王国维的感性大于理性，这一点从他的学术研究方面可以见出。不论是他早年喜好哲学以及文学、诗词、戏曲，还是他晚年沉浸于古史考据之学的研究，都给后人传达出一个信息：他的学术选择与他的情趣有着密切的关系，这种情趣不是与时代政治相应和，也不是经世致用的时尚学科。叔本华的悲观哲学顺应了他的心性，而治文学以及诗词曲则是因为，在这个"纯美"的艺术王国中可以寻求精神的慰藉，弥补在世道衰微中知识人空虚的心灵。最后转向古史的考据研究，则正是他抵触世事烦扰、沉浸于学术之中、得一世快乐的心态见证。如果是在一个稳定的社会环境里，有相当的人生保障，崇尚艺术与科学，给予艺术家以及科学家应有的人格尊重，想必王国维不会做出绝望的举动。事实却是王国维先生正逢乱世，是中国近代史上最混乱的时期：几千年的封建皇权体制，在西方人洋枪洋炮的大举进攻下已摇摇欲坠。中日"甲午"海战的失败，使中国人意识到，仅仅向西方学习制造先进的武器还不够，还应学习更深层的东西——体制、教育，甚至文化，因此，顺应时世使得大批知识分子热衷于"新学"——翻译和阐释以及学习西方的科学理论，以改造我们长期以来形成的陈旧"经学"意识。有识之士企图借鉴西方国家

① 罗根泽：《中国文学批评史》，上海：上海古籍出版社 1984 年版，第 15~16 页。

的经验，酝酿改革，因此“戊戌变法”运动紧接而至，改革因触动了封建皇权的利益而终归失败。尽管改革失败，但是几千年的封建体制已经受不住日益强大的西方科学文化意识的冲击，人心所向，终于辛亥革命爆发了。革命失败，帝制复辟，军阀混战以及国民革命北伐战争开始……其曲折反复所导致的世道衰落、人心涣散以及道德沦丧，让有着深厚的传统文化根基的王国维先生感到岌岌可危。换句话说，王国维先生的学术选择与他所处的时代恰恰是悖逆的，在理智与性情面前，他始终是随顺自己的性情。他是以自己的真性情走进学术领域，也是以他的真性情而结束了自己的人生。

我们何以说自王国维先生开始中国诗学有了自觉意识呢？可以指出的有以下几点：

第一，是王国维使哲学、文学从“经学”中摆脱出来，尤其是从儒家的“经世致用”之哲学中脱离开来，使之成为具有独立价值的存在。

关于这一点，在王国维的许多文章中都有所论述。在《论哲学家及美术家之天职》一文中，王国维对中国哲学与诗学做了一番检讨：“彼我中国哲学史，凡哲学家无不欲兼为政治家者，斯可异已！孔子大政治家也，墨子大政治家也，孟、荀二子皆抱政治上之大志者也。汉之贾、董，宋之张、程、朱、陆，明之罗、王无不然。岂独哲学家而已，诗人亦然。‘自谓颇腾达，立登要路津。致君尧舜上，再使风俗淳。’非杜子美之抱负乎？‘胡不上书自荐达，坐令四海如虞唐。’非韩退之之忠告乎？‘寂寞已甘千古笑，驰驱犹望两河平。’非陆务观之悲愤乎？如此者，世谓大诗人矣！至诗人之无此抱负者，与夫小说、戏曲、图画、音乐诸家，皆以侏儒倡优自处，世亦以侏儒倡优畜之。所谓‘诗外尚有事在’，‘一命为文人，便无足观’，我国之人之金科玉律也。呜呼！美术之无独立之价值也久矣。”[①]

王国维认为：“天下有最神圣、最尊贵而无与于当世之用者，哲学与美术是已。天下之人嚣然谓之曰无用，无损于哲学美术之价值也。至为此学者自忘其神圣之位置，而求以合当世之用，于是二者之价值失。夫哲学与美术之所志者，真理也。真理者，天下万世之真理，而非一时之真理也……唯其为天下万世之真理，故不能尽一时一国之利益合，且有时不能相容，此即其神圣之所存也。”[②]这里所说的哲学，就是王国维所推崇的叔本华哲学。叔本华生前在学术界没有得到应有的地位，一直只是大学的讲师；他的哲学观点不兼容于他的时代，他的学说也没有得到应得的尊重，反遭到讥讽与冷落，但

① 于春松、孟彦弘编：《王国维学术经典集》，南昌：江西人民出版社 1996 年版，第 106 页。
② 于春松、孟彦弘编：《王国维学术经典集》，南昌：江西人民出版社 1996 年版，第 105 页。

这并没有使他放弃自己的信念，他只是变得更加暴躁与狂妄。经过了世事的变迁，越来越多的人开始读他的书，并认同他的观点，包括不同种族与国别的人们，这真正证明了叔本华哲学的价值所在。王国维可谓全面接受了叔本华的学说，并寄予深厚的情感，应该说从理论到实践，真正成了叔本华悲观主义的“殉道者”，由此可见叔本华的影响力之大。

“美术”的概念在王国维那里就是文学艺术。《红楼梦》被王国维称为“绝大著作”，认为这部小说叙写了“人生之欲”的大问题，生活之欲不能圆满，故试图解脱，拒绝“欲望”给人带来的烦恼。《红楼梦》的美学价值，异于一般小说仅满足现世人的求同心理，而恰是背离了国人的世俗精神，使人领略了一场大悲剧。而结局——宝玉出家，则又使得该作品的审美价值与伦理价值联系在一起。王国维认为：“吾国人之精神，世间的也，乐天的也。故代表其精神之戏剧小说，无往而不着此乐天之色彩。始于悲者终于欢，始于离者终于合，始于困者终于亨。”[①]《红楼梦》是为“真”的文学。在王国维看来，人生而有欲望，现世生活只能满足人功用的欲望，而满足不了人感情乃至心灵空虚的欲望。生活之苦痛不能解除，大多可靠宗教来排遣（主要指下层人士，因宗教是不可认知的，可作情感之寄托；知识人不能靠宗教，因其有认知能力）。美术者，上流社会之宗教也；而美术也是高尚之嗜好，有了高尚之嗜好才会避免卑劣之嗜好。“美术”在王国维那里成了知识人的“意志的暂时休歇”，成了一种“纯审美”的观照。这种“纯”的美术不是任何人所能为的，只有天才的艺术家才能创作出来。实际上，王国维的“美术之独立之价值”在更大程度上是对现世生活“功利主义”的抵抗。

第二，是中国的文学批评及诗学批评，自王国维始，开拓了以西方的批评理论体系或观念来诠释中国文学、诗学的先例。

王国维所处的时代正是中西文化碰撞、冲突，既相互排斥，又相互吸收融合的觉醒时期。因性情所致，也因少年起就对“经学”及科举“时文”毫无兴趣，接受外来的思想并迅即将之化为自己的理论武器，对王国维来讲实在也是一种必然。以王国维的《〈红楼梦〉评论》来说，在清末学术文坛上呈现出一种新的学术姿态。这篇评论不仅观念上夺人眼球，在语言表述上也现代得多，通俗得多，吸收了一些西方翻译的新学语。作者之所以偏爱《红楼梦》完全是因为这部小说一改我国传统小说中迎合读者大众的心理，满足读者现世的盲目乐天思想，以及“善有善报，恶有恶报”的善恶分明的宿命观念，而追求真的感情与真的人生，是一部“彻头彻尾的悲剧也”。而这种悲剧正

---

① 于春松、孟彦弘编：《王国维学术经典集》，南昌：江西人民出版社1996年版，第58页。

属于叔本华悲剧观中的“由于剧中人物之位置及关系不得不然者。非必有蛇蝎之性质与意外之变故也，但由普通之人物，普通之境遇，逼之不得不如是”[①]。叔本华的悲观主义人生观与这部作品恰好投合，也与王国维本人的性情恰好投合。叶嘉莹对王国维的这篇评论有过解读：“从中国文学批评的历史来看，则在静安先生此文之前，在中国一向从没有任何一个人使用这种理论和方法从事过任何一部文学著作的批评，所以静安先生此文在中国文学批评史上实在乃是一部开山创始之作。因此即使此文在见解方面仍有未尽成熟之处，可是以其写作之时代论，则仅是这种富有开创意味的精神和眼光，便已足以在中国文学批评拓展的途径上占有不朽之地位了。”[②]我们认为王国维先生的这部批评著作，是努力将西方之思想理论与中国固有文化融合的一种尝试。虽然这种尝试有相当的痕迹，但毕竟是向前跨进了一大步，使得中国文学向世界文学迈进了一大步，赋予了文本以极强的现代意识。王国维的现代思维意识在他后来回归中国传统诗学的表述方式时，已经由显趋隐，不露声色了。

第三，是王国维《人间词话》的批评理论思维与诗学传统的融汇，显示了一种感性与理性，意识与生命的汇合与交融。诗话、词话是我国古代主要的诗学存在方式。在中国诗学史上，出现了从刘勰《文心雕龙》、钟嵘的《诗品》以及严羽的《沧浪诗话》到司空图《诗品》等的经典诗学之作。作为一种批评方法，现代学界对其称谓也是多样的，如“比喻的品题”、“象征的批评”、“意象的喻世”等等。对“意象”品评特征的认识，大家有着共同的倾向：是对诗人作品风格的整体把握；是“品”与“评”的结合，不仅直视对象的整体风格，而且评判优劣，显示高下。唯其如此，评判者必然要体会作品诗性的美感，心中要捕捉诗性的意象，因此其心理过程与创作过程颇为类似。但是与创作又有着很大的不同，批评家必得有“独闻之听，独见之明”，必须付之以“思之不已”的功夫，才能获得“妙用玄通，邻于神化”的境界。叶嘉莹先生称之为“富有诗意的意象来作为对抽象之风格的具体描述”，是一种对诗歌作品整体美感的体验。这种批评的长处是“保全诗歌之本质，使其以感性为主之生命可以透过另一意象的传达，而得到生生不已之感动效果的一个最好的方法”[③]。

也许是对叔本华悲观哲学的“可信而不可爱”的失望，加之王国维深厚的古典文学素养，使其回归了中国古典诗学的传统之中。他自述：“近年嗜

---

① 于春松、孟彦弘编：《王国维学术经典集》，南昌：江西人民出版社1996年版，第60页。
② 叶嘉莹：《王国维及其文学批评》，石家庄：河北教育出版社2000年版，第175~176页。
③ 叶嘉莹：《王国维及其文学批评》，石家庄：河北教育出版社2000年版，第299~300页。

好之移于文学，亦有由焉，则填词之成功是也。余之于词，虽所作尚不及百阙，然自南宋以后，除一二人外，尚未有能及余者，则平日之所自信也。虽比之五代、北宋之大词人，余愧有所不如，然此等词人，亦未始无不及余之处。因词之成功，而有志于戏曲，此亦近日之奢愿也。”[①]这段话可以显见的是，王国维先生对哲学失望之后又在填词中找到了“自信”，由此，自作《人间词话》。王国维的《人间词话》与传统词话比较起来，已不是传统诗话、词话的重复、因袭，而是一种创造。其创造性就在于，王国维在对词的印象式评点中，提出一些概念性的问题加以讨论，比如说“境界”。在徐调孚注、王幼安校订的《人间词话》中，收入了王国维自己选定的64则词话，其中前面9则为理论阐释部分，后面则是对词人及作品具体的品评，其中第一则“词以境界为最上。有境界则自成高格，自有名句。五代北宋之词所以独绝者在此”[②]，提出了“境界”为评词之最高标准。“境非独谓景物也。喜怒哀乐，亦人心中之一境界。故能写真景物、真感情者，谓之有境界。否则谓之无境界”[③]，“境界”又大多以内在之“真”为依托，并兼“神”、“气象”等内在之风貌。“隔”与“不隔”等术语的提出，强调创作中意与境、物与我之间的相互融合，不露痕迹的融合境界。王国维在理论术语的阐释中潜在显示出西方的思辨与分析性思维，但已经不再是以西方的理论来套中国旧文学的主题，而是变成一种思维形式，融合进中国旧诗学体式之中。

王国维何以回归到中国传统的诗学中？除了他自身深厚的古文学养之外，还在于他在古诗词中寻找到了他终生追求的“纯美”理想——一种至高的人生境界。他在自己的学术领地一直在寻求着这样的理想寄托，经历了西方文化刺激下的觉醒后，对叔本华哲学有过暂时的快慰，但由于文化的差异以及他的根性，使得他转向了古典诗学，这实属必然。只有在古诗词的赏鉴中，静观、体验、回味、思索，才能使心灵升华，获得一种补偿与快慰。王国维先生这种对理想的追求的确有巨大的现实抵抗意义。不仅如此，对诗学的发展而言，这种追求“至纯至性”的审美理想，也是对诗学自身本体价值的最大张扬。正如王国维先生自己所言，“美术之无独立之价值也久矣”。因此，他正是通过自己的努力还其本来之面目，在这一点上，王国维为后人的纯化之学术开辟了前进的道路。

---

① 于春松、孟彦弘编：《王国维学术经典集》，南昌：江西人民出版社1996年版，第6页。
② 郭绍虞、罗根泽主编：《蕙风词话　人间词话》，北京：人民文学出版社1982年版，第191页。
③ 郭绍虞、罗根泽主编：《蕙风词话　人间词话》，北京：人民文学出版社1982年版，第193页。

四、梁宗岱对古代传统诗学的批判继承

梁宗岱对中国传统诗学的批判继承体现在以下三个方面：

第一，对儒家的“经世致用”的功利主义诗学观采取批判态度。这体现在梁宗岱的两篇重要的文章里：一篇是《象征主义》，另一篇是《非古复古与科学精神》。前一篇文章，梁宗岱从西方的象征主义引申出对“象征”概念的理解。他借助朱光潜对“象征”的分析，认为将“象征”理解为拟人或托物是错误的。无论是拟人还是托物都是修辞学的局部事体而已。“最普通的拟人托物的作品，或借草木鸟兽来影射人情世故，或给抽象的观念如善恶、爱憎、美丑等穿上人底衣服，大部分都只是寓言，够不上象征，因为那只是把抽象的意义附加在形体上面，意自意，象自象，感人的力量往往便肤浅而有限，虽然有时也可以达到真美底境界。”[①]梁宗岱反对抽象的比附。中国古代儒家诗学往往借助自然物象做人格的比附，这恰恰是“以我观物”的主观功利主义对待诗学的表现。诗成为一种载物的道具，其本身的价值被遮蔽了。人们读诗为的是获得诗之外的东西，而不是诗本身的意义。

梁宗岱在1940年写的《非古复古与科学精神》一文中，总结出我国自海通以来人们对传统文化的两种态度：夜郎自大和妄自菲薄，得出我们民族性的基本弱点——缺乏一种平心静气的不偏不倚的研究精神，即科学精神。由科学精神的神圣性、超利害性和无私性，想到了我们民族学术上的功利主义：求取功名不是为了追求真理，而是“学而优则仕”；一旦功成名就，便将学术或束之高阁，或弃如敝屣，这已经成为我们几代人延续的习俗风气。这种风气追溯起来，即使在“比较崇高的境界里”，“我们底哲人似乎也未能完全免掉功利的倾向。我们哲学底研究对象始终没有离开人，或者，严格地说，没有离开人底行为；如果涉及心性，也永远胶着在善恶问题上；对于我们身外的宇宙以及身内那更精微的精神活动——思想底法则——却几乎等于熟视无睹”[②]。由于国人思想上的功利主义的倾向，必然造就其极端实利的精神视野，赢得的只能是物质的贫乏与落后的现状！“我们没有尽量发挥我们的精神，说我们没有像西洋人那样充分运用精神底力量去征服物质世界，似乎也无可讳言。谁为之梗呢？我以为最主要的就是缺乏我上面说的学术上的超然性与客观性。”[③]梁宗岱由诗学而哲学，对中国古典文化精神的批判是深刻的。

---

① 梁宗岱著，马海甸主编：《梁宗岱文集·评论卷》，北京：中央编译出版社2003年版，第62页。
② 梁宗岱著，马海甸主编：《梁宗岱文集·评论卷》，北京：中央编译出版社2003年版，第262页。
③ 梁宗岱著，马海甸主编：《梁宗岱文集·评论卷》，北京：中央编译出版社2003年版，第263页。

这也是梁宗岱欧游后以世界的视野与眼光审视中国古典文化的结果。从这个角度来看，梁宗岱是具备了现代意识的中国现代诗学家、学者。关于这一点，我们将在第四章“梁宗岱的比较诗学”中详论。

第二，对中国古典诗学的批评体式，梁宗岱有继承亦有颠覆。台湾学者叶嘉莹将中国古典诗学批评体式概括为“顾美失真”。“顾美”，诗评家追求形式的审美：骈体、对偶，语句的生动形象以及赏鉴式的风格评点。“失真”，对专门术语不求概念的辨析以及详细的解读，不作本体论的探究，不追究概念的内涵以及演变，无意于演绎推理，对前人的作品不作真正意义上的批评。“述而不作”，对古代经典文本尊奉有加，批评不足。我们说梁宗岱对古典诗学的继承，表现在他的一些比较诗学文章中，赏鉴式批评传承了古典诗学的评价方式。比如《李白与歌德》、《屈原》，尤其对屈原早期作品的考证基本凭借主观判断，所依凭的不是事实论据，而是对诗歌的审美情感。诗人以诗歌中蕴藉高洁的情感、婉约美妙的表现以及完美的造诣来肯定其作者必定为屈原，为同时代批评家所诟病。

梁宗岱对古典诗学表达语体的颠覆，是指在梁宗岱的诗评文章中，他会针对同时代的诗评家、美学家等就某个问题或观点进行辩论。比如，《论崇高》、《试论直觉与表现》是与诗论家朱光潜就“崇高”、“直觉”等概念进行论辩，与批评家梁实秋关于“象征主义”论辩，对诗评家李健吾就字、词、句以及文法等进行批评等。在《象征主义》一文中，对“象征”概念的解析，层层递进，透露出全文严谨的逻辑思维，这些都表明梁宗岱受西方现代哲学、文学的思想影响。关于这一点我们在第五章“梁宗岱诗学批评‘真的追寻’与‘美的创造’”中将深入分析。

第三，梁宗岱诗学是对近代王国维倡导的诗学本体价值的发扬与延续，但又具有现代观念意识与独特的诗性品格。

梁宗岱所处的社会环境比王国维要优越得多。梁宗岱在培正中学时期，就接受了比较先进的教育理念，接触了大量的中西方文学作品，尤其是西方作品，对他自我个性的形成起了重要作用。欧洲七年的游学，使他具有了最现代的诗学视野，直接与世界级的大诗人进行对话，全身心地感受诗人的精神气脉，领会大诗人诗学理念。王国维强调诗歌要表现“真性情”、“真感情”，梁宗岱的诗学理想则是“真的追寻”与“美的创造”；王国维主张“哲学”、“美术”有“无用之大用”，梁宗岱提倡“纯诗”，反对将诗功利化、实用化；王国维以西方哲学理论来解释中国古典小说，可谓创举；梁宗岱则以西方的诗学概念与中国古典诗学融合、汇通，同样具有开创性。王国维返回古典诗词，梁宗岱也同样在中年后填词作诗，沉浸于古典美的赏鉴中，表达自己内心的理想，抵抗现实。王国维是大学者，学问渊博，梁宗岱天赋极高，视野开阔，在中国现代诗学中也是一位不可忽略的人物。

从梁宗岱的诗论文章里，可以感到他深受王国维诗学思想的影响，尤其对王国维《人间词话》所提出的“意境”理论，引用了自己《象征主义》一文，融合进“象征”的概念。梁宗岱在《谈诗》一文中，提出“纯诗”术语，虽然是从法国象征主义大诗人瓦雷里那里借鉴过来，但具有自己的独特见解，这与读王国维的《人间词话》不无关系。以上我们阐释的王国维对中国诗学的自觉意识，同样在梁宗岱身上得到了传承。

一是梁宗岱在中国现代白话新诗的发展中，以诗学本体意识抵制了诗散文化的倾向，尤其是诗功利化的倾向。

二是梁宗岱的诗学批评是以中西方的概念范畴对接寻求二者的融合。对待中国传统诗学，他将“象征”与“意境”联系起来，把王国维讲的“无我之境”纳入世界诗学视野之中，舍弃了“有我观物”的旁观者态度，强调非功利、忘我、无我地与客观物融为一体的审美态度。对待西方诗学，尤其是法国现代象征主义诗学，梁宗岱是追随、仰望的，对象征主义那种“纯粹”的为诗态度，对艺术形式音乐般的感觉以及西方诗人那种“独具匠心”的艺术创造，对理想艺术达到的精神高度都是极为推崇的。梁宗岱主要是受法国后期象征派诗人瓦雷里的影响，醉心于诗的古典形式美以及对现实中人心灵感受的表达。因此，他对象征主义的神秘性以及晦涩是有所舍弃的。这种诗学批评的文化交汇与融合比王国维更近了一步。

三是王国维理论思维与诗学传统的融合在梁宗岱的诗性文本中体现得更加明显。在《诗与真》、《诗与真二集》中那种“比喻的联想”、“意象的隐喻”等，对诗人作品风格的整体把握，“品”与“评”的结合，要求评判者必须对作品诗性有美感的把握，那种慎思明辨的逻辑思维更能体现出梁宗岱诗性批评的理性意识，两种思维的融合比之王国维的《人间词话》更加难以拆分。

第二节　梁宗岱诗学理论“体系”的现代建构

一、梁宗岱诗学为中国现代象征主义诗学之界碑

1. 中国现代诗学之评述

中国现代诗学是指“五四”前后至 1949 年新中国成立前这一段时期的诗学理论。按照赵家璧先生编写的《中国新文学大系》（十卷本，1935 年）对

新文学运动的分期，1917年至1927年为第一个十年时期。1917年胡适发表的《文学改良刍议》标志着新文学运动的发端，到1927年北伐战争开始。按照这样的划分，第二个十年应该是1928年至1937年；第三个十年是1938年至1949年新中国成立前。

在第一个十年里，中国现代诗学借助于西方诗学的刺激而觉醒，在对传统诗学的革命与“破坏”中来建构自己的诗学观念。从诗体的解放入手，尝试说自己的话，言自己的“诗”声，一切都是尝试性的。

第二个十年，在前一个十年的尝试基础上，进入了诗学的真正建构阶段。这一阶段，诗人已不满足于仅仅能写出白话诗，而要比肩中国传统的古典诗学或西方诗学所达到的高度，衡量当下诗学实践，进行系统化的诗学观念建构。在这一过程中，诗学家们秉承着现代诗学意识，积极使中国现代诗学与世界诗学接轨，注重从诗的本体、诗之为诗的理念出发，从实践到理论进行了积极主动的探索，出现了回归传统的“格律诗派”；以法国象征主义诗学实践与理论为借鉴，与传统的诗学范畴相汇通的“象征诗派”；以英美意象派为前导、以本土化为根基的“现代诗派”等。可以说，第二个十年的诗学建构，无论从诗歌创作到诗学理论，还是从诗刊的发行量或是诗人、学者参与“诗”的学术论争，都到达了一个巅峰时期。

第三个十年，由于历史的原因，延续了20世纪20年代中期就已经出现的“革命诗学”，到30年代中后期达到了高潮，诗歌本体价值与意义被悬置，而诗歌的“大众化”或“普及”与“提高”成了诗学的中心问题。

在1917年至1927年的第一个十年期间，中国现代初期白话新诗的主旨，是秉承了清末“诗界革命”的观念，但主要是“解放诗体”。胡适作为第一个尝试新诗的人，第一次在《新青年》四卷第一号上，与沈尹默、刘半农等三人发表了诗歌九首。这标志着白话新诗登上文坛。胡适在《〈尝试集〉自序》中提出了文学革命的第一步就是解决文字问题：“我们认定‘死文字决不能产生活文学’，故我们主张若要做一种活的文学，必须用白话来做文学的工具。我们也知道单有白话未必就能造出新文学；我们也知道新文学必须要有新思想做里子。但是我们认定文学革命须有先后的程序：先要做到文字体裁的大解放，方才可以用来做新思想新精神的运输品。我们认定白话实在有文学的可能，实在是新文学的唯一利器。”①因此，“若要做真正的白话诗，若要充分采用白话的字、白话的文法和白话的自然音节，非做长短不一的白话诗不可。这种主张可叫‘诗体的大解放’。诗体的大解放就是把从前一切束

① 胡适：《胡适文集》（第3卷），北京：人民文学出版社1998年版，第128页。

缚自由的枷锁镣铐，一切打破：有什么话，说什么话；话怎么说，就怎么说。这样方才可有真正的白话诗，方才可以表现白话的文学的可能性”[①]。至于从何处入手，何以要进行诗体解放以及如何解放，在他的《谈新诗》里，分为五个部分作了清晰的阐述。在这篇诗论中，胡适列举了周作人的《小河》，康白情的《窗外》、《送客黄浦》，俞平伯的《春水船》，沈尹默的《三弦》以及他自己作的几首白话诗，阐述了新诗对旧词调的克服、自然音节的表现、形象的表现方法等。胡适在该诗论中提到的几个诗人的作品，正是与其同时致力于新诗建树的现代早期白话诗人。从他们的诗作中可以看到他们在文体形式改革上所作出的努力。但正像有学者评论胡适的《尝试集》一样：“以‘诗体解放’为主要的追求目标，眼光过多地拘囿在文字形式的改革方面，虽然从中也可以看到从旧镣铐里解放出来的努力，不少白话诗确也写得自由活泼，流利清晰，时有韵致；但诗的境界大多不高，格局比较狭小，缺乏真挚而热烈的情感，缺少深度和力度。”[②]事实上，不仅胡适的《尝试集》如此，即便后来郭沫若的《女神》以及冰心的《繁星·春水》等新诗都存在着明显的不足。“诗”在中国现代初期，成为一种言说的“表达”，它仅仅就是一种存在方式，还没有条件论及其独立之价值。但是我们不能因为中国现代白话新诗的“尝试”而放任对其“诗”的意识与责任。

有学者就曾把王国维与胡适作对比（縠永《王静安先生之文学批评》），认为二人都有兴趣于白话通俗文学，王国维弃功利而专美术之价值，而胡适号召白话文学，目光专注于实用，无暇顾及美术自身价值；王国维对旧文学（古文言）的古雅之美仍有赏爱，而胡适干脆是弃文言而代之以白话，两相比较，可以看出，王国维对“纯文学”有所偏爱，而胡适对诗学改革则颇具功用倾向。

针对胡适先生的“诗体解放”，刘复（笔名半农）在1917年《新青年》杂志的三卷三号、三卷五号，接连发表两篇有分量的诗论文章：《我之文学改良观》与《诗与小说精神上之革新》。前一篇从应用之文与文学之文、文字与文学等的区分与关联入手，提出文学之改良不可偏废，为纠正新诗学的实利功用倾向，他突出强调文学创作的内在精神因素：“文字为无精神之物，非无精神也。精神在其所记之事物，而不在文字之本身也……文学为有精神之物，其精神即发生于作者脑海之中。故必须作者能运用其精神，使自己之意识情感怀抱，……藏纳于文中。而后所为之文，始有真正之价值，始能稳立于文学界中而不摇。否则精神既失，措辞虽工，亦不过说上一大番空话，

① 胡适：《胡适文集》（第3卷），北京：人民文学出版社1998年版，第127页。
② 易竹贤编：《中国现代作家选集——胡适》，北京：人民文学出版社1993年版，第232页。

实未曾做得半句文章也。”[①]在后一篇文章里，刘复对诗与小说这两种文体之革新同样突出其诗人、作家的品格要素，尤其把诗学中的“真”精神，视为诗家创作之核心理念：“作诗之本意，只须将思想中最真一点，用自然音响节奏写将出来便算了事，便算极好。”[②]“真”精神，具体何指？刘复认为，《诗经》三百篇中之《国风》是最真的诗，而晋代陶渊明、唐朝白居易之作品，乃“真”精神与“真”品格之化身：“后来只有陶渊明、白香山二人，可算真正诗家。以老陶能于自然界中见到真处，老白能于社会现象中见到真处。均有绝大本领，决非他人所及。”[③]这里，刘复所提之“真”，实乃写实之真、情感之真以及心灵之真。因此，以古代诗人作品为标准，对他所处的当下诗界痛斥为“假诗世界”：“如明明是贪名爱利的荒伧，却偏喜做山林村野的诗。明明是自己没甚本领，却偏喜大发牢骚，似乎这世界害了他什么。明明是处于青年有为的地位，却偏喜写些颓唐老境。明明是感情淡薄，却偏喜做出许多极恳挚的‘怀旧’或‘送别’诗来。明明是欲障未曾打破，却喜在空阔幽眇之处立论，说上许多可解与不可解的话儿，弄得诗不象诗，偈不象偈。诸如此类，无非是不真二字，在那儿捣鬼。自有这种虚伪文学，他就不知不觉，与虚伪道德互相推波助澜；造出个不可收拾的虚伪社会来。”[④]最后，他呼吁：“朋友！我今所说诗的精神上之革新，实在是复旧；因时代有古今，物质有新旧，这个真字，却是唯一无二，断断不随着时代变化的。”[⑤]这最后一句，可谓指出了诗学超越时代的永恒标准。刘复的这种诗学精神在中国现代诗学中显得有些复古，他继承与发扬了王国维先生诗学的自觉意识，强调诗歌创作的性情甚至人格因素，对初期新诗改良偏于诗体形式的时弊有纠偏作用，但新文学的初期处于变革时代，所以没有得到诗界的很好响应。

在1928年至1937年的第二个十年期间，中国现代诗学的建设与推进正是在对第一个十年的自觉反思中开始的。为了抵抗诗界“皈返自然”的“复制式”的写实主义以及倾向“自我表现”的“率性的”浪漫主义，1926年4月，闻一多、徐志摩等人在北京《晨报副刊》创办了《诗镌》。同年5月13日，

---

① 胡适：《中国新文学大系·建设理论集》（影印本），上海：上海文艺出版社2003年版，第65~66页。

② 胡适：《中国新文学大系·文学论争集》（影印本），上海：上海文艺出版社2003年版，第341页。

③ 胡适：《中国新文学大系·文学论争集》（影印本），上海：上海文艺出版社2003年版，第342页。

④ 胡适：《中国新文学大系·文学论争集》（影印本），上海：上海文艺出版社2003年版，第342页。

⑤ 胡适：《中国新文学大系·文学论争集》（影印本），上海：上海文艺出版社2003年版，第342~343页。

闻一多在《诗镌》第7号上发表了《诗的格律》一文，主张诗歌创作要“格律化”，并从视听角度提出了诗歌的“节的匀称”与“句的均齐”是诗美的重要条件。闻一多以下棋作喻：下棋要有棋规，在棋规内出奇制胜最有趣。闻一多诗论观点鲜明，并自己亲自试验；徐志摩不善于立论，诗体不拘一格。朱自清说他：“跳着溅着不舍昼夜的一道生命水……最讲究用比喻——他让你觉着世上一切都是活泼的，鲜明的。”[1]闻一多先生力倡现代诗歌的“格律化”并非单纯复兴中国古典格律诗，同时也研究外国的格律诗，他说现代诗就是“要做中西艺术的宁馨儿”。从闻一多提出的诗歌审美主张“绘画美”、“建筑美”以及“音乐美”中可以感受到这种中西合璧的形式。“格律派”对匡正诗体的散文化、自由化起到了一定的作用，但“戴着镣铐跳舞”无形中让诗人感到了沉重。“新月派”的“格律诗”的倡导实际上对现代新诗提出了要比肩中西古典优秀诗歌的高要求，这不仅需有对艺术的至高追求，亦需有高尚的心灵境界才可以达到。因此在现代生活节奏中的诗人们只会觉得讲究“格律”是拘于“规则”，难免形成“方块诗”或“豆腐干”形式，现代人的古典素养或西学素养的缺乏，使得除闻一多的作品外，其他“格律诗”创作成就不高。

也许是周作人对中国早期新诗创作太过于“晶莹剔透”，缺少了“余香与回味”的体会，当旅法的李金发将自己的处女作诗集《微雨》寄给他时，立即得到他的推荐，由北新书局于1925年出版。李金发的另外两本诗集《食客与凶年》与《为幸福而歌》在此后的两年相继出版。他的诗开启了中国早期诗歌象征主义流派。中国现代诗歌运用“暗示”与“象征”意象并非始自李金发，但他受19世纪法国象征主义诗歌创作方法的影响，表现了“‘对于生命欲揶揄的神秘及悲哀的美丽’。讲究用比喻……但不将那比喻放在明白的间架里……没有寻常的章法……要表现的不是意思而是感觉或情感……”[2]朱自清说，李金发的诗不缺乏想象力，但或许是创造新语言的心太切，或是母舌太生疏，句法过分欧化，教人像读着翻译。今天来看李金发的诗作，感觉模仿的痕迹重过创造，或者说形式高过内容，缺乏内在的情感韵律，读来生僻晦涩。尽管如此，李金发的诗还是引发了当时诗坛的震荡，很多人抱怨读不懂，但也有许多人进行模仿。朱自清因此将此派与胡适的自由体诗、闻一多的格律诗并称为“象征派”。

---

① 朱自清编选：《中国新文学大系·诗集》（影印本），上海：上海文艺出版社2003年版，第7页。

② 朱自清编选：《中国新文学大系·诗集》（影印本），上海：上海文艺出版社2003年版，第7~8页。

后期创造社的三个诗人王独清、穆木天和冯乃超也是倾向象征诗派的诗人，受之影响纷纷创作诗歌，但他们的作品风格与李金发并不相同。李金发的诗意象怪诞，突破了诗坛的直抒胸臆或纪实写景的手法，因此格外引人关注。王独清等人的诗作抒情意象明朗清丽，大多局限于抒发个人心底之爱的情调或人生之抑郁、感伤与寂寥情绪，影响不大。相反倒是穆木天与王独清两人于1926年3月同时发表在《创造月刊》创刊号上的两封谈诗的信，在法国象征派诗潮的影响下，系统地阐述了“纯诗”理论，掀起了诗坛的又一轮关于“诗”的争辩的高潮，被人称为“象征派”诗论。“象征派”与“新月派”并存诗坛，前者欧化的倾向是十分明显的。其引人注目的诗学观点：一是诗与非诗的分界；二是诗忌直白表现而要暗示或象征；三是诗表现的是个体内在的潜意识或人内在隐秘情绪的象征。穆木天、王独清、李金发等人都认为“纯诗”具有隐秘性、不可解性以及非理性等特点。这种不可理解显然与诗歌大众化的主张相悖，因此象征主义在现实主义诗歌主流下被斥为颓废、绝望感伤之表现，属于颓废没落阶级的艺术。

直至戴望舒于1928年在《小说月报》上发表诗作《雨巷》（六首之一）使得象征诗派再起“波澜”。这首诗至今仍是现代派诗（因戴望舒与施蛰存等人于1932年创办了大型文学刊物《现代》杂志，以从理论到诗歌实践，译介西方现代派、意象派诗歌，倡导现代派诗歌创作著称，为20世纪30年代现代诗歌潮流发展起了推波助澜的作用）的经典之作，它正应了当年《小说月报》代主编叶圣陶的一句话“替新诗的音节开了一个新纪元”，其诗歌形式矫正了李金发的欧化倾向，找到了适合本民族诗体的语音语调，在情感表达方面体现了“现代人在现代生活中所感受的现代的情绪”。

中国现代诗学的“现代”一词含义，首先受西方现代诗歌创作思潮的影响。朱自清先生在《〈中国新文学大系〉诗集导言》（1935）中说新诗：“最大的影响是外国的影响……而外国文学的翻译，更是明证。胡适自己说《关不住了》一首是他的新诗成立的纪元，而这首诗却是译的，正是一个重要的例子。”[①] 在英诗中译过程中，汲取西洋诗体的“现代”元素，这正是新诗“新纪元”的真正内涵。当代学者蒙兴灿在《胡适诗歌翻译的现代性探源——以〈关不住了〉为例》一文里，详细分析了《关不住了》这首译诗对以往诗歌从语言到诗体以及内容的超越：“这首诗在形式和内容上特有的‘双重’现代性特质：一方面，该译诗在形式上采用四行体且分节排列的作诗方法，在语言上采用

---

① 朱自清编选：《中国新文学大系·诗集》（影印本），上海：上海文艺出版社2003年版，第1页。

白话，完全吻合新诗运动的主张；另一方面，该译诗在精神上引入挣脱传统利益的束缚而自由恋爱的现代爱情观和婚姻观。”[①]这样说来，《关不住了》为中国现代新诗的创作提供了可参照的范本，开启了中国现代诗创作的新里程。胡适于1917年发表的《文学改良刍议》一文提出的新诗“八事主义”，在梁实秋看来这是受美国的意象主义诗学主张的影响，因为“美国印象主义者六戒条里也有不用典，不用陈腐的套语；新式标点和诗的分段分行，也是模仿外国……”[②]

外国诗的影响，在中国现代早期诗歌创作中，有一大体清晰的脉络：胡适与美国意象诗派，周作人与日本的短歌与俳句，冰心与印度诗人泰戈尔，郭沫若与西方浪漫主义，闻一多、徐志摩与近代英国诗，李金发、戴望舒等与法国的象征主义，以及后来的冯至与德国的里尔克，“中国新诗”派辛迪、穆旦等人与英美现代派诗歌等等。

在中国现代诗学发展的20世纪30年代，正是现代派诗潮发展的巅峰阶段。如果说戴望舒之前的现代诗歌与诗论，尤其是象征主义诗派停留在模仿阶段，那么到了戴望舒时期，诗歌创作较之前呈现出不同的特色。北京大学教授孙玉石这样概括以戴望舒为代表的现代派相较于以往象征诗派的进步之处：“在他们自身艺术表现的范围内，追求诗歌形式和内容的平衡、表现自己和隐藏自己的适度、吸收异域艺术营养和中国传统诗歌营养统一这三个方面，比起初期象征派诗歌潮流来，表现了强烈而深刻的自我意识。现代文化的思考和现代审美选择，结束了中国现代主义诗歌滥觞期盲目模仿的阶段，开始进入一个自觉创造的时期。”[③]他用了“平衡”、“适度”与“统一”三个词语高度概括了戴望舒的现代诗歌整体美学价值，笔者认为其概括还缺乏一种个人的内在思想情绪与社会外在现实生活的协调统一。之所以称此时的诗歌为“自觉地创造”，就是作者的诗歌融入时代的氛围里，抒写了自己内在隐秘的思绪，找到了适合自己情感的诗体表现形式，用诗人自己的话说就是“制最合自己的脚的鞋子”，不是单纯迎合某种“规律”。戴望舒诗歌的出现，也标志着李金发象征诗歌的衰微与终止。此后在现代派诗歌创作道路上，戴望舒、卞之琳以及何其芳无疑是独具风格的代表。他们的诗在西方象征主义创作方法影响下，结合自身民族形式，做到了较好的中西艺术融合，被称为最具个性特色的现代“前线”诗人。

---

① 蒙兴灿:《胡适诗歌翻译的现代性探源——以〈关不住了〉为例》,《外语学刊》2011年第3期。
② 朱自清编选：《中国新文学大系·诗集》（影印本）（导言），上海：上海文艺出版社2003年版，第1页。
③ 孙玉石：《中国现代诗歌艺术》，北京：北京大学出版社2010年版，第205页。

在1937年抗日战争爆发之前，20世纪30年代的现代派诗歌刊物及评论有十几种，成为诗歌创作与诗论的阵地，也产生了深远的影响，梁宗岱诗论正产生于这个时期。40年代后诗歌创作发生了分化，以艾青为代表的现实主义诗歌主潮崛起，表达个人情感命运的现代派诗歌一度衰微，但1942年冯至的《十四行诗》又将此派诗歌创作推进了一步，延续了前期现代派诗歌的创作风格，但保有鲜明时代特色与民族命运、人生哲理的思考。40年代末期，“中国新诗”派诗人群（以辛迪、穆旦等人为代表）的出现掀起了现代派诗歌创作小高潮，成就斐然，当然由于时代的因素，与中国现实主义诗潮相比，已属于现代派诗歌的“绝响”了。

2. 梁宗岱诗学——现代象征主义诗学之界碑

中国现代诗学建立，虽然在1928年至1937年的第二个十年中，有了卓尔不凡的成绩，诗家频出，诗作不断，诗文也多问世，但是极品并不多，真正留给后人，具有永久价值的诗学著作更是少之又少。诗学家们大都是诗人，不是专门的批评家，因此，所著诗学文章，单篇的、散打的比较多，随感的、应景的多，系统的专著很少。今天我们所能够见到的诗学著作有梁宗岱的《诗与真》（1935）、《诗与真二集》（1936），艾青的《诗论》（1941），朱光潜的《诗论》（1942），朱自清的《新诗杂说》（1944），李广田的《诗的艺术》（1944）以及袁可嘉的《论新诗的现代化》（1988年出版，收入1946—1948年的诗论文章）等。其中，朱光潜先生是理论家，其他均为诗人。除此之外，还有收集在中国现代作家文集中的关于诗的批评文章，比如，胡适、闻一多、梁实秋、李健吾等。

在这些诗学著作中，艾青的《诗论》留有鲜明的时代印记，强调诗歌的真善美标准；朱光潜的《诗论》侧重诗的境界、诗与散文、诗的节奏等中西诗理论的逻辑探讨，偏于比较与概括；朱自清自称《新诗杂话》不是系统著作，原只是随笔，也可以称对诗的“谈话”；李广田《诗的艺术》主要是对卞之琳《十年诗草》、冯至《十四行诗》的形式批评，也可以说是对诗的技巧与方法的探讨；袁可嘉《论新诗的现代化》针对20世纪40年代的“九叶诗派”的诗创作写下的诗论，与战争环境里诗的大众化不同，强调诗之为诗的本体论，总结20世纪40年代出现的现代诗派，提出了“现实、象征、玄学”的有机综合的观念，新诗戏剧化观念等。与上述诗学著作相比较，梁宗岱的《诗与真·诗与真二集》（1984），收集了他1928年至1936年发表在期刊上的诗论文章。虽然也是单篇的汇集，但整体上仍能够感受到其贯穿一脉的写作风格——现代诗派的初期象征主义诗学高度总结。

当代学者、兰州大学的常文昌在其专著《中国现代诗论要略》中的第六章——“梁宗岱的《诗与真》、《诗与真二集》”，这样概括其诗论的地位与成就：“他是象征派诗论家中成就最高的一个。读他的诗论《诗与真》、《诗与真二集》等，如打开五光十色的百宝箱，文笔优美，诗意葱茏，真知灼见炫目耀眼。他既有创作的实践和体会，又有较高的理论修养；既通晓中国古典文学，又熟悉西方近现代诗歌，特别是直接师承象征主义大师梵乐希（今通译瓦莱利），对法国象征派了如指掌。这就决定了他长于运用比较文学的方法研究文学的现象和作家作品。能融中西诗论于一炉，从而奠定了他在中国现代诗论中的地位。”①

中国现代象征诗派可以说是 20 世纪 30 年代现代诗派的前身。说梁宗岱诗学为象征派成就最高者，其直接的理由即是梁宗岱欧游期间直接与法国后期象征主义大师接触并受其影响，而且在他的多篇诗论中，1934 年写成的《象征主义》仍是一篇经典的中西诗论比较文章。在该文中，他对西方诗学中的“象征”概念做了中西互释的解读。如果我们将象征派诗论家穆木天、王独清等人于 1926 年发表的谈诗的论文与梁宗岱作一比较的话，可以看出穆、王二人从法国象征派诗论中借鉴的痕迹，甚至有照搬的嫌疑，而梁宗岱所阐述的象征主义诗学观显然站在比较高的起点上，绝不是单纯介绍法国象征派诗学主张，而是将“象征”视作任何国度、任何时代的文艺活动中的普遍而重要的元素。梁宗岱在文章中总是在中国古代经典作家作品中寻求与西方近代象征派作家可接近的“象征”因素，并且他探讨的不是创作方法而是哲学美学观念，将“象征”上升到一种创作心境以及一种诗美学的追求。从这一点来讲，梁宗岱诗学内涵着诗性哲学，因此从美学视野或创作原则上远远地超出穆木天与王独清的诗学理论。

在中国现代诗学史上，象征派诗创作及主张因其晦涩难解遭遇诗学家的发难。比如梁实秋先生曾经与梁宗岱争辩，在 20 世纪 20 年代发文指责象征诗学是“捣鬼”，“故弄玄虚”等。新中国成立后由于文学的意识形态性质，象征主义更是作为没落阶级的颓废、绝望艺术被排斥在主流文学之外，直至 80 年代“朦胧诗”的出现，引发诗坛动荡，人们也才发觉其与象征主义诗学的关联。20 世纪 80 年代中后期，象征派以及现代派诗学才重新引起学界的关注与研究，包括对梁宗岱诗学的研究也是从此时开始（在 80 年代之前的中国现代文学史中没有梁宗岱的名字，甚至在高校图书馆中也见不到梁宗岱的著作）。北京大学的孙玉石教授在 1981 年研究鲁迅先生的散文《野草》时发现

---

① 常文昌：《中国现代诗论要略》，兰州：兰州大学出版社 1991 年版，第 85 页。

其中的象征主义创作方法，引发了他对象征派的思考，但在当时情景下，如果将鲁迅先生的创作归为象征主义会被视作大逆不道。通过研究鲁迅先生的散文，孙教授感到象征主义与现实主义、浪漫主义并不是不相容的。

正是由于社会政治历史的因素，象征派与现代派是被遮蔽的或说是边缘化了的领域。今天我们已不是简单恢复其历史的本来面目，而是从学术的角度还原其诗学史上的真正价值，当然也涉及对梁宗岱诗学的评价。这里笔者之所以说梁宗岱诗学是中国现代象征主义诗学之界碑，不仅有祭奠的意义，而且中国现代象征主义诗学的确到了梁宗岱这里才有了分界：象征诗派已经转化为现代诗派；在创作方法上从对西方象征派的模仿转化为现代的自觉创造，个人的情感思绪表达更能暗示或烘托出时代的氛围等。以戴望舒、卞之琳以及何其芳为代表的现代诗派在20世纪30年代达到了高潮。梁宗岱诗学也是在他们的创作实践基础上的理论总结。而从30年代的戴望舒到40年代初的西南联大的冯至，再到40年代末期的辛迪、穆旦的“九叶诗派”，现代派诗创作形成一脉。梁宗岱的诗学思想在其中起到了承前启后的作用。在梁宗岱之后，40年代末袁可嘉的系列论述新诗现代化的文章是为现代诗派理论的“绝唱”。梁宗岱诗学搭起了象征诗派通向现代诗派的重要理论通道。

之所以给梁宗岱这样的定位，并不是妄言。在梁宗岱篇幅不多的诗论中处处能够感受到他对法国象征主义大师梵乐希的礼赞，不仅对其诗，同时也对其人格魅力。但在梁宗岱诗学中又摆脱了盲目地模仿与照搬西方诗学理论的阶段，其学习西洋的目的是将其作为中国古典诗学的参照，重新发现我国传统诗学中的优劣，是为了中国今日或明日的新诗的未来：“因为有悠长的光荣的诗史眼光光望着我们，我们是不能不望它的，我们是不能不和它比量短长的。我们的诗要怎样才能够配得起，且慢说超过它底标准；换句话说，怎样才能够读了一首古诗后，读我们底诗不觉得肤浅，生涩和味同嚼蜡？更进一步说，怎样才能够利用我们手头现有的贫乏、粗糙、未经洗练的工具——因为传统底工具我们是不愿，也许因为不能，全盘接受的了——辟出一个新颖的，却要和它们同样和谐，同样不朽的天地？因为目前底问题，据我的私见，已不是新旧诗底问题，而是中国今日或明日底新诗问题，是怎样才能够承继这几千年底光荣历史，怎样才能够无愧色去接受这无尽藏的宝库底问题。”[①] 梁宗岱诗学以世界诗学的视野，面对中西诗学的比较与融合，古典与现代诗学的承前启后问题。对中国现代象征诗派的主张，梁宗岱不拘于创作方法的模拟而主要是汲取其精神元素，因此梁宗岱论诗更追求诗人创造的“灵境”，

① 梁宗岱：《诗与真·诗与真二集》，北京：外国文学出版社1984年版，第30页。

就是心灵的丰富，人格的崇高，这样也无形中把现代诗与古代大诗人联系在一起，做到了古典诗学的现代转型；梁宗岱对现代诗派寻求的民族格调与形式，在其诗论中也展开了充分的研讨，在具体问题的阐发上，同样进行中西古今之比较。他的《文坛往那里去——“用什么话”问题》对文与言、形式与思想等论述辩证而深刻，其深刻在于他的思想游走于中西的文学艺术、美学甚至于哲学之间，对论述问题既有广度又有深度，换句话说，是有世界的视野和哲学的智慧。在作者看似散漫的行文中，往往隐藏着几处神来之笔，令人惊叹不已！梁宗岱还发表了一系列讨论新诗的针对性文章《谈诗》（1934）、《新诗底纷歧路口》（1936）、《诗·诗人·批评家》（1936）等，尤其是《象征主义》一文，为中国现代新诗的发展提供了理论的支撑。读梁宗岱的诗学文章，能感觉到这个具有诗人身份的诗论家兼具有创作家敏感的思维、丰富的心灵境界以及理论家的哲学思辨，这也是梁宗岱诗学之所以能从同类诗学家中脱颖而出的原因所在！

梁宗岱的另外一些文章如《保罗·梵乐希先生》（1928）、《论画》（1932）、《象征主义》（1934）、《李白与歌德》（1934）、《论崇高》（1934）、《说“逝者如斯夫”》（1935）、《歌德论》（保罗·梵乐希作，梁宗岱译）（1935）、《歌德与梵乐希》（1935）、《法译“陶潜诗选”序》（保罗·梵乐希作，瀛生译）（1934）、《韩波》（1936）、《骰子底一掷》（保罗·梵乐希作，梁宗岱译）（1936）、《忆罗曼·罗兰》（1936）、《屈原》（1941）等，不是直接以新诗为言说对象，而是从古今中外经典作家人格，文学的风格以及文艺美学、哲学等精神高度阐述诗学的本质问题。这些恰是当时中国现代新诗所缺乏的精神气质、心灵要素。

二、梁宗岱诗论的现代观念：“真”、“纯诗”、“灵境”

（一）诗与真

当下学界研究梁宗岱者，或把梁宗岱的诗学界定为象征主义诗学，从中国现代象征主义语境给予梁宗岱诗学应有之位置；或探究梁宗岱象征主义诗学形成之历史渊源，即与法国象征主义诗学的密切关系。这些研究为后人提供了丰富的史料，对提升梁宗岱的诗学理论价值起到了重要的作用。但是我们也应该看到，前两者的研究过多地专注于梁宗岱诗学的外围清理，未能完整地深入到梁宗岱诗学本体的内部，没能进行解剖性的分析，让人们看到真实梁宗岱的诗学面貌。梁宗岱生前就注重诗学批评中的“内部研究”，也就是直扣作品的方式，把握诗作的真正要义。我们对梁宗岱的诗学研究也应秉承这一批评原则，从其诗论文本入手，追述其诗学生成的美学、哲学及文化的意义。

梁宗岱的《诗与真》、《诗与真二集》是我们认识其诗学精神观念的主要文本，此外还有《屈原》、《非古复古与科学精神》等20世纪40年代写下的两篇重要的批评文章。早在30年代，两本集子先后出版，梁宗岱自己在这两部诗集的“序”中也声称，《诗与真》是“收集五六年来写就的几篇零星的散文”，而《诗与真二集》“大部分都是为了应各种定期刊物底需求，自然不免是匆促底产儿，没有第一集里《象征主义》一类比较经心之作”。[①]在这些散文体诗论中，细心的读者也许会发现，两部集子所收入的文章不仅文体有别，就其内容而言似乎也不够统一：有人物评传；有书信体的论诗、论画；有辩论文体的《论崇高》；有比较文体的《论象征主义》、《李白与歌德》、《歌德与梵乐希》；有译文，有按语与跋，有杂谈，还有回忆性散文等不一而足，给人感觉不像诗论，与同时期朱光潜的《诗论》比较起来，实在是缺乏体系与逻辑，是名副其实的“散文”集。这些写于不同时期、不同境况下的文章，作者的思想与艺术观念的演变不可避免，但不管怎样，通篇读过之后，才发现，作者以“诗与真”作为集子标题的良苦用心：“真是诗底唯一深固的始基，诗是真底最高与最终的实现……假如精明的读者在这里面觉到内容上相当的一贯与风格上相当一致，那就全仗这一点努力与追求；假如这本小书敢企图对读者有多少贡献，也全在这一点努力与追求……单是追求底自身已经具有无上的真谛与无穷的诗趣，而作者也在这里面找着无限的欣悦了，正如一首歌底美妙在于音韵底抑扬舒卷底程序，而不在于曲终响歇之后。”[②]

梁宗岱在《诗与真》“序”中一连说到三处“追求”。他“努力追求”什么？这是值得我们深思的问题。

1. 对艺术理想坚执不舍地追求——梁宗岱与歌德

首先用作者自己的话说，《诗与真》的标题是受了德国伟大作家歌德自传的暗示：“立名虽似蹈袭，命意却两样。歌德底意思——如其我底了解不差，是指回忆中诗与真，就是说，幻想与事实之不可分解的混合，所以二者是对立的。在作者底思想里，它们却是它从粗解文学以来所努力追求，不偏不倚地追求，而且，假如境遇允许的话，将毕生追求的对象底两面：真是诗底唯一深固的始基，诗是真底最高与最终的实现。”[③]显然，梁宗岱从歌德作品得

① 梁宗岱：《诗与真·诗与真二集》，北京：外国文学出版社1984年版，第89页。
② 梁宗岱：《诗与真·诗与真二集》，北京：外国文学出版社1984年版，第5~6页。
③ 梁宗岱：《诗与真·诗与真二集》，北京：外国文学出版社1984年版，第5页。

到启示是无疑的。

《歌德自传——诗与真》是18世纪德国伟大作家歌德晚年在魏玛陆续写成的四卷本传记，其副标题为“诗与真”。《歌德自传》的中译本分上、下两册。它的译者是梁宗岱在岭南大学的同学刘思慕。梁宗岱曾留学德国，懂德文，能直接阅读歌德的作品。歌德传记是歌德靠他自己的回忆写出来的，只叙述了诗人26岁动身去魏玛以前的事，是他从出生到青年时期的一段回忆录。诗人何以用了一个副标题“诗与真”？读过歌德这部传记的人都知道，作者以主人公的出生、求学、游历为线索，不仅展开了家庭、市政、宫廷等环境的描写，而且对其家庭成员的身份性格以及父亲对小歌德的严格教育，歌德儿时的伙伴、他的初恋情人，还有对作者人生影响最深刻的人物都给予了细致的刻画。同时，作者对那个时代的政治、宗教以及自然科学等诸多问题有着深入的思考。作者尊重历史的真实，再现了那些逝去的时代以及城市的风俗面貌，正如歌德自己所说：“无论在宗教方面、科学方面，还是在政治方面，我一般力求不撒谎，有勇气地把心里所感到的一切照实说出来。”[①]真实地再现历史情境是作者写作的基本原则，正因为如此，本传记的中译作者刘思慕在1932年暮春曾到德国作短期的学习，地点恰恰在歌德的出生地法兰克福市。刘思慕亲临其境，与歌德自传中描绘的故乡风物和附近的古迹名胜对号入座，倍感亲切。

歌德的这部传记又与一般尊重史实的回忆录不同，更像是文艺创作。用译者的话说是“烘云托月，妙趣横生”。歌德晚年的秘书爱克曼在《歌德谈话录》中曾说过：“整个作品颇有小说的特色。四卷中贯穿了一个优雅的、温情的、感情强烈的恋爱事件；这一事件刚开始时是令人愉快的，然后富有诗意地展开，最后由于双方默默地互相抛弃而带有悲剧性；这四卷由于这一事件而结合成一个有机的整体。其中详细描绘的莉莉的性格具有一种能迷住每个读者的魅力，正如她迷住了那个只有靠一而再再而三的逃跑来挽救自己的情人那样。”[②]的确，在这部自传中，歌德对自己青少年时期恋爱故事的回忆是饶有趣味的：“或是风波突起，由爱而恨；或是闹‘情人的脾气’不欢而散，负疚在心；或是天真自然，饶有牧歌的意味；或是由帝盟而悔婚，缠绵悱恻，有点《长恨歌》、《钗头凤》似的无可奈何的情调。”[③]不仅如此，歌德在叙述童年时

---

① ［德］爱克曼辑录，朱光潜译：《歌德谈话录》，北京：人民文学出版社1978年版，第21~22页。

② ［德］爱克曼辑录，吴象婴等译：《歌德谈话录》，上海：上海社会科学院出版社2001年版，第101页。

③ ［德］歌德著，刘思慕译：《歌德自传——诗与真》（上），北京：人民文学出版社1983年版，第13页。

给小朋友们讲述他自编的童话故事《新帕利斯》时，用了书中很大篇幅，为枯燥的情节增添了许多诗意与情趣。还有歌德在记述游历时，善于对大自然以及名胜古迹展开细致的描绘与刻画，使读者不仅有身临其境之感，还能唤起他们心中怀古的幽思，所有这些诗性的表现：想象与幻想的、生动与趣味的、细致与敏感的，都使得这部自传具有了文艺的品格。

“真”在歌德自传中指历史的真实；“诗”指艺术的创造。梁宗岱在他的诗论中对歌德的“真实”有了发挥，受到法国象征派诗人瓦雷里的启发，融合德国诗人里尔克的观点，他提出诗歌创作要有“经验”。不是一时一地的体会，而是长久的“忍耐与期待”，这样才能创作出一首好诗、真诗。这是梁宗岱对歌德自传的标题下“诗与真”的一种理解。

当然，歌德的“诗与真”还有一层意思，就是作者对诗、对文学的执着追求与表现，诗成为作者生命的一部分。这一点当然不仅体现在自传中，而且体现在歌德人生的境界里，体现在歌德一生创作的作品中。

梁宗岱在他的译诗集《一切的峰顶》初版的编排中，歌德的译诗被排在第一位。本书的标题就是取自歌德的《流浪者之夜歌》中的第一句：

一切的峰顶
沉静
一切的树尖
全不见
丝儿风影
小鸟们在林间无声
等着罢：俄顷
你也要安静①

这首诗梁宗岱在其论文中多次引用，可见其喜爱的程度。歌德的这首小诗渗透出深挚的“宇宙意识”。诗人主体超越外物一切，甚至有限自我，融于天地之间，感受宇宙之庄严宏大，产生一种肃穆、庄严之审美情感，也是梁宗岱所推崇的“崇高之美”。换句话说，受歌德作品的影响，梁宗岱诗学理想升华到一种较高的境界。这种境界与大学者王国维所说的“真境界”不完全相同，带有较强的西方文化精神色彩。

歌德晚年创作的恢弘长诗《浮士德》，也是梁宗岱的最爱。梁宗岱从青

---

① 梁宗岱著，马海甸主编：《梁宗岱文集·译诗卷》，北京：中央编译出版社 2003 年版，第 56~57 页。

年到暮年致力于翻译歌德的《浮士德》，由于历史的原因，被毁、重译、被悬置、再重译，几番反复，《浮士德》第二部始终未能完成，这是梁宗岱终生的一件憾事。有学者说，梁宗岱与浮士德一样不舍地追求真理，这话并不为过。歌德几乎用了大半生的时间在创作他的《浮士德》。在爱克曼的《歌德谈话录》1829 年 2 月 10 日的日记中记载了歌德说过这样的话："浮士德是与魏玛一起成长起来的。我 1775 年把它带到魏玛。"[①]事实上，歌德着手这一题材开始于 1773 年夏，直到 1831 年 7 月才最终完成，历经近十年的时间。当然从童年时起，歌德在民间故事书中就知道了浮士德这个人物，对这一形象的酝酿构思直到 1806 年春，那时完成了第一部，以后歌德中断了《浮士德》的写作，直到 1825 年才不间断地写第二部。可以说，《浮士德》是伴随着歌德一生的作品，是歌德生命的化身。在歌德的笔下，一个民间传说中欲望化的浮士德被改造成为一个知识渊博、人性丰满、思想深邃、充满智慧，在精神上永不餍足，行动上渴求创造的光辉人物形象，个性鲜明而又深蕴哲理。对于《浮士德》剧本所体现的观念，歌德认为，"魔鬼赌输了，而一个一直在迷误中艰苦挣扎、奋力向更完善境界前进的人终于获得了解救"[②]，"高贵的灵魂 / 已脱出魔掌 / 他不断努力 / 将我们就偿 / 若天上之爱不断 / 来自上界的地方 / 永生的孩子 / 欢迎他回到天堂"[③]，这些诗表明浮士德终被救赎。歌德说:"在浮士德自己身上有一种行动，越来越高尚、越来越纯洁，直到最后，在他之上，有永恒的爱来救援他。"[④]梁宗岱的一生尽管波折不断，但是《浮士德》始终没有离开过身边，包括他弃文从商，也包括他"文革"中惨遭毒打，特别是在他后半生，即使地下炼药的炉火熊熊，也没能取代他对翻译《浮士德》的坚执。《浮士德》中有一句众所周知的名言:"要每天每日去开拓生活和自由，然后才能作自由与生活的享受……我愿意看见这样熙熙攘攘的人群，在自由的土地上住着自由的国民。"[⑤]这不仅是浮士德的理想，也是歌德的理想，梁宗岱的不间断人生求索（包括他晚年的炼药制药）来自于浮士德创造精神的启发。

---

① ［德］爱克曼辑录，吴象婴等译:《歌德谈话录》，上海: 上海社会科学院出版社 2001 年版，第 398 页。

② ［德］爱克曼辑录，吴象婴等译:《歌德谈话录》，上海: 上海社会科学院出版社 2001 年版，第 289 页。

③ ［德］爱克曼辑录，吴象婴等译:《歌德谈话录》，上海: 上海社会科学院出版社 2001 年版，第 560 页。

④ ［德］爱克曼辑录，吴象婴等译:《歌德谈话录》，上海: 上海社会科学院出版社 2001 年版，第 560 页。

⑤ ［德］歌德:《浮士德》，转引自高中甫:《德国伟大的诗人——歌德》，北京: 北京出版社 1981 年版，第 178 页。

在梁宗岱《诗与真二集》中，共收入文章13篇，其中关于歌德的文章就占了3篇：《李白与歌德》、《歌德论》、《歌德与梵乐希》。《歌德论》是一篇译文，《歌德与梵乐希》是梁宗岱为瓦雷里的《歌德论》写的“跋”。可见歌德在梁宗岱心目中的地位。歌德的一生是不断创造的一生，完成《浮士德》诗剧，也是完成了自我的救赎。歌德对诗、艺术如对待生命般珍爱，尽管在他的一生中几度迷失，但又总能“迷途知返”，终于在晚年成就了伟大的文学事业。歌德未能让自己的精神迷失在“琐屑事物”中，保持着属于自己的那份“精神个体性”。所有这些对梁宗岱来说都是宝贵的精神财富，诗人被歌德的伟大气质所感召，因此梁宗岱一生对艺术的执着与挚爱，也如同对待生命一般；梁宗岱的“求真”不“伪作”的人格涵养，似乎比起歌德更令人敬畏。在梁宗岱的诗学中处处能感受到歌德精神个性对他的影响，那就是他浪漫的感性情怀以及自始至终如一的对诗与真的追求。

2.“真在内者”——梁宗岱与老庄

梁宗岱所取的《诗与真》的含义，在他的自述中：“真是诗底唯一深固的始基，诗是真底最高与最终的表现。”前者强调现实是文艺的基础，那么后者认为文艺的最高表现即心灵，而“心灵之真”正是梁宗岱诗学理想的至高追求。怎样理解梁宗岱的“心灵之真”？

首先，梁宗岱认为“心灵之真”是建立在“经验之真”的基础之上的。1931年，他在欧洲写给徐志摩的论诗的信中提出：“中国今日的诗人，如要有重大的贡献，一方面要注重艺术修养，一方面还要热热烈烈地生活，到民间去，到自然去，到爱人底怀里去，到你自己底灵魂里去……总要热热烈烈地活着。固然，我不敢说现代中国底青年完全没有热烈的生活，尤其是在爱人底怀里这一种！但活着是一层，活着而又感着是一层，感着而又写得出来是一层，写得出来又能令读者同感又一层……”[①]这里用到的“活着”、“活着而感着”、“感着而写着”、“写着而令读者同感”是诗创作的四层面。“经验之真”就是首先要“活着”。他借助德国现代大诗人里尔克的散文《布列格底随笔》中的一段话指出，一首好诗的创作不是即兴的随笔：“一个人早年作的诗是这般乏意义，我们应该毕生期待和采集，如果可能，还要悠长的一生，然后，到晚年，或者可能写出十行好诗。因为诗并不像大众所想象，徒有情感（这是我们很早就有了的），而是经验。单要写一句诗，我们得要观察过许多城许多人许多物，得要认识走兽，得要感到鸟儿怎样飞翔和知道小花清晨舒展

① 梁宗岱：《诗与真·诗与真二集》，北京：外国文学出版社1984年版，第29~30页。

底姿势……”[①]梁宗岱所崇拜的法国象征派诗人梵乐希，于1917年发表了长诗《年轻的命运女神》，这首长诗用梁宗岱的话说，是在诗人沉寂了20年后诗情的总爆发：“是的，梵乐希这二十余年的默察与潜思，已在无形中，沉默里，长成为茂草修林了；只待一星之火，便是以造成辉煌的火底大观了。那原定四十余行的诗丝，乃一抽而不能复断：虽在欧战的枪林弹雨之中（那时他正在前敌某机关任职），他还是一样地在他的心灵的幽寂处苦思经营了四年，终于织就了一个五百余行的虹色的幻网。”[②]梵乐希的《年轻的命运女神》发表之后在读者中产生了强烈的反响，这就不仅仅是“活着”，而是“活着又感着”。诗人能写出来，需要生活经验的积淀，活着又感着，生活在诗人那里非得经过深思熟虑不可，而深思熟虑的前提是诗人要具备率真的性情。

其次，梁宗岱的“心灵之真”当指诗人的“率真的性情”。这一点我们阅读梁宗岱诗学文本就能够感受到。对诗歌艺术的纯真情感，不用语言描述，读者用心可以体会到。梁宗岱中年时期转向词的写作，尽管意境没有前期高远，但同样是随顺性情，表达内心自我情感的自由追求，依然彰显着梁宗岱的个性。在追求“真”性情这一点上，梁宗岱与王国维有很多类似之处：梁宗岱与王国维同为性情中人，一个是诗人，天赋极高，一个是学者，学问渊博；他们的学术道路选择同为性情所致，一个追随自己仰慕的法国象征派大诗人，一个服膺康德、叔本华的哲学；他们同样生逢乱世，不能彻底实现自身的美学理想，因而都回归到中国古典诗词中获得心灵的快慰。但就性格而言，王国维生性忧郁，体素羸弱，梁宗岱则天性乐观，体格壮硕；两人同有悲悯的情怀，王国维过于自怜，梁宗岱过于自傲。正因为梁宗岱有着一身傲气与傲骨，才没有像王国维一样走上自杀之路。他们结局不甚相同，但他们追求自由意志、显露真性情这一点却很相似。

关于这点，刘半农在《论诗与小说精神上之革新》一文中给予了清晰的阐述。他认为，诗歌、小说的革新不仅是形式的革新，更重要的是精神之革新。精神革新就是要恢复古人诗作中的“真”。他以此来评判时下的诗歌创作是“假诗的世界”：或专讲声调格律，拘执平仄成诗，或专在性情用功夫的，大多为伪作。而古人作诗“能把自然界据为己有，后人却只有些技术。古人心中，能有充分的魄力与发明力，后人却只有些饰美力与敷陈力了”[③]，如何

---

① 梁宗岱：《诗与真·诗与真二集》，北京：外国文学出版社1984年版，第28~29页。
② 梁宗岱：《诗与真·诗与真二集》，北京：外国文学出版社1984年版，第15~16页。
③ 胡适：《中国新文学大系·文学论争集》（影印本），上海：上海文艺出版社2003年版，第343页。

做到“真”？刘半农强调诗人必当用心于自然人生方面观察深思，不妄为，不矫饰，不伪作：“于是我爱好之心，立即逼我移其心力于自然人生两方面……自后无论何物，倘非亲眼见过，绝不妄为描写。无论何人，倘其意向与欲望，尚未为我深悉，我亦决不望我之情感，为彼之哀乐所动。”诗人要保持纯真的性情，专心于自然人生的物象，甚至满怀敬畏，描绘出自然与人生的精妙高深之处，感染读者：“我既立意要做一诗家，遂觉世上一切事物，各各为我生出一种新鲜意趣来……岩石之高顶，宫阙之塔尖，我以等量之心思观察之。小河曲折，细流淙淙，我必寻河徐步，以探其趣。夏云倏起，弥布天空，我必静坐仰观，以穷其变。所以然者，深知天下无诗人无用之物也。而且诗人理想，尤须有并蓄兼收的力量。事物美满到极处，或惨怖到极处，在诗人看来，却是习见。大而至于不可方物，小而至于纤眇不能目观，在诗人亦视为相狎有素，不足为奇。故自园中之花，深林中之野兽，以至地下矿藏，天上之星象，无不异类同归，互相联结，而存储于诗人不疲不累之心栈中。因此等意思，大有用处。能于道德或宗教的真理上，增加力量，小之，亦可于饰美上增进其自然真确之描画。故观察愈多，所知愈富，则作诗时愈能错综变化其情景，使读者睹此精微高妙之讽词，心悦诚服，于无意中受一绝好之教训……即所做的诗，亦只须从大处落墨，将心中所藏自然界无数印象，择其关系最重而情状最足动人者，一一陈列出来。使人人见了，心中恍然于宇宙的真际，原来如此。至于意识中认为次一等的事物，却当付诸删削。然则这删削一事，也有做得其认真，也有做得其随便，这上面就可见出诗人的本分，究竟谁是留心，谁是贪懒了。”[①]刘半农论述诗人作诗，有真诗，有假诗，何谓真，何谓假，从上述论述中可见一斑。真正的好诗，是诗人倾其心力作出来的，不是敷衍的。其中他讲到的对自然的观察“能于道德或宗教的真理上增减力量”已经上升到“心灵之真”的层面了。他认为，诗人观察自然，还只是下了一半的功夫，其另一半须设身处地研习人生现象，破除时代与民族习俗的偏见，不为一时的法律与舆论所羁绊，心中超脱功名利禄：“只把一生欲得之报酬，委之于将来真理彰明之后，于是所作的诗，对于自然界是个天人联络的译员，对于人类是个灵魂中的立法家。他本人也脱离了时代与地方的关系，独立于太空之中，对于后世一切思想与状况，有控御统辖之权。”[②]在中国现代早期

① 胡适：《中国新文学大系·文学论争集》（影印本），上海：上海文艺出版社 2003 年版，第 344 页。

② 胡适：《中国新文学大系·文学论争集》（影印本），上海：上海文艺出版社 2003 年版，第 345 页。

诗学家中，对“诗与真”论述最为精当者，当属刘半农与梁宗岱。刘半农主张诗歌精神之革新，梁宗岱指责新诗创作者心灵不丰富，进而推崇法国象征派诗人梵乐希的作品，礼赞其诗歌象征灵境及崇高的人格，也是精神革新的内涵。二人都是针对中国现代早期诗歌创作弊端开出一剂良药。梁宗岱最后将这种“心灵之真”回归到中国古代道家的哲学观念中，这在其《象征主义》一文中所动情描述的，可能不同于刘半农的理论阐发。

最后，梁宗岱的“心灵之真”乃道家的率性之真上升至艺术的灵境。

“真”是什么？在老庄哲学中，“真”非现象而是本质，“真”也非外在而为内在。“真”与“伪”相对立，前者是自然的、天然的、随性的；后者是人为的、世俗的、礼仪的。“真者，精诚之至也。不精不诚，不能动人。故强哭者虽悲不哀，强怒者虽严不威，强亲者虽笑不和。真悲无声而哀，真怒未发而威，真亲未笑而和。真在内者，神动于外，是所以贵真也。其用于人理也，事亲则慈孝，事君则忠贞，饮酒则欢乐，处丧则悲哀。忠贞以功为主，饮酒以乐为主，处丧以哀为主，事亲以适为主，功成之美，无一其迹矣。事亲以适，不论所以矣；饮酒以乐，不选其具矣；处丧以哀，无问其礼矣。礼者，世俗之所为也；真者，所以受于天也，自然不可易也。故圣人法天贵真，不拘于俗。”[①]梁宗岱对“真”的追求，在他归国后由“心灵之真”融合了道家“性情之真”，这一点体现在《象征主义》的诗论里，主张诗要有独立的审美价值，追求“真境界”。

中国现代文学批评家李长之1935年专门为梁宗岱的《诗与真》写过一篇书评《诗与真》：“这本小小的论文集，页数刚刚一百页，题目不过五个，却是一本很难得的书……我所谓的难得，也许与其说在它的内容上，无宁说是在它的文字上，与其说在它的文字上，又无宁说在它的态度上。它的态度是真，因为现在态度认真的实在太少了，真得如梁先生者尤其少。……如果艺术是一种宗教的话，梁先生真当得起最虔诚的一个信徒。……艺术的圣地里要忠实于自己的人，不要专为外物做奴隶的人！”[②]李长之认为，梁宗岱诗论里有一种不忝然媚于世的态度，这是一个真正从事艺术的人的唯一态度，也是道家推崇的不拘外物的自由的态度！

---

① 曹础基：《庄子浅注》，北京：中华书局1982年版，第474~475页。
② 李长之著：《李长之文集》（第四卷），石家庄：河北教育出版社2006年版，第115~117页。

（二）梁宗岱的“纯诗”论

1. 提倡“纯诗”，拒绝非“诗”

面对中国现代白话新诗的现状，梁宗岱在《新诗底纷歧路口》一文中，对初期新诗的“革命”，毫不客气地予以指责：“和一切历史上的文艺运动一样，我们新诗底提倡者把这运动看作一种革命，就是说，一种玉石俱焚的破坏，一种解体。所以新诗底发动和当时底理论或口号——所谓‘建设明了的通俗的社会文学’，所谓‘有什么话说什么话’——不仅是反旧诗的，简直是反诗的；不仅是对于旧诗和旧诗体底流弊之洗刷和革除，简直是把一切纯粹永久的诗底真元全盘误解与抹煞了。”[①]但是，我们的诗人并没有像《学衡》派一样，以旧学极力抵制新学，而是看到了新诗的实绩：“虽然新诗运动距离最后的成功还很远，在这短短的十几年间已经有了惊人的发展却是不容淹没的事实。”[②]胡适、俞平伯、康白情、郭沫若、冰心、宗白华、李金发、徐志摩、戴望舒等诗人们的确为我们的新诗坛贡献很多，但不能说新诗就已经成功，路途尚且遥远，还需诗人们作出更大的努力。中国现代白话自由体新诗、格律诗、象征诗等经过试验，其规律是一种诗派的中衰为另一种诗派的崛起，后期诗派总会在某一方面弥补前一诗派的缺陷与不足，在发展过程中又总会暴露出自身的弱点以至于停滞不前。比如，“格律诗”的倡导者主要针对自由体诗的无规则，强调“格律”，给诗定规则，但单纯讲规则，忽略了情感以及思想，诗不成诗，像“豆腐干”，失去了诗的韵味；象征派因模仿法国现代象征主义，注重意象、暗示、象征，令国人眼界大开，但极不成熟，只识得人家的皮毛，未得骨髓，造成了晦涩，难以解读。有些好诗，总体来看，格调不够高远，意境缺乏深味，难以媲美古代经典诗。当时旧中国，因“革命诗歌”的出现，出现了大量的功利性极强的作品，“诗”变成“非诗”，失去了自身的价值。

就中国现代诗学理论而言，提倡“纯诗”者，梁宗岱并非第一人。此前留学日本的穆木天、留法归国的王独清等人在1926年《创造月刊》上发表《谈诗》、《再谈诗》，率先提出“纯诗”。穆木天直言：“中国的新诗运动，我以为胡适是最大的罪人。胡适说：作诗须如作文。那是他的大错。所以他的影响给中国造成一种 Prose inverse（像诗一样分行写成的散文）一派的东西。

---

① 梁宗岱著，马海甸主编：《梁宗岱文集·评论卷》，北京：中央编译出版社 2003 年版，第 156 页。

② 梁宗岱著，马海甸主编：《梁宗岱文集·评论卷》，北京：中央编译出版社 2003 年版，第 156 页。

他给散文的思想穿上了韵文的衣裳。结果产生了如‘红的花 / 黄的花 / 多么好看呀 / 怪可爱的’一类不伦不类的东西。”[①]穆木天借鉴法国象征主义的“纯诗”观，针对现代诗坛创作“东鳞西爪”，平面化，缺乏意境与情感，提出诗的统一性与持续性，强调诗是先验的东西，要有内在生命律动及心情的流转；针对新诗创作形式粗糙，提出诗的音乐与造型性。他认为，诗是暗示的，散文是说明的。穆木天的这篇文章很有分量，在提出自己诗学主张的同时，针砭诗坛弊端一语中的。王独清在《再谈诗》中，进一步强调诗的形式要素：情（情感）、力（力度）、色（色彩）、音（音乐），并以自己所作的诗说法，对“纯诗”讨论又深入一步。穆木天、王独清两人将法国象征主义“纯诗”介绍到中国来，对纯化“非诗”还是作出了很大贡献的，但是他们的理论也仅限于对诗形式的说明，不够系统，缺乏广阔的视野与深邃的思考。在这个意义上，当代学者许霆撰文提出，梁宗岱诗学是对20世纪30年代诗学的超越，这话不错。

梁宗岱的“纯诗”理论是在《诗与真二集》中的《谈诗》一文提出的。这篇文章写于1934年。对“纯诗”的论述，还有《论诗》、《新诗底纷歧路口》、《按语和跋》、《诗·诗人·批评家》等相关文章。梁宗岱提出“纯诗”，准确地说，不仅是形式技法，还是一种诗的境界。用他自己的话说，这境界不是“点缀到真底圣寺沿途底花草”，而是诗的“永久的真元”，这境界有灵气贯注，仿佛灵魂到达了神游的境域。总之，与穆木天、王独清不同，梁宗岱强调的是精神因素。我们注意到，在梁宗岱诗论中，“永恒”、“永生”、“永久”、“恒久”、“持久”这样一些词汇使用频繁。他的诗学观不是针对一时一地出现的某个问题，而是诗的恒久的生命价值。换句话说，就是如何让诗生命长久，跨越时间、空间为不同时代的读者所阅读、欣赏，就像梵乐希创作的《年轻的命运女神》、《海滨墓园》，屈原的《离骚》，歌德的《浮士德》，但丁的《神曲》等，具有恒久的生命力。梁宗岱自己曾说，他是受了法国象征主义后期大诗人梵乐希的影响：“如果我底思想有相当的严密，如果我今日敢对于诗以及其他文艺问题发表意见，都不得不感激他。”[②]梁宗岱留学欧洲七年，使他具有了现代性的视野，一种世界诗学的视野，就是因为他亲身接触并聆听了大师的教诲，以西方现代性诗学观念烛照中国现代诗学。在这个意义上，我们来分析梁宗岱“纯诗”论，可能会清晰很多。

---

① 穆木天：《谈诗》，陈惇、刘象愚编：《穆木天文学评论选集》，北京：北京师范大学出版社2000年版，第140~141页。
② 梁宗岱：《诗与真·诗与真二集》，北京：外国文学出版社1984年版，第207页。

（1）“纯诗”定义——由“形式的元素”进入“象征的灵境”。

梁宗岱所说的“纯诗”是什么呢?

所谓纯诗，便是摒除一切客观写景，叙事，说理以至感伤的情调，而纯粹凭借那构成它底形体的原素——音乐和色彩——产生一种符咒式的暗示力，以唤起我们感官与想像底感应，而超度我们底灵魂到神游物表的光明极乐的境域。像音乐一样，它自己成为一个绝对独立，绝对自由，比现世更纯粹，更不朽的宇宙；它本身底音韵和色彩底密切混合便是它底固有的存在理由。

这并非说诗中没有情绪和观念；诗人在这方面的修养且得比平常深一层，因为它得化炼到与音韵色彩不能分辨的程度，换言之，只有散文不能表达的成分才可以入诗——才有化为诗体之必要。即使这些情绪或观念偶然在散文中出现，也仿佛是还未完成的诗，在期待着诗底音乐与图画的衣裳。

这纯诗运动，其实就是象征主义底后身，滥觞于法国底波德莱尔，奠基于马拉美，到梵乐希而造极。

我国旧诗词中纯诗并不少(因为这是诗底最高境,是一般大诗人所必到的,无论有意与无意)；姜白石底词可算是最代表中的一个。不信，试问还有比《暗香》，《疏影》，“燕雁无心”，“五湖旧约”等更能引我们进一个冰清玉洁的世界，更能度给我们一种无名的美底颤栗的么？①

文中第一段，提出了“纯诗”的定义。有这样几层意思：①反对客观地写景、叙事、说理以及抒发感伤的情绪，这或许是针对写实主义与浪漫主义而言的；②主张诗要重视形式要素，尤其是音乐与色彩，用象征与暗示的方法表现，强调诗是表现的；③就审美感受而言，一个纯粹的象征的灵境，能激发人的想象与情感，净化灵魂，超度尘俗，心灵进入自由境界。这境界，并非一般诗人所能达到，要有高度的心性修养，并且“心”与外在“形”的世界达到不可分辨的程度。

这境界真是一个不可企及的理想目标！

法国象征派大诗人梵乐希提出的“纯诗”实际上也是这样一个理想的目标。他说：“我所说的纯，是物理学家所说的纯水的纯。我的意思是，问题在于了解是否能创造一部没有任何非诗歌杂质的纯粹的诗作。我一直这样认为，而且现在依然这样认为：这是一个难以企及的目标，诗，永远是企图向着这一纯理想状态接近的努力。”②梵乐希何以提倡“纯诗”？他认为，在19世

---

① 梁宗岱：《诗与真·诗与真二集》，北京：外国文学出版社1984年版，第95页。

②［法］瓦雷里著，葛雷、梁栋译：《瓦雷里诗歌全集》，北京：中国文学出版社1996年版，第304页。

纪末期这样一个人们谈论着“科学破产”与“哲学破产”的时代：“在这样一种没有任何信仰能使他们满意的缺乏信仰的时代，对某些人来说，他们似乎把确信放到了一种‘美’成为唯一的理想的追求上去，只有在‘美’上，他们才可以休息。”[①]如此说来，法国象征主义诗人们是在创造着属于他们的“美”，一种“纯美”的理想信仰。

梁宗岱显然是追随大师的步履，追求这样一个“纯美”的诗的世界。

“纯诗”的世界，具体说来，是与散文完全不同的世界：“只有散文不能表达的成分才可以入诗。”

美国著名学者雷纳·韦勒克在他的《近代文学批评史》第八卷第一部第十章中长篇介绍了瓦雷里的诗学主张。他从三个方面阐述了瓦雷里的“纯诗”观念：一是强调诗与散文的区别，“诗歌首先是无法释义的，无法简化为散文的内容”[②]，“诗歌孤立观照的境界，诗歌与目的界割裂开来，诗歌创造出一个新天地。实现最后这一点，只能通过充分利用语言资源，通过假借声音和韵律以及比喻表达的所有手法，使得诗歌天地脱离于普通语言的天地”[③]。如此说来，瓦雷里继承了马拉美的诗学观点，强调文字与形式之重要性。韦勒克认为，瓦雷里将形式视为作品的骨架，而这骨架恰是使作品历时久远的重要因素。二是强调诗歌中的声音与意义不可分解。三是对诗歌格律的重视。这一点在梁宗岱的《保罗·梵乐希评传》中也有所介绍：“诗，最高的文学，遂不能不自己铸些镣铐，做它所占有的容易的代价。这些无理的格律，这些自作孽的桎梏，就是赐给那松散的文字一种抵抗性的；对于字匠，它们替代了云石底坚固，强逼他去制胜，强逼他去解脱那过于散漫的放纵的。”[④]

梁宗岱将梵乐希的“纯诗”理论借鉴过来，却在中国旧诗词中找到了对应点。他说：“近人论词，每多扬北宋而抑南宋。掇拾一二肤浅美国人牙慧的稗贩博士故不必说；即高明如王静安先生，亦一再以白石词‘如雾里看花’为憾。推其原因，不外囿于我国从前‘诗言志’说，或欧洲近代随着浪漫派文学盛行的‘感伤主义’等成见，而不能体会诗底绝对独立的世界——‘纯诗’底存在。”[⑤]我们知道，王国维论词是以“意境”作为取舍的标准，强调

① [法]瓦雷里著，葛雷、梁栋译：《瓦雷里诗歌全集》，北京：中国文学出版社1996年版，第312页。
② [美]雷纳·韦勒克著，杨自伍译：《近代文学批评史》，上海：上海译文出版社2006年版，第275页。
③ [美]雷纳·韦勒克著，杨自伍译：《近代文学批评史》，上海：上海译文出版社2006年版，第276页。
④ 梁宗岱著，马海甸主编：《梁宗岱文集·评论卷》，北京：中央编译出版社2003年版，第24页。
⑤ 梁宗岱著，马海甸主编：《梁宗岱文集·评论卷》，北京：中央编译出版社2003年版，第87页。

“真性情”、“真感情”的。王国维在《人间词话》第三十九条说：“白石写景之作，如‘二十四桥仍在，波心荡、冷月无声。’‘数峰清苦，商略黄昏雨。’‘高树晚蝉，说西风消息。’虽格调高绝，然如雾里看花，终隔一层。”[①]第四十二条说：“古今词人格调之高，无如白石。惜不于意境上用力，故觉无言外之味，弦外之音，终不能与于第一流之作者也。”[②]这里提到的姜白石为南宋词人，王国维认为他的词“格调高绝”，但不能造成一种如陶渊明的“采菊东篱下，悠然见南山”的“物我混融”之意境，也不如李后主之词“流水落花春去也，天上人间”之“感慨遂深”地抒发“真性情”，“故觉无言外之味，弦外之音，终不能与于第一流之作者也”。在梁宗岱看来，这是王国维一家之言，或许是受了浪漫派感伤主义的影响。梁宗岱之所以推崇姜白石，并不是没有原因的。姜白石作诗更近于梁宗岱所说的“纯诗”，注重诗歌表现的暗示与含蓄，精于人工以及追求唯美。

对瓦雷里强调的诗与散文的区别，诗的声音与意义之关系，梁宗岱在20世纪40年代写的文章《试论直觉与表现》中有详述；对诗的格律的提倡本身也与中国现代新月派诗学观念有了应和。除此之外，梁宗岱对瓦雷里诗歌创作中的精神因素给予强调，主张纯净精神，以弥补白话新诗的感情贫乏。可见，梁宗岱提出的“纯诗”概念，不是单纯的法国象征主义诗学观念的翻版，而是融入了自己的独特见解，或说是融入了自己诗学理想的一个范畴内涵。在这个概念里，梁宗岱既提出了“纯诗”所应达到的最高境界——象征的灵境；也指出了这个最高境界的“通途”——形式的元素。这些都是建立在诗的本质观念的前提下的。

（2）诗是个人的，是个体生命意识的外化。

怎样理解个体生命意识？在梁宗岱看来，人这一生，作为肉身是有限的存在，人的心灵又有着无限的追求，这本身就是矛盾，何况还要终将面对死亡。渴望求生，畏惧死亡，这是人类基本的天性，也是诗的本质所在。

梁宗岱首先反对弗洛伊德以他的“性欲”心理学来阐释文艺的本质，将文艺视为被压抑的欲望的升华，“他们只看见那萦绕人心直到梦寐深处的求爱的欲望，却忘记了那在性欲底源头，那要抵抗死底幻灭与凄惶的超出梦寐以外的永生的祈向”[③]。

---

① 况周颐、王国维：《蕙风词话　人间词话》，北京：人民文学出版社1982年版，第210页。
② 况周颐、王国维：《蕙风词话　人间词话》，北京：人民文学出版社1982年版，第212页。
③ 梁宗岱著，马海甸主编：《梁宗岱文集·评论卷》，北京：中央编译出版社2003年版，第303页。

何以诗歌要表现生的欲望与对死的抗拒？

“死，是的，这才是一切艺术底最初的永久的源头。因为一切惊风雨泣鬼神的悲剧；一切卷肚弯腰，哄堂大笑的喜曲；一切芬馨幽眇，回肠荡气的抒情诗——都不过是要麻醉我们对死的痛苦的感觉，预防死底意识之侵蚀，或发泄一切由死或死底前驱与扈从所带来的积压我们心头的哀怨罢了。死，是的，还有死底前驱与扈从：疾苦和忧虑，衰残和腐朽，难弥的缺陷，蚕食生命的时光……一切最高的诗都是一曲无尽的挽歌，哀悼我们生命之无常，哀悼那妆点或排遣我们这有涯之生的芳华与妩媚种种幻影之飞逝。”[①]梁宗岱提到了中国古诗19首、冯欧的小令、汤显祖的《牡丹亭》以及西方济慈、雪莱以及莎士比亚的诗等等。

这种情感生活基调，梁宗岱从小就开始体验了。6岁丧母，送葬那天的情景，诗人仍历历在目，那时候诗人就尝试去探索死的玄秘，也从那时起，诗人一方面求生的渴望更加强烈，甚至曾经偷读过两本修炼长生的道经；另一方面，一种悲悯幻灭的情感冲击着这个小小的心灵。

十岁我在小学教室里自己翻阅清人吴定底《紫石泉山房记》。当我读到“游从旧侣，半皆散亡；竹既凋残，池亦竭矣”这几句平淡的描写时，我环顾满堂天真活泼的面庞，竟无异于从前那西征希腊的波斯皇帝登高凭眺他那五百万大军踏桥西渡时所起的幻灭的悲感，不觉凄然下泪。直到现在，虽然我表面似乎只会前瞻永不回顾，可是有时当午梦醒来瞥见窗外黄日中一枝花影，或微云淡月下仰望几张树叶在风中抖颤，或万籁俱寂时潜听远远传来江涛底呜咽，或在热闹街头突然听到一声小贩对于生活的迫切呼喊，或途中邂逅一双晴朗或黝深的灵活的眼睛……心中总像微风吹过的湖面掀起一层涟漪，蓦地感到一阵似曾相识却又从未经历过的乡思似的颤栗。[②]

这种生之渴望进而变为生之超越，心灵停留在幻想的自由境界里，蕴蓄着无穷的力量。在这个意义上，诗是最好的心灵载体。对生命的真实体验而唤起的一种生命冲动，而个体生命意识的最高境界是对现实表象的超越，对灵魂的探求。

梁宗岱对个体生命的认识具有西方文化特征。以个体为本位，个体的存

---

① 梁宗岱著，马海甸主编：《梁宗岱文集·评论卷》，北京：中央编译出版社2003年版，第304页。

② 梁宗岱著，马海甸主编：《梁宗岱文集·评论卷》，北京：中央编译出版社2003年版，第305~306页。

在是认识外界的前提。人生的愿望就是激发个体的最大潜能——创造意识。人依靠理性是可以认识宇宙的，依心灵可以与上帝对话，在对无限永恒的追求中，实现对有限自我的超越，达到与宇宙空间的合一，正因此，西方诗学重视“诗与真”的探求。在中国哲学中，对个体的认识是以群体来权衡的。个体是群体中的一分子，个体的行为与观念必以整体为皈依。个体无论就体力还是精力都不能超越自己的有限存在去追寻无限的宇宙时空，而且这种超越不仅是不可能的，也是不必要的，因此，中国重视个体的情感体验，主张回归心灵，依靠情感的体验来达到对宇宙空间的认识。

梁宗岱对诗本质的见解，是他早期宗教诗中所表现出来的自我意识的延续。但在他回国后写下的诗论里，这种个体生命意识所追求的心灵的最高表现，已经不是完全自我的，而是与自然“契合”和“物我为一”的道家境界，他抛弃了西方象征主义灵魂神秘的一面，融入了中国哲学观念。

（3）诗的恒久价值标准：形式是一切艺术的生命。

梁宗岱指出：“诗不仅是我们自我底最高的并且是最亲切的表现，所以一切好诗，即使是属于社会性的，必定要经过我们全人格的浸润与陶冶；譬如，形式是一切艺术底生命，所以诗，最高的艺术，更不能离掉形式而有伟大的生存；譬如，文艺底创造是一种不断的努力与无限的忍耐换得来的自然的合理的发展，所以一切过去的成绩，无论是本国的或外来的，不独是我们新文艺底根源，并且是我们底航驶和冒险底灯塔；譬如，文艺底欣赏是读者与作者心灵底密契，所以愈伟大的作品有时愈不容易被人理解，因而‘艰深’和‘平易’在文艺底评价上是完全无意义的字眼……于是一般文学革命家用以攻击旧诗的种种理由便几乎无形中一一推翻了。”①

在中国现代白话新诗的建设中，当尝试的阶段已经过去，诗人及诗学理论家们开始反思——白话诗到底怎样才是真正为“诗”，而不是“文”？白话诗与文言诗之区别到底在哪里？梁宗岱在《新诗底纷歧路口》一文中，提出了白话新诗要改造旧诗的两个重要方面：

第一方面，是表现工具或文字问题。

所谓表现工具，说白了就是“文言”与“白话”的区别问题，只有搞清楚这个问题，才能发现白话新诗在使用工具方面的弊端所在，也不会像白话新诗初期，对旧有的一切采取“玉石俱焚”的破坏态度。

在继承传统方面，梁宗岱还是很辩证地看待传统与现代之间的关系：

---

① 梁宗岱著，马海甸主编：《梁宗岱文集·评论卷》，北京：中央编译出版社 2003 年版，第 157 页。

我们并不否认旧诗底形式自身已臻于尽善尽美；就形式论形式，无论它底节奏，韵律和格式都无可间言。不过和我们所认识的别国底诗体比较，和现代生活底丰富复杂的脉搏比较，就未免显得太单调太少变化了。我们也承认旧诗底文字是极精炼纯熟的。可是经过了几千年循循相因的使用，已经由极端的精炼和纯熟流为腐烂和空洞，失掉新鲜和活力，同时也失掉达意尤其是抒情底作用了。这两点，无疑地，是旧诗体最大的缺陷，也是我们新诗唯一的存在理由。[①]

刘半农在《我之文学改良观》一文中，对文言与白话之区别，早就指出：

文言白话可暂处于对待的地位，何以故？曰，以二者各有所长，各有不相及之处，未能偏废故。……但就平日译述之经验言之，往往同一语句，用文言则一语即明，用白语则二三句犹不能了解。是白话不如文言也。然亦有同是一句，用文言竭力做之，终觉其呆板无趣，一改白话，即有神情流露，“呼之欲出”之妙。则又文言不如白话也。今既认定白话为文学之正宗与文章之进化，则将来之期望，非做到“言文合一”，或“废文言而用白话”之地位不止。此种地位，既非一蹴可及，则吾辈目下应为之事，惟有列文言与白话于对待之地，而同时于两方面力求进行之策。进行之策如何？曰，于文言一方面，则力求其浅显使与白话相近。于白话一方面，除竭力发达固有之优点外，更当使其吸收文言所具之优点，至文言之优点尽为白话所具，则文言必归于淘汰，而文学之名词，遂为白话所独具，故不仅正宗而已也。[②]

刘半农认为，“文言”有文言之优点，“白话”也有白话的长处，这种辩证观点是很可贵的，尤其是在新诗改革初期。

在此基础上，梁宗岱提出，文言与白话的区别主要是两个方面：一个是字汇上，另一个是体裁上。什么是字汇上的区别呢？就是用字量的不同。“白话”顾名思义，即口语，日常生活中人们交际表达的语汇。一般人的用字量与知识人用字量显然是不同的。我们读书、作文时所用到的文字，与一些专门的学术研究比较起来，后者所用字量就要大得多，且生僻、艰难得多。假如我们现在要翻译一本专业书，即使有深厚语言功底的人，也不能避免难解的字词，“且莫说文艺底目的是要启示宇宙与人生底玄机，把刹那底感兴凝定，永生，

① 梁宗岱著，马海甸主编：《梁宗岱文集·评论卷》，北京：中央编译出版社2003年版，第157页。
② 刘半农：《我之文学改良观》，徐瑞岳编：《刘半农文选》，北京：人民文学出版社1986年版，第7~8页。

和化作无量数愉快的瞬间：单是描写眼前的景物，一枝花，一抹晚霞，如果你要刻画得活现，便不能不求助于罕见的字，与不常有的句法”①。所以，这里所说的“量”，应既包括“数量”，亦包括“质量”。从这个区分里，可以看出白话是日常的口语表达，若想入诗，必须要有所提炼，而提炼就是“体裁”问题。写文章与说话不同，前者不如后者那样散漫，不回避口语的啰唆，而要整理、剪裁以及组织上的精炼，不仅如此，还要根据不同体裁的特点来设计文字表达的需要。胡适在初创白话新诗时，倒是注意诗表达的顺畅与新鲜感：“云淡天高，好一片晚秋天气！有一群鸽子，在空中游戏。看他们三三两两，回环来往，夷犹如意，忽地里，翻身映日，白羽青天，鲜明无比！”②元好问有一首五言诗《颍亭留别》，是古代诗人常写的“留别”主题，其中第五、六句“寒波淡淡起，白鸟悠悠下。怀归人自急，物态本自暇”③为景物描写，其中所用的“寒”、“淡”、“悠”以及“暇”字，颇有深意，全诗有空灵的美与深邃的意境，这些我们在胡适的诗中是见不到的。胡适的诗像是用摄像机摄下的画面，这画面没有任何的技巧或悬念，见物不见人，直视眼前，缺少余味，有“象”而无“意”，何谈为诗？两首诗相比较，可见出后者的精心制作。

梁宗岱从白话与文言的区分中，强调文字的锤炼，主张诗体的剪裁，对继承古代诗学、矫正现代白话诗的贫乏有着重要的意义。在梁宗岱看来，白话要想胜任文学的表现工具，要充分应付那变幻多端的人生，以表人之思绪万端的宇宙情绪与意境，必当对白话进行一番探检、洗练、补充和改善不可。他认为，如果反过来，现代的白话已经胜任我们文学表现的工具了，或是我们一定要将它作为文学的表现工具，那我们目前诗歌创作中存在的内容上的浅薄、平庸以及乏味，可能就会是思想问题，而不单是文字问题了。接着梁宗岱又从哲学的高度，谈及言语与思想的关系，这是梁宗岱诗论不同于其他诗论家的一个重要特点，他的诗论不是单纯论诗，而是同时兼及诗之美学甚或哲学，这一点使他的文章比起同类文章而言有着高瞻远瞩的立意。

心灵利用外物底形体和自身底惊叹声音所供给的原素，由转注，会意，假借等为自己创造一个表现系统，这系统又沦为训练，培植，发展心灵和思想的工具；换句话说，言语和思想是相生相长的……用不着那么走极端，文字

---

① 梁宗岱：《诗与真·诗与真二集》，北京：外国文学出版社 1984 年版，第 55 页。
② 胡适：《胡适文集》（第 3 卷），北京：人民文学出版社 1998 年版，第 139 页。
③ 元好问：《颍亭留别》，李梦生注译：《元明诗一百首》，上海：上海古籍出版社 1999 年版，第 1 页。

和思想互相影响的深切无论如何是不可讳言的。试看英文最实用，英国底哲学思想便注重实验；法文最清晰，法国底哲学思想，即最神秘的如帕士加尔（帕斯卡尔），也清明如水；德国底文字最繁冗，德国底哲学思想，即最着重理性的如康德，也容易流于渺茫黯晦。我们固可以拿“有这样的头脑才有这样的文字”来解释。可是这只是上半截底真理，我们得要补足一句：有了这样的文字，更足以助长这样的头脑。[①]

言语传达的是心灵的声音，我们读梁宗岱的诗文，能够获得一种心灵的享受。

梁宗岱呼吁，每个诗人要创造自己的文字，能够充分表现他的个性：他的特殊感觉、特殊的观察、特殊的内心生活的文字，因为任何一个诗人所描写的都不是客观事实，而是经过他的心灵，他的精神浸润的文字。因此，从这个意义上说，文艺的问题，不单是文字问题、工具与形式问题，而且是关于思想与艺术素养的问题。

自然文艺史上有许多出人意料的错位，“我们对于作品的感应，有情感上受了潜化而理智上还莫名其妙或不自觉的，有理智上经过别人指点得清清楚楚而情感上还是格格不相入的”[②]。这是一般读者，艺术修养深厚者往往也不能免，尤其是对着陌生无名的作品的时候，连大作家之间也有互不认同或发表不得当的批评的遗憾。从这个意义上说，文字的深浅或外形的繁简已经失去了它的存在的理由了。甚至简直可以说，“一件文艺品登峰造极的时候，它底文字愈浅易，外形愈朴素——浅易与朴素底程度自然又看内容底深浅与繁简为比例——它底真价值亦愈难认辨”[③]。可以说，梁宗岱对诗歌形式的讨论，不单纯为形式而形式，而是兼及形式与内容、言语与思想、个性与修养以及艺术鉴赏的情感与理智、艺术至高境界等问题，从外到内，从形而下至形而上，使梁宗岱的诗论比起同时期论述“象征主义纯诗”的王独清、穆木天等人的要高出一筹。

第二方面，是表现方式或形式问题。

关于表现方式，不同体裁有不同的表现方式。

梁宗岱针对“纯诗”之表现方式，首先，提出了“诗”与“文”的不同。

---

① 梁宗岱著，马海甸主编：《梁宗岱文集·评论卷》，北京：中央编译出版社 2003 年版，第 54~55 页。

② 梁宗岱著，马海甸主编：《梁宗岱文集·评论卷》，北京：中央编译出版社 2003 年版，第 56 页。

③ 梁宗岱著，马海甸主编：《梁宗岱文集·评论卷》，北京：中央编译出版社 2003 年版，第 58 页。

关于这个问题，在中国现代诗学家中多有论述。梁宗岱的独到之处在于，他把理智给了散文，把想象给了诗。

一个努力要将那献给我们感官的混沌，繁复，幽暗的现象分辨，解剖，碾碎为一些条理井然的明晰的观念；它底器官是理智。一个却要体验和完全抓住这现象底整体；它底器官是想像。在散文里，作者有一定的题目。无论这题目是待解释的思想，待叙述的事实，待描写的情景，或这一切底柔和，作家底任务是要把那组成的元素条分缕析，剔爬到底里，然后用清楚的文字把它阐明，陈述，或刻画出来，使我们看见，明白，首肯或悦服。换句话说，散文底基础是分析；它底极致是概念或思想底和谐，逻辑的系统与秩序；它底诉动的对象，是我们底理解力。诗人底任务却正相反。诗底基础是完整的存在底宣示，是全人格底统一与和谐之活现与启迪。所以诗底命题，在一意义上，只占次要的位置。一首最上乘的诗所传达的不是一些凝固的抽象观念，亦不是单纯的明确的情感，而是一些情与思未分化之前的复杂的经验或灵境；而是一切优美或庄严的自然与人事在我们里面所唤起的植根于我们所不能认识的深渊同时又申拓和透达于我们肢体和肌肉底尖端的深邃错综的反应，无限地精微又极端地普遍，超出一切机械的理智与逻辑地把捉的。即使当一种情感，一个观念，或一种景象显得特别强烈，占据着作者意识底中心时，作者底反应与态度，以及那随着来的万千联想与回声，也组成一种不可分析的氛围与微妙的荫影。①

梁宗岱心目中的诗简直不是诗，而是一种神秘的灵境。“文”与“诗”的分别，不仅在上述所说的题目，思维方式方法以及诉诸读者的感觉，而且重在“文字”这一表现工具上。梁宗岱提出，文字的三个元素：颜色、声音和意义，颜色在散文里毫无位置，在诗里处于辅助地位；至于意义，比如说字义、句法、文法和逻辑等，在散文中是“唯我独尊”；声音则是附庸。在诗里却相反，声音是组成诗的形式的主要元素：平仄、双声、叠韵、节奏和韵等，还有几个字的音色义组成的意象。声音与意义二者在诗中，有时宁可牺牲意义而迁就声音“在任何文字底诗学里，句法之倒置，主词动词之删略，虚字系词之减削，都成为不可缺乏之规律”。

这是因为只有节奏和韵以及它们底助手双声叠韵之适当的配合和安排，只有音律之巧妙的运用，寓变化于单调，寓一致于繁复，才能够延长我们那

① 梁宗岱著，马海甸主编：《梁宗岱文集·评论卷》，北京：中央编译出版社 2003 年版，第 340~341 页。

似睡实醒，似非意识其实是最高度意识的创造的时刻；才能够唤醒和弹出那沉埋在我们底无我深处的万千情条和意绪；才能够把捉那超出我们意识以外的思想底荫影和心声底余韵；才能够，一句话说罢，表现或暗示那为我们底呼喊，眼泪，抚摩，偎拥，叹息等姿态或动作所朦胧地试要表现的一些什么。所以如果散文底发展全仗逻辑的连锁，一首诗底进行大部分靠声音底相唤。①

我们知道，诗固然比散文更重视“声音”，但是梁宗岱似乎将诗的“音”夸大到不可把握的程度，为什么会这样？在这个问题上，一方面在于梁宗岱受到象征主义诗学家马拉美以及梵乐希等人提出的“诗是音乐”的观点的影响；另一方面，梁宗岱毕竟是个诗人，从他的整个人生乃至他的诗学理论的阐述方式看，显然他的灵性胜于知性。他在文章中常常用对音乐境界的感受来感受诗。我们读梁宗岱的诗论不会违背自己的意志，逼迫自己去读，去看，而是文本本身就有这个魅力将我们的感知唤起，跟着他去游历神秘的美的境界。我们所得到的荡涤尘埃、超凡出世的感动，就像心灵受到了重大的洗礼一样，空灵、澄明、晶莹剔透。

梁宗岱在谈到自己撰写《象征主义》一文时，就是将诗与音乐的感觉融合在一起：

诗人当然不能轻视那组成他底工具的一个主要元素——字音。所谓“诗要注重音乐”，就是要诗人尽量开拓字音底长处，以烘托出那单靠字义所不能把捉的思想底荫影或心声底余韵。所以要表现猥杂重浊的意境，诗人不避生涩难上口的诗句，正如在音乐底巨制里，音乐家往往插入许多在凡耳听来极不调协的旋律。因为艺术底一切都归宿在这点：灵肉一致或形神无间的和谐。

文学和音乐底相近处，或者不如说，相通处，并不限于局部声音底效能，有时还可以普及全篇底组织。法国初期许多诗格如回旋诗等都被移植到音乐里故不必说了，如“追逸曲”之与“商籁”等不谋而合的格式也不少。所以在内容上比较繁复精微的诗文里，为要获得一种荡回环的节奏，为要凝定那飘忽的情意底弦外音，作者有时便自然而然采用交响乐底错综的结构了。②

梁宗岱对诗的表达方式的阐述，主要针对中国现代新诗实践，讨论了新诗的音节（格律）、跨句以及韵（双声、叠韵、节奏等）。他所提出的一些观点，尽管前后不尽一致，比如，他原来主张创作自由诗，后来又强调诗人要“自

① 梁宗岱著，马海甸主编：《梁宗岱文集·评论卷》，北京：中央编译出版社2003年版，第341页。
② 梁宗岱著，刘志侠校注：《诗与真续编》，北京：中央编译出版社2006年版，第39页。

制镣铐”，一旦解开镣铐，便会身轻如燕，但是总体来看，梁宗岱对这些诗的形式要素的讨论总是建立在诗人表达的情感以及气质、个性上，以能传达出诗人内在隐秘的心曲为旨归。

2. 反对诗的功利化，主张诗的本体价值

梁宗岱同王国维一样，反对诗的功利化，极力主张诗学之本体价值。王国维从研究西方哲学回归到中国的传统诗学，除了他自身有深厚的古文学养之外，在古诗词中也寻找到了他终生追求的“纯美”理想——一种至高的人生境界。他在自己的学术领地一直在寻求着这样的理想寄托，经历了西方文化刺激下的觉醒后，叔本华哲学曾给他暂时的快慰，但由于文化的差异以及他的本性，使他转向了古典诗学，这实属必然。只有在古诗词的赏鉴中，静观、体验、回味、思索，才能使心灵升华，获得一种补偿与快慰。王国维的这种理想追求有现实的抵抗意义。不仅如此，对诗学的发展而言，这种追求“至纯至性”的审美理想，也是对诗学自身本体价值的张扬。正如王国维自己所言：“美术之无独立之价值也久矣。”因此，他通过自己的努力还其本来的面目，在这一点上，王国维为后人的纯艺术化追求开辟了前进的道路。梁宗岱正是这个学术“纯化”的后继者。

中国现代白话新诗的倡导者胡适，主张白话文学固然功不可没，但不得不承认其有急功近利的心理。有学者曾将胡适与王国维作一对比：“虽以白话文学相号召，而实则其目光专注于实用之方面而无暇及于美术也，专注于语言之方面而无暇及于文学也。”①认为两人都有兴趣于白话通俗文学，前者单号召白话文学，目光专注于实用方面，无暇顾及美术自身价值，后者弃功利而专美术之价值；前者干脆是弃文言而代之以白话，后者对旧文学（古文言）的古雅之美，仍有赏爱。两相比较，可以看出胡适对诗学改革的功用倾向以及王国维对“纯文学”的偏爱。

梁宗岱所求的不像胡适等人，只强调诗的现实功用价值，而是诗的永久价值，诗之大用，也就是无用之用。特别是梁宗岱的两本诗论集出版后，抗战一触即发，诗为“感发情志”，不能袖手旁观。在如火如荼的抗战进行时，梁宗岱也有论及抗战诗的文章发表。《论诗之应用》这篇文章，诗人针对抗战前后，国内诗坛展开“纯诗”与“国防诗歌”的论战，民族生死关头，“国防诗歌”一夜之间成为“时代之骄子”，而“纯诗”被贬低到一文不值的地步，为“纯诗”做辩护：“一个把诗看作目标，一个只看作手段；一个尊她为女神，

---

① 转引自叶嘉莹：《王国维及其文学批评》，广州：广东人民出版社 1982 年版，第 152 页。

一个却觉得她只配做使婢。对于一个，诗是他底努力的源泉和归宿；对于另一个，她却只是引渡他到某一点的过程，两者底态度和立场既风马牛不相及，就是你辩论到天亮也是枉然的。”[①]梁宗岱认为这种争辩是无意义的。他的观点是：“所以我们不妨承认两方面都对。因为在精神底国都里，没有专制魔王能逼对方换地位，或阻止别人自由发展自己。也因为诗，像一切心灵底产物，是极端自由，极端超脱的；是，如果读者不以为迂腐的话，胸无尘滓的，你尊崇她她固然喜欢，你役使她她也不见得以为忤；即使你否认她底存在她也无法或不屑分辨。”[②]这里，诗人并没有否定“国防诗歌”，但是提出了一个“不可侵犯的条件”：要好好地做。“所谓‘好好地做’可以分作两层或两个阶段：第一，我们得先在自己里面真诚地亲切地感到她底存在，她底需要，甚或她底诱惑和催迫。换句话说，我们得要首先感到一种不可抑制的冲动，无论是来自外界底压迫或激发，或内心生活底成熟与充溢。第二，我们还要有极大的冷静去体察，极大的虚心去接受她底姿态，震动，和荫影，然后运用我们在心内和身外所能驱使的技巧和工具去给她一个忠实的描绘。换句话说，我们还得给她一个与内涵融洽无间的形式。”[③]

“这两个阶段，在最高度的创造火里，在精力弥满的当儿，不用说是打成一片的。二者缺一都只能产生恶诗劣诗——不，比恶诗劣诗还要坏的假诗伪诗。这就是为什么我们抗战后多数口号式的应时诗歌所以那么浅薄，那么无生气，那么使人读后漠然了。”[④]这里，梁宗岱所讲的诗之应用，就是追求诗的大用。梁宗岱反对口号式的应景之作，并且认为在那种时局下不应改变诗歌的永恒的价值标准——“真”。对于急功近利的“战歌”，梁宗岱有自己的看法。他以歌德为例，歌德生前，有许多人责备他不写战歌（要知道，歌德曾两次随同魏玛公国的卡尔·奥古斯特率领的军队出征作战，但歌德对战事并不感兴趣，战事中他思考的仍是他的颜色学、光学），他对秘书爱克曼说：“我们不能人人都用同样的方法来服务国家；每个人只能尽量贡献上帝所赋与他的长处。我已经力作了半个世纪了。我可以说，对于那些大自然指定为我底日常工作的事物，我从没有允许自己丝毫的松懈或休歇，而无时无刻不在奋斗，在探讨，并且尽量照我所能的做到是处。如果每个人关于自己都能这样说法，那就大家都可以无间言了。写军歌，并且坐在屋子里！这真是我底职务！在站岗的时候，听着守夜的战马嘶鸣写下来是相当适宜的；

① 梁宗岱：《诗与真续编》，北京：中央编译出版社 2003 年版，第 62 页。
② 梁宗岱：《诗与真续编》，北京：中央编译出版社 2003 年版，第 62 页。
③ 梁宗岱：《诗与真续编》，北京：中央编译出版社 2003 年版，第 63 页。
④ 梁宗岱：《诗与真续编》，北京：中央编译出版社 2003 年版，第 63 页。

这并非我底生活方法，也不是我底事，而是权纳（德国诗人、剧作家）底。他底战歌完全适合他。但对于我，生性既不好斗，又没有战斗的意识，战歌就会是一个和我底面孔极不相配的假面具。我从没有在我诗里假装过什么东西。我只在恋爱的时候写恋歌；我既没有憎恨，怎能写恨歌呢？"①梁宗岱指出，歌德所表达的包含了两重意思：一个诗人不能违背自己的良心和生活经验而写作；诗人不一定要在抗战的时候做战歌才能无愧于国家。"歌德在德法战争之役并没有写出战歌，他底诗到现在却为万国所宗仰，德国也引以为最大的光荣，最大的骄傲。"②梁宗岱提出了诗歌创作的要求，"深厚的修养与丰富的经验"，执笔时"长久的忍耐与强烈的集中"。如果缺少了深刻的体验加之表现力之薄弱，当然不可能创作出有长久价值的作品。相关的观点，梁宗岱在系列文章《谈抗战诗歌》、《谈"朗诵诗"》以及《求生》中多有阐述。在《求生》这篇文章中，梁宗岱引述了批评他文章的一段文字："我们现在也许不是求真，亦不是求美，而是求生。求真求美都与手段有点相关，不特相关，其实是二而一，一而二。求生便不然，要不择手段。只求站得起来……"③针对这一观点，梁宗岱的回应是："我并不否认文艺在这样一个动荡的大时代应该（但我们也不能强逼每个作者都要）负起宣传的使命。但我始终深信：文艺底宣传和其他的宣传不同，只有最善的作品，就是说，用完美的形式活生生抓住这时代的脉搏的作品，才能给它底神圣使命最高最丰盈的实现——最低限度也不要粗制滥造抗战的八股来玷辱他自己和它底使命。我以为在这紧急的生死关头，什么人都可以为了求生而忘记一切；文艺者，以及处于领袖地位的人，却特别要保持头脑底常态：清醒与冷静，引用一句老话，便是'指挥若定'。试想象我们底军事领袖临阵仓皇失措，忘记了他们底战略和战术，我们底仗要打成怎么样？"④接下来，梁宗岱在文章中举一例，说明"欲求生者反得死"。"这使我想起耶稣一句名言：'求死者得生。'并非求死者得生，不过在我们目前的场合，只有生死置诸度外的人才能保持他底冷静与清醒；只有冷静与清醒才能计划一切，从事一切，以应付一切。如果你想不择手段站起来，结果只有更快倒下去，正如掉到水里的人，不镇静地游泳或最低限度保持身体的均衡，而只拼命乱扒叫喊，他底努力和挣扎只能催促他底沉溺于死亡。国家如是，文坛如是。"⑤因此，对"纯诗"的追求是梁宗岱一生的

① 梁宗岱：《诗与真续编》，北京：中央编译出版社 2003 年版，第 66 页。
② 梁宗岱：《诗与真续编》，北京：中央编译出版社 2003 年版，第 66~67 页。
③ 梁宗岱：《诗与真续编》，北京：中央编译出版社 2003 年版，第 82 页。
④ 梁宗岱：《诗与真续编》，北京：中央编译出版社 2003 年版，第 83 页。
⑤ 梁宗岱：《诗与真续编》，北京：中央编译出版社 2003 年版，第 84 页。

理想，这理想即便是在战争年代也不改变。在一般人看来，多少有些脱离实际，在梁宗岱文章发表不久，1939年，由光未然作词、冼星海谱曲的大型交响乐《黄河大合唱》获得成功，不亚于法国的《马赛曲》，然而诗人对理想的坚执是可贵的。在事隔70多年后再看，不得不佩服其远见卓识，我们后人只有敬仰的份了。

（三）象征的灵境

我们说梁宗岱的诗学是一种象征主义心灵诗学，这不只从其早期诗歌创作所昭示的神秘象征与暗示方法，或对爱情宗教般的虔诚与崇拜中体现出来，更重要的是对西方象征主义诗学美学的接受，因为象征主义本身就追求神秘的超验性。对超验的追求，是诗人内心的回归，是主体对现实的一种抵抗，是对心灵世界的求索。"心灵"在西方诗学中始终以主体的姿态对另一世界探寻和追问，而象征主义正是神秘心灵意象外化的产物。这种心灵的求索在梁宗岱诗学中有以下两个方面的表现。

1. 追求象征的灵境

在梁宗岱的《诗与真》、《诗与真二集》中经常出现这样的词汇："心灵"、"灵魂"、"灵幻"、"灵境"、"灵心"、"灵光"、"灵府"、"大灵"、"灵象"、"灵界"、"空灵"、"心魂"、"幽灵"、"神灵"、"灵性"等，其中"心灵"与"灵魂"两个词出现频率最高，在这本12万字的集子中，共出现了139次。梁宗岱诗论中较多运用这些词汇的篇章是《保罗·梵乐希评传》、《论诗》、《象征主义》、《谈诗》、《论崇高》、《歌德论》（梵乐希著，梁宗岱译）、《歌德与梵乐希》等。20世纪40年代他所撰写的《屈原》，达到了顶峰：5万字的文章，有36处使用了该词汇。《屈原》虽是一篇文学批评文章，但其中充满了浓郁的浪漫主义气息。

"灵境"这一概念，当是融合了宗教、哲学、艺术为一体的，一种最高的心灵境界，具有非逻辑、非概念乃至非意识的心理特点，亦有宗教的神秘性以及哲学追求的终极理想状态。

对象征的灵境，梁宗岱主要在《象征主义》一文中阐发。该文章尽管讨论了"象征"的概念，然目的不在以逻辑推理给其下一个明晰的定语，而在于描述象征的理想境界。

从那刻起，世界和我们中间的帷幕永远揭开了。如归故乡一样，我们恢复了宇宙底普遍完整的景象，或者可以说，回到宇宙底亲切的眼前或怀里，并且不仅是醉与梦中闪电似的邂逅，而是随时随地意识地体验到的现实了。

正如我们不能画一幅完全脱离了远景或背景的肖像，为的是四围底空气和光线也是构成我们底面貌和肢体的重要成分；同样，我们发见我们底情感和情感底初苗与长成，开放与凋谢，隐潜与显露，一句话说罢，我们底最隐秘和最深沉的灵境都是与时节，景色和气候很密切地互相缠结的。一线阳光，一片飞花，空气底最轻微的动荡，和我们眼前无量数的重大或幽微的事物与现象，无不时时刻刻在影响我们底精神生活，及提醒我们和宇宙底关系，使我们确认我们只是大自然底交响乐里的一个音波：离，它要完全失掉它存在的理由；合，它将不独恢复一己底意义，并且兼有那磅礴星辰的妙乐的。

于是，当

炎炎红镜东方开

晕如车轮上徘徊

啾啾赤帝骑龙来

（李长吉底《六月》）

一轮红日也在我们心灵底天空升起来，一样地洋溢着蜂喧与鸟啼，催我们弹去一夜底混沌与凌乱，去欢迎那生命普赐众生，同时又特别为我们设的一件丰盛的礼物：一天悠长的时光，阴或晴，献给我们底感受，沉思，劳动和歌唱。

当暮色苍茫，颜色，芳香和声音底轮廓渐渐由模糊而消灭，在黄昏底空中舞成一片的时候，你抬头蓦地看见西方孤零零的金星像一滴秋泪似的晶莹欲坠，你底心头也感到——是不是？——刹那间幸福底怅惘与爱底悸动，因为一阵无名的寒颤，有一天，透过你底身躯和灵魂，使你恍然于你和某条线纹，柔纤或粗壮，某个形体，妩媚或雄伟，或某种步态，婀娜或灵活，有前定的密契与夙缘；于是，不可解的狂渴在你舌根，冰冷的寂寞在你心头，如焚的乡思底烦躁在灵魂里，你发觉你自己是迷了途的半阕枯涩的歌词，你得要不辞万苦千辛去追寻那和谐的半阕，在那里实现你底美满圆融的音乐。

当最后黑夜倏临，天上的明星却一一燃起来的时候，看啊，群动俱息，万籁俱寂中，你心灵底不测的深渊也涌现出一个光明的宇宙：无限的情与意，爱与憎，悲与欢，笑与泪，回忆与预感，希望与忏悔……一星星地在那里闪烁，熠耀；它们底金芒照澈了你灵魂底四隅，照澈了你所不敢洞悉的幽隐……[1]

在这里，诗人用了一天的时光，映衬出宇宙完整的景象。这景象有一个基本的调子“生存不过是一片大和谐”。它“和”而不同：“日常的物价表——

① 梁宗岱著，马海甸主编：《梁宗岱文集·评论卷》，北京：中央编译出版社 2003 年版，第 74~76 页。

大小，贵贱，美丑，生死——勾销了。毫末与丘山，星辰与露水，沙砾与黄金，庄周与蝴蝶，贵妇与暗娼……在诗人思想底光里合体了，或携手了。”[①]感受宇宙之“和谐”不是靠理性而是情感与想象：“当我们运用理性或意志去分析或挥使它们的时候，它们只是无数不相联属的无精彩无生气的物品。可是当我们放弃了理性与意志底权威，把我们完全委托给事物底本性，让我们底想象灌入物体，让宇宙大气透过我们心灵，因而构成一个深切的同情交流，物我之间同跳着一个脉搏，同击着一个节奏的时候，站在我们面前的已经不是一粒细沙，一朵野花或一片碎瓦，而是一颗自由活泼的灵魂与我们底灵魂偶然的相遇。”[②]这象征的灵境，“超以象外，得其环中”。梁宗岱引用英国诗人布莱克诗句：“一颗沙里看出一个世界，一朵野花里一个天堂，把无限放在你底手掌上，永恒在一刹那里收藏。”[③]梁宗岱认为，象征的灵境，不同于一般的联想与想象的心理过程，而是一种精神状态，其特征为“物我两忘”的精神境界：“我们开始放弃了动作，放弃了认识，而渐渐沉入一种恍惚非意识，近于空虚的境界，在那里我们底心灵是这般宁静，连我们自身底存在也不自觉了。可是，看啊，恰如春花落尽瓣瓣的红英才能结成累累的果实，我们正因为这放弃而获得更大的生命，因为忘记了自我底存在而获得了更真实的存在。”[④]类似于老子所追求的道家的“惚兮恍兮，其中有象，恍兮惚兮，其中有物。窈兮冥兮，其中有精”[⑤]的自由境界。

作者何以要描述这“理想的境界”？梁宗岱在《释〈象征主义〉——致梁实秋先生》一文里阐释了其中的缘由。1936年，诗人邵洵美在《人言》三卷二期上发表《诗与诗论》介绍说，关于“象征主义”我国有专家梁宗岱在《诗与真》中，将之视为艺术的最高理想。象征主义非但没有堕落，而且还过于“高超”，同时讥讽梁实秋对近代英法象征主义不曾注意（梁实秋曾在1933年天津《益世报·文学周刊》第48期发表《什么是象征主义》一文，对法国象征主义颇有微词），是“有文学史家的头脑，但是缺少文学史家的渊博”。正是它促使梁实秋在读过梁宗岱的文章后，写下了一篇短评——《诗与真》，

① 梁宗岱著，马海甸主编：《梁宗岱文集·评论卷》，北京：中央编译出版社2003年版，第78页。
② 梁宗岱著，马海甸主编：《梁宗岱文集·评论卷》，北京：中央编译出版社2003年版，第77页。
③ 梁宗岱著，马海甸主编：《梁宗岱文集·评论卷》，北京：中央编译出版社2003年版，第76页。
④ 梁宗岱著，马海甸主编：《梁宗岱文集·评论卷》，北京：中央编译出版社2003年版，第72页。
⑤ 转引自李泽厚、刘纲纪主编：《中国美学史》（第一卷），北京：中国社会科学出版社1984年版，第220~221页。

发表在1936年5月北平《自由评论》第二十五、二十六期的合刊上。

梁实秋读过《诗与真》后提出了三点感想：一是梁宗岱的文章“写得很美，形容词特别多，比喻特别多，用字近于‘浓郁’，句法也委婉整齐”[①]。二是文章“理论不充实”，甚至很“贫乏”。三是梁宗岱是最有理想的，不过他的理想不大清晰，甚至令人难以理解：“他所向往的理想，大概是一种‘惝恍迷离’的、‘灵幻缥缈’的、‘扑朔迷离’的、‘浩荡无边’的、‘陶醉’的、‘迷茫’的、‘恍惚’的、‘空虚’的、‘模糊’的、‘和谐’的东西。所以他不能用简单明白的论理与文字来解说，愈解说愈使人茫然。期间根本没有什么理论，只是单纯的一股对神秘的爱好与追求。这只可说是一种极度浪漫的性格，他不用常识、不用理智、不用逻辑方法去思维，而用感情、用直觉、用幻想去体验。这种性格本来宜于写诗，因为不宜于做旁的事，不过若趋于极端则变为病态。这种性格不宜于说理，因为在说理时，是用不大着感情、直觉与幻想的。”[②]梁实秋用不够“明白清楚”与缺乏“理论深度”对梁宗岱的文章下了断语。梁宗岱喜好辩论，岂能坐以待毙？在精心准备了半年的时间后，写下了近五千字的《释〈象征主义〉——致梁实秋先生》，刊载在南开大学英文系社团刊物《文学与人生》的第二卷第三、四期上。梁宗岱反驳道：“我在你一切作品里（这短评自然也不例外）都感到你缺乏哲学底头脑，训练，和修养实在达到一个惊人的程度，而我底关于‘契合’的理论却是植根于深厚的哲学里的。心理学告诉我们：一个人只看见他已经认识的东西。你觉得我这篇文章‘根本没有什么理论’便是这原则一个强有力的例证。”[③]“不仅这样，这缺乏，这使人为你感到无限的遗憾的缺乏，竟使你把题材底本身和处理题材的方法完全混淆了。因为我所阐释和描写的，是一种‘灵幻缥缈’的，‘浩荡无边’的，精神上的‘陶醉’的‘和谐’境界，你便断定我底思维方法是浪漫的，幻想的，直觉的：你那给‘常识’充塞了的心灵竟无法去跟踪文中精微的理智分析和严密的逻辑线索！这境界（你知道吗？）是与一切哲学，一切宗教，一切艺术达到最高点时所‘殊途同归’的。可是虽然在一切最上乘的宗教和哲学的典籍里，在‘涅槃’，‘神游’，‘最高意识’等的名义下，你都找到关于它的提示或叙述，——而给它以系统的逻辑的分析和有声有色的描写，我这篇象征主义，我敢说，却是破题儿第一遭。”[④]梁宗岱写这篇文章的中心意旨，是因与梁实秋多年的诗学“分歧”，试图与他作一次精神上

① 转引自杨迅文主编：《梁实秋文集》（第7卷），厦门：鹭江出版社2002年版，第416页。
② 转引自杨迅文主编：《梁实秋文集》（第7卷），厦门：鹭江出版社2002年版，第416~417页。
③ 梁宗岱著，刘志侠校注：《诗与真续编》，北京：中央编译出版社2006年版，第36页。
④ 梁宗岱著，刘志侠校注：《诗与真续编》，北京：中央编译出版社2006年版，第36页。

的晤谈，回应其对《象征主义》一文的指责。梁宗岱主要阐述了以下两个观点：

第一，提出象征主义的“契合”理论植根于深厚的哲学里。按照梁宗岱的描述，它不同于一般抽象思辨的理论，是一种“诗化”的哲学。“诗化哲学”见之于当代学者解志熙《现代诗论辑考小记》中，他认为，“诗化哲学”就是诗学与哲学的会通，是梁宗岱为学的不同一般之处。这不一般在哪里呢？梁宗岱针对梁实秋指责《象征主义》不够有逻辑，不够“明白清楚”，说：“如果你所谓‘逻辑’就是指那一套‘天不变，地不变，人性不变，所以文学也不变’，或‘人要讲人话，诗人也要讲人话，人话的第一条件便是明白清楚’，我承认我没有，而且我要多谢天我没有。但请放下这一套刻板的谬误的思维方式罢。真正的逻辑是没有那么简单粗疏的。‘真理，’法国一位大思想家勒能说，‘只在荫影上’……一篇论文应该把它底问题或要旨用清楚的文字透澈地分析，说明，和阐发，——这标准我并没有忽略……但是有些思想是那么精微，有些境界是那么高妙，是决非单靠机械的逻辑所能把捉的：除非你甘愿用你底整体去体验，你将毫无所获，或者至多也不过得到一些粗糙的，因而谬误的糟粕。在这种思想和境界面前，作者便不能只安于解释和说明，他还得运用描写和暗示，就是说，借重一种特别属于诗的甚或音乐的手法。”[①]梁宗岱的“象征主义”不是单纯“知性”的东西，凭借理性可以把捉的，而是融入了身心的体验、情感、想象，乃至上升到精神层面的东西。如果一个人的心灵被“常识”所充塞，则是不能理解其精微的意义的。

第二，阐述了诗与音乐的微妙关系。梁宗岱认为，诗的音乐性不仅仅是为“悦耳”，而是“诗人要尽量开拓字音底长处，以烘托出那单靠字义所不能把捉的思想底荫影或心声底余韵……文学和音乐底相近处，或者不如说，相通处，并不限于局部声音底效能，有时还可以普及全篇底组织……所以在内容比较繁复精微的诗文里，为要获得一种荡漾回环的节奏，为要凝定那飘忽的情意底弦外音，作者有时自然而然采用交响乐底错综的结构了”[②]。梁宗岱解释了自己写作《象征主义》一文的动机。说明这篇文章是在作者生活上趋于“绝望”，而又浸在“慈惠”命运的光里的双重背景中写下的：“就是在这时候这宇宙概念闪进我底思域里，完成了这两重自我底隔绝：我物质地度着两个人底生活。一切我不得不应付的最寻常以至最烦恼的实际生活，我都像梦游者般机械地执行，对于我，那唯一的真实，就是一缕要刻划出这灵象的意念，和那双仿佛时时刻刻在护佑督促我的慧眼。我心头感到一片光明的悦乐——

① 梁宗岱著，刘志侠校注：《诗与真续编》，北京：中央编译出版社 2006 年版，第 36~37 页。
② 梁宗岱著，刘志侠校注：《诗与真续编》，北京：中央编译出版社 2006 年版，第 38 页。

是的，一片任何外在生活都打不断的长期的沉思的悦乐。有时候，其实差不多每天当黄昏带着和平的市声静静地淹没一切的时分，我独自在院里，嵯峨的古木间徜徉，眼望着西方天杪的大星，耳听着贝多芬第九交响乐，让心灵一面和远处光明的熠耀打信号，一面随着这崇高的圣乐底壮阔的波澜浮沉。于是沉睡在记忆深渊里的有缘的一切——情意，颜色，芳香，声音，形体……都逐一醒来，互相携手，融在那庄严的概念里；于是那先前只见轮廓的灵象，渐渐地，一段一段地，自己组织，安排，终于整个玲珑澄澈地呈现出来。"[①]这"理想"的呈现对梁实秋来说有些"不大清晰"，对梁宗岱而言，却是具体而真实地显现在眼前。这是诗人在灵感的状态下，一种"非意识"乃至"最高意识"中写出的："一个完整的宇宙景象在我心灵浮现出来。虽然我所瞥见的只是粗枝大叶，我依稀地意识到我所描写的对象已经不是一派狭隘的诗论，而是一个普遍的庄严的宇宙概念；我意识到这狭隘的诗论，只要掘到深处，将领我深入一个宇宙基本原理底核心，因为'一切道路都通罗马'。憧憬着它底完美的表现，我渐渐沉入我所描写的'恍惚非意识'而其实是'最高度意识'的状态。"[②]心灵完全融入宇宙的灵境。这庄严而神圣的意象，这灵境的最高表现不可能靠单纯的分析、论证，而是描述与暗示了。这暗示如同音乐的交响结构："最奇妙的就是：当我搁笔后把它重读，发见这半篇文章底进行步态和交响乐底一个'动作'（Mouvemem）完全暗合！……在这半篇文章（指《象征主义》的后半篇），像在交响乐或奏鸣乐（Sonate，二者其实是大同小异）底一个动作里一样，有一个原始的基调（Theme initial）——'生存不过是一片大和谐'。这基调笼罩着全体，在反复萦回的发展中忽隐忽现，而每次重现都带来多少变化，都比前一次更鲜明，更丰盈。如果你肯平心静气去跟踪它底历程，你就会发见从'生存不过是一片大和谐'到'使我们确认我们只是大自然底交响乐里的一个音波：离，它要完全失掉它存在的理由；合，它将不独恢复一己底意义，并且兼有那磅礴星辰的妙乐的'之间一种密切的有机的关系……"[③]

当代学者胡继华在《宗白华——文化幽怀与审美象征》一书中说："20世纪30—40年代，现代中国在经过了狂飙般的启蒙时代之后，步入了深沉的文化认同时代，在那些喜好思辨又具有深厚文化意识的诗人和学者如梁宗岱、方东美、冯友兰那里，'灵境'、'灵性'、'灵府'、'空灵'等词语都奇迹般地复活起来，被用来描述艺术精神、生命境界和文化精神，似乎舍此'灵'

① 梁宗岱著，刘志侠校注：《诗与真续编》，北京：中央编译出版社2006年版，第41页。
② 梁宗岱著，刘志侠校注：《诗与真续编》，北京：中央编译出版社2006年版，第40页。
③ 梁宗岱著，刘志侠校注：《诗与真续编》，北京：中央编译出版社2006年版，第42页。

就无法显示超越形迹的精神意味，尤其无法揭示‘广大而致精微’的中国心灵的特质。”[1]胡继华的这段话，是说梁宗岱强调的“灵”是文化的认同与回归。事实上，在梁宗岱描述的“象征灵境”里，我们也隐隐地读出了柏拉图的灵魂陷入迷狂状态下所现出的幻境；但丁《神曲》中游历了地狱、炼狱的灵魂受到洗礼，终于到达天堂见出那光辉灿烂的景象；甚至歌德《浮士德》中的浮士德在欲望满足的刹那，瞬间瞥见“美”的景致；梵乐希《海滨墓园》中大海的幻象等等。

梁宗岱所追求宇宙和谐的“象征境界”，赋予象征主义诗学以极大的浪漫主义精神因素，弥补了中国现代诗学理论的表面化、平面化的缺点，使之具有了内在的精神气质与深度的哲学内涵。梁实秋强调诗要“明白清楚”，用李长之的话讲，就是浮泛化而缺少深度，因此李长之是继梁宗岱之后又一个主张发扬中国诗学精神尤其是民族传统的文化精神的诗学家，与梁宗岱诗学理论相应和。

2. 追求崇高之美

通读梁宗岱诗论，与读其他诗论不同，比如，朱光潜的《诗论》，后者在一种比较视野中阐释诗歌的特点与规律，给我们的是知性的东西，扩大我们的知识体系；前者给我们的是心性的东西，它抓住我们，荡涤着我们的情感，冲击并坚强着我们脆弱的灵魂，升华着我们的心灵，让我们从平庸与凡俗中超脱出来，进入到一个纯粹的审美境界。这是一个深邃、博大、神秘的灵境，唤起我们仰慕的情感。梁宗岱自己曾言，象征主义的灵境本身即是一种崇高的境界，是哲学、宗教、艺术的终极境界。在梁宗岱的艺术人生中，宗教方面给予他最深影响的有基督教、佛教；哲学方面有柏拉图、莱布尼兹以及中国的老庄；艺术方面有歌德、保罗·梵乐希、罗曼·罗兰、但丁，中国的屈原、李白、姜白石、王国维等。这些中外经典艺术大家的影响，无疑提升了梁宗岱的艺术修养。柏拉图哲学的终极追问，宗教的神秘崇拜，象征主义诗学追求的“契合”之道，使梁宗岱的心灵主体始终处于对外界的求索中。在梁宗岱的诗论中，他所追求的崇高，源于他追求的象征主义灵境，比如，他极为推崇具有“宇宙意识”的诗歌，如梵乐希的《年轻的命运女神》、《海滨墓园》，歌德的《流浪者之夜歌》，王维的《辋川集》，陈子昂的《登幽州台歌》等。欲创作有宇宙精神之诗，诗人须有丰富热烈的生活，这生活包括外在的对现实的真切观察与体验，与内在心灵的充盈，人格的锻造，以及高超的表

---

① 胡继华：《宗白华——文化幽怀与审美象征》，北京：文津出版社2005年版，第156页。

现技巧。梁宗岱在给徐志摩谈诗的信中，将诗的欣赏分为几个阶段，以花做比喻：第一种是纸花，令我们感到作者的匠心，令我们敬佩他的艺术手腕；第二种是瓶花，令我们感到这诗是为需要而作，无论是外在还是内在的需要，是从作者心灵的树上折下来的，总之能够感到它的生命的存在；第三种是"出水芙蓉"："我们只看见它底枝叶在风中招展，它底颜色在太阳中辉耀，而看不出裁者底心机与手迹。这是艺术的最高境界，也是一切第一流的诗所必达到的。"[①]换句话说，只感到它的生命而忘记了作者的匠心。这里，梁宗岱提出了衡量艺术的最高标准：作品的生命意识。这生命意识，不是生命之表象，而是生命之本体，是内在生命之颤动，灵魂之挣扎，是伟大而丰富的心灵。

正因为如此，梁宗岱在《论画》一文中，评论刘海粟的画，认为他后期的作品《墨狮》、《飞瀑》、《卢森堡的雪》已经深入艺术的堂奥，创造出"有生命的东西"了。

梁宗岱将"崇高"与艺术上的"力"之表现联系起来，对"力"提出了不一样的理解："所谓力便不止是题材之宏大，线条之活跃，色彩之强烈及章法之横肆，而在于一种内在的自由与选择，以达到表现之均衡与集中。何谓自由？从细草幽花以至崇山峻岭都可以毫无隔阂，挥洒自如地在笔下活现出来。何谓选择？把繁的削成简的，复杂的删为至要的，使物底本体更为坚固，观者底精神更为集中。换句话说：一件艺术品应该是'想做'与'能做'与'应做'间一种深切的契合。譬如唱歌，放声的未必动听，拉破嗓子的不一定能感人，而在于抑扬高低皆得其'宜'——岂止，到该沉默的时候你就不得不沉默。只有这样才算是力，只有这样才是力底实现。"[②]

作为艺术表现之"力"类似于"出水芙蓉"的艺术极境，与"力大无比"并无关系。因此，梁宗岱一再强调或赞赏内在之"力"：他推崇意大利文艺复兴画家拉斐尔依照《旧约·圣经》底故事所画的《大卫伏魔图》。面目狰狞的恶魔戈里亚无论躯干与筋肉都比大卫——一个三尺的孩童，高大好几倍，结果却是大卫胜利了。或许有人以为这是画家的想象，但如果这想象不符于现实，我们的感动绝不会深。他又讲到，画家达·芬奇在西洋人当中不过是中等的体格，但其力量抵得过一个统率大军的法国大将："当那统率大军入米兰的法国大将看见他为米兰公爵惨淡经营了十余年的骑士式的雕像给法军底弓箭手毁坏，举剑要斩那负责的队长时，他在旁用手托住那大将底手腕，那护腕的铁袖竟在他手里碎了。"[③]至于中国拳术界所谓的"内功"自不必说，

① 梁宗岱：《诗与真·诗与真二集》，北京：外国文学出版社 1984 年版，第 26 页。
② 梁宗岱：《诗与真·诗与真二集》，北京：外国文学出版社 1984 年版，第 50 页。
③ 梁宗岱：《诗与真·诗与真二集》，北京：外国文学出版社 1984 年版，第 128 页。

就是外国的竞技与角力，体量较轻，外貌和善的占上风也并不少见。

那“崇高”的德行之力令我们震撼，正是敢于冒犯比自己强大的对手，将自身置之度外的大爱行为：“屠格涅夫底麻雀，那受了爱底驱使奋不顾身要从猎犬口里救出它底小雏的渺小的麻雀，已经很动人地证明德行底力——一切发自高贵和真挚的情感的行为底力——和数量比体力更无大关系了。”[①]

最高之力，便为智慧之力，“可是在体力以外，在德行以外，还有一种力，它底渊源，它底中心是在智慧深处的。它底原素是观察底深入，理解底透澈，分析底精微和论理底谨严；它底目的是接受者底领会，了悟，和领会与了悟后的心悦诚服。要感受这种力底崇高便不能单靠我们底感官，单靠我们底直觉；我们得要运用我们底心灵，一步步循着思想底步骤，智慧的途径，仰之弥高，钻之弥深。如果宇宙间真有不可测量的东西，除了时间与空间外，恐怕就只有这种我们可以称之为智慧底力的了。”[②]这种智慧之力，不仅体现在宗教境界里，而且体现在哲学深思中以及艺术的“绝境”里。在《论崇高》一文中，意大利画家达·芬奇的《蒙娜丽莎》与《最后的晚餐》被朱光潜认为是“柔性美”的代表，梁宗岱却认为正是“智慧之力”的表现，是“崇高之美”。董强教授在《梁宗岱穿越象征主义》中提到梁宗岱与朱光潜的“崇高”之争：“其宗旨依然是推崇理性主义，推崇内在精神的智慧，而非仅仅付诸感官的形式主义。”[③]

梁宗岱诗论在中国现代诗学中占有重要地位。20世纪40年代出版的朱光潜《诗论》、李广田《诗的艺术》、艾青的《诗论》都各有自己的一套理论观点。梁宗岱与他们比较起来，特点还是很鲜明的。朱光潜的《诗论》侧重理论问题研讨，用他自己的话说：“试图用西方诗论来解释中国古典诗歌，用中国诗论来印证西方诗论；对中国诗的音律、为什么后来走上律诗的道路，也作了探索分析。”[④]梁宗岱的诗论比较有针对性，有灵性，文字富有文采，意象纷披，读后不仅启迪智慧而且震撼心灵。李广田《诗的艺术》前半部分谈理论，针对抗战时期，诗过于散文化，强调要重视形式问题；后半部分鉴赏评论卞之琳的《十年诗草》和冯至的《十四行诗》。梁宗岱的诗论与李广田的诗论相比较有更大的心灵观照。梁宗岱和李广田在对诗的艺术看法上，有许多共同点。李广田的文章写得短，但很有力度，表述明白清晰；梁宗岱

---

① 梁宗岱：《诗与真·诗与真二集》，北京：外国文学出版社1984年版，第128页。
② 梁宗岱：《诗与真·诗与真二集》，北京：外国文学出版社1984年版，第128~129页。
③ 董强：《梁宗岱穿越象征主义》，北京：文津出版社2005年版，第61页。
④ 朱光潜：《诗论》，北京：生活·读书·新知三联书店1984年版，第287页。

诗论有灵性，思与诗合一。艾青的诗论多是一些长句子，像格言，内涵深刻，富有哲理；梁宗岱也有相似的文章，比如，《谈诗》、《诗·诗人·批评家》等，但总体来看，艾青主张真、善、美的统一，梁宗岱则强调诗与真。

第三节　梁宗岱诗论形成原因之分析

梁宗岱主要诗论观念是求真，提倡“纯诗”，追求“象征的灵境”，明显是受到西方近现代诗学影响，上文对这一点已经有所论述。下面主要分析两点成因。

一、梁宗岱有诗人气质，追求“心灵之真”

梁宗岱的诗人身份对其诗论风格的形成有着重要的意义。正如他的学生卢岚所概括的“作家兼诗人的气质”，“感性盖过了理性”。黄建华教授亦认为，梁宗岱的性格总体上来说，是诗人的气质：易动感情，爱好音乐。这种诗人的气质表现在梁宗岱身上，是脱俗、自负、率性、纯真，高超的悟性以及创造性的想象与激情。这种诗性的思维使梁的诗论在同时代中独具特色。

一位名为“黑马”的人在《通才的交响——读梁宗岱》一文中说到梁宗岱的文章具有“交叉学科”的价值：“批评文字氤氲着诗性的氛围，放射着激情的光焰，流溢着人格魅力的热能，足以唤起读者刹那间全部的审美感官……当今的文论与批评文字哪个能如此如诗如歌，情理交汇，低回婉转？至少我还没有看到。”[①]梁宗岱的诗论，绝不同一般的论说文那么枯燥、缺少灵气。梁宗岱的行文有着生命的体温，就像是他的灵魂带你巡行。你很难将文章肢解开来，因为它是一个整体，读其文，识其人，你会感受到字里行间的精神气脉，默默地引你前行。梁宗岱的学生柏华在读到《试论直觉与表现》一文后说：“我不是在读，也不是被吸引，而是晕眩、颤栗、震惊！我从未看到过如此动人心魄的文字，几乎不是文字，是一连串色泽不一的珍珠，在夜里（或白天）发出神奇的光芒，这是我平生头一次目睹了文字那可怕的美，文字的真魔力！”[②]诗人彭燕郊也说，在中国现代诗论中能产生如此艺术魅力的阅读怕是少见的。

语言是思想的外衣，而不是单纯形式的东西，如果仅仅将语言作为形式，

---

① 黑马：《通才的交响——读梁宗岱》，《深州商报》，2005 年 5 月 26 日。
② 黄建华主编：《宗岱的世界·评说》，广州：广东人民出版社 2003 年版，第 83 页。

思想是空洞、苍白的，绝不能产生如此震撼的艺术效果。语言的深邃源自于心灵的丰富，只有境界高远之人才会有撼动人心的文字。否则，心灵的枯竭绝不会产生崇高、恢宏的作品。因此，梁宗岱说，诗是全人格的结晶，这正是诗人自身的写照。诗人的一生，也以求“真”作为自己的生活准则。他与粤剧演员甘少苏的结合，就是随顺了自己的真性情；他的后半生之所以没有学术成就，是他对文学社会意识形态化的抵制，间接维护自己“真的追寻与美的创造”的诗学理想。这理想不曾改变，哪怕是迫于战争或政治环境的压力，即便没有它生存的土壤而必须连根拔起的时候，也宁可放弃不做，以表明自己的执着与坚守。这彰显出诗人的勇气与人格魅力。

梁宗岱早期的诗歌集《晚祷》表现出的有意为诗的才气，诗作中氤氲着的宗教精神气质和自我理想的表现，都是他诗论观生成的一部分。

二、梁宗岱深受法国象征主义诗学的影响

梁宗岱留欧七年，精通四门外语，尤其是英、法两种外语。他的翻译卓有成就。他所翻译的都是世界一流大诗人作品：歌德、莎士比亚、梵乐希、雪莱、蒙田、里尔克、罗曼·罗兰等。他主张以直译为主，因为“经过大诗人选定的字句和次序是至善至美的”。他的译诗集《一切的峰顶》中的译作“差不多没有一首不是他反复吟咏，百读不厌的每位大诗人底登峰造极之作”[①]。正是这样近距离地与世界经典作品接触，使梁宗岱具有世界的视野与眼光。他的诗论如果说还有较高的美学追求，与这些大师对他的影响是分不开的。梁宗岱与象征主义大师梵乐希的结识，是他一生中最重要的转折点，由此他完全接受象征主义诗学观念。法国象征主义诗学派别，是法国现代思想的中心。梵乐希又是其中的重要代表。象征主义诗学的影响是世界性的，引领了世界诗学的潮流。梁宗岱之所以能有高瞻远瞩的眼光，与法国象征主义有着渊源的关系。梁宗岱诗学中始终有浪漫主义精神，这种浪漫主义精神不同于西方18世纪的浪漫主义，而是一种唯灵主义的浪漫，追求心灵的纯净与伟大。梵乐希的很多诗具有精神的高度。法国诗人、散文家伊夫·博纳富瓦在《论瓦雷里》中写道：“他的作品中，有着绚丽多彩的幻象，至少是在他的诗中有一种失望、谎言、某种土壤、现实或者想象，这便是地中海之精神的领域：感觉是如此轻易、基本、真纯，仿佛在心灵里驾驭着万物：在一片永恒之海，

① 梁宗岱著，马海甸主编：《梁宗岱文集·译诗卷》，北京：中央编译出版社2003年版，第50页。

迎着阳光，浴着长风。那里阳光不忤轻雾，不露锋芒。目光在知识上炫耀，并将其认知模式彻入精神，那石边水畔的橄榄树当然也是橄榄树中的典型，置身于此，我们确信触及了知解性，被物质所纷扰的痛苦，并涉足于迅疾回归于观念之庐的道路。这便是真切的幻觉。”[①]因此，在梁宗岱的诗学中始终能够感受到一种心灵的丰盈与真诚。梁宗岱推崇梵乐希的古典象征主义，他主张“纯诗”，提倡格律诗，强调心灵的丰富与人格的崇高。中国对西方象征主义的接受，很早就开始，例如田汉、周作人、茅盾、穆木天、王独清等。梁宗岱能将之消化融通，他不是得其象征主义的皮肉，而是精神，使得象征主义诗学到梁宗岱这里升华到一个前所未有的高度。

① ［法］伊夫・博纳富瓦：《论瓦雷里》，引自［法］瓦雷里著，葛雷、梁栋译：《瓦雷里诗歌全集》，北京：中国文学出版社 1996 年版，第 324 页。

第四章　梁宗岱的比较诗学

梁宗岱的《诗与真》、《诗与真二集》贯穿着中西诗学的比较意识与方法。梁宗岱也被视为与闻一多、朱光潜、钱钟书等人处于同等地位的我国早期比较诗学的学者。20世纪60年代美国学者雷纳·韦勒克在《比较文学的危机》一书中提出了“文学性”这一比较文学的根本问题，梁宗岱比较诗学原则与其不谋而合。梁宗岱的比较诗学彰显其诗性品格，注重文学整体性的比较，寓文学与文化融合的情怀，使其比较诗学具有较高的美学价值。《象征主义》堪称梁宗岱比较诗学的力作，作者将“象征”与“兴”进行中西诗学层面的比较汇通，意在将中国传统诗学与世界诗学对接，展现民族的自信心与自信力，具有广阔的视野与磊落的襟怀。梁宗岱的诗文译作《蒙田散文选》中蒙田思想对梁宗岱诗学观产生了深刻影响。

第一节　梁宗岱诗论在现代比较诗学中的特色

一、“比较诗学”与梁宗岱诗论

“比较诗学”作为学科术语，出现在20世纪60年代初。法国当代著名比较文学学者艾田伯在《比较不是理由：比较文学的危机》一文中说：“把这样两种互相对立而实际上应该相辅相成的方法——历史的考证和批评的或审美的思考——结合起来，比较文学就会像命中注定似的成为一种比较诗学。”①比较诗学是在比较文学学科基础上的自然发展。“比较诗学”这一术语的提出，经历了西方比较文学发展的两大阶段：早期法国比较文学与后期美国比较文学阶段。前者重视文学影响的“事实”关联以及欧洲同一文化体系的比较，后者强调依托文学文本，主张整体性文化视野。在推动世界比较文学学科发展的进程中，美国学者雷纳·韦勒克功不可没。他在1958年国际比较文学学会第二次会议上宣读的《比较文学的危机》一文，针对比较文学仅局限于两国文学之间相互关系研究，并机械理解来源与影响的狭隘性，对

---

①［法］艾田伯著，胡玉龙译：《比较文学之道：艾田伯文论选集》，北京：生活·读书·新知三联书店2006年版，第42页。

早期欧洲比较文学中表现出的题材史、思想史及文化史的偏颇倾向，对比较文学中受文化民族主义动机的支配而表现出来的极端立场等长期潜伏的危机症状予以批评。为此，雷纳·韦勒克提出了比较文学应有广阔的视野，不能局限于两国之间，人为划分“比较”文学与“总体”文学是无意义的。他提出比较文学研究要将历史、理论与批评结合起来，“在文学研究中，理论、批评、历史相互协作，共同完成它的中心任务，即描述、解释和评价一件或一组艺术作品。比较文学，至少在正统的理论家那里，一直回避这种协作，并且只把‘事实联系’来源和影响、中介和作家的声誉作为唯一的课题”[①]。最为重要的一点，雷纳·韦勒克强调性地提出了“文学性”这一比较文学的根本问题，引起了比较文学界的强烈的反响。他认为比较文学的研究，应是以文学作品本身的比较为根基的整体性研究，借助于“新批评的术语”，也就是文学本体研究。他又强调艺术作品的外在与内在区分只具有理论的意义，文学作品属于多样统一的“整体”：“一个符号结构，但却又是一个蕴含需要意义和价值的结构。”他认为比较文学学者不应只对文化史感兴趣而是对文学感兴趣：“我们一旦把握住艺术与诗的本质，看到它战胜命运、超越人类短促的生命而长存的力量，看到它创造出一个想象的新世界，民族的虚荣心就会消失。那时出现的将是人，普遍的人，各地方、各时代、各种族的人，而文学研究也将不再是一种古玩式的消遣，不再是各民族之间赊与欠的账目清算，甚至也不再是相互影响关系网的描绘。文学研究像艺术本身一样，成为一种想象的活动，从而也成为人类最高价值的保存者和创造者。”[②]比较文学才能真正回归自身。比较诗学固然是指文学理论的比较，但是“诗学”本身就有文学的诗性品格意味。雷纳·韦勒克 1968 年发表了《比较文学的名称与实质》一文，对“比较文学”进一步作了语义学的界定，但其远不如这篇《比较文学的危机》影响深远和反响强烈。

中国的比较文学或比较诗学作为学科意识，在被禁锢了 30 年（1949—1979）后的 20 世纪 80 年代初得到重视与研究。海外华裔学者刘若愚的《中国文学理论》一书，其英文原著于 1975 年由美国芝加哥大学出版社出版；1977 年，赖燕和译，由台北成文出版公司出版中文本，为《中国人的文学观念》。这是海外第一部中西比较诗学的代表作。作者借助西方概念，将传统中国文论归纳为六大理论系统：形而上理论、决定理论、表现理论、技巧理论、

① [美] 雷内·韦勒克著，张金言译：《批评的概念》，杭州：中国美术学院出版社 1999 年版，第 277 页。

② [美] 雷内·韦勒克著，张金言译：《批评的概念》，杭州：中国美术学院出版社 1999 年版，第 279 页。

审美理论、实用理论，追述其来源，概述其日后发展的重点，并将之与西方的相关文论进行比较，目的是汇通中西文论，为中西文学批评观的汇通铺路。同是美籍华裔学者叶维廉的《比较诗学》1983 年由台湾东大图书有限公司出版，2002 年安徽教育出版社出版。书中收入作者比较诗学的五篇文章：《东西比较文学中模子的运用》、《语法与表现——中国古典诗与英美现代诗美学的汇通》、《语言与真实世界——中西美感基础的生成》、《中国古典诗和英美诗中山水美感意识的演变》、《出位之思：媒体及超媒体的美学》。作者提出比较诗学的目标，要寻求跨文化、跨国家的“共同文学规律”、“共同的美学据点”。两人的著作引领了当代中西比较诗学的实践与理论建设。1979 年钱钟书的《管锥编》（四册）由中华书局出版。此书以传统诗话的形式，对《周易正义》、《毛诗正义》等多部古籍“锥指管窥”进行考释阐发，将传统考据与现代西学融为一体，在比较中探幽烛微，寻找中外共通的“诗心”，是大陆比较文学“复兴”的标志。

当代学者在进行中西比较诗学的实践与建设的同时，开始自觉地将目光投向中国现代比较诗学家们的著述，阐释他们对比较文学与诗学的重要贡献。王国维《〈红楼梦〉评论》（1904）、《人间词话》（1908），鲁迅《摩罗诗力说》（1908），朱光潜《诗论》（1943），李广田《诗的艺术》（1943），钱钟书《谈艺录》（1948）以及宗白华《美学散步》（收集新中国成立前后三十多篇文章）（1981）等得到了重视与研究。

当然，还有虽然得到重视，但还没有对其作深入研究的中国现代早期比较诗学家，比如梁宗岱。在当代比较文学与比较诗学的专门著作中，梁宗岱的诗论集经常被提到。《比较文学三百篇》由智量主编，1990 年由上海文艺出版社出版，收入了 20 世纪 70 年代以来比较文学学术文章三百篇。智量在该书的“序”中谈道：“从三十年代到四十年代，梁宗岱、闻一多、朱光潜、钱钟书等人便以不可阻挡之势，雄浑有力地开拓着中国比较文学研究的事业，出现许多可喜的成果。其中梁宗岱的《诗与真》，闻一多的《文学的历史动向》，朱光潜的《文艺心理学》、《诗论》，钱钟书的《谈艺录》都是世界第一流水平的比较文学著作。”①曹顺庆的《比较文学论》第三章第一节——比较诗学，同样将梁宗岱与王国维、朱光潜、钱钟书并列，并认为“1935 年和 1936 年先后出版的《诗与真》、《诗与真二集》，是梁宗岱的两部诗学文集，对中西几位著名诗人的创作与思想以及中西诗歌艺术手法作了相当深入的探讨与比较”②。由唐建清、詹悦兰编著，北京群言出版社 2006 年出版的《中

① 智量主编：《比较文学三百篇》，上海：上海文艺出版社 1990 年版，第 10 页。
② 曹顺庆：《比较文学论》，成都：四川教育出版社 2002 年版，第 236 页。

国比较文学百年书目》中，列出的我国早期比较诗学书目，对梁宗岱的《诗与真》、《诗与真二集》各以400字的篇幅加以介绍。与此同时，在相关的著作与文章中，对梁宗岱在比较诗学方面的贡献也有所记述。

外国文学出版社1984年出版的《诗与真·诗与真二集》的出版补充说明："作者在这里以其深厚的中国古典文学素养，对西方文学特别是德、法两国文学及其代表人物（如歌德、罗曼·罗兰、梵乐希、韩波等）的创作进行了比较文学上的探讨，他的一些独到见解至今仍然有参考价值。"[①]著名翻译家陈敬容说："在作者撰写这部论著的二十和三十年代，比较文学在我国还极为罕见，实际上从事这方面研究的人士也很少。梁宗岱以诗人的笔墨纵谈古近中外文学，犹如将读者领进一座浓荫掩映的芳香的森林，那里阳光是多么温暖，树叶和小草绿得令人心醉，禽鸟们飞翔得多么欢快，它们的歌声又是那样的婉转亲切，仿佛发自诗人的肺腑。哦，优秀的、伟大的文学艺术，同大自然、同宇宙本身，原来是这样地融洽无间！人的心灵，原来可以上升到如此崇高、如此清纯的境界！作者在论述古近中外伟大诗人、作家、艺术家的同时，把他自己一颗晶亮的心，也捧在读者眼前了。"[②]前者理性地评点了梁宗岱诗集对比较诗学的贡献；后者是以自己的心灵与作者心灵产生瞬间的共鸣，感性地叙述了梁宗岱比较诗学中的诗性情感。梁宗岱诗论作为中国近现代早期比较诗学著作虽然零散，不成体系，但是其中体现出的诗性品格、文学本体意识以及整体性文化视野应和了美国新批评派代表人物雷纳·韦勒克在《比较文学的危机》中提出的比较文学发展的新理念与新方法。那么梁宗岱的比较诗学有什么特点？

二、梁宗岱比较诗学的特色

正如学者所认为的，梁宗岱的《诗与真》、《诗与真二集》是两部名副其实的比较诗学著作，其比较的意识是自然的，因此也是诗论集中的主要方法。在这两部集子中，集中体现比较诗学的著述有：《论诗》、《文坛往那里去》、《象征主义》、《谈诗》、《李白与歌德》、《论崇高》、《歌德与梵乐希》、《新诗底纷歧路口》、《按语和跋》、《诗·诗人·批评家》等，此外还有另外的两篇重要文章《屈原》（1941）和《非古复古与科学精神》（1942）。

《非古复古与科学精神》是一篇长篇论述文章，针对我国长期以来对"古"

---

① 梁宗岱：《诗与真·诗与真二集》，北京：外国文学出版社1984年版。
② 陈敬容：《重读〈诗与真·诗与真二集〉》，《读书》1985年第12期。

的态度，即“夜郎自大”与“妄自菲薄”提出自己的见解，实属文化批评。但其中有对中西治学态度的比较，发人深思。因不属于文学范畴，故暂不分析。

在上述提到的文章里，有明显从题目即可见出“比较”的，比如《李白与歌德》、《歌德与梵乐希》；有在文章中举证时运用比较的，比如《论诗》、《文坛往那里去》、《象征主义》、《谈诗》、《论崇高》、《新诗底纷歧路口》、《按语和跋》、《诗·诗人·批评家》及《屈原》。梁宗岱的比较是“中西”诗学的比较，他的原则是“要把二者尽量吸取，贯通，融化而开辟一个新局面——并非中学为体西学为用，更非明目张胆去模仿西洋——岂是一朝一夕，十年八年底事！所以我们目前的工作，一方面自然要望着远远的天边，一方面只好从最近最卑一步步地走。我底意思是：现在应该由各人自己尽力去实验他底工具，或者，更准确一点，由各人用自己底方法去实验，洗练这共同的工具”[①]。在这些比较论文中，有如下几个特点：

1. 在比较中彰显诗性品格，寓直觉与批评于一体

梁宗岱的《诗与真》、《诗与真二集》的主题是“诗”，诗歌的“诗”，因此诗人、作品、批评是他谈论的对象。他的诗论文体是散文，继承了中国的古典诗话形式，又融合了现代散体语言的表达方式，侧重对诗人及其作品的赏鉴式的批评，其目的就是发现比较对象的“同”或“异”，凸显比较对象的诗性品格与美学价值。梁宗岱的比较诗学正像有学者概括的：“他以诗人的敏锐，以内行人的眼光，带着亲身创作体验，沉潜于不同民族的创作深处，作了幽微的追寻，有时能够达到诗学和美学的高度。”[②]比如，他将屈原的《离骚》与但丁的《神曲》进行比较。这是两个国别不同、时代不同的诗人。梁宗岱既从外部——国家、时代、命运、人格作比：“像一对隔着世纪和重洋在同一颗星——大概土星罢——诞生的孖生子，他们同是处在国家多难之秋，同样地鞠躬尽瘁为国努力，但不幸都‘忠而被谤，信而见疑’，放逐流亡于外。放逐后二者又都把他们全副精力转向文学，把他们全灵魂——他们底忠贞，他们底义愤，他们底侘傺，他们底怅望——贯注到他们底作品里，铸成光明的伟词，像峥嵘的绝峰般崛起于两国诗底高原，从那里流出两道源源不竭的洪流灌注着两国绵延的诗史，供给两个民族——不，我们简直可以说全

① 梁宗岱著，马海甸主编：《梁宗岱文集·评论卷》，北京：中央编译出版社 2003 年版，第 43 页。
② 张中：《两本被遗忘的比较文学论著——〈诗与真〉、〈诗与真二集〉》，《读书》1982 年第 12 期。

人类——底精神饮料。”[①]亦从内部——主题、体裁、风格、效果等作比：“他们底杰作——《离骚》和《神曲》——底题旨或中心思想，都可以说是一种追求理想的历程，这理想又都以女性为象征。两者底形式都多少是自传体，一种寓言式的自传，虽然一个抒情的成分多于叙事，一个叙事多于抒情……”“同是一朵清明热烈意识火焰：但丁可以说是清明多于热烈，屈原则热烈多于清明；一个是光，一个是热，虽然实际上二者是分不开的；一个是光被四宇的长明灯，一个是烈焰万丈的大洪炉……”[②]这种不拘于中外文学作品本身的事实关联，直接从作品间的对比得出直觉的美学感受，未有偏离文学本身的审美属性，恰是雷纳·韦勒克批评的早期法国比较文学所缺失的方面。作者本身带着激情与想象，同样也唤起了我们的想象与情感，使我们对两个大诗人有了深刻的印象。

如果我们将梁宗岱的诗学著作与朱光潜的《诗论》相比，这种特点则更加鲜明。朱光潜先生的论著基本是用西方的诗论来印证中国诗论，得出一些共同的结论，语言文字中多了些理性的规范，没有梁宗岱著作中那种灵气闪现的诗人的敏锐、美学的韵味以及感性的直觉。梁宗岱的比较诗学侧重于作品的批评，亦作诗学理论的探讨。王国维的《人间词话》借助于西方的概念思维将中国的诗词分类、总结，得出规律性的结论，逻辑思维与形象思维结合。梁宗岱的诗论是将西方的诗学概念与中国古典诗学的范畴进行比较，寻求中西诗学之间的共融、共通，从逻辑思维走向形象思维，因此得出的结论多少有些主观性。比如他的《象征主义》一篇就是将西方象征派诗学的“象征”概念与中国传统诗学的“兴”、“意境”联系起来，寻求真正的中西诗学的比较。梁宗岱将中西两个概念置于同一平台，将西方现代的“象征”与中国传统的“兴”视作同类。最后借助中国传统的“意境”来解释象征是一种境界，一种心灵的境界。这种直切主题的比较注重诗性的美学品格，是雷纳·韦勒克所强调的比较文学的重要原则，也是梁宗岱比较诗学的突出特色。

在诗学比较中，梁宗岱始终以诗人的直觉来感受与批评中西诗学概念，也常常以形象思维掩饰抽象思维的逻辑性与事理性。梁宗岱的中西诗学概念相对忽略了其形成的渊源及影响，无意梳理其流变的过程，也忽略了许多事实间的关联，自然缺少了对概念生成的“史”的认识。雷纳·韦勒克认为，在比较文学意义上，文学史、理论与批评三者同样应该得到重视。就梁宗岱

---

① 梁宗岱著，马海甸主编：《梁宗岱文集·评论卷》，北京：中央编译出版社 2003 年版，第 212、237 页。

② 梁宗岱著，马海甸主编：《梁宗岱文集·评论卷》，北京：中央编译出版社 2003 年版，第 237 页。

论述的“象征主义”而言，缺乏对其学术史的爬梳，比如“象征”一词在西方何时出现，其使用过程中有哪些意义生成，中国传统诗学的“兴”是谁提出的，其生发的过程是怎样的，概念间的演变以及受到的社会心理、文化习俗影响的变异等。他忽略了这些，直切概念本身，并始终围绕着诗学的本体展开中西的互证，论证过程中诗性情感与理论的阐述交相融合，并且直觉的美感往往占据上风，诗人的直觉思维使得其论述的问题陷于“非意识”的恍惚朦胧状态，这也是他诗学的局限所在。

2. 比较的整体性文学原则，寓理性与情感为一体

美国比较文学学者雷纳·韦勒克认为，在比较文学中，为凸显比较文学的本体价值，强调“整体性”文学原则尤为重要。他所说的文学“整体性”是为了克服欧洲早期法国比较文学中表现出来的偏离文学性，而演变成思想史与文化史的倾向提出来的，有回归文学本体之意。这里借用这一概念来分析梁宗岱诗论中的比较意识，是在文学本体的框架内作充分比较。梁宗岱诗学的比较是信手拈来的、自然的、随处可见的。比较中的文学本体性既体现在诗歌创造经验、传统继承以及价值评判等外在方面，还体现在诗歌的形式即音节、韵、节奏等；既体现在艺术的模仿与创新，也体现在文言与白话、口语与书面语以及言语与思想及关系等方面；既体现在诗学概念间的区别与融合上，也体现在概念术语的辨析与运用上，更重要的是对诗人作品间的中西比较目的不是停留在表象上，而是升华到诗人的精神与灵魂上……总之，在梁宗岱的诗学比较中，你会感到“比较”不是一种方法，而是一种文学素养，显示作者的学识、创见与视野。

与朱光潜的《诗论》比较起来，梁宗岱的诗学比较的确缺乏系统性，显得散漫，但又蕴藏着真知灼见。比如，他在《论诗》一文中，古今中外诗学纵横谈。针对梁实秋无视小诗的价值，他由古代陈子昂的《登幽州台歌》谈到德国歌德的《流浪者之夜歌》，认为这些小诗给人心灵的震荡不弱于听贝多芬的交响曲。在《文坛往那里去》一文中，梁宗岱侧重于谈文言与白话的区别，从字汇与体裁两方面，比照了法国语言学者的统计数据，得出一般人用字与知识阶层用字数量是大不相同的。尤其文学作品的描述更追求新奇与生动，因此炼词与炼句是需要的。从体裁方面说，一般口语表达可以借助手势与肢体，而文章需要剪裁、整理组织上的精炼以及删除赘词等，也需要精炼语言。因此现代白话不能很好地承担这个任务，需要对白话进行锤炼。所有这些梁宗岱论述精辟，见解独到。尤其在谈到诗歌的表现工具——语言与思想的关系时，展开对比、比较：“试看英文最实用，英国底哲学思想便注

重实验；法文最清晰，法国底哲学思想，即最神秘的如帕士加尔（Pascal），也清明如水；德国底文字最繁冗，德国底哲学思想，即最着重理性的如康德，也容易流于渺茫黯晦。我们固可以拿‘有这样的头脑才有这样的文字’来解释。可是这只是上半截底真理’我们得要补足一句：有了这样的文字，更足以助长这样的头脑。”[①]他认为，文字和思想互相影响的深切无论如何是不可讳言的。因此文字工具的水平，也是心灵与思想的见证。

梁宗岱在《谈诗》一文中，将法国象征派诗人马拉美与我国南宋词人姜白石作比较：“马拉美酷似我国的姜白石。他们底诗学，同是趋难避易；他们底诗艺，同是注重格调和音乐；他们底诗境，同是空明澄澈，令人有高处不胜寒之感；尤其的，连他们癖爱的字眼如‘清’、‘苦’、‘寒’、‘冷’等也相同。”[②]通过诗人常使用的“字”来透视诗人的精神、灵魂：“其实有些字是诗人们最隐秘最深沉的心声，代表他们精神底本质或灵魂底怅望的，往往在他们凝神握管的刹那有意无意底流露出来。”[③]梁宗岱诗学“比较”是理性沉思的产物，也是一个创作家心灵的自白。在《象征主义》、《论崇高》等文中，通过概念的比较、辨析，融合与运用可以感觉到，他以诗人身份融心灵感应于理性思辨之中。比如，梁宗岱与朱光潜在西语名词 Sublime 和 Grace 的翻译及运用上，有不同的理解。朱光潜将之译为“雄伟”与“秀美”并以之作依据为中外艺术作品分类，把意大利文艺复兴时期的画家米开朗基罗归为前者，达·芬奇归为后者。梁宗岱对此提出质疑。他分析了达芬奇的《蒙娜丽莎》与《最后的晚餐》的创作技巧后，感叹道：“我们将发见，啊！异迹！这里（异于米开朗基罗）没有夸张，没有矜奇或恣肆，没有肌肉的拘挛与筋骨底凸露，它底神奇只在描画地逼真，渲染地得宜，它底力量只是构思底深密，章法底谨严，笔笔都仿佛是几何学计算过的，却笔笔都蓬勃着生气——这时候我们该用什么字来形容我们底感觉呢？……唯一适当的字眼，恐怕只有 Divine（神妙）或 Sublime（崇高）罢。”[④]显然，梁宗岱是从创作者的角度来谈造型艺术的技巧的高超，与朱光潜的理性归类是两种不同的思维方式。梁宗岱的创作者灵感在比较诗学中处处得到体现，因此读其书不仅受到理性

① 梁宗岱著，马海甸主编：《梁宗岱文集·评论卷》，北京：中央编译出版社 2003 年版，第 57 页。
② 梁宗岱著，马海甸主编：《梁宗岱文集·评论卷》，北京：中央编译出版社 2003 年版，第 92~93 页。
③ 梁宗岱著，马海甸主编：《梁宗岱文集·评论卷》，北京：中央编译出版社 2003 年版，第 93 页。
④ 梁宗岱：《诗与真·诗与真二集》，北京：外国文学出版社 1984 年版，第 121 页。

的启迪，更多的是心灵的感应。梁宗岱的比较与雷纳·韦勒克提出的整体性与文学性很吻合。但要知道，梁宗岱作诗学比较实践时，雷纳·韦勒克还没有发表他那篇《比较文学的危机》的文章呢。

3. 比较目的彰显民族自信，寓文学与文化融合的情怀

梁宗岱常常将中国古代大诗人作品与西方近代诗人的作品置于同一起点上，其意图是显然的。中国三千年光荣的诗史并不逊色，完全可以比肩近代西方的诗作，这是民族自信心的表现。比如在《论诗》中，他提出“出水芙蓉”为诗艺的最高境界。这境界在中西诗史上，长诗有屈原《离骚》、欧阳修《秋声赋》、但丁《神曲》、歌德《浮士德》、梵乐希《海滨墓园》及《年轻的命运女神》；短诗有陶渊明、谢灵运的五言诗，李白、杜甫的歌行，李后主的词，歌德、雪莱、魏尔伦的短歌等，放到一起说它们：“是作者底灵指偶然从大宇宙底洪钟敲出来的一声逸响，圆融，浑含，永恒……超神入化了——这自然是我们的理想。”[①]所谓“理想”是指新诗的理想目标。此外，梁宗岱将李白与歌德对比，屈原与但丁对比，在他们身上寻找共同点。比如，梁宗岱说到歌德与李白：“我以为，尤其是他们底宇宙意识，他们对于大自然的感觉和诠释……”[②]“李白和歌德底宇宙意识同样是直接的，完整的：宇宙底大灵常常象两小无猜的游侣般显现给他们，他们常常和他喁喁私语。所以他们笔底下——无论是一首或一行小诗——常常展示出一个旷邈，深宏，而又单纯，亲切的华严宇宙，象一勺水反映出整个星空底天光云影一样。如果他们当中有多少距离，那就是歌德不独是多方面的天才，并渊源于史宾努沙底完密和谐的系统，而李白则纯粹是诗人底直觉，植根于庄子底瑰丽灿烂的想象底闪光。”[③]这种齐肩并进的姿态是梁宗岱在与西洋诗的比照中得出的，难能可贵。中国现代白话新诗欲得到大的进步，不能不与他们比量短长。自然，在梁宗岱的诗论中，也强调中西诗歌创作“人有我无”的优势，是我们不得不仰望的。比如说，梁宗岱指出中国旧诗大多是“即兴诗”，这与西洋近代诗作极重视“建筑的匠心”是有差距的。“近代诗尤注重诗形底建筑美，如波德莱尔底《黄昏底和谐》底韵是十六行盘旋而下如 valse 舞的，马拉美咏《扇》用五节极轻盈的八音四行诗，代表五条鹅毛，梵乐希底《圆柱颂》却用十八节六音底四行诗砌成高耸的圆柱形。”[④]诗形的建筑匠心与诗的韵律美同样增富了我们的

① 梁宗岱：《诗与真·诗与真二集》，北京：外国文学出版社 1984 年版，第 27 页。
② 梁宗岱：《诗与真·诗与真二集》，北京：外国文学出版社 1984 年版，第 112 页。
③ 梁宗岱：《诗与真·诗与真二集》，北京：外国文学出版社 1984 年版，第 113~114 页。
④ 梁宗岱：《诗与真·诗与真二集》，北京：外国文学出版社 1984 年版，第 40 页。

五官感觉。梁宗岱又谈道："诗是我们底自我最高的表现，是我们全人格最纯粹的结晶：白朗宁夫人底十四行诗是一个多才多病的妇人到了中年后忽然受了爱底震荡在晕眩中写出来的；魏尔伦底《智慧集》（*Sagesse*）是一个热情的人给生命底风涛赶入牢狱后作的；《浮士德》是一个毕生享尽人间物质与精神的幸福而最后一口气还是'光！光！'的真理寻求者自己底写照；《年轻的命运女神》是一个深思锐感多方面的智慧从二十余年底沉默洋溢出来的音乐……"[①]多年沉潜与经验积淀是这些大诗人诗作的秘诀所在。因此，梁宗岱引述德国诗人里尔克的话，主张作诗，尤其是作好诗，要有多年的经验。西方诗歌创作"建筑的匠心"与经验的积淀，是我们应当虚心学习的。当然在比较中，梁宗岱有世界文学与文化融合的情怀。他认为中西诗学都有值得借鉴、保留与取舍的方面。这主要体现在《象征主义》一篇当中。他对待西方诗学，尤其是法国象征主义那种"纯粹"的为诗态度，对艺术形式的音乐般的感觉，对理想艺术达到的精神高度都是极为推崇的。但他对象征主义的神秘性以及晦涩是有所舍弃的。在他的译诗中，见不到马拉美的作品。他对中国古典诗学中的"意"与"象"的分离、比附性是予以否定的，推崇陶渊明诗的物我不分的混溶状态，推崇道家的"真纯自然"的无我境界，并在最高境界里将中西诗学统一起来。

第二节　比较诗学的力作《象征主义》

一、《象征主义》概述

诗人卞之琳在《人事固多乖：纪念梁宗岱》一文中说："1933年梁以宏观的高度，以中西比较文学的广角，论《象征主义》的这篇文章，我至今还认为是他在这方面的力作。"[②]梁宗岱自己也说，《象征主义》是比较"经心之作"。这是作者于1934年在北京大学国文学会的演讲，事后整理成文。

在这篇文章里，梁宗岱从古近中西比较诗学的角度，将西方现代诗学中的"象征"概念与中国传统诗学中的"兴"、"意境"等联系阐发，进而升华到中西方"契合"、"道"等哲学和美学境界，个性化地诠释对"象征"的理解，使这样一个传统的艺术手法升华为一种艺术的"灵境"。作者最终走进了诗学理想的境地。

---

① 梁宗岱：《诗与真·诗与真二集》，北京：外国文学出版社1984年版，第28页。
② 黄建华主编：《宗岱的世界·评说》，广州：广东人民出版社2003年版，第5页。

在梁宗岱看来，象征主义是任何国度、任何时代的文艺表现中一个不可缺乏的重要的元素，而且他认为：“一切最上乘的文艺品，无论是一首小诗或高耸入云的殿宇，都是象征到一个极高的程度的。”[①]梁宗岱试图讨论中西诗学“汇通”的话题，并将之置于一个极高的起点上。这篇诗论让我们有种仰望的心情，似乎在茫茫的黑暗的大海上，忽然竖起的一座灯塔，照亮了前行的航线。

文章从对“象征”一词的辨析说开来，不讲任何外在因素与条件，直切主题。对朱光潜在《谈美》中提出的“所谓象征就是以甲为乙底符号。甲可以做乙底符号，大半起于类似联想。象征最大的用处，就是把具体的事物来替代抽象的概念……象征底定义可以说是：‘寓理于象’……”[②]的观点，梁宗岱认为这是将“象征”与修辞学上的“比”混为一谈。在他看来“比”就是基于想象的异中见同的拟人和托物。“比”有隐和显两种，但这只是修辞学的局部事体而已。梁宗岱认为，最普通的拟人托物的作品，或借草木鸟兽来影射人情世故，或把抽象的观念如善恶、爱憎、美丑等穿上人的衣裳，大部分都只是寓言，够不上象征。

以此，梁宗岱提出了“象征”与“兴”的关联。他以《文心雕龙》对“兴”的阐释“兴者，起也；起情者依微以拟义”来诠释“象征”：“象征底微妙，‘依微拟义’这几个字颇能道出。当一件外物，譬如，一片自然风景映进我们眼帘的时候，我们猛然感到它和我们当时或喜，或忧，或哀伤，或恬适的心情相仿佛，相逼肖，相会合。我们不摹拟我们底心情而把那片自然风景作传达心情的符号，或者，较准确一点，把我们底心情印上那片风景去，这就是象征。”[③]

梁宗岱又借鉴了王国维《人间词话》里评价诗词的两种境界：“有我之境”与“无我之境”，比较了晋代大诗人谢灵运与陶渊明的名句，得出了象征的两个特征：融洽或无间；含蓄或无限。很显然，梁宗岱将“象征”与王国维的“意境”融为一体，得出象征的定义：“藉有形寓无形，藉有限表无限，藉刹那抓住永恒，……它所赋形的，蕴藏的，不是兴味索然的抽象观念，而是丰富，复杂，深邃，真实的灵境。”[④]梁宗岱引述瑞士思想家亚美尔的一句话“一片自然风景是一个心灵底境界”，由此揭开了“象征”的神秘面纱：象征是一种心灵的境界。

---

① 梁宗岱著，马海甸主编：《梁宗岱文集·评论卷》，北京：中央编译出版社2003年版，第60页。

② 梁宗岱：《诗与真·诗与真二集》，北京：外国文学出版社1984年版，第63页。

③ 梁宗岱：《诗与真·诗与真二集》，北京：外国文学出版社1984年版，第63页。

④ 梁宗岱：《诗与真·诗与真二集》，北京：外国文学出版社1984年版，第70页。

如何才能达到“象征的灵境”？梁宗岱指出“象征之道”，可以一以贯之，曰“契合”而已。“契合”本是法国象征主义诗人波德莱尔一首诗的标题，梁宗岱译作“契合”。

这“契合”的境界，也就是象征的灵境，也是布莱克所说：“一颗沙里看出一个世界，一朵野花里一个天堂，把无限放在你底手掌上，永恒在一刹那里收藏。”[①]梁宗岱认为，象征的灵境，不同于一般的联想与想象的心理过程，而是一种精神状态，其特征应该为物我两忘的精神境界：“我们开始放弃了动作，放弃了认识，而渐渐沉入一种恍惚非意识，近于空虚的境界，在那里我们底心灵是这般宁静，连我们自身底存在也不自觉了。可是，看啊，恰如春花落尽瓣瓣的红英才能结成累累的果实，我们正因为这放弃而获得更大的生命，因为忘记了自我底存在而获得了更真实的存在。老子底‘将欲取之，必先与之’，引用到这上面是再确当不过的。因为，在这难得的真寂顷间，再没有什么阻碍或扰乱我们和世界底密切的，虽然是隐潜的息息沟通了：一种超越了灵与肉，梦与醒，生与死，过去与未来的同情的韵律在中间充沛流动着。我们内在的真与外界底真协调了，混合了。我们消失，但是与万化冥合了。”[②]文章的最后，作者在“非意识”状态下，描述了这种心灵的景象：

从那刻起，世界和我们中间的帷幕永远揭开了。如归故乡一样，我们恢复了宇宙底普遍完整的景象，或者可以说，回到宇宙底亲切的眼前或怀里，并且不仅是醉与梦中闪电似的邂逅，而是随时随地意识地体验到的现实了。正如我们不能画一幅完全脱离了远景或背景的肖像，为的是四围底空气和光线也是构成我们底面貌和肢体的重要成分；同样，我们发见我们底情感和情感底初茁与长成，开放与凋谢，隐潜与显露，一句话说罢，我们底最隐秘和最深沉的灵境都是与时节，景色和气候很密切地互相缠结的。一线阳光，一片飞花，空气底最轻微的动荡，和我们眼前无量数的重大或幽微的事物与现象，无不时时刻刻在影响我们底精神生活，及提醒我们和宇宙底关系，使我们确认我们只是大自然底交响乐里的一个音波：离，它要完全失掉它存在的理由；合，它将不独恢复一己底意义，并且兼有那磅礴星辰的妙乐的……[③]

梁宗岱在这篇文章里，从诗意手法到意境创造再到哲学语汇，充分地展开中西诗学比较。

---

① 梁宗岱：《诗与真·诗与真二集》，北京：外国文学出版社 1984 年版，第 80 页。
② 梁宗岱：《诗与真·诗与真二集》，北京：外国文学出版社 1984 年版，第 76 页。
③ 梁宗岱：《诗与真·诗与真二集》，北京：外国文学出版社 1984 年版，第 78 页。

二、“象征”与“兴”——中西诗学的比较与汇通

梁宗岱在《象征主义》一文中提出了“象征”与“兴”的关联，实际上，“兴”与“象征”有很大不同。

“兴”是中国古代诗学的重要范畴，是作为诗六义之一被认识的。“比”即是比喻，“兴”是“托物于事”，“取譬引类”，“先言他物引起所咏之词”。“比”是表达事物形象化的手段，“兴”则有“起”的意思，多用于作品的起头，以引发、感兴、触动、联想等，因此刘勰在《文心雕龙·比兴》篇中认为“比显兴隐”。“显”就是明白，“隐”即是隐微，“兴”与“隐”有关联，有含蓄委婉之意。“兴”也指不好直言的、微妙的情意常常“起兴”，这就不只有诗学意义，还包含社会学乃至文化学意义了。

“象征”一词在西方，最早源于古希腊。19世纪末英国文学批评家阿瑟·西蒙斯在《象征主义文学运动》一文中借助于阿尔维拉《象征的迁移》追述了它的意义演变：“是希腊人用以表示木板的两个等分，他们分开这些木板作为友爱待客的一个誓约信物。后来象征被用于指任何的符号、公式，或者仪式……慢慢这个词扩大了它的含义，最后表示任何通过形式对思想的习惯表现，它是非肉眼所能看见的。”[①]西蒙斯又借助英国19世纪批评家卡莱尔的话说：“在象征中存在着隐藏的甚至是意想不到的东西，说出的和未说出的结合在一起，形成双重意义。”[②]这里，“象征”概念的追述是泛文化意义上的，是广义的象征。它不仅存在于人们的日常生活习俗礼仪中，而且存在于神话、传说、宗教、哲学乃至形而上学、玄学等方面。

梁宗岱在《象征主义》中提示，“‘象征’一词底特殊意义，到近代才形成的”[③]。近代，显然是指19世纪法国象征主义诗学运动。象征主义流派是因法国诗人莫亚雷斯于1886年发表《象征主义宣言》而命名的一个派别。他们是以反叛传统的姿态出现在诗坛上的：波德莱尔、魏尔伦、蓝波、马拉美等，其中马拉美被推举为象征派领袖人物，不仅因为每周二，他的家——巴黎罗马街的一间房子成为诗人“聚会”的场所，在沙龙里探讨象征主义，更重要的，他是超验象征主义最坚执的追求者。马拉美对“象征”所下的定义最能说明象征派诗的本质：“与直接表现对象相反，我认为必须去暗示。对于对象的观照，以及由对象引起梦幻而产生的形象，这种观照和形象——就是歌……指出对

① 柳扬编译：《花非花——象征主义诗学》，北京：旅游教育出版社1991年版，第65页。
② 柳扬编译：《花非花——象征主义诗学》，北京：旅游教育出版社1991年版，第65页。
③ 梁宗岱：《诗与真·诗与真二集》，北京：外国文学出版社1984年版，第64页。

象无异是把诗的乐趣四去其三。诗写出来原就是叫人一点一点地去猜想，这就是暗示，即梦幻。这就是这种神秘性的完美的应用，象征就是由这种神秘性构成的：一点一点地把对象暗示出来，用以表现一种心灵状态。反之也是一样，先选定某一对象，通过一系列的猜测探索，从而把某种心灵状态展示出来。”[①]马拉美曾在一篇记者对他的访谈《关于文学的发展》（1891年法国记者于勒·禹来在《巴黎回声》报上发表一系列关于文学发展问题的访问记，这是其中的一篇）中，中肯地指出，青年一代诗人（象征派）的出现，标志着诗以个人的姿态，吹奏自己喜爱的乐曲，诗不再照着圣台上的圣书唱了。言外之意，诗歌艺术要发展就必须打破传统既定的规则，首先是对巴那斯派（19世纪60年代在法国巴黎出现的为艺术而艺术诗歌流派）的反动。这一派别基本是以直现的方式处理对象与题材，形式上推崇精密、严整、庄重的亚历山大诗体，但难免结构僵化。在马拉美看来，新诗探索者应在旧诗体的基础上，增加流动感与灵活性，欲如此必当融入当下诗人的心灵体验，为此马拉美极力推崇魏尔伦，认为魏尔伦的作品写出了“蓄意让音调不协调，富于流动感的诗句”。马拉美同时将诗提高到比较神圣的地位：“诗是为着一种已经完成的社会的华丽仪式和庄严仪仗而创作的，只有在这样的社会中，光荣才会有它应有的地位。然而在今天，对于这种光荣的观念，人们似乎已经丧失尽净了。我们这个时代，诗人是对整个社会罢工了；生活在这样一个时代里面，诗人采取的态度就是抛弃一切可能提供给他的陈腐的方法。人们所能供给诗人的一切，同诗人的思想和诗人的秘密工作相比，都是低下的。”[②]马拉美的这段话似乎预示着诗要承载着一种神圣的使命，类似于宗教的神圣与崇高的使命。诗并非现实的摹写或是浪漫的主观情感的宣泄，而是表达个人内心隐秘的精神世界，一种理念的本体。它强调了诗歌追求超验的艺术观念，具有浓厚的神秘主义色彩。

为了追求“神秘”与“未知”，象征派主张纯粹的“音”与“色”，一切都是暗示出来的：“读者通过作者精心安排的暗示、烘托、对比、渲染和联想，感悟到其中大于花本身的含义即某种类似马拉美说的，‘任何花束中都不存在的花’。”[③]象征主义诗人作品中“具体的意象已不再是诗人心中特定的思想和感情，而是一个巨大而普遍的理想世界的象征”[④]。“意象只是指向某种神

---

①［法］马拉美：《关于文学的发展》，伍蠡甫主编：《西方文论选》（下卷），上海：上海译文出版社1979年版，第262页。

②［法］马拉美：《关于文学的发展》，伍蠡甫主编：《西方文论选》（下卷），上海：上海译文出版社1979年版，第263页。

③ 柳扬编译：《花非花——象征主义诗学》，北京：旅游教育出版社1991年版，第2页。

④ 柳扬编译：《花非花——象征主义诗学》，北京：旅游教育出版社1991年版，第4页。

秘的形而上的理念的手段”[①]，正因为象征主义对超验性的追求，又带有个人精神神秘性，其意象晦涩含混。正如哥特式教堂，它是通过直指苍穹的尖顶以及晦暗多彩的玻璃窗来暗示宗教的神秘，象征主义诗人正是将内心的神秘，借助于不寻常的外在形式暗示出来。

那么，反过来说，“兴”有没有象征意味呢？刘勰提出“兴”与“隐”的关系。“隐”本身是“藏”，也有令读者猜想之意，就是暗示。“故比者，附也；兴者，起也。附理者，切类以指事，起情者，依微以拟义。起情故兴体以立，附理故比例以生。”[②]“比”与“兴”相比较，比是比附事理的，兴是引发情感的。比附事理，切合类似以说明事物，引发情感，依托隐微的含义来比拟。引发情感，用“兴”来表达、说理，即用比喻。在刘勰看来，“兴”的笔法比“比”更应当引起重视：“观夫兴之托喻，婉而成章，称名也小，取类也大。”[③]刘勰强调了“兴”的“依微拟义”，虽所用名物小，但暗示意义含蓄深远。这种兴的手法在《诗经》中多有运用。比如《诗经·关雎》借助雎鸠鸟的鸣叫，河中“参差荇菜”的不停采摘，暗示君子对“窈窕淑女”的爱慕及日夜追求；《诗经·采薇》以“采薇”动作起兴，借助“薇”的生长及衰落的过程，隐喻戍边士兵归家而不得的焦虑心情，这是起兴可以分析的例子。还有更隐晦的，比如《诗经·邶风·柏舟》第一句：“泛彼柏舟，亦泛其流。耿耿不寐，如有隐忧。”这用柏木做的大船，孤零零地漂泊在水面上，与当事人夜不能寐，内心忧虑联系起来，暗示什么？说法不一。汉代郑玄注说，柏舟在水中漂浮，起兴隐喻不被“仁人见用”而与小人为伍，故忧从中来。[④]这是郑玄一家之言。该诗整体用现代诗人俞平伯的话说，通篇措辞委婉幽抑，取喻起兴巧密工细。借助柏舟之漂浮，有孤独之意，孤独意味着难言之隐。这难言之隐本身就是无法言说的，于是借助“兴”来象征。

朱熹将“兴”与《周易》中“立象以尽意”之“象”联系起来，“兴乃起兴之义。凡言兴者，皆当以此例观之。《易》以言不尽意而立象以尽意，盖亦如此”[⑤]。闻一多在《说鱼》中也提出，“比”是喻，“兴”是“隐”。“喻”是借助另一事物把不明白的说明白，“隐”是借另一事物把本可以说明白的变得微妙隐晦些。他认为“兴”又相当于《易》中的“象”，都具有象征与

---

① 柳扬编译：《花非花——象征主义诗学》，北京：旅游教育出版社 1991 年版，第 5 页。
② 刘勰著，周振甫注：《文心雕龙注释》，北京：人民文学出版社 1983 年版，第 394 页。
③ 刘勰著，周振甫注：《文心雕龙注释》，北京：人民文学出版社 1983 年版，第 394 页。
④ 刘勰著，周振甫注：《文心雕龙注释》，北京：人民文学出版社 1983 年版，第 401 页。
⑤ 胡经之主编：《中国古典美学丛编》（上册），北京：中华书局 1988 年版，第 285 页。

暗示性，不过“象”的暗示有神秘性，而“兴”是某种社会需要，比如《诗经》中的“国风”的许多情诗，不能直言，因而起“兴”。“兴”有增加情趣的作用，故喜为诗人采用。“《易》中的象与诗中的兴，上文说过，本是一回事，所以后世批评家也称诗中的兴为‘兴象’。西洋人所谓意象，象征都是同类的东西，而用中国术语说来，实在都是隐。”[①]在闻一多学说的基础上，当代学者赵沛霖在《兴的起源》一书中论证了《诗经》中的“兴”与原始宗教的象征关系。

尽管“象征”与“兴”都有“隐”的共同特征，但它们还是两种不同的诗学概念，象征与“象征域的本体”有极大关联；“兴”具有“能指的延宕性”[②]。象征主义追求超验性与强调“依微拟义”自然情感层面的“兴”是相异的。

梁宗岱将两种不同观念、不同美学、不同文化背景下的诗学范畴置于同一平台，互识、互比、互证以及互通的目的是什么？

梁宗岱在《象征主义》一文中，以歌德《神秘的和歌》作为引领，开宗明义地提出：“这所谓象征主义，在无论任何国度，任何时代底文艺活动和表现里，都是一个不可缺乏的普遍和重要的原素罢了。这原素是那么重要和普遍，我可以毫不过分地说，一切最上乘的文艺品，无论是一首小诗或高耸入云的殿宇，都是象征到一个极高的程度的。”[③]作者消除了一切国家、民族及地域的偏见与局限，将“象征主义”置于现代诗学的前沿，寻求不同国别、不同种族、不同文化下可以汇通的世界诗学范畴，因而，梁宗岱的《象征主义》比起同时期的一些诗学家将象征主义视作颓废主义、恶魔主义以及唯美主义的民族阶级立场的偏见，有了一种世界视野与包容的襟怀。这正应该是现代诗学家们所努力寻求的诗学目标。

梁宗岱在中国古代诗学中寻觅“象征”的因素。他排除了几种“非象征”的定义：象征不是简单的“比”，不是“意自意”，“象自象”的寓言（中国古代诗歌中有许多将自然人格化的比附象征，比如，屈原《橘颂》中的“橘”，松、竹、梅、兰自不必说。这些在梁看来都是“比”，意象明晰，单一，道德化，失却了诗美的纯粹意义），而是“情景交融，物我融一”的境界。他以谢灵运“池塘生春草，园柳变鸣禽”与陶渊明“采菊东篱下，悠然见南山”的诗句详加说明，认为谢灵运的诗：“细细地玩味，也不过是两个极精工的隐喻。作者写这两句诗时，也许深深受了这和丽的光景底感动，但他始终不忘记他是一个旁观者

① 朱自清、郭沫若等编：《闻一多全集》（一），上海：开明书店1948年版，第118~119页。
② 吴晓东：《象征主义与中国现代文学》，合肥：安徽教育出版社2000年版，第58页。
③ 梁宗岱：《诗与真·诗与真二集》，北京：外国文学出版社1984年版，第63页。

或欣赏者。”[①]而陶渊明呢：“诗人采菊时豁达闲适的襟怀，和晚色里雍穆遐远的南山已在那猝然邂逅的刹那间联成一片，分不出那里是渊明，那里是南山。南山与渊明间微妙的关系，决不是我们底理智捉摸得出来的，所谓‘一片化机，天真自具，既无名象，不落言诠’。”[②]梁宗岱的象征主义真正回归到了故乡那个“芳草鲜美，落英缤纷”的桃园。由此，他得出了象征的两个特性：一是融洽或无间，二是含蓄或无限。换句话说，所谓象征就是借有形寓无形，借有限表无限，借刹那抓住永恒。象征不是兴味索然的抽象观念，而是丰富、复杂、深邃、真实的灵境。

梁宗岱对“象征”的中国化独特解读，正是借助于“另一个异质的文学传统的参照，民族自身所独具的文学特征才可能清晰地呈现出来。异质的文学背景在一定程度上激活了对自身文学传统的重新观照和体认”[③]。

正是如此，梁宗岱在世界诗学背景下审视中国传统诗学观念，同时也用中国诗学视角来看待西方诗学，各有取，也各有舍。

对待中国传统诗学，他将“象征”与“意境”联系起来，把王国维讲的“无我之境”纳入世界诗学视野之中，舍弃了“有我观物”的旁观者态度，强调非功利，忘我、无我地与客观物融为一体的审美态度。这与他在20世纪40年代写下的《非古复古与科学精神》中的观点是一致的，也是他为什么不满意朱光潜为“象征”所下的定义，为什么推崇屈原的《山鬼》而不是《橘颂》，因为后者意自意、象自象，它的含义是有限而易尽的，唯其有限而易尽限制了我们的想象。

对待西方诗学，尤其是法国现代象征主义诗学，梁宗岱是追随的、仰望的，对象征主义那种“纯粹”为诗的态度，对艺术形式音乐般的感觉以及西方诗人那种“独具匠心”的艺术创造，对理想艺术达到的精神高度都是极为推崇的。梁宗岱主要是受法国后期象征派诗人瓦雷里的影响，醉心诗的古典形式美以及对现实中人心灵感受的表达，但他对象征主义的神秘性以及晦涩有所舍弃。在他的译诗中，我们见不到法国象征派的领袖人物马拉美的作品。

在这个意义上说，梁宗岱的“象征”概念是中西汇通的，在互相参照中，建构具有较高目标的世界性的象征主义诗学概念，为中国现代白话新诗指出了一条“通途”。

梁宗岱将“象征”与“兴”融通，受到我国现代早期诗人周作人的影响。

---

① 梁宗岱：《诗与真·诗与真二集》，北京：外国文学出版社1984年版，第68~69页。
② 梁宗岱：《诗与真·诗与真二集》，北京：外国文学出版社1984年版，第68~69页。
③ 吴晓东：《象征主义与中国现代文学》，合肥：安徽教育出版社2000年版，第59页。

周作人在1926年为刘半农的诗集《扬鞭集》写的“序”中，曾谈到“象征”：“新诗的手法，我不很佩服白描，也不喜欢唠叨的叙事，不必说唠叨的说理，我只认抒情是诗的本分，而写法则觉得所谓‘兴’最有意思，用新名词来讲或可以说是象征……象征是诗的最新的写法，但也是最旧，在中国古已有之。”[1]周作人之所以强调“兴”或“象征”，缘在白话新诗“像是一个玻璃球，晶莹剔透的太厉害了，没有一点儿朦胧，因此也似乎少了一种余香与回味”[2]。梁宗岱讨论“象征”与“兴”的关系，似乎游离新诗语境，实际上正是对新诗弊端的阐发。周作人反对新诗写景、叙事、说理，梁宗岱主张的“纯诗”也要“摒除一切客观的写景，叙事，说理以至感伤的情调……”[3]在这里，我们能够感觉到，梁宗岱诗学中西汇通的努力以及良苦用心。这也正是他所倡导的“纯诗”理论主张的延伸。这种“纯诗”是从西方借鉴来的，但寻求的是中国式的，要适应中国诗歌的审美欣赏习惯的。因此，他一步步将“象征”与中国诗学范畴接近，这种接近不仅是诗本体意义的，而且上升至哲学、美学的考量当中。

三、将波德莱尔的“契合”与中国道家哲学之“道”融合汇通

梁宗岱用诗一般的语言描述了象征的最高境界——“象征的灵境”。达到这“灵境”的“象征之道”是什么？曰“契合”，梁宗岱将波德莱尔的一首诗译为《契合》：

自然是座大神殿，在那里
活柱有时发出模糊的话
行人经过象征底森林下
接受着它们亲密的注视

有如远方的漫长的回声
混成幽暗和深沉的一片
渺茫如黑夜，浩荡如白天

---

① 周作人：《〈扬鞭集〉序》，张明高、范桥编：《周作人散文》（第二集），北京：中国广播电视出版社1992年版，第263页。

② 周作人：《〈扬鞭集〉序》，张明高、范桥编：《周作人散文》（第二集），北京：中国广播电视出版社1992年版，第264页。

③ 梁宗岱：《诗与真·诗与真二集》，北京：外国文学出版社1984年版，第95页。

颜色，芳香与声音相呼应

有些芳香如新鲜的孩肌
婉转如清笛，青绿如草地
——更有些呢，朽腐，浓郁，雄壮

具有无限底旷邈与开敞
像琥珀，麝香，安息香，馨香
歌唱心灵与官能的狂热①

波德莱尔的“契合”说，提出了自然与人之间，人的各种感受之间，各种艺术形式之间，相互有着隐秘的、内在的应和关系。诗人借助神奇的想象力，将自然比作神殿，人从那里感受混沌与清明，各种色彩、声音、气味的交响，这本身已具有神秘主义气息。不仅如此，诗人进一步将各种不同的感觉打通，甚至上升至官能与心灵的感受与情绪，这就使得象征主义的应和理论有了微妙的暗示性与象征性。比如诗中的第三段，将“芳香”的嗅觉与新鲜的孩童的柔嫩肌肤触觉通用，与清脆的笛声这一听觉相合，与绿油油的青草地这一视觉相感应，而且与“朽腐、浓郁、雄壮”这样的生理的、心理的，甚至精神情感感受联系在一起，这种感觉的微妙应和与纯形式的表现成为象征主义诗学所追求的主要观念与表现方法。

西方学者认为，波德莱尔是在三个层面上来理解“契合”的：“即各种感性材料之间的对应；理性世界与诗人心灵的对应；以及可感世界与超感世界的对应。”②英国文学批评家查尔斯·查德威克将后两种对应概括为“人事象征主义”和“超验象征主义”，前者是说诗人幻想出象征意象成为表达现实中人的情感的手段；后者则是超越现实，渗透到理想世界中去。

“中国诗人在汲取象征主义有益养分时，显然只停留在这个层面上而扬弃了超验的成分。他们更多地是站在传统文化的根基上，以本民族特有的审美眼光去采撷，因而拿来的多是一些大致迎合传统诗学的表现手段，如含蓄、暗示、亲切；以流荡的旋律和复沓的意象造成朦胧的氛围；以及所谓‘半透明的反映’——清晰的外层意象和相对模糊富有弹性的内在象征等等，这些表现手法经过改造、融合，化入了富有独创性的个性创造，已与原来的旨趣

① 梁宗岱：《诗与真·诗与真二集》，北京：外国文学出版社 1984 年版，第 72~73 页。
② 转引自柳扬编译：《花非花——象征主义诗学》，北京：旅游教育出版社 1991 年版，前言第 9 页。

大不相同了。”[1]这显然是在说中国现代象征派诗歌创作，但也同样适用梁宗岱的象征主义诗学，只是梁宗岱舍弃了象征主义的“超验”性，回归到了中国老庄的道家哲学，将“契合”与“道”汇合融通。“道”虽然也是超验的，但并不那么神秘不可及，只要抱有“无我”的态度，它是人人可体会的。梁宗岱在描述象征的境界时，取的正是这种心态：“放弃了动作，放弃了认识，而渐渐沉入一种恍惚非意识，近于空虚的境界，在那里我们底心灵是这般宁静，连我们自身底存在也不自觉了。可是，看啊，恰如春花落尽瓣瓣的红英才能结成累累的果实，我们正因为这放弃而获得更大的生命，因为忘记了自我底存在而获得了更真实的存在。”[2]在老庄哲学中，自然之道与人心之道欲融合为一，不是人的认知与外物矛盾的克服，不是提升人的认知能力问题，而是心性对外物、对自我的克服。克服的手段是“顺应本心，率性而为”，“物物而又不物于物”就是这一观念的表述。对自然物来说，不违背其本性，不为其功利目的所牵绊；对人自身而言，对一切生、老、病、死之规律，顺其自然，对一切身外功名利禄看淡，不刻意寻求，保持一种自由的心境与宁静的心态，不为外物所劳苦，要达到最高境界必要做到“堕肢体，黜聪明，离行去知，同于大道”[3]。有得此种境界之人，谓之“真人”，唯其“真人”才能得道，与“大道”相通。

事实上，很多法国文学研究者都提出，法国象征派诗人从中国道家的灵性、庄子的心灵哲学获得启示。钱林森指出：“象征诗人洞观世界的方式，宇宙意识和对‘美’与‘真’的追求，与老庄思想在内在精神上有某种暗合之处，而随着法国汉学的发展，老庄著作相当忠实的译介、相当广泛的流传，又为象征诗人对道家文化的溶收提供了良机。”[4]从这篇《象征主义》文章里，我们会发现，梁宗岱游走在中西诗学美学与哲学之间，尝试中西诗学汇通的努力，并非以知性来诠释诗学概念范畴，而是情感的、赋予生命的描述，并将整个心灵倾情投入，不仅激发读者对诗的感受，更能引申出哲学的联想。

梁宗岱所阐述的“象征之道”，主要是指心灵、灵魂达到的境界。

“心灵”或“灵魂”是西方哲学、美学中的核心概念。从古希腊的柏拉图始，就有深入的讨论，认为有形的现象世界是微不足道的，无形的心灵世界是崇高的，心灵经过修炼才能认识真善美的“理念”世界。到了中世纪，神学家

---

① 柳扬编译：《花非花——象征主义诗学》，北京：旅游教育出版社 1991 年版，第 9 页。
② 梁宗岱：《诗与真·诗与真二集》，北京：外国文学出版社 1984 年版，第 76 页。
③ 曹础基：《庄子浅注》，北京：中华书局 1982 年版，第 109 页。
④ 钱林森：《法国作家与中国文化》，翁义钦主编：《外国文学与文化》，北京：新华出版社 1989 年版，第 340 页。

们将柏拉图的心灵说与上帝结合在一起，成就了宗教的神秘主义美学。

在西方宗教神学中，心灵是人的灵魂。灵魂是最有可能与上帝接近的，相反肉体距离上帝最远，因为它是“恶”的渊薮，而上帝是最高的“善”与“美”的化身。心灵要想接近上帝、神灵，必须发展自己的“理性”。理性的完善是心灵完善的前提。到了19世纪中期，法国象征主义诗派的崛起，理性的完善让位于感性的审美，纯粹的“美”的观照成为心灵的栖息地。到了20世纪初，西方的“非理性”主义哲学兴起，弗洛伊德的“精神分析说”、叔本华的“意志说”、柏格森的“直觉说”等，都转向了人生命本质的思考，将生命本质定位在人内在的“无意识”、“欲望化意志”或“生命的冲动”之中，并看作是与生俱来的，只有天才人物才具备的能力，心灵与灵魂让位于感性的世界。

中国哲学也讲“心”。这个“心”与西方的“心灵”不同，前者是完满自足的，可与外界相通又可以深达本心。中国之“心”有“仁爱之心”、“天心”、“道心”、“真心”等，所以中国哲学中讲的“心”既有生命本体意义，也有客体存在意义，因为一切宇宙万象都可以从“心”中映照出来，对自身生命之本心也可以有真切把握。这一切都不是靠“理性”或“认知”来完成的，而是道德情感实践或人的性情体验所致。中国的儒家、道家以及禅宗都讲人的情感提升，不同的是儒家重视的是适度抑制个体欲望，要具备“仁德之心”的整体和谐的道德境界；道家则相反，张扬个体的性情，率真性情，唯其率真才能“与天地精神往来”，因真性情就是“自然之情”，“自然”与“真实”就是天地大美，与“天地相通”便是最大的美，故个体的审美境界得以提升；禅宗作为宗教，同样强调对“永恒境界”的体验，但它并非像西方宗教那样，高高在上，人须膜拜与仰视，而是将佛家境界没入日常生活以及个人自我的体验之中。人无须向西方那样完善理性，而是在直觉与顿悟中完成自我超越，体会佛法无边。由此可见，中国哲学是“心性”哲学，与西方重视“理性”与“认知”不同，中国哲学重视人的“性情”或称“情感体验”，这是不可实证的“真理”。正是这种“心性”哲学，可以达到人在现实世界所达不到的境界——“高山仰止，景行行止，人不能至，心向往之”。“中国哲学由于重情性或情理，因此，人和自然的关系不是对立的，而是统一的，和谐的，甚至主客不分、内外合一的。所谓‘天人之际’问题，从心灵哲学看，实为‘心性天’或‘心性命’的问题。中国哲学主张人‘为天地立心’，因为天地本无心，人心就是天地的心，天地之心由人心而确立。”①

将西方神秘超验的心灵追求，与中国传统哲学的“心物合一”相统一，

① 张岱年、汤一介：《文化的冲突与融合》，北京：北京大学出版社1997年版，第304~305页。

梁宗岱在中西诗学汇通上又进了一步。从梁宗岱对“象征”特性的描述，可以看到他的“象征的境界”特点，是带有中国诗学美学的特征的。他非常强调象征的精神因素，反对诗作中“意”与“象”的分离。在中国古典诗学中，孔子的“山水比德”说具有很大的影响力。孔子在《论语·雍也》中说：“智者乐水，仁者乐山。智者动，仁者静；智者乐，仁者寿。”[①]孔子本来是以山水之性情来比喻智者与仁者的品性，后人在此基础上越加对自然现象以一种简单比附，比如西汉哲学家董仲舒对“智者乐水，仁者乐山”的观点加以发挥，以人的某种性情来象征“水”的种种属性——“水则源泉混混沄沄，昼夜不竭，既似力者；盈科后行，既似持平者；循微赴下，不遗小间，既似察者；循溪谷不迷，或奏万里而必至，既似知者；鄣防山而能清净，既似知命者；不清而入，洁清而出，既似善化者；赴千仞之壑，入而不疑，既似勇者；物皆因于火，而水独胜之，既似武者；咸得之而生，失之而死，既似有德者”[②]，这就是孔子“比德说”的具体化。

梁宗岱反对强加于诗文中的抽象观念。为此，他还以歌德的《浮士德》为例提出，欲想在《浮士德》中寻找出一条能够贯穿始终的观念，怕是徒劳的。歌德认为：“作为诗人，我对尽力表达某种抽象的东西并不是很感兴趣。我在内心接受一些印象，而这些印象须是激发美感的、生动活泼的、可爱迷人的、丰富多彩的、百倍亲切的——正如活跃的想象力所呈现的那样。作为诗人，我所要做的事不过是用艺术方式完善和阐明这些观点和印象，然后用生动的描写把它们提供给听众或读者，使他们接受的印象和我自己原先所接受的相同。”[③]歌德随即说：“我更倾向于认为，一部诗作越是莫测高深，越是不易理解，也就越好。”[④]梁宗岱列举了世界文学中的人物：唐璜、哈姆雷特、浮士德等，认为伟大的作品：“实在因为它们包含作者伟大的灵魂种种内在的印象，因而在我们心灵里激起无数的回声和涟漪，使我们每次开卷的时候，几乎等于走进一个不曾相识的簇新的世界。”[⑤]

---

① 转引自李泽厚、刘纲纪主编：《中国美学史》（第一卷），北京：中国社会科学出版社1984年版，第144页。

② 董仲舒：《春秋繁露·山川颂》，转引自刘叔成等：《美学基本原理》，上海：上海人民出版社1987年版，第134页。

③［德］爱克曼辑录，吴象婴等译：《歌德谈话录》，上海：上海社会科学院出版社2001年版，第289页。

④［德］爱克曼辑录，吴象婴等译：《歌德谈话录》，上海：上海社会科学院出版社2001年版，第289页。

⑤ 梁宗岱著，马海甸主编：《梁宗岱文集·评论卷》，北京：中央编译出版社2003年版，第67~68页。

董强在《梁宗岱穿越象征主义》一书中对梁宗岱在《象征主义》一文中提到的象征与寓言的区别，从西方文学批评角度作了细致的考察。他特别提到19世纪比利时象征主义剧作家梅特林克就曾将这两者明确对立起来，认为寓言是一种“有意为之”的象征，其言语背后有明确的抽象原则与观念；象征则是一种“无意识的象征主义”，而正是这种“无意识”乃是“最纯粹”的象征，看似无意，甚至可能与作者本人的意图相忤，但实则是诗之力量的精髓所在，因为作者放弃了直接观念意图的羁绊，却获得了诗的力量与人性的生命力。这种象征正是艺术高一层次的境界，也是梁宗岱追求的象征主义的最高境界。在梁宗岱的象征世界里，“象征”绝非单纯的抽象观念，也绝非单纯的形象观照，而是深邃的人性、精神品性与想象、理解、感觉、情感因素借助于外在的声、色、形等表现出来，并且做到二者混溶一体。

四、梁宗岱《象征主义》比较诗学观的现代价值与意义

梁宗岱的《象征主义》一文对现代诗学的发展有着重要的理论意义。这意义表现在以下三个方面：

1.“中西融通”的象征主义诗学观具有承前启后的理论指导意义

梁宗岱在《象征主义》一文中，进行了中西诗学的深入比较，将“象征”这样一个西方近代的诗学概念，与中国古代诗学的“兴”、“意境”融合汇通，不仅在象征主义诗学理论上达到了一个新的高度，而且对中国现代派诗歌创作也指出了一条可行“途径”。在20世纪30年代，中国现代派诗歌创作克服了李金发创作欧化的弊病，诗人们自觉地寻找中外现代诗歌艺术的融合点，积极进行艺术探索。戴望舒、卞之琳等都受到法国象征派诗歌影响，对晚唐五代诗词别有喜好。1928年戴望舒发表《雨巷》一诗，表达了诗人自我内心失望与彷徨的情绪，在意象构造以及抒情表现上，既借鉴了西方象征派诗歌的表现手法，又营造了中国古典诗词的抒情意境，注重情感脉动的内韵节奏，具有很强的可读性与感染力，但作为现代派诗歌，尚缺乏中西经典古诗所能达到的精神高度。卞之琳的诗歌常常象征、暗示一种思想与哲理，缺乏情感的流动。40年代的中国现代派诗歌创作达到了一个巅峰。西南联合大学冯至的《十四行诗》代表了中国现代派诗歌的最高成就，缘于这些诗有作者丰富的思想与人生的经验，其西洋式诗体以及象征化方法运用，诗内容与形式十分妥帖地融合在一起。梁宗岱的《象征主义》恰好发表在30年代中期，其诗论具有承前启后的理论意义。40年代中国现代派诗所取得的成就与梁宗岱诗理论建设是分不开的。冯至自己曾说，他写诗是受了德国现代诗人里尔克的

影响，殊不知梁宗岱早在1931年《论诗》中就曾经引用过里尔克关于作诗在于经验的话，以警示新诗创作者要提高自己的人格修养以及丰富生活的阅历。1931年，梁宗岱到德国留学，结识冯至，两人共同探讨诗艺。冯至还请梁宗岱品评自己写的诗，他自称梁宗岱论诗的文章写得很深刻，“我从中受到不少的教益与启发”[①]。

2.《象征主义》的世界性诗学视野以及比较诗学达到高度

梁宗岱的《象征主义》一文，实现了中西诗学的融通，实质是提升传统诗学与世界诗学的对接，提升民族的自信心与自信力。“五四”以来的诗学家们大多以引进西方诗学为自己的诗学建构理论基础。如何建构自己的现代诗学，如何由古典诗学向现代转型，既不断裂传统，又能容纳西学？梁宗岱的象征主义诗学做到了真正的中西融通。他对“象征”的解读，与朱光潜的争辩以及将“象征”与“比”进行区分，表面看来是概念的辨析，实则透出一种深刻的文化美学取向：抛弃诗学中的功利主义倾向，向西方的象征主义大师看齐，抱着一种纯粹为诗的态度去创作，走入古典大家一样高尚的心灵境界。可以说，梁宗岱为中国现代象征主义诗学提供了一种视界与理想。梁宗岱的象征主义诗学建构不是停留在单纯的形式层面，而是心灵层面、灵魂层面，具有人文理念与人文关怀。梁宗岱对中国传统与西方近代诗学文化精神的体认是彻底的。他游走在中西之间，视野开阔、襟怀磊落，表现出真正的比较诗学学者的风范，他的诗学理论从未失去自己的根，又有前瞻性的视野，为中国现代比较诗学作出了重大贡献，理应在比较诗学中占有一席之地。

3.梁宗岱提出“象征的灵境”注重心灵要素，对中国现代新诗具有精神启蒙意义

梁宗岱在《象征主义》中提出的现代诗学理想，追求“象征的灵境”，有着丰富的心灵蕴含。无论是在《保罗·梵乐希评传》、《李白与歌德》、《论崇高》、《论诗》，还是《论“逝者如斯夫”》中，都强调“宇宙意识”，强调诗人人格的伟大与崇高、心灵的丰盈与充实。如果说宗白华的诗学是生命的诗学，梁宗岱诗学则是心灵诗学。他强调“心”、“灵”、“灵魂”，推崇中西大作家追求艺术真理的精神，在中国现代新诗建设与发展中具有重要的启蒙意义。李长之在1942年写的《五四运动之文化的意义及其评价》一文中，反思了“五四”时代精神。他说，“五四”时代的文化姿态就是什么都要“明

---

① 冯至：《立斜阳集》，北京：工人出版社1989年版，第214~218页。

白清楚”，白话文运动就可看作是明白清楚的启蒙精神流露，然而，“对朦胧糊涂说，明白清楚是一种好处，但就另一方面说，明白清楚却就是缺少深度。水至清则无鱼，生命的幽深处，自然有烟有雾。五四时代没有深奥的哲学”①。李长之的话可谓中肯之语。的确，“五四”时期有的只是实用主义，反形而上学，缺乏深度的哲学思辨。李长之在《孔子与屈原》、《司马迁及其时代精神》等文章中，推崇这些古代作家伟大人格及他们所代表的“古典精神”与“浪漫精神”，弘扬伟大的中华民族传统文化精神以治疗“五四”时期的“没有发挥深厚的情感，少光，少热，少深度和远景”②的精神贫血症。李长之的这一观点与梁宗岱所推崇的“灵”、“心灵”是一致的。梁宗岱的心灵诗学有建设、有理想，同时亦有深厚的感情。他对西洋文化有较为彻底的吸收，且能够把握中国传统文化的核心，因此在建设中国现代诗学中能够真正做到民族的自觉与自信。梁宗岱的这种精神对今天的文学现实具有重要启示意义。

第三节　梁宗岱的诗文译作对其诗评论的影响

一、精神与人格的影响

梁宗岱是翻译家。如果我们纵览梁宗岱的诗文译作，可以发现他的选材都是世界一流大诗人、大作家的作品。西方的有（法）梵乐希、（德）歌德、（英）莎士比亚、（法）蒙田、（法）罗曼·罗兰、（德）里尔克等，中国的有陶渊明、王维等。我们从梁宗岱的生平以及著作中，可以感受到这些人所给予他的精神乃至人格的影响是非凡的。法国作家罗曼·罗兰的小说《约翰·克利斯朵夫》中所渗透的人文主义精神与理想，赋予了少年时期的梁宗岱一种人生动力。他立志要做一个“人”，哪怕受苦、死亡，但要“做一个‘人’，一个顶天立地——空依傍的好汉，一个要由‘毕生超人的奋斗和努力去征服他底痛苦，完成他底工作’的人”③。梁宗岱也身体力行地诠释着这一理念。歌德与《浮士德》，给予梁宗岱的影响是双重的：一方面是浮士德，对人生无止境地追求，对真理无止境地追求；另一方面是歌德，既不逆忤自己的天性，又永远

① 李子云：《李长之批评文集》，珠海：珠海出版社 1998 年版，第 331 页。
② 李子云：《李长之批评文集》，珠海：珠海出版社 1998 年版，第 338 页。
③ 梁宗岱著，马海甸主编：《梁宗岱文集·评论卷》，北京：中央编译出版社 2003 年版，第 194 页。

将艺术的创造作为自己人生的最高境界。他享受人生，更创造人生，并且在创造中获得终极的快乐。在梁宗岱的两本诗论集中，共收入18篇文章，其中专门探讨歌德的就有3篇，在其余15篇中，引用或提到歌德的有8篇近20处。也就是说，全书有超过半数的文章涉及歌德及其作品。梁宗岱说，从歌德的《浮士德》里“我们可以感到作者着力的追寻，然而它所载的正是一颗永久追寻的灵魂底丰富生命”[①]。小诗《流浪者之夜歌》：“它是一颗伟大的，充满了音乐的灵魂在最充溢的刹那间偶然的呼气。”[②]歌德的作品，予以诗人梁宗岱丰富的精神气脉。与同代诗论家相比，梁宗岱的诗论血脉更为通畅，更为生动、鲜活，因而也更有生命力。

梁宗岱的法译诗作，之所以选择我国东晋大诗人陶渊明，并不是无缘由的。陶渊明一生几次为官，不堪吏职，终归故里。他厌倦实利的尘世，返归自然，饮酒赋诗，自得其乐，始终保持头脑的清醒与心灵的宁静。梁宗岱的人生观与陶渊明有共同之处。梁宗岱在抗日战争期间，时任重庆复旦大学外文系主任、教授，兼任国民党在北碚创办的译员训练班主任，拒绝接受中将军衔。蒋介石派人持其手函先后三次来复旦召见梁宗岱，试图邀其加入“智囊团”，均被梁宗岱婉拒。后来他干脆隐居百色，不发表文章，治理家业，专事翻译。梁宗岱一生喜爱陶潜《自祭文》中的诗句“宠非己荣，涅岂吾缁”，意思是不以别人的宠爱作为自己的荣耀，也不因为别人的诋毁，就认为自己有“污迹”。尊崇个人的信仰，不为人言所左右，这既是陶潜的人格精神，也是法国文艺复兴时期散文家蒙田的一个重要思想。“聊乘化以归尽，乐夫天命复奚疑”，让自己的生命始终顺应自然之道，实现人生的意义，此足可快乐，此即为快乐，还有何疑虑呢！陶渊明在《归去来兮辞》中表达的人生哲学，也成为梁宗岱人生的自得境界。梁宗岱的一生正如他的学生柏华所概括的：“他前半生恃才傲物、名满文坛，后半生拂袖而去，一心炼丹制药，借医术为入世之媒。他广施绿素酊，济接苦难众生，而不象李叔同出家住进名刹，一心独善其身。他饮酒采药，归于山林，他的身心具有古代文人的精华，他是20世纪中国文人中唯一的一个陶渊明式的隐士。但他又不完全是这样消极，他又象浮士德不停地渴求着、改变着、尝试着、发现着生活的真谛，绝不会只在一地流连。他就是这样一个混合体：陶渊明宁静致远的精神和浮士德勇往直前的精神交

---

① 梁宗岱著，马海甸主编：《梁宗岱文集·评论卷》，北京：中央编译出版社2003年版，第26页。

② 梁宗岱著，马海甸主编：《梁宗岱文集·评论卷》，北京：中央编译出版社2003年版，第33页。

相浑融在他的身上。”[①]

二、思想与艺术的影响

在《梁宗岱文集·译文卷》里，有一篇《蒙田试笔》，其副标题“蒙田——译者题记”里，梁宗岱向我们概括介绍了这位法国伟大思想家的生平著作以及对后世作家的影响。

蒙田（1533—1592）是继拉伯雷之后法国文艺复兴时期重要的人文主义思想家、散文家。梁宗岱将蒙田与拉伯雷并举，认为他们代表着法国思想上的文艺复兴，是真正的人文主义者。不过两人所作体裁并不同，一个是“独创的轻松、自然、迂回多姿的”散文，另一个是“丰富的、粗壮的、诙谐的、讽刺的”小说。

蒙田出身贵族，早年在父亲的监督下学习拉丁文，能大量阅读古代经典作家著作以及用拉丁文写作。中学毕业后，开始学习法律，后在他的家乡波尔多最高法院任职。蒙田做法官13年，终于“倦于法庭诉讼，疲于公众事务”，在1570年，也就是他38岁那年，将波尔多最高法院的官职卖掉，退隐归田，回到他乡下的领地——维尼，过起了隐居生活。梁宗岱曾经将陶渊明的诗句“宠非己荣，涅岂吾缁”视为蒙田的思想，这并非张冠李戴。蒙田一生确有与我国古代诗人陶渊明近似的生活态度，但与陶渊明不同的是，蒙田并非作诗乐琴、躬耕田园，而是一头扎进那座圆塔三楼的书房，闭门沉思、写作；他也并非如陶渊明甘于清贫：“这绝不是一个愤世者或苦行僧的遗世独居，而是一个乡绅的离群索居，他可以自由自在地安排自己的生活，有时，受野心驱使，也与大人物打打交道，过问一下政治，但更多的是精心维护自己的独立：‘我们要保留一个完全属于我们自己的自由空间，犹如店铺的后间，建立起我们真正的自由，和最最重要的隐逸和清静。’”[②]蒙田就是在他的塔楼里，展开了漫天的想象与思索，他把这种思考记录下来，其写作方式是“随意”的：“我宁愿以一种朴实、自然和平平常常的姿态出现在读者面前，而不作任何人为的努力，因为我描绘的是我自己。我的缺点，我的幼稚的文笔，将以不冒犯公众为原则，活生生地展现在书中。”[③]

---

① 柏华：《去见梁宗岱》，黄建华主编：《宗岱的世界·评说》，广州：广东人民出版社2003年版，第84页。

② [法]蒙田著，潘丽珍等译：《蒙田随笔全集》（上卷），南京：译林出版社1996年版，第11页。

③ [法]蒙田著，潘丽珍等译：《蒙田随笔全集》（上卷），南京：译林出版社1996年版，第3页。

蒙田生前出版了三卷本的《随笔集》：1580年出版第一、二卷；1587年出版第三卷。前两卷是他闭门沉思的产物，出版后给作者带来了很好的声誉。后一卷是他旅行德国、瑞士、意大利等国，连任了两届波尔多市长后写下的，仅有13篇，为随笔总集的十分之一。

蒙田随笔的内容涉及面很广：日常情感、宫廷礼仪、生活习俗、宗教信仰、哲学教育以及生存方式等。随笔的主题始终是"人"，并且始终以"人文主义"为其评判的尺度，它肯定人的健康："书籍是可爱的伴侣；但是如果它们的接触使我们丧失快乐与健康——我们最宝贵的财产，那就离开它们吧。"①蒙田肯定人地位的平等，一个农夫与国王，他们的区别仅在于服饰而已；肯定人有享受生活、追求自由的权利："独自逍遥在静谧的林里，追怀着贤人哲士的忧思。（贺拉斯）"②在蒙田随笔中，对"自我意识"的尊重，自我坦白，给人留下很深的印象："我知道什么？"这种由自我质疑，到对"他者"的质疑，表现对现世一种普遍的怀疑主义精神："神圣的东西难于用人的尺度加以衡量，否则事情就很难不走样。"③蒙田对现行的某些学究以及教育界的批判是十分尖锐的，他强调对前人知识的运用不是照搬，不是拿来充自己的门面，而应将它们转化为自己的东西；教育不是仅仅教给孩子们知识，而是发掘他们的潜能："我们那么惯于被缰绳牵引以致忘记了我们自由的步法。我们的精力和自由熄灭了。"④

蒙田随笔中所有这些，都让我们感到新鲜、独创。事实上，蒙田随笔所谈的一切不拘于哪一个国家、种族、阶级以及时代，它超越了这一界限，因而已经具有一种"世界意识和开放的文化视野"。也正因如此，蒙田随笔对后世作家影响非常深远。英国散文家培根写的《散文集》中蒙田的痕迹是十分明显的，尽管两人在性格与作风上相去甚远。蒙田对欧洲后来作家的影响不局限在法国，也不局限在性格、思想、作风相一致的人身上。后世许多作家从其中汲取对自己有用的东西：体裁、词意甚至思想。当然，蒙田也是后世文人争议最多的对象之一，缘于他的随笔本身表现出的多种态度取向。

蒙田是欧洲近代随笔（Essai 原意"试笔"）的创造者。这种文体，不同

---

①［法］蒙田著，梁宗岱译：《蒙田试笔》，《梁宗岱文集》，北京：中央编译出版社2003年版，第120~121页。

②［法］蒙田著，梁宗岱译：《蒙田试笔》，《梁宗岱文集》，北京：中央编译出版社2003年版，第121页。

③［法］蒙田著，潘丽珍等译：《蒙田随笔全集》（上卷），南京：译林出版社1996年版，第243页。

④［法］蒙田著，梁宗岱译：《蒙田试笔》，《梁宗岱文集》，北京：中央编译出版社2003年版，第186页。

于历史著作，也不是哲学著作，书信体及名人格言都与它不类同。它“既是一个学徒的习作，又是一个敢想敢为者的奇想，一个并不灿烂辉煌却经受过磨炼的人生体会”①。蒙田随笔中有历史故事，有引用古代作家的格言，有自我的坦白，更多的是阐发自我独见，使人读来有种亲切感，似乎作者在与读者交谈；随笔夹叙夹议，生动、形象、通俗而不枯燥，因而可称为“那个时代出现的一位现代人”。这称谓不仅指蒙田随笔中的思想，而且也指文体。

《蒙田随笔全集》共107章，一百万字左右。它的全译本于1996年由南京译林出版社出版，分上、中、下三卷。这是蒙田随笔的第一个全译本，由我国法国文学研究学者、专家组成译制组，历时四年完成。

梁宗岱的《蒙田试笔》是选译本，所译出的22篇文章，都出自蒙田《随笔集》的第一卷，章节有所选择。蒙田《随笔集》三卷：第一卷五十二章，第二卷三十七章，第三卷十三章。梁宗岱所译出的22篇，不到第一卷的二分之一。梁宗岱一生多劫难，但他始终都没有放弃翻译《蒙田试笔》与《浮士德》。他的《蒙田试笔》从头译起，不否认他有译全集的理想，但终未能成功，这其中自有诗人的苦衷。但梁宗岱的确又不是按顺序翻译的，而是有所选译的。我们对照了一下《蒙田随笔全集》，感到梁宗岱的选译是有他的目的的。他所选译的这些篇目——《论不同的方法可以收同样的效果》、《论悲哀》、《论灵魂缺乏真正对象时把情感寄托在假定对象上》、《论闲逸》、《论说诳》、《论辩才的急慢》、《论预兆》、《论善恶之辨大抵系于我们的意识》、《论恐怖》、《论死后才能判定我们的幸福》、《论哲学即是学死》、《论想象的力量》、《我们的感情延续到死后》、《论凭动机裁判我们的行为》、《几位钦差大臣的特性》、《论隐逸》、《论教育》、《论凭人们的见识来评定真假之狂妄》、《我们怎样为同一事物哭笑》、《论友谊》、《论人与人之间不平等》、《论儿童教育》等，多是情感、人生态度、教育方面的。在蒙田的《随笔集》第一卷前22篇中被梁宗岱漏掉的有《当被围要塞将领应该出来谈判时》、《危险的谈判时机》、《论坚毅》、《国王待客的礼仪》、《没有理智地固守一城应受惩罚》、《论对怯懦行为的惩罚》、《一人得益，他人受损》等，多是军事、宫廷礼仪方面的。由此可见，梁宗岱的选译与他个人的情趣爱好密切相关，在这22篇译文中，体现出了梁宗岱对蒙田的偏爱。细读这些文章，的确能够感受到其中的观点或情感倾向与梁宗岱的诗评论的互文性。以下举几例进行论述：

---

①［法］蒙田著，潘丽珍等译：《蒙田随笔全集》（上卷），南京：译林出版社1996年版，第14页。

1.“建立我们的真自由，更主要的是隐逸与孤寂”

在梁宗岱翻译的《蒙田试笔》中，《论隐逸》与《论闲逸》分别出自蒙田《随笔集》第一卷第八章、第三十九章。在这两篇文章里蒙田对自己的“隐居”给了读者一个解释。在他看来，“一切隐逸的目的，我相信都如出一辙：要更安闲、更舒适地生活”[①]。但是远离人群与公共场合并不一定能摆脱我们的烦恼和欲望，因此必须先将我们心灵中的重负卸下，不然这负担会使心灵承受更大的压迫：“我们得把我们里面的凡俗之恶习涤除净；得要摒绝一切杂念，恢复自己的自主。”[②]“我们要把灵魂带在身边，隐居在自己的躯体里面，这才是真正的隐逸。在城市与宫廷里，他可以享受；而离开则更如意。”[③]“我们应该有妻子，财产，尤其是健康，如果可以；可是别要粘着得那么厉害以致我们的幸福全依靠它们。我们得要保留一所‘后栈’，整个我们的，整个自由的，在那里，我们建立我们的真自由，更主要的是隐退与孤寂。”[④]在蒙田的这篇文章里，后人第一次体会到思想家对“自我”的尊重：“我们已经为别人活够了，让我们为自己活着吧，至少在这短促的余生……”[⑤]正如古罗马的雄辩家昆体良所说：“能够自重的人的确很少见。”蒙田的“隐逸”思想，表面看来是除却尘世的喧嚷，追求安逸舒适的生活，实则是自我沉思者的心灵自由。心灵的自由不是放荡不羁，不是贪图安逸，使惰性滋生，而是给心灵放假，给心灵腾出想象的空间，给心灵插上腾飞的翅膀，更好地飞翔。灵魂必须有所依附，否则“没有确定的目标，它就会丧失自己”。在《论闲逸》中，蒙田引用了别人的话——“闲逸使心灵飘忽”。

在梁宗岱的人生中，其对蒙田思想的接受是明显的。这种“自我意识”、“自我价值”的追求不仅在他早期诗歌中有所表现，就是在他中年事业成功之后，为躲避“为官”而归隐故乡百色，也与思想家蒙田的经历类似。梁宗岱的人生历程相比蒙田颇多坎坷曲折：蒙田一生把他的思考留在了《随笔集》里，未能让心灵飘忽，给后人留下了一笔精神财富；梁宗岱后期的翻译事业，

① [法]蒙田著，梁宗岱译：《蒙田试笔》，《梁宗岱文集》，北京：中央编译出版社 2003 年版，第 111、113 页。

② [法]蒙田著，梁宗岱译：《蒙田试笔》，《梁宗岱文集》，北京：中央编译出版社 2003 年版，第 113 页。

③ [法]蒙田著，梁宗岱译：《蒙田试笔》，《梁宗岱文集》，北京：中央编译出版社 2003 年版，第 113 页。

④ [法]蒙田著，梁宗岱译：《蒙田试笔》，《梁宗岱文集》，北京：中央编译出版社 2003 年版，第 114 页。

⑤ [法]蒙田著，梁宗岱译：《蒙田试笔》，《梁宗岱文集》，北京：中央编译出版社 2003 年版，第 116 页。

出于种种原因未能完成，身体健康已经不在，何谈心灵寄托？即便如此，那个丰富敏感的灵魂依然在死前发出了雷鸣般的吼声，以宣泄诗人心中的不平！梁宗岱在爱情生活上，可谓尊重了自我的心灵、情感。他与粤剧演员甘少苏的爱情，用他自己的诗来表达最明晰："世情我亦深尝惯，笑纷纭吠声射影，频翻白眼。荣辱悲欢等闲事，但得心魂相伴。更何必泪光偷泫？万劫沉沦都不悔，任柔丝自缚春蚕茧：将愁苦为缱绻！"[①]蒙田思想中追求安逸、健康，享受生活，这也是梁宗岱的一大生活原则。

20 世纪 30 年代，北京大学的温源宁教授在英文小品《一知半解及其他》中介绍梁宗岱：

宗岱有运动员的体格。中等身材，稍有些瘦，哪一天他都可以当个马拉松健将。实际上，他是个出色的善于跑路的人。他洋洋得意，过分夸张地（这种夸张完全是有口无心，所以越发可笑）说他走路比汽车或者比飞机（可能么？）还快。他也爱游泳；在这方面，他认为他的勇敢大大超过了实际的限度，我不大相信，不过，我敢说，必然可以超过一点儿。此外，为了保健，他操练孙唐锻炼功法等等下了苦工夫，真不愧为一位基督教青年会的圣徒。

……万一有人长期埋头于硬性的研究科目之中，忘了活着是什么滋味，他应该看看宗岱，便可有所领会。万一有人因为某种原因灰心失望，他应该看看宗岱那双眼中的火焰和宗岱那湿润的双唇的热情颤动，来唤醒他对"五感"世界应有的兴趣；因为我整个一辈子也没见过宗岱那样的人，那么朝气蓬蓬，生气勃勃，对这个色、声、香、味、触的荣华世界那么充满了激情。他活多少年，我一定相信多少年，相信激情，诗情和人生是美妙的东西——不，应该说是人回老家以前所能得到的最美妙的东西。[②]

梁宗岱一生坎坷，隐而不逸。他没有思想家蒙田隐逸后的创作环境以及丰富的人文主义思想情怀，但梁宗岱的人生经历以及他对自身生活理念的坚守，告诉我们他不为外物所囿，心灵始终保持着相对的自由。当然，为了这种自由，他也付出了相当大的代价。

2. "判断力不强，学问再高也无用"

在梁宗岱译《蒙田试笔》中，《论教育》和《论儿童教育》均是蒙田谈论知识的学习与如何接受教育的问题，译自蒙田的《随笔集》第一卷第

---

① 梁宗岱著，马海甸主编：《梁宗岱文集·诗文卷·法译卷》，北京：中央编译出版社 2003 年版，第 70 页。

② 温源宁：《一知半解及其他》，沈阳：辽宁教育出版社 2001 年版，第 43~45 页。

二十五章与第二十六章。这两章在潘丽珍译本的《蒙田随笔全集》中，译法略有不同，分别译成《论学究气》、《对孩子的教育——致迪安娜·居松伯爵夫人》。两种不同的翻译，梁宗岱译文典雅，有文采，但不易马上理解；潘丽珍译文晓畅，但文字不够精练，多读略显枯燥。在这两篇文章中，作者对知识的学习与儿童的教育发表其卓越的见识，闪烁出思想智慧的火花，令人大受裨益。

《论学究气》一文，主要讨论"学识的渊博"与"机敏的判断"未必统一在一个人身上，甚至常常相反，"一个知识奥博的人却缺乏敏捷活跃的思想，而一个没有文化的粗人不加修饰，天生就具有最杰出人物才有的真知灼见"[①]。这话读起来似乎有些极端，但蒙田此说是有针对性的。他针对的是那些食而不化，以理论概念来解决实际问题的哲学家；以死记硬背别人的知识来作为炫耀、交谈和引经据典的资本的所谓学者。这两种人虽然"肚子里塞满了食物"，但"不进行消化，不把它们转化为养料，不能用它们来强身健体，那有什么用呢？"[②]蒙田反对"记忆装得满满的，可判断力却是空空的"所谓"学问家"，推崇那种天生领悟力强，判断准确的学者。他举出一个实例来表达自己的观点："我们有些最高法院在招收司法人员时，只考察学问，而另一些法院还加试判断力，让应试者判决一桩案例。我认为后者的做法比前者更可取。尽管学问和判断力都不可或缺，两者应该并存，但事实上，判断力要比学问更宝贵。学问不深，凭判断力照样可以断案，但反之却不行，正如希腊的一句诗所说的那样：判断力不强，学问再高也无用。"[③]蒙田提出了他的"天才论"："学问不是用来使没有思想的人有思想，使看不见的人看见的。学问的职责不是为瞎子提供视力，而是训练和矫正视力，但视力本身必须是健康的，可以被训练的。"[④]（梁宗岱译："知识并不能把光赐给一个原来没有光的人的灵魂，或者令盲人可以看见；它的职务并非供给他视觉，而是指导他、调节他的步伐，只要他自己有脚和健全的腿。"[⑤]）蒙田说，腿瘸了的人不适合身体运动，平庸的人不适合研究哲学，这就把学问的研究视为那些领悟力强的天才式的人物。

蒙田在讨论教育时，无形中对西方的文化文明进行了批判。他以波斯人为例，说明在其他民族重视文化知识教育的时候，波斯人重视的是培养孩子

---

① [法]蒙田著，潘丽珍等译：《蒙田随笔全集》，南京：译林出版社1996年版，第147页。
② [法]蒙田著，潘丽珍等译：《蒙田随笔全集》，南京：译林出版社1996年版，第152页。
③ [法]蒙田著，潘丽珍等译：《蒙田随笔全集》，南京：译林出版社1996年版，第155页。
④ [法]蒙田著，潘丽珍等译：《蒙田随笔全集》，南京：译林出版社1996年版，第157页。
⑤ 梁宗岱著，马海甸主编：《梁宗岱文集·译文卷》，北京：中央编译出版社2003年版，第134页。

的勇敢精神。在蒙田看来，重视能力的培养比单纯知识灌输更能体现教育的实质。因此，斯巴达人比雅典人更懂得教育，当雅典人忙于诡辩的时候，斯巴达人比雅典人更醉心于行动，不怕命运与死亡的威胁。蒙田认为，单纯地学习知识不仅不能增强和锤炼勇气，反之会削弱它，“当今最好战的民族是最粗野的、最没有文化的民族”[①]。这里，我们又一次看到了大思想家蒙田的世界意识与眼光，他以粗野民族的强悍体魄来对比欧洲高雅文明的懦弱体格，这种开放意识与襟怀，这种文化的相对主义倾向，使得蒙田成为最具现代意识的古代人，因此，他的思想也具有了世界意义。

《对孩子的教育——致迪安娜·居松伯爵夫人》是蒙田写给他的邻居居松伯爵夫人的一封信。在信中，蒙田结合自己的教育经历，告诉人们什么是教育，孩子应该受到怎样的教育。他告诉我们，学习知识不是图利，也不是为适应外界，而是为丰富自己，让心灵充实；不是为培养有学问的人，而是造就能干的人。他认为，选择家庭教师，考察他的判断力要比知识重要。蒙田从知识的学习、交往能力、旅游以及体能的训练等多方面阐述了自己的教育观念。这一教育理念虽然是为“贵族子弟”开出的良方，但也适应一切国度，因为蒙田谈任何问题都是从“人”这个语词出发，而不是从国家、民族出发，可以为世界各个国家的儿童教育所借鉴。蒙田在谈到如何提高判断力时说道：“人通过接触世界来提高判断力，使自己对事物洞若观火。我们每个人都囿于自己，目光短浅，只看见鼻子底下的事。有人问苏格拉底是哪里人，他不说：‘雅典人’，而回答：‘世界人’。他比我们有更丰富深湛的想象力，视宇宙为自己的故乡，把自己的知识投向整个人类，热爱全人类，与全人类交往，不像我们只注意眼皮底下的事。”“这个大千世界，是一面镜子，我们应该对镜自照，以便正确地认识自己；有人还把它分门别类，使之更加五彩缤纷。总之，我希望世界是我学生的教科书。它包容形形色色的特性、宗派、见解、看法、法律和习俗，可以教会我们正确地判断自己，发现自己的判断力有哪些不足和先天缺陷：这可不是轻易能学会的。看到国家历尽沧桑，命运多舛，这教我们懂得我们自己的命运不会有奇迹。看到多少英名、胜利和征服淹没在遗忘中，而如果我们自己以为抓十个轻骑兵，攻占一个鸡棚似的防御工事就能名垂史册，那就会发现这个想法多么可笑。看到多少外国对本国的奢华引以为自豪，多少宫廷对自身的威严感到骄傲，我们的视力就会受到锻炼，就能一眼不眨地逼视我们自己的光彩夺目的豪华。在我们之前，多少人已埋葬于地下，这使我们勇气陡增，不怕到另一个世界去寻找良师益友，如此

① ［法］蒙田著，潘丽珍等译：《蒙田随笔全集》，南京：译林出版社1996年版，第160页。

等等。”①

这就是蒙田，自称“世界人”的蒙田。

梁宗岱的一生，留欧七年，没有攻读任何学位，是受了梵乐希的影响，或许也是受了蒙田的影响。梁宗岱天性聪颖，有很强的直觉判断力，正是蒙田所说的那种“身心健康”式的人物。梁宗岱虽然不能被称为大学问家，虽然给后人留下的东西不多，但绝对是有天赋的人。梁宗岱曾说过，自己是野狐禅，事事都爱涉猎，东鳞西爪，无一深造，实则自谦。他不隐瞒自己的喜好，对审美感觉有相当的自信。他一生与美学家、理论家朱光潜争论无数次，可谓击中朱光潜的要害。应该说，朱光潜对他既无奈又敬畏，他曾经有将两个人的争论收集成书的想法（在莎士比亚的《十四行诗》翻译中，朱光潜对梁宗岱的不确当译文也曾经指出过），但出于某种原因未有结果。蒙田在《论学究气》中阐发的一番观点，与梁宗岱做学问的态度不谋而合，这也增强了梁宗岱对自己的信心。

梁宗岱在诗学批评方面所建立起的原则与方法，从中不难看出蒙田观点的痕迹：“我知道有些批评家阐发原理时娓娓动听；等到他引用一句或一首诗来做例证时，却显出多么可怜的趣味！于是我可以对那批评家说：‘你这番议论，任你怎样善于掩饰，并非你自己的而是借来的——至少你并不了解你自己所说的话，或不认识你所讨论的东西。’”②“批评家和诗人之间的鸿沟也许永无联接的希望。一个真正的诗人永远是‘绝对’与‘纯粹’底追求者，企图去创造一些现世所未有或已有而未达到完美的东西；批评家却是一个循谨的守成者，只知道援以往的成例来绳新生的现象，或站在岸上指责诗人没入海底的探求。——诗人兼批评家或批评家而具有诗人底禀质的自然是例外。”③

梁宗岱的诗学理论与批评是开放的，与世界诗学相接通的，这种视野与眼界固然与他留学有直接的关系，但是蒙田散文中所表现出的那种超越单一文化也就是西方文化而趋向大文化——世界文化的视野，那种秉持的文化相对主义的宽容态度，无疑给了梁宗岱较大的影响。梁宗岱的诗学首先追踪了世界诗学最具有现代性的象征主义诗学派别，他深入到这个派别的文艺中心——法国，密切接触了象征主义大师梵乐希以及他的作品，由此向前延伸至马拉美、波德莱尔，他接受大师提出的“纯诗”理论，他汲取、吸收、消化，与中国古代传统诗学“意境”论对接，以期建立他的现代诗学理论——

① [法]蒙田著，潘丽珍等译:《蒙田随笔全集》，南京：译林出版社1996年版，第174~175页。
② 梁宗岱著，马海甸主编：《梁宗岱文集·评论卷》，北京：中央编译出版社2003年版，第189页。
③ 梁宗岱著，马海甸主编：《梁宗岱文集·评论卷》，北京：中央编译出版社2003年版，第189页。

象征主义的心灵诗学。这种对中西传统诗学精神的张扬，恰恰治疗了“五四”以来中国现代诗学的“精神贫血症”， 显示了一个诗论家高瞻远瞩的辨识力。梁宗岱到中西方诗学作品中寻求这种心灵资源，发掘作品中的“宇宙意识”，充分展开诗学范畴、风格以及手法等方面的比较，展示了广阔的文化视野，彰显了一个民族的文化自信心。梁宗岱的诗学据此在中国现代诗学中确立自己的地位。

以上所有这些，不能不说是蒙田给了他灵感与信念。

3. “小悲则言，大悲则静”

在梁宗岱所译出的这22篇蒙田散文中，还有很多讨论人类“情感”，即美感与丑感的话题，比如《论悲哀》、《论恐怖》等。尤其是《论悲哀》，蒙田告诉我们，这是人类一种普遍的情感。这种情感会有一个积淀过程，从而达到极致。在艺术中，悲哀的极致，是拒绝一切有形的表现：“痛楚的效力，到了极点，必定使我们的灵魂仓皇失措，行动不得自由。当我们骤然得到一个噩耗的警告时，我们感到周身麻木、瘫软以及举动都被束缚似的。”①梁宗岱在他的《试论直觉与表现》一文中，专门引述了蒙田这篇文章中的一个例子，埃及王皮山民尼屠被波斯王干辟色大败和俘虏之后，看见他那被俘虏的女儿穿着婢女的衣裳汲水，他默不作声，双眼注视地下；又看见他儿子被拉上断头台，依然保持着同样的态度；可是一瞥见他的奴仆在俘虏群中被驱逐，他马上乱敲自己的头，显出万分哀痛来：是否他对自己亲生儿女的命运无动于衷，反而经不起他奴仆的灾难的打击呢？蒙田认为，只有这最后的忧伤能用眼泪发泄出来，起初两个是超出表现力的。梁宗岱借此故事来反驳朱光潜所服膺的克罗齐“直觉即表现”的观点。梁宗岱认为，在人的情感世界里，能够用形式表现的，必当是直觉的，反之，直觉到的，未必能表现出来。那么在艺术创作中，由于工具的限制，没有一种艺术能够把这些或强烈或幽深或浩荡的感情全部表现出来，每种艺术一般只是借助有限来暗示无限，从而达到表现的目的。从这个意义上说，直觉即表现就不确切了，不如说艺术即表现，表现即艺术更精当些。

蒙田在文章里引用古人名句“小哀喋喋，大哀默默”（潘丽珍译：小悲则言，大悲则静），“大悲则静”是悲哀情感的审美升华，是真境界，是艺术表现的深致。

梁宗岱也深得这一美学风格的影响，无论在他论述的象征主义诗境，还是崇高之美，或是艺术欣赏的极致，都可见出他的这一美学追求。

---

① 梁宗岱著，马海甸主编：《梁宗岱文集·译文卷》，北京：中央编译出版社2003年版，第12页。

第五章　梁宗岱诗学批评“真的追寻”与“美的创造”

梁宗岱的诗学批评有其鲜明的个性：诗人的敏感、重文采，评论家的理性与逻辑的严明，都熔铸在梁宗岱的批评之中。梁宗岱的批评包括对译文的批评，对诗论的批评，对诗评的批评，对诗作品的批评等方面。他的批评总体上看有三个方面的特点：一是重视文学中字、词、句甚至文法、结构的批评，强调文章表达要“中肯”与“确当”，笔者称为“锱铢必较”。梁宗岱的这类批评有的放矢、针对性强、尖锐、不留情面。二是梁宗岱有诗人的气质，因此其批评所追求的“思”与“诗”两种思维特点为一体的“中西融通”的现代批评模式，可以称之为“诗性的批评”。三是对作品的批评或理论的批评。前者往往意象纷披、元气淋漓，批评文本本身就具有很高的审美价值，但也易主观化，缺乏实证性的史料论证；后者的目的是建构自己的诗学理想。他的诗学理想体现在他的诗学批评中，即“真的追寻与美的创造”。梁宗岱的批评是一种中西融合的批评方式，对当代文学批评很有借鉴意义。

第一节　梁宗岱诗学批评——“真的追寻”

一、“辩”——梁宗岱的批评个性

梁宗岱是诗人，诗人的审美直觉比一般人更强烈。梁宗岱又从事翻译，翻译过许多西方经典作家的作品，因而提升了他的诗性美感。他从中学时代起就表现出文学批评的天赋，对文艺作品中的语词表达、例证是否恰当、逻辑思维是否严谨，有敏锐的感受，并毫不隐晦，真诚、直率、“锱铢必较”地进行批评，不留情面。

梁宗岱第一篇文学批评文章《左氏浮夸辨》写于 1917 年，因为署名“英文专科梁宗岱”，可以认定为他刚考入培正中学那年，梁宗岱当时只有 14 岁。这是一篇仅见的文言文章，发表在学校的刊物《培正学报》上。文章以后世学者对韩愈在《进学解》中的“春秋谨严，左氏浮夸”的解读，认为《左传》所载之事即虚谬怪诞。作者从修辞学的角度论证得出另一结论：“盖所谓‘浮夸’者，非虚诞之谓，谓其辞丰义富也。”[1]全篇不足500字，但观点之明晰，立论之大胆，文笔之精炼已彰显出作者的思辨力。

梁宗岱第一篇译文批评是发表在1923年8月20日上海《文学旬刊》第84期上的《杂感》。为清楚起见，引述一段：

我们举目看看现在所谓批评家，很有因为自己未曾了解，或者自己做不到而指摘或径修改他人的，无意中翻开《创造》一卷四期来看，见其中有成仿吾做的一篇《〈沉沦〉的评论》。篇末说《沉沦》的作者郁达夫所译的《孤寂的高原刈稻者》译得不好，因而他自己把来再译一番。郁氏的译文，我曾于《沉沦》看过，好坏现在已记不清楚了。可是我读成氏所译的，不独生涩不自然，就意义上也很有使我诧异。觉得有些费解的！再三把自己所能够记忆的原文讽诵，总觉得有些不妥，还以为是自己记错了。打开华氏的诗集一看，呵呵，是了！第四行的“Stop here , or gently pass”一句，原文的口气原是写“刈稻者”的或行或止的（当然只是意译），译者竟把它译作“为她止止步，或轻一点”，这居然是当为作者自己的“止步”了。而且“gently pass”两字，只译作“或轻一点儿”，亦不见得妥当。因为这样只译到“gently”一个副词，那主要的动词“pass”却付诸缺如了！为什么成氏这么一个长于英文学的人，竟也有这么一个错误呢？想来想去，呀！知道了！因为原诗第一行的“Behold her”和这第四行“Stop here”都是把主词隐去的，而且又排列的好像排句一般。“Behold her”的主词既不是“刈稻者”，“Stop here”的主词就自然也被猜做不是“刈稻者”了。——这自然是我的猜度。至于成君为什么会这样错误，这个神秘，还是请成君自己解答罢。老实说，以这么浅的一首诗而且有意去改译，还有这么错误，真不能不说是神秘！原诗的第三节（即译文第二节）末二行的“Some natural sorrow, loss, or pain, that has been, and may be again”，“may be”二字含有些“将来”的意思。他就是说“那些自然的悲哀，丧失或痛苦，在过去已经是了，而将来也会再遇到的”（意译）。成君译作“几回过了，今却重来”，“今”字可不知从何而来！

看了以上举出的错处，不能不使我对于成君的一切批评起了怀疑了！顺手再拉一本《创造》二卷一号来看，又寻着了他的一篇《〈命命鸟〉的批评》，一直看到次页的头几行，见他开始指摘《命命鸟》的作者的描写了。他是这么说的：“读到‘早晨底日光射在她脸上，照得她的身体全然变成黄金颜色’，便觉得作者许地山君的观察未免太不的确了。早晨很微弱的日光，并且只射

① 梁宗岱著，刘志侠校注：《诗与真续编》，北京：中央编译出版社2006年版，第3页。

在脸上，就能照得全身变成黄色——这种现象我无论如何也想不起来，在早晨底日光里，敏明——我们的女主人公——如果穿了特别颜色，也还有映成黄色的可能，作者既没有把它先写出来，不免要使人发生一种意外之感。”读完这么一大段，我起初也不由得不怀疑许君起来。但是我再三想过，这篇以缅甸作背景的，或者这成君所谓“我无论如何也想不起”的现象，在缅甸有可能亦未可定。适同房的同学萧道康君自外来，他是缅甸土生的。我便质诸于他，他说：“怎么不可能？缅甸的墙壁多是黄色的，就映以最微弱的日光，也自然会变成黄金色了。况且缅甸是在热带，就是在清晨也很烈呢！”我于是恍然大悟！忽然想起古人所谓“少所见，多所怪，见橐驼，言马肿背！”我们只恨许君不曾像舆地教员般，先将缅甸的风俗习惯详细解释一番——以后我就不愿读下去了。[①]

在看了这篇《杂感》之后，成仿吾在给该刊主编郑振铎的信中表示，为了两句英文，被梁宗岱搞得欲哭无泪。当时梁宗岱 20 岁。读过梁宗岱的批评文章，令人想起一个成语“锱铢必较”，“锱铢”固然喻“小”，似乎不值得计较，然而在这“斤斤计较”的批评背后，彰显了作者敏锐、精确的语言把握能力以及独到的文学鉴赏力。不仅如此，文章观点之犀利，褒贬的语气之率真，令人瞋目。该《杂感》不仅批评成仿吾，对郭沫若翻译的雪莱诗也提出质疑！读其文想其人，不觉后生可畏！要知道，梁宗岱还是培正中学的学生，当时的成仿吾与郭沫若已是创造社的名人！梁宗岱这种论辩风格在其一生中成为其为人为学的一道风景，显示出不同于他人的特立独行的品性。

《杂感》是梁宗岱第一篇公开发表的文艺评论，其语气流露出少年老成的狂傲，略显稚气。但就其初出茅庐的勇气与胆识而言，梁宗岱的这种批评性格，在中国现代诗学家中，可以比肩的大概要属梁实秋了。众所周知，梁实秋曾经与鲁迅有过“关于人性与阶级性”的文学论战，当时梁实秋 22 岁，鲁迅 47 岁。这场论战，用余光中的话说，颇有幼犊对老虎之势，在此期间两人多次交锋，持续了四年多时间，也足见双方的力量。在年龄的倾斜中，可能梁实秋更令人刮目相看，因为，“梁实秋面对老练而泼辣的前辈作家，面对人多势众又有组织的左翼阵营，敢于挺身而出，明确地指陈文学的本质，而为缪斯护驾，表现的不仅是智者的眼光，更是勇者的胆识”[②]。梁实秋与梁宗

① 梁宗岱著，刘志侠校注：《诗与真续编》，北京：中央编译出版社 2006 年版，第 4~6 页。
② 梁实秋著，刘志侠校注，徐静波编：《梁实秋批评文集》，珠海：珠海出版社 1998 年版，第 5 页。

岱，两人所不同的是一个要阐明文学的永恒本性，一个则是在词句方面较真。

梁宗岱与梁实秋两人同龄，都年轻有为、天赋过人。梁实秋是清华大学毕业的高材生，学识渊博、文采出众。两人都曾留学西洋，不过注重实用的美国文化与注重艺术的法国文化使他们显出差异。两人之间曾经有过较量，对白话新诗持有不同的见解。正面的争辩即是上文说到的“象征主义”，两人各持己见，不肯屈就对方。梁实秋自1931年在徐志摩主编的《诗刊》上发表《新诗的格调及其他》对新诗的创作批评其格调不高。梁宗岱在该刊发表《论诗》，即给徐志摩的一封谈诗的长信，对梁实秋给予讥讽，并提出了新诗发展的古典理想标准。这之后梁实秋相继有《什么是“诗人的生活”》、《论诗的大小长短》以及《什么是象征主义》等文章回应梁宗岱，其中最精彩的是《论诗的大小长短》，针对梁宗岱推崇小诗的价值，梁实秋以事实说明：“最伟大的作品都是有相当的长度的。”显示出作者博学多才。梁宗岱最后在1936年写了《释〈象征主义〉——致梁实秋先生》算是了断了两人的争执。梁宗岱的这篇文章也是极为用心，一改往日的直率，但也明嘲暗讽地让梁实秋尴尬了一把。就诗学批评的总体来看，二梁在批评的言辞以及所运用的方式方法上，不同之处还是很明显的：梁实秋的批评语气比较温婉，有儒家的君子风范，坚持自己的一套诗学原则，不失英美自由主义绅士的风度以及公平精神，对事不对人，很少伤及人的感情。比如梁实秋的两篇早期的诗歌批评《〈草儿〉评论》、《〈繁星〉与〈春水〉》，前者是对康白情的诗歌集《草儿》的评论，后者是对冰心的两部小诗集的批评。读过梁实秋的批评，会接受他的一套评诗的标准，他对作品的评论尽量做到完整，能够一分为二，不会偏执，为被批评者所接受。梁宗岱的批评，给人最深刻的印象是他咄咄逼人的气势，抓住一点而引发伸展，不给对方留余地。在梁宗岱的批评里，有对自己审美直觉的坚执，但看不到儒家的“温柔敦厚”，也少有对一部作品整体的辩证分析，因此，“中庸”不是他的批评准则。他的批评自然是对事不对人，但由于语气过激，不免伤及情感。比如曾引起被批评者误解的两篇批评文章《从滥用名词说起》以及《〈从滥用名词说起〉底余波——致李健吾先生》是梁宗岱对朱光潜、李健吾文章中所用名词及“论证不严”和“举例不当”的批评。读了梁宗岱的文章，我们信服梁宗岱的指责，却不会赞同他的那种语气与态度。不过梁宗岱的批评仍然会让我们产生一种敬畏，因为不管是在中国现代诗学，还是当代诗学批评中，这样的批评家太少了。比如从《从滥用名词说起》一文中所引述的以下一段文字：

我常常对光潜说：引例不确当是他文章里最常见的弱点，差不多他每部书乃至每篇文章里都可以发见。上面所提的交响乐和《月光曲》一方面固属于滥用名词，另一方面更可以作证他底引例不确切。但不确切的例在这部“大书”里是那么繁盛，我们可以随手拈一个：

文艺作品原来不可以一概论，有可以完全从文艺本身定价值的，如陶潜的《桃花源记》，韩愈的《毛颖传》，谢灵运和王维的写景诗以及柳宗元的山水杂记之类纯粹的想像的或状物的作品都属于这一类；也有不能完全从文艺本身定价值的，如屈原的《离骚》，阮籍，杜甫，白居易……诸人的诗，大部分元曲，以及一般讽刺作品。在这些实例中，作者原来有意地或无意地渗透一种人生态度或道德信仰到作品里去，我们批评它的价值时，就不能不兼顾到那种人生态度或道德信仰的价值……（《文艺心理学》一二七——一二八页）

这分类已极牵强，举例更欠妥。从原则上说：一件文艺品，无论在任何景况下产生，即使那完全为作者底人格渗透的如但丁底《神曲》，屈原底《离骚》，李后主底词，杜甫底诗等，如果它本身不能自立自足，就是说，如果它不能离开一切外来的考虑如作者底时代身世环境等而在适当的读者心里引起相当的感应，或者，随你便，如果作者底人格，态度和信仰不能单靠作品而直接诉诸敏锐的读者，我很怀疑这作品的艺术价值。在另一方面呢，一件文艺品，无论作者怎样完全站在客观的地位如莎士比亚及腊辛底戏剧，哥德底《浮士德》，曹雪芹底《红楼梦》，或怎样想摆脱一切非艺术的元素如姜白石词，马拉美，韩波底诗，如果这作品不直接或间接反映作者底个性和人格，或者最少有意或无意地透露一种人生态度或信仰，我敢决定它毫无生命。所以我以为一切最上乘的诗都是最完全的诗，就是说，同时是作者底人生观宇宙观艺术观底明显或隐含的表现，并且能够同时满足读者底感觉和理智，官能和心灵底要求的。哥德底《流浪者之夜歌》一类的作品所以在抒情诗内占有最高的位置便是因为它充分实现这两重理想。就光潜所举的实例说：陶潜底《桃花源记》难道不蕴含他底政治理想或向往？王维底写景诗是否寄寓着他那恬淡禅静的灵魂？我们在柳宗元底山水里可不找着他底孤介，沉郁，幽深的面目？反之，我们历史上有的是忧世忠国的诗，何以独屈原杜甫卓立千古？何以只有他们能够这么深澈地感染和陶冶我们，如果不是完全为了它们底高贵，尊严，强烈的表现？[①]

---

① 梁宗岱著，刘志侠校注：《诗与真续编》，北京：中央编译出版社2006年版，第48~49页。

从上述这段批评中，我们可以看出一个专事理论的人与一个兼有创作与批评的人对作品整体价值认识的差异。理论家善于从抽象思维出发，不自觉地对研究对象作分类，然而分类有时的确很牵强、机械；相反，梁宗岱则从整体着眼，显示出超强的直觉感受能力以及对艺术敏锐的知觉能力，这一点恰是理论家所缺乏的。在梁宗岱的整个诗学批评文本中，针对朱光潜的部分批评，大都缘于此。

梁宗岱不仅以他敏锐的艺术直觉批评理论家的概念的偏颇，而且对批评家的论理不严密，行文的逻辑线索不清晰，观点不明确，也毫不客气地指出。在《从滥用名词说起》一文中，梁宗岱将李健吾散文中的一段话拈出来，毫不客气地昭示于众：

所以晦涩是相对的，这个人以为晦涩的，另一个人也许以为美好。工具抓不住，便是印得多么讲究，只是白纸黑字，说不到文学，更谈不上艺术。但是工具抓得住，一切从生命里提炼出来的制作，除非本质上带有不可救药的缺陷，都有为人接受的可能。知道创作不是蚕吐丝，生孩子（用得最烂的比喻），我们就得把表现格外看重。唯其人力有限，“日月逝于上，礼貌衰于下”，我们得赞美那最经济也最富裕的表现。此其象征主义那样着眼暗示，而形式又那样严谨，企图点定一片朦胧的梦境，以有限追求无限，以经济追求富裕。一切临了都不过是一种方法，或者说得更妥当些，一种气质。古典主义告诉我们，下雨就得说做下雨，象征主义并不否认这种质实的说法。不过指示我们，人世还有一种说法，二者并不冲突。实际文学上任何主义也只是一种说明，而不是一种武器。梵乐希以为既有的经验开始自我审判的时候，便是古典主义露面的时辰。所以他说：“古典主义和浪漫主义的差别正很简单：把手艺交给昧于手艺的人和学会手艺的人。一个浪漫主义者学会了他的艺术，就变成了一个古典主义者。这就是为什么浪漫主义临了成功了巴尔纳斯诗派。

象征主义从巴尔纳斯诗派衍生出，同样否认热情，因为热情不能制作，同样尊重想象，犹如考勒瑞几，因为想象完成创造的奇迹。然而它不和巴尔纳斯诗派相同，唯其它不甘愿直然指出事物的名目。这就是说，诗是灵魂神秘作用的征象，而事物的名目，本身缺乏境界，多半落在朦胧的形象以外。所以梵乐希又说：“一行美丽的诗，由它的灰烬，无限制地重生出来。”

一行美丽的诗永久在读者心头重生。它所唤起的经验是多方面的，虽然它是短短的一句，有本领兜起全幅错综的意象：一座灵魂的海市蜃楼。于是字形，字义，字音，合起来给读者一种新颖的感觉：少一部分，经验便有支离破碎之虞。象征主义不甘愿把部分的真理扔给我们，所以收拢情感，运用清醒的理智，就宇宙相对的微妙的关系，烘托出来人生和真理的庐山面目。是的，烘托出来；浪漫主义虽然描写，却是呼喊出来；古典主义虽说选择，却是平衍出来。

所以任何主义不是一种执拗，到头都是一种方便。[①]

不仅是梁宗岱，就是我们平常人读过这段话也会有丈二和尚摸不着头脑的感觉。正如梁宗岱所批评的“个中细节和全段都大有可推敲之处”，说“象征主义……不过是一种方法，或者说得更妥当些，一种气质”。这“方法”与“气质”何以对等？“气质”何以代替“方法”？“古典主义告诉我们，下雨就得说做下雨”是什么意思？文中提到这象征主义、古典主义、浪漫主义等，没有一个简单的定义，彼此又纠缠不清，更重要的是“全段底中心思想究竟何在？什么是其中论理底线索？或者更清楚些，从一句似乎精警的话到另一句似乎精警的话，从一个抽象名词到另一个抽象名词，从一个主义到一个主义，作者究竟要引我们到什么地方？”[②]

梁宗岱的批评不错，但引述的这段话有些“断章取义”。在李健吾的《咀华集》（这部批评文集初版时署名刘西渭）中收入了两篇李健吾评论中国现代诗人卞之琳《鱼目集》的文章：一篇是《鱼目集——卞之琳先生作》，另一篇是《答〈鱼目集〉的作者》。显然是批评家先发表了第一篇批评后，有了诗集作者卞之琳的一个回应，而后又有了第二篇评论。梁宗岱所引述的正是《答〈鱼目集〉的作者》中的一段。从梁宗岱所引的这篇文章整体来看，的确曲折隐晦，本该是对卞之琳的一个答复（需要说明一下，卞之琳就李健吾对其诗集中诗歌的分析，个别之处是同意的，但总体还是抵触的），但文章开篇并未直接回应卞之琳的观点，而是首先谈到托尔斯泰的艺术条件，如感染性与清楚明白等，并从古今文艺作品例证感染性、清楚明白等也是相对的、有层次的，而非绝对的。文章接着又谈到了“晦涩”问题，认为“晦涩”也是相对的，这个人以为是晦涩的，另一个人也许以为美好，由此也就引出了作者对象征主义等的创作方法认识，“任何主义不是一种执拗，到头都是一种方便”，将创作方法视作一种适宜的选择。为什么要谈相对性问题？文章的结尾似乎告诉读者：“我的解释如若不和诗人的解释相吻合，我的经验就算白了吗？诗人的解释可以撵掉我的或者任何其他的解释吗？不！一千个不！幸福的人是我，因为我有双重的经验，而经验的交错，做成我生活的深厚。

① 梁宗岱著，刘志侠校注：《诗与真续编》，北京：中央编译出版社 2006 年版，第 50~51 页。
② 梁宗岱著，刘志侠校注：《诗与真续编》，北京：中央编译出版社 2006 年版，第 52 页。

诗人挡不住读者。这正是这首诗美丽的地方，也正是象征主义高妙的地方。”[1]看到最后，我们才明白本文作者的用意。李健吾的文章含蓄、委婉、深透，有的也相当有分量，也有些“谦撝”。读他的文章不仅需要眼睛，更需要头脑，要揣摩、分析、判断才能了然。

梁宗岱自己也承认像朱光潜、李健吾这样的大家，一个是对美学有着系统的研究；另一个是对文学创作形成自己的批评风格，“瑕不掩瑜”，这小瑕疵并不能掩没大批评家的成就，但也正因为是大家的文章，它能造成的影响是不可低估的！由此可见，梁宗岱是有着崇高的社会责任感的。

梁宗岱的批评，可谓是专打人的“痛处”，或者说专揭人的“伤疤”，使人招架不住。因此，与他争辩的不多，因为对方也大多无可争辩。但是事后，这些大家也不得不服膺梁宗岱，比如朱光潜就是如此。朱光潜一生不善与人争辩，恪守传统知识分子的儒雅风度，在梁宗岱 1983 年逝世时，朱光潜写了一对挽联：“毕生至亲，既丧逝者行自念；好诗良药，长留德泽在人间。”[2]表达了对梁宗岱的敬意。

梁宗岱在《〈从滥用名词说起〉底余波——致李健吾先生》中曾致歉，觉得自己的《从滥用名词说起》一文“语气欠正”，是“激于一时的冲动”，所引起的不良反响与作者的“初衷是大大相悖的”。尽管如此，梁宗岱的批评倾向绝不是针对个人，而是文坛的风气：“我们底散文界渐渐陷于一种极恶劣的倾向：繁琐和浮华。作者显然是极力要作好文章；可惜才不逮意，手不应心，于是急切中连‘简明’，‘清晰’，‘条理’等一切散文底基本条件都置诸脑后了，只顾拼命堆砌和拉长，以求观瞻上的壮伟。明明是三言两语便可以阐说得致的，作者却偏要发为洋洋洒洒的千言或万言。结果自然是：不消化的抽象名词，不着边际的形容词，不恰当的譬喻等连篇累牍又翻来覆去地使用。单就形容词说罢，在一篇文章里你可以发见‘深深的幽邃’，‘特出的超卓’，或什么‘精细的微妙’等。于是读者费了九牛二虎之力从一大堆抽象名词，形容词，和譬喻等游泳到另一大堆同样东西之后，只觉得汪洋万顷，淼淼乎莫知其底止。这实在是中国文坛一大危机。”[3]梁宗岱同时指出，他的文章所抨击的不仅是文坛的恶劣倾向：“如果我们留心观察，便会发见我们学术界流行着一种浮夸，好炫耀，强不知以为知，和发议论不负责的风气：

---

① 郭宏安编：《李健吾批评文集》，珠海：珠海出版社 1998 年版，第 126 页。
② 黄建华主编：《宗岱的世界·生平》，广州：广东人民出版社 2003 年版，第 266 页。
③ 梁宗岱著，刘志侠校注：《诗与真续编》，北京：中央编译出版社 2006 年版，第 55~56 页。

那才是文坛底流弊底根源。”①

梁宗岱的批评何以这样“较真”？文学批评家李长之说：“他冲口而出，没有世故，也不怕打人兴头，他充分表现出对于艺术的爱护，和作人的真挚……如果艺术也是一种宗教的话，梁先生真当得起最虔诚的一个信徒。”②的确，艺术对梁宗岱而言，是一种理想、一种信仰、一种对完美的追求。对写作，他强调“中肯”和“确当”，他认为这是行文底一切（用字、选词、命意和举例）最高标准，也是一切文章风格最高的理想。对文学批评，他试图努力树立一种绝对“无私”的态度，“这就是说，我们对于作品的评价，对于事理之是非，要完全撇开个人感情上的爱恶，而当作一种客观的事实或现象看待”③。梁宗岱浪漫的天性在这里彰显无疑。从这个角度来看，与传统知识文人相比，梁宗岱的文化人格更倾向西洋文化中的个性表现与自我张扬。也正是西方文化的人文模式建构了梁宗岱的个性心理：

> 我虽不敏，自幼便对于是非很认真。留学巴黎的几年，又侥幸深入他们底学术界，目睹那些学术界第一流人物——诗人，科学家，哲学家——虽然年纪都在六十以上了，但在茶会中，在宴会席上，常常为了一个问题剧烈地辩论。他们，法国人，平常是极礼让的，到了那时，却你一枪，我一剑，丝毫也不让步，因为他们心目中只有他们所讨论的观念，只有真理。而对方底理由证实是充足的时候，另一方面是毫不踌躇地承认和同意的。我羡慕他们底认真，我更羡慕他们底自由与超脱。我明白为什么巴黎被称为‘新雅典’，为什么法国各种学艺都极平均发展，为什么到现在法国仍代表欧洲文化最高的水准。回头看看我们知识阶级底聚会，言及义的有多少？言及义而能对他底主张，他底议论负责的又有多少？除了‘今天天气哈哈哈’，除了虚伪的应酬与恭维，你就只听见说长道短了。④

二、“思”与“诗”——中西诗学批评的思维特性

中国的文学、诗学批评自近代以来，开了以西方的批评理论体系或观念来诠释中国文学、诗学的先例，这个代表人物就是大学者王国维。关于这一点，我们在前面已经阐述过。王国维开启了一个文学批评的新时代，努力尝

---

① 梁宗岱著，刘志侠校注：《诗与真续编》，北京：中央编译出版社 2006 年版，第 56 页。
② 李长之：《李长之文集》（第四卷），石家庄：河北教育出版社 2006 年版，第 115~116 页。
③ 梁宗岱著，刘志侠校注：《诗与真续编》，北京：中央编译出版社 2006 年版，第 59 页。
④ 梁宗岱著，刘志侠校注：《诗与真续编》，北京：中央编译出版社 2006 年版，第 60 页。

试中西批评模式的融合：或是借助西学的观念来诠释中国的文学，或是在中国传统的诗学批评中融入西学的思维方式方法。中国现代诗学批评，是与中国现代诗学实践相互生长的，因此，“现代性”的独特文化语境，就是在西方文化的强势冲击中，立足于中国现代的民族土壤之上所生成的现代生活方式，它决定了现代诗学的独特表达。在这种新语境的探索中，一些有着深厚西学背景的诗学家，借鉴西方诗学理念，融合中国古典传统的优秀成分，形成了自己的一套诗学批评方式、方法，比如朱光潜对“诗”的批评体系，就是在西方20世纪的心理学、哲学等理论与中国古典诗学范畴契合中建构起来的；李健吾的文学批评是直接借鉴了法国印象主义批评，结合自己的个性特点生成的；梁宗岱的诗学批评秉承了古希腊“诡辩”派的某些风格，与中国传统诗学中的“诗性”思维方式形成了自己的批评特色。

比较一下三个人的批评个性，会有助于我们把握梁宗岱的批评特点。

梁宗岱与朱光潜有着显著的不同。在性情方面，两人颇有不同，朱光潜的生平经历不如梁宗岱那样富有传奇色彩。就个性而言，梁宗岱颇具自我意识，朱光潜更近调和折中。就学问来说，朱光潜对哲学、心理学、美学、文学都做过一番系统的研究。就身份而言，梁宗岱是诗人，是由诗歌创作、诗歌翻译到诗歌评论，是从创作到理论，因此思维方式差异很大。

梁宗岱与李健吾有相近之处，两人同有留学法国的背景，都从事过翻译工作，同样爱好文学，不过梁宗岱是诗人，李健吾写剧本。从两人批评风格来看，李健吾不乏诗性的敏感，作家的智慧，但含蓄、谦撝；梁宗岱更富想象力与思辨力，明晰、透彻。就“批评”个性来讲，梁宗岱比李健吾更加鲜明。

梁宗岱的批评特别注重与作家作品进行心灵的交融与对话，不会用概念术语去简单地比附作品。他对那种“只知道援已往的成例来绳新生的现象，或站在岸上指责诗人没入海底的探求”[①]的“循谨的守成者”或是阐发起原理来头头是道，一旦面对作品就束手无策的所谓批评家，是持贬低态度的，相反，只有“诗人兼批评家或批评家而具有诗人底禀质的”[②]才能进入诗学批评的正途。的确，诗人兼具批评家的身份使其批评具有融感性与理性相统一的特点。“精深严密的理论气质是梁宗岱批评文章的一个侧面，他更为突出的个性魅力是他在具体作品阐释分析中表现出的独特的直觉感受力。”[③]这个概括无疑是正确的。

---

① 梁宗岱：《诗与真·诗与真二集》，北京：外国文学出版社1984年版，第204~205页。
② 梁宗岱：《诗与真·诗与真二集》，北京：外国文学出版社1984年版，第205页。
③ 姜涛：《论梁宗岱的诗学建构及批评方式》，黄建华主编：《宗岱的世界·评说》，广州：广东人民出版社2003年版，第198页。

单就象征主义诗学观而言，在梁宗岱之前，有李金发的象征诗实践以及理论，但远没有达到梁宗岱文章中的美学、哲学高度；对“纯诗”问题的讨论，此前也有王独清及穆木天等人的《谭诗》与《再谭诗》，但他们大多从诗之形式入手，就形式而谈形式。梁宗岱的“纯诗”论，可以说从形式到内容，从言语到思想，从诗的节奏、韵律到诗人的情感、气质等，其中特别提出要继承几千年古代光荣的诗史，敬告诗人要有丰富热烈的生活，尤其是心灵的生活！这种批评理论是极有远见的，尤其是当时许多诗学家都在“诗”与“非诗”上纠缠不清的时候！这种针对性又恰恰是因为梁宗岱的诗人气质，他较高的审美鉴赏力，他的审美直觉能力而形成的！在批评方法上，梁宗岱既不像朱光潜那样评论作品注重作者或人物的心理分析，承认文艺鉴赏中的“个性心理的差异”，也不同于李健吾“叙述灵魂在杰作之间的奇遇”。朱光潜对批评追求的普遍价值持怀疑态度，李健吾也强调批评不是“评判”而是“表现”，批评本身就是艺术。

总而言之，梁宗岱与朱光潜、李健吾的不同之处有两点：一是偏偏追求诗学批评的“绝对价值”，强调艺术的恒久生命力；二是梁宗岱的批评既评判也赏鉴。梁宗岱好“较真”——论辩，“不破不立”要立出自己的观点，一定要先驳斥他所否定的观点。梁宗岱的“破”——“慎思明辨”——严谨、深刻、清晰，抓住对方的弱点而阐发自己所言明的诗学主张，但“立”并非建立一套逻辑体系的批评概念或术语，而是用诗性的感悟来生发自己的美学理想。因此，“思”与“诗”是梁宗岱的批评思维与方法的综合。“思”即思辨之谓也，是抽象的、逻辑的、分析的；“诗”则是感悟之谓也，是具象的、情感的、想象的。前者是科学之方法，实证的、智性的；后者是诗学之方法，是直觉的、心灵的，因而呈现更多的是精神层面的。

在梁宗岱的诗学批评中，主要是通过对诗学范畴的“误读”，或依赖其审美化的直觉与主观化的诠释来建构起他的诗学理想。在这个意义上，梁宗岱的诗人秉性占据了上风，使得他的批评更具有艺术性与心灵性。这方面的代表作品有《象征主义》、《论崇高》以及《试论直觉与表现》等。

严格说来，《试论直觉与表现》是梁宗岱反驳朱光潜服膺的克罗齐“直觉即表现”说的作品，主要是谈自己的诗歌创作经验。《象征主义》一文，是一篇理论文章，阐述诗人对“象征主义”作为诗学范畴的理解。

梁宗岱的《象征主义》一文中，将“象征”与“兴”等同，实在是一种“误读”，而将象征的境界与中国诗词中的“意境”浑融一体，使得这种误读走得更远。梁宗岱何以要“误读”？当代学者姜涛指出“这种对中西诗学的双重误读虽然构成了梁氏诗学的严重缺陷：缺乏客观性和严密性。但‘古之学者为己，今之学者为人’，作为推崇前者的梁宗岱，这种误读正是他建构自我诗学体系时的一个合理性策略”[①]。这里所说的“策略”就是指作为诗人的梁宗岱寻求中西象征诗学的“通途”——象征之道——诗的最高艺术境界。这一境界不仅存在于中西诗学的传统里，也正是中国现代白话新诗的指路明灯。因此，梁宗岱在《象征主义》一文中忘情地，甚至是忘我地描述了这一境界的“辉煌”景象：“从那刻起，世界和我们中间的帷幕永远揭开了。如归故乡一样，我们恢复了宇宙底普遍完整的景象，或者可以说，回到宇宙底亲切的眼前或怀里，并且不仅是醉与梦中闪电似的邂逅，而是随时随地意识地体验到的现实了。”[②]

梁宗岱是个认真的人，尤其对艺术。在他的生命里，哲学、宗教、艺术是一体的，是他信仰的一部分。我们读梁宗岱的书，会激发我们的感官潜能，更使我们心灵有超越的欲望，《象征主义》是如此，《论崇高》也是如此。如果说《象征主义》是通过对诗学范畴的“误读”来寻求中西诗学汇通的途径以及终极艺术理想的追求，那么在《论崇高》中，梁宗岱是因为词语的翻译，在与朱光潜的辩论中，走向他内心的诗性崇高，这里不是以“误读”为策略，而是诗人的审美直觉力对理性的胜利。

朱光潜收在《文艺心理学》中的一篇论文——《刚性美与柔性美》，对中西审美现象形态进行分类讨论，其分类的目的就是要“在殊相中见出共相”，并从共相中揭示其美学的理论依据，阐释其所引起的心理、生理的反应。梁宗岱针对文章中一个西洋名词“Sublime”的翻译穷究不舍，写下了《论崇高》一文，并且从审美范畴术语的翻译、范畴的应用以及对范畴的重新阐释等三个方面阐述了自己的观点。

（1）Sublime 译为“雄伟”不确切。朱光潜在《刚性美与柔性美》中引用中国的两句古诗“骏马秋风冀北，杏花春雨江南”，以此来象征一切的美，“你遇到任何事物，都可以拿它们作标准来分类”。这两种美的共相，在中国便是刚柔或阴阳，在西洋便是 Sublime 与 Grace。而对于 Sublime 与 Grace，朱光潜主要依据康德的学说将之译成“雄伟”与“秀美”。对于上述美的分类梁宗岱并未提出异议，而且将这两种美视为中国旧有的阴阳说，分为刚性美与柔性美，自无不可。他提出的疑问主要是 Sublime 的译文，在梁宗岱看来，译作“雄伟”并不确切，根据康德的学说就更没有道理。他是这样反驳的：词是先于词的解释者而存在，谁最早运用或解释这一词仅能说明他是第一个

---

① 姜涛：《论梁宗岱的诗学建构及批评方式》，黄建华主编：《宗岱的世界·评说》，广州：广东人民出版社 2003 年版，第 194 页。

② 梁宗岱著，马海甸主编：《梁宗岱文集·评论卷》，北京：中央编译出版社 2003 年版，第 74 页。

解释者罢了。即便该词的学说发源于康德，无非是因为他第一个从心理学观点去解释这名词，或这名词代表的感觉与境界罢了，况且康德的学说仅仅是陈述自己对美的现象的感觉与印象。他的主张是断不能作为定论的，他的理论正有待于后人的修正与补充。梁宗岱认为，读康德的书常常感到例证赶不上理论的印象，或许他的思想力强于美感。至于说 Sublime 一词译成“雄伟”不确切，这涉及这个词的具体应用。

（2）“崇高”与柔性美并不完全对立。梁宗岱阐释了以下两个问题：

第一，用柔性美形容达·芬奇的作品是不确切的。朱光潜为说明两种美的类型，引述了几个例证，意大利米开朗基罗的《摩西》、《大卫》，达·芬奇的《蒙娜丽莎》与《最后的晚餐》，以及贝多芬的《月光曲》与《第六交响曲》等等。朱光潜以这两种例证来说明他提出的美的范型，但这种说明是否中肯呢？概念范畴的应用是否恰当呢？朱光潜认为米开朗基罗的作品在性格上、艺术上都是刚性美的代表，达·芬奇则与之相反，《蒙娜丽莎》是女性美、柔性美的代表，《最后的晚餐》中的耶稣也正像“抚慰病儿的慈母”。梁宗岱则认为，用妩媚与秀美来形容《蒙娜丽莎》与《最后的晚餐》不亚于用“乖巧”形容瀑布那样不合时宜，因为在梁宗岱看来，刚性美是令人震撼的，而柔性美是宁静的、平和的。梁宗岱这样描述凝视这两部作品时的感受：“我们将发现，啊！异迹！这里（异于米开朗基罗）没有夸张，没有矜奇或恣肆，没有肌肉底拘挛与筋骨底凸露，它底神奇只在描画底逼真，渲染底得宜，他底力量只是构思底深密，章法底谨严，笔笔都仿佛是依照几何学计算过的，却笔笔都蓬勃着生气——这时候我们应该用什么来形容我们的感觉呢？……唯一适当的字眼，恐怕只有 Divine(神妙) 或 Sublime(崇高) 罢。”[①]

可见，朱光潜对两部作品的审美评判，是为他的理论作注解，仅仅囿于对象本身的表征形态，而梁宗岱是从创作者的角度、力的角度对艺术家精工制作的技巧之高反复玩味，因此给人的审美感受绝不是一般的宁静平和的优美感受，而是非同寻常的，蕴含着艺术匠心的“崇高”之美。

第二，梁宗岱阐释了柔性美与崇高并不是不相容的。梁宗岱对朱光潜将刚性美与柔性美的特征视为动与静，又以此将尼采的狄俄尼索斯的醉的艺术视为刚性的，阿波罗的梦的艺术视为柔性的，认为是不恰当的，因为刚与柔不仅存在于不同的作品中，而且在同一作品的不同部分同时存在。梁宗岱以贝多芬的《第三交响乐》为例，认为这首乐曲固然有朱光潜所说的“狂风暴雨，

① 梁宗岱著，马海甸主编：《梁宗岱文集·评论卷》，北京：中央编译出版社 2003 年版，第 112~113 页。

极沉雄悲壮之致”（这只是第三、四节的印象），而该曲的第二节《葬礼进行曲》是全曲最精彩的部分，感人至深。这节乐曲的旋律与音调究竟怎样呢？舒缓低沉、断断续续、点点滴滴：“像长叹，像啜泣，像送殡者底沉重而凄迟的步伐，不，简直像无底深洞底古壁上的水漏一样，一滴一滴地滴到你心坎深处，引起一种悲凉而又带神圣的恐怖的心情，正属于姚鼐传之所谓‘阴’的艺术的；然而 Sublime 呀！究竟不失其为 Sublime 的艺术呀！”[①]

（3）真正的“崇高”是一种美的绝境。梁宗岱指出形容上述作品都应该用 Sublime 一词，可是如果译成“雄伟（雄浑）”则三处都不适用。为什么呢？在他看来，所谓刚柔纯粹指美底性质而言，Sublime 与 Grace 却偏于品格方面。性质与品格常常有密切关系，但品格并不就是性质。他举了一个例子，就像一个绝世丽姝出现在我们眼前，如果她的美足以触动我们的心，使我们有闲情逸致去仔细认辨和赏玩她，我们只称她美丽；当她的美达到顶点，使我们骤睹之下震惊失色，心往神驰，她便是 Sublime（崇高）了。这里我们不得不服膺梁宗岱作为艺术家所拥有的深邃的美感直觉了，其中隐隐地渗透着西方人有，中国人无的美学意识与品格。是否可以用宗白华的话来略加解释：“文艺复兴的西洋画家虽然是爱自然，陶醉于色相，然终不能与自然冥合于一，而拿一种对立的抗争的眼光正视世界”，“而中国人对于这空间和生命的态度却不是正视的抗衡，紧张的对立，而是纵身大化，与物推移。”[②]不论是在梁宗岱的诗歌创作还是审美鉴赏批评中，总能够流露出他以主体的姿态对对象的心灵求索以及庄严肃穆的景仰的神情。比如诗歌的宗教意识，比如“象征主义”，比如“纯诗”，比如“崇高”等，西方审美文化对梁宗岱的影响已经深入骨髓，成为其生命的一部分了。

梁宗岱主要阐明了 Sublime 一词译成“崇高”比“雄伟”更接近字源，因为根据拉丁文 Sublime，从动词 Sublimare 演变出来，有高举的意思（其实朱光潜在翻译时也提到，这一词在中文里没有恰当的译名，“雄浑”、“劲健”、“伟大”、“崇高”、“庄严”诸词都只能得其片面的意义），所以“崇高”与“雄伟”也有词义的区分问题。特别是当用这些概念来分析具体作品时，应当充分考虑到作品本身的个性化风格以及概念的适用性。就“崇高”与“雄伟”二词的词义来说，前者更带有主体精神的意味，富有某种道德律令；后者仅仅是事物外在形态上的感觉，相比于前者缺少一种内在的气韵。因此，朱光

① 梁宗岱著，马海甸主编：《梁宗岱文集·评论卷》，北京：中央编译出版社 2003 年版，第 114 页。
② 宗白华：《美学散步》，上海：上海人民出版社 2005 年版，第 141、144 页。

潜解释，俄国作家屠格涅夫笔下一只老麻雀，受了爱的驱奋不顾自己的性命要从猎犬口中救出它的雏麻雀，用了“雄伟”一词，试图说明“雄伟”与“乖巧”并不是并行不悖的，梁宗岱认为此处用“雄伟”不是特别的恰切，应该是“崇高”，因为老麻雀的行为引起人内心的“敬畏”，唤起人的道德感。

在梁宗岱看来，“雄伟”仅仅是指其外在的、形态上的，而“崇高”更侧重内在的、技巧的。他又从创作家的角度对“崇高”予以新的阐释，认为真正的“崇高”应是一种美的绝境，相当于我国文艺批评所用的“神”或“绝”，而这“绝”字与其说是对象本身的限制，不如说是我们内心所起的感觉。“高山仰止，景行行止。所不能至，心向往之。”为此，崇高的一个特征与其说是不可测量或未经测量的，不如说是不能至或不可企及的。在梁宗岱看来，大海的波动汹涌就不如其宁静莫测更能引起人的崇高感受。前者之高是以其态势让人畏惧，后者之高则是以其神秘震慑灵魂。梁宗岱认为后者之高乃为真正的“崇高”，而这“崇高”的境界并不是人人都能体会到的。

至此，梁宗岱在阐发自己的诗学主张时，与此前相比，开始由冷静、慎思、明辨转换为激情、直觉、体悟，完全放弃了论辩方的存在，而沉浸在心与心的交融、灵魂间的对话了。我们来看这一段：

我们底日常生活和思虑距离深藏在灵魂里的崇高底源泉太远了，我们底精神太专注于外物而意志太散漫了，明媚的景物只能诱惑我们底感觉，煽动我们的官能，使我们怡然自足。像皮球受凌压才能高举一样，我们底灵魂也得要有一种意外的阻力横亘在我们面前，逼我们承认我们底感觉与官能之无能，自我之渺小，然后才能够聚精会神，集中思想底力量，去和它抵抗，和它较量，在那一瞬间解脱了感官底束缚而达到绝对的独立，自由与超升，亦即所谓崇高的境界。波涛汹涌的海，嵯峨耸立的山和漆黑的夜……都是最容易在一般人里面激起这种精神的反抗的阻力。因为它们是最表面，最有形的。

可是对于一颗修养有素，敏感深思的灵魂，那宁静，深邃，和光明的景象会和汹涌，嵯峨，与黑暗一样能够引起精神底集中与反抗；不，它们会比这后者更持久，更耐人寻味。因为宁静是精力底凝聚而波动是精力底交替；因为高山是可测量的而深渊却无底；因为光明比黑暗更神秘，正如生比死还要复杂变幻一样。[①]

---

① 梁宗岱著，马海甸主编：《梁宗岱文集·评论卷》，北京：中央编译出版社 2003 年版，第 118 页。

梁宗岱提出的对这种“崇高”的感受，不是一般人所能做到的，需要识得一种“力”，即“智慧之力”。这种“力”表现于创作中是自由的精神，是艺术家在创作时“想做”与“能做”、“能做”与“应做”间一种深切的契合。如何识得这种“力”？梁先生讲了一个故事：印度的一位圣者，一天从田陇中走过，天是一色的蔚蓝，微风吹拂，偶一抬头见一行白鹭在青天飞过，瞬间悟道，于是矢志修行至于得道。至此，梁将这“力”又归附到了佛家心性当中。

梁宗岱对“崇高”境界的探讨，当代学者温儒敏认为对20世纪30年代中国现代诗学的风气有极大的批判意义。

30年代是革命的变动的年代，社会审美心态比较倾向于刚烈的、粗犷的风俗，因而“崇高”这一概念在美学界、批评界很常使用，但普遍的认识是流于肤浅的。例如，当时文艺创作包括诗作中往往推崇“力之美”，认为只有题材宏大，线条活跃，色彩强烈及章法横肆，才能体现“力度”，也才能达到“崇高”的美学效果。梁宗岱对此很不以为然。他要重新探讨“崇高”的美学含义。在他看来，“崇高”的特征与其说是雄伟、刚性、强大、粗犷等等，不如说在其所唤起的“不可企及”的感受。“纯诗”中所引发的对宇宙和人生奥义的感悟浩叹，就跟“不可企及”、“不可思议”有关，他认为这是“崇高”之源。而新诗中那种太实、太情绪化的写法，即使用了“大题材”，也断不能引发对宇宙人生的宏阔的想象，也不会“崇高”起来。至于艺术形式风格上的“力”的追求，梁宗岱认为也不能单纯理解为物质、体力或道德上的“力”，更要着重心智的“力”。真正的“力”之美是在“智慧的深处”，要依靠博大的襟怀与清明的理性，依靠完善的人格素养。而且“力”之美主要并不表现为浮泛的夸张、粗放、强烈、横肆之类，更应体现为“一种内在的自由与选择”，通过心智调控达到“抑扬高低皆得其宜”，体现在形神之间的均衡、集中与和谐。梁宗岱还从中外名诗的创作经验去进一步论析，认为艺术处理上的“波动”并非达至“崇高”的唯一的和最佳的途径，但显然不赞同当时的新诗作者普遍追求创作风格上的“波动”感，他认为这不过是一种浮躁。梁宗岱宁可回归古典美，有意推崇宁静、内倾、和谐、清明的创作风格，主张由宁静和谐走向崇高。……梁宗岱很欣赏法国19世纪的诗人格连的一句格言：“我的灵魂爱宁静比波动多。”他用这种美学追求来为“纯诗”创作境界作注解。①

① 黄建华主编：《宗岱的世界·评说》，广州：广东人民出版社2003年版，第144~145页。

梁宗岱诗学批评之“思”，表现出求真的勇气与求实的学术风范，对一种审美范畴的理解，没有拘于经典理论家给出的现成结论；善于透过事物的外在发现事物的本质，以立体的、圆形的思维看待事物，注意到审美感受中的辩证因素，排除了非此即彼的单一论断（这往往是理论家的缺陷，关于这一点，在梁宗岱20世纪40年代写的一篇文章《非古复古与科学精神》中以事实有力批评了中国人的“夜郎自大”与“妄自菲薄”的复古、非古态度，由此论证中国缺乏“不偏不倚的科学精神”。全文论理严密，论证充分，充满了激情）。在梁宗岱与朱光潜的争执中，能够使我们感觉到，一个创作者与一个理论家的不同，在于他所谈问题极有针对性，不会虚妄言之。在用概念、范畴分析作品时，他更相信自己作为诗人的美感直觉，也就是针对理论家的“例证赶不上理论，思想力强于美感”，要尽力做到例证与理论的吻合，美感与直觉的融一。

梁宗岱诗学批评之“诗”，表现出诗人敏锐的直觉、恣肆的想象，充沛的激情以及对艺术倾其生命地投入，他独具慧眼，能有针对性地批评，注重审美对象在人内心所起的感觉，能够细腻地区分美感中微妙的差异。我们前面说过，梁宗岱的美感胜过智性，正因为如此，他也常常让感觉、灵感侵占了智性的位置。他的文章会将人们引向不知所云的境地，他的批评虽说也追求真实、客观的阐释，但更多的是主观描述、想象——一种诗性的表达。

这双重的批评表现方式，在中国现代诗学批评实践中，在中西诗学批评交融的背景下，不可不说是传统向现代、西方向东方或者东方向西方转型的一种批评实践的尝试。这种尝试正如有学者指出的：“梁宗岱在力主理论批评的同时又在其中注入了传统艺术化批评的感悟成分，保护了作品的审美内核与读者阅读经验相契合的潜在‘机心’，这种‘中和’方式，不能说不是对西方诗学中理论‘暴政’进行纠正润滑的可行之径。”①

第二节　梁宗岱诗学批评——“美的创造”

一、寓情于理，心灵的外现——梁宗岱诗学批评的文体价值

梁宗岱的批评又被称为是艺术化的批评，“他是以诗笔的触须去探涉理论问题的，因而整个论述过程，意象纷披，元气淋漓，甚至颜色妩媚，姿态招展，

① 姜涛：《论梁宗岱的诗学建构及批评方式》，黄建华主编：《宗岱的世界·评说》，广州：广东人民出版社2003年版，第201页。

显得既华美又铺张”[1]。“他写的，都是用他的血温暖过的，他介绍蒙田、歌德、瓦雷里、韩波、罗曼·罗兰无不从心底涌出一股虔诚，一股不能自已的激情，经过对他们的作品和为人不知多少次的欣赏、钻研、思考之后才郑重写下来，给我们的是一个个活生生的人类精英形象。”[2]梁宗岱的诗学批评与其他批评文本显然不同，充满了艺术家的灵感、想象与激情，许多人读后都会动情，有一种心灵的感动与升华。

这一点，如果我们将梁宗岱与李健吾的批评放在一起比较，或许能够凸显出各自的特色。

李健吾（1906—1982）的早期批评文集《咀华集》与《咀华二集》，先后出版于1936年和1942年，收录了作者20世纪30年代中期至40年代对现代小说、诗歌以及戏剧创作的评论文章共21篇。李健吾学识渊博，其一生在小说、散文、文学批评、戏剧及法国文学研究方面卓有贡献，是我国现代著名的作家、批评家和翻译家。梁宗岱是诗人兼批评家，李健吾是作家兼批评家；梁宗岱崇拜法国象征主义诗人，李健吾则专治法国文学，写过《福楼拜传》。两人有共同的身份背景，他们的批评文字，有创作的痕迹、诗化的境界。换句话说，枯燥的理论在他们笔下会变得生动而鲜活，意象纷呈、寓情于理，以想象入文，一种微妙的感觉借助形象的譬喻，走进读者的心灵。读他们的批评文字不啻艺术的陶冶，心灵的纯化。

比如，两人都善于用生动的比喻形容对艺术的感受。

先看梁宗岱：

当象征主义……枯萎了三十年后，忽然在保罗梵乐希底身上发了一枝迟暮的奇葩：它底颜色是妩媚的，它底姿态是招展的，它底温馨却是低微而清澈的钟声，带来深沉永久的意义。[3]——《保罗·梵乐希评传》

每句诗，每个字，都洋溢着无限的深意，象满载甘液的葡萄般盈盈欲裂了。[4]——《保罗·梵乐希评传》

一首好诗最低限度要令我们感到作者底匠心……如果拿花作比，第一种可以说是纸花；第二种是瓶花，是从作者心灵底树上折下来的；第三种却是一

① 李振声编：《梁宗岱批评文集》，珠海：珠海出版社1998年版，第296页。
② 李振声编：《梁宗岱批评文集》，珠海：珠海出版社1998年版，第2页。
③ 梁宗岱：《诗与真·诗与真二集》，北京：外国文学出版社1984年版，第7页。
④ 梁宗岱：《诗与真·诗与真二集》，北京：外国文学出版社1984年版，第14页。

株元气浑全的生花，所谓“出水芙蓉”，我们只看见它底枝叶在风中招展，它底颜色在太阳中辉耀，而看不出栽者底心机与手迹。[①]——《论诗》

再看李健吾：

读茅盾先生的文章，我们象上山，沿路有的是瑰丽的奇景，然而脚底下也有的是绊脚的石子；读巴金先生的文章，我们象泛舟，顺流而下，有时连你收帆停驶的功夫也不给。[②]——《爱情三部曲》

他的小说具有一种特殊的空气，现今中国任何作家所缺乏的一种舒适的呼吸。[③]——《边城》

他把若干情境揉在一起，仿佛万盏明灯，交相辉映；又像河曲，群流汇注，荡漾回环；又像西岳华山，峰峦叠起，但见神主，不觉险巇。他用一切来装潢，然而一紫一金，无不带有他情感的图记。[④]——《画梦录》

两人都在议论性的文章中难掩抑制不住的情感：

神话底时代——无论希伯莱的还是希腊的——过去了，颂赞神界底异象和灵迹的圣曲隐灭了；英雄底遗风永逝了，歌咏英雄底丰功伟绩的史诗也销歇了；人类底灵魂却是一个幽邃无垠的太空，一个无尽藏的宝库。让我们不断地创造那讴颂灵魂底异象的圣曲，那歌咏灵魂底探险的史诗罢！[⑤]——梁宗岱《保罗·梵乐希先生》

在波德莱尔底每首诗后面，我们所发见的已经不是偶然或刹那的灵境，而是整个破裂的受苦的灵魂带着它底对于永恒的迫切呼唤，并且正凭借着这呼唤底结晶而飞升到那万籁皆天乐，呼吸皆清和的创造底宇宙：在那里，臭腐化为神奇了；卑微变为崇高了；矛盾的，一致了；枯涩的，协调了；不美满的，完成了；不可言喻的，实行了。[⑥]——梁宗岱《象征主义》

我以为中国今日的诗人，如要有重大的贡献，一方面要注重艺术底修养，一方面还要热热烈烈地生活，到民间去，到自然去，到爱人底怀里去，到你自

---

① 梁宗岱：《诗与真·诗与真二集》，北京：外国文学出版社 1984 年版，第 26 页。
② 郭宏安编：《李健吾批评文集》，珠海：珠海出版社 1998 年版，第 36 页。
③ 郭宏安编：《李健吾批评文集》，珠海：珠海出版社 1998 年版，第 55 页。
④ 郭宏安编：《李健吾批评文集》，珠海：珠海出版社 1998 年版，第 138 页。
⑤ 梁宗岱：《诗与真·诗与真二集》，北京：外国文学出版社 1984 年版，第 8 页。
⑥ 梁宗岱：《诗与真·诗与真二集》，北京：外国文学出版社 1984 年版，第 83 页。

己底灵魂里去，或者，如果你自己觉得有三头六臂，七手八脚，那么，就一齐去，随你的便！[①]——梁宗岱《论诗》

可爱！这是沈从文先生小说的另一个特征。他所有的人物全可爱。仿佛有意，其实无意，他要读者抛下各自的烦恼，走进他理想的世界，一个肝胆相见的真情实意的世界。人世坏吗？不！还有好的，未曾被近代文明沾染了的，看，这角落不是！——这些可爱的人物，各自有一个厚道然而简单的灵魂，生息在田野晨阳的空气。他们心口相应，行为思想一致。他们是壮实的，冲动的，然而有的是向上的情感，挣扎而且克服了私欲的情感。对于生活没有过分的奢望，他们的心力全用在别人身上：成人之美。[②]——李健吾《边城》

而作者便重生在他们各自的文章里面。多粗野，多残忍，多温存，多忠厚，多可爱，一句话，多原始！读过《南游记》，我们爱那群野人，穷人，苦人；读过《湘行散记》，我们会发见，和作者一样，一个已然在城市文化混了若干年的物质存在的人，还有可能为那些人们所爱；这是多大的安慰，当我们想到人海之中的寂寞！……这象一场噩梦。但是这不是梦，老天爷！这是活脱脱的现实，那样真实，只要我们随便走下平汉和陇海两条铁路，我们就会遇见一滩滩的大小坑，里面乌烂一团的不是泥，不是水，而是血，肉，无数苦男苦女的泪汗！[③]——李健吾《里门拾记》

此外两人都不缺乏想象。

在梁宗岱的诗评中，想象已经超越了读者所能感受的范围，心灵升华到了一种象征的境界。正如孙琴安指出的：“他喜欢作人类心灵深处的探奥，而不喜欢作表象的图解；他的议论常有一圈神秘的光晕，却未必去作一种抽象概念的思辨。”[④]比如在《保罗·梵乐希先生》、《象征主义》以及《论崇高》中，都可以感受到这种神奇的想象。梁宗岱的《象征主义》、《论崇高》，前面已经有所介绍，在《保罗·梵乐希先生》中的想象同样恣肆洋溢：

文艺界有一种传统的误解：伟大的艺术家，必定是从穷愁中产生的。所以我们意想中伟大的诗人，不是潦倒终身，就是过一种奔放或流浪生活的人。

---

① 梁宗岱：《诗与真·诗与真二集》，北京：外国文学出版社1984年版，第29页。
② 郭宏安编：《李健吾批评文集》，珠海：珠海出版社1998年版，第55页。
③ 郭宏安编：《李健吾批评文集》，珠海：珠海出版社1998年版，第143页。
④ 孙琴安：《梁宗岱的散文特色》，黄建华主编：《宗岱的世界·评说》，广州：广东人民出版社2003年版，第331页。

固然，深沉的悲哀，有如麝兰底一缕芳馨，往往引导我们深入人生底花心；到了泪咽无声的绝境，我们便油然生打破沉默的意念。然而有一派诗人，他底生命是极端内倾的，他底活动是隐潜的。他一往凝神默想，像古代先知一样，置身灵魂底深渊作无底的探求。人生悲喜，虽也在他底灵台上奏演；宇宙万象，虽也在他底心境上轮流映照；可是这只足以助他参悟生之秘奥，而不足以迷惑他对于真之追寻，他底痛楚，是在烟波浩渺中摸索时的恐惧与彷徨；他底欣悦，是忽然发见佳木葱茏，奇兽繁殖的灵屿时恬静的微笑。

可是倘若他只安于发见而不求表现，或表现而不能以建筑家意匠的手腕，音乐家振荡的情绪，来建造一座能歌能泣的水晶宫殿，他还不过是哲学家而不是诗人。诗，像一切艺术一样，固可以写一刹那的感兴，瞬间的哀乐，但是诗，最高的文学底使命，仅止于此么？夜草底潜生，泉心的霁月，死的飞禽，累累下坠的果，以至婴孩底悲啼，睡女胸间停匀的起伏……一般诗人所不胜眷恋萦回，叹息吟咏者，对于我们底诗人，却只是点缀到真底圣寺沿途底花草，虽然这一花一草都为他展示一个深沉的世界；却只是构成巍峨的圣寺的木石，虽然这一木一石都满载无声的音乐。[①]——《保罗·梵乐希先生》

这是梁宗岱开篇介绍保罗·梵乐希，作为象征主义诗人，描述他不同于他人的创作个性。作者撇开了叙述以及分析，而是用诗样的语言，简单概括地描绘了梵乐希的创作特点。我们知道，这是一个注重心灵探索的哲学诗人，他的诗富有音乐的色彩与建筑的意匠，他的诗用“一花一草”启示一个灵魂的世界，因此，既深邃又神秘。

这样的想象性文字在李健吾的批评文章中也能间或看到：

但是宇宙的进行隐隐寓有一种自然的法度，看不见，然而感得到。因为即使徐氏不死，新诗的运动依然不免流于反动。我们说过，李金发仿佛一阵新颖，过去了，为就失味了。但是，他有一点可贵，就是意象的创造。对于好些人，特别是反对音乐成分的诗作者，意象是他们的首务。他们厌恶徐志摩之流的格式（一个人工的技巧或者拘束）；这和现代的生活扞格；他们第一个需要的是自由的表现，然而表现却不就是形式。内在的繁复要求繁复的表现，而这内在，类似梦的进行，无声，然而有色；无形，然而朦胧；不可触摸，然而可以意会；是深致，是含蓄，然而不是流放，不是一泄无余。他们所要表现的，是人生微妙的刹那，在这刹那里面，中外古今荟萃，空时集

① 梁宗岱：《诗与真·诗与真二集》，北京：外国文学出版社 1984 年版，第 7~8 页。

为一体。他们运用许多意象，给你一个复杂的感觉。一个，然而复杂。[①]——《〈鱼目集〉——卞之琳先生作》

李健吾批评中的想象，不是一种对境界的描述，而是一种“破题”的手段：

一家铺面的门额，通常少不了当地名流的款识。一个外乡人，孤陋寡闻，往往忽略落款的题签，一经去寻找那象征的标志，例如一面酒旗子，纸幌子，种种奇形怪状的本色，那样富有野蛮气息，那样燃灼愚人的智慧，而又那样呈有无尽的诗意或画意。《篱下集》好比乡村一家新张的店铺，前面沈从文先生的《题记》正是酒旗子一类名实相符的物什。我这落魄的下第才子，有的是牢骚，有的是无聊，然而不为了饮，却为了品。所以不顾酒保无声的殷勤，先要欣赏一眼竿头迎风飘飘的布招子。[②]——《〈篱下集〉——萧乾先生作》

这种由一物的描述引起相关或类似的另一物的话题，是李健吾文学批评的突出特色。《爱情三部曲》、《九十九度中》、《画梦录》、《清明前后》等都是如此，尤其是《答〈鱼目集〉作者》令人眼花缭乱。正如巴金所说，读李健吾的批评像开了一部流线车，对沿途风景“左顾右盼”。李健吾与梁宗岱的批评都不缺乏想象，由一个作家比照另一个作家，由一个流派比照另一个流派，在比较中辨识作家的创作特性。但总体来看，李健吾的批评所运用的想象，更多的是类比、比较以及关联等联想手法，而梁宗岱的想象是心灵层面的一种意境描述，仿佛一个诗人在灵感来临时留下的文字，是心灵在刹那间见出的一种“永恒的美”。

李健吾的《咀华集》、《咀华二集》被称为“中国现代批评的第一个宁馨儿”，在中国现代文学批评史上，具有令人惊喜的“初生”意义。李健吾所面对的是“新生”的批评对象，这些作品都是他同时期的作家创作出来的，包括有名气的作家像巴金、沈从文等，但更多的是无名之辈，如蹇先艾、陆蠡等。李健吾主张批评不是判断只是表现，“他抓住灵魂的若干境界，把这些境界变成自己的”[③]。在他看来，“批评之所以成功一种独立的艺术，不在自己具有术语水准一类的零碎，而在具有一个富丽的人性的存在。一件真正的创作，不能因为批评者的另一个存在，勾销自己的存在。批评者不是硬生生的堤，活活拦住水的去向。堤是需要的，甚至于必要的，然而当着杰作面前，一个

---

① 郭宏安编：《李健吾批评文集》，珠海：珠海出版社 1998 年版，第 106 页。
② 郭宏安编：《李健吾批评文集》，珠海：珠海出版社 1998 年版，第 64 页。
③ 郭宏安编：《李健吾批评文集》，珠海：珠海出版社 1998 年版，第 183 页。

批评者与其说是指导的，裁判的，倒不如说是鉴赏的，不仅礼貌有加，也是理之当然。这只是另一股水：小，被大水吸没；大，吸没小水；浊，搅浑清水；清，被浊水搀上些渣滓”①。显然，李健吾所持标准是相对的。在他的批评中，我们时或见到一些难得一见的精警语句，既启迪我们的心智又增进我们的情感。他的批评更重视“品”，也就是“品味”，就像喝茶，只要能从中尝出一些滋味，那批评者就达到了自己的目的。李健吾的批评也有自己浪漫的理想，他推崇沈从文的《边城》，认为作品“在自然的气势之下，藏着一个艺术家的心力。细致，然而绝不琐碎；真实，然而绝不教训；风韵，然而绝不弄姿；美丽，然而绝不做作。这不是一个大东西，然而这是一颗千古不磨的珠玉”②。《边城》“不是分析出来的，而是四面八方烘染出来的。他的巧妙全在利用过去反衬现时，而现时只为推陈出新，仿佛剥笋，直到最后裸露一个无常的人性”③。“人性”终归是他批评的尺度，而“唯美主义”是他的最爱，仿佛是西方 19 世纪法国戈蒂叶倡导的“为艺术而艺术”观点的践行。李健吾的气质不同于梁宗岱的诗性，他始终是清醒的，理性的。正像有学者所指出的那样“谦撝中不乏傲气”，他的文笔，既形象精警又有“迂回”的曲意，不乏深蕴的情致、自我的坚执。

梁宗岱的批评，尤其是早期的批评，目的是“辨”，为“词”、“字句”以及“文体”而“辩”，并非针对作品的品“评”。他于 20 世纪 30 年代写下的诗论融创作、理论与批评为一体。他与朱光潜争辩的一些问题，大多是为引向自己的诗学主张；对新诗的批评，是为申明自己的评诗原则。梁宗岱在诗学批评观点上，主张诗的绝对的审美价值——纯诗。所谓纯诗，存在于法国象征主义诗人波德莱尔、马拉美、梵乐希的创作中，也存在于中国的旧诗中。他认为，一切中外经典的诗歌是我们现代白话新诗的“光荣传统”，不可抛弃，因此，他的诗批评对象，都是中外大诗人的经典诗作：屈原、李白、但丁、歌德、梵乐希等，并以此作为榜样，对白话新诗提出了较高的要求。在对审美风格的追求上，梁宗岱推崇有“崇高之美”的作品，也就是他所形容的诗歌创作的“出水芙蓉”般不留痕迹的“神妙境界”，即象征主义的“灵境”。这显然是诗人的至高理想。这也就是为什么梁宗岱的许多诗文描述多于分析，说明多于阐释，营造了一种神秘的、微妙的诗境。这些描述使梁宗岱从一个具有理性的诗学批评家变成了具有瑰丽想象的诗人。梁宗岱的浪漫气质决定了其文笔特色必然是华彩的、瑰丽的，也不乏精致透彻。

---

① 郭宏安编：《李健吾批评文集》，珠海：珠海出版社 1998 年版，第 29 页。
② 郭宏安编：《李健吾批评文集》，珠海：珠海出版社 1998 年版，第 56 页。
③ 郭宏安编：《李健吾批评文集》，珠海：珠海出版社 1998 年版，第 57 页。

梁宗岱与李健吾“艺术化”的批评可以说都直接从法国、英国文学批评中汲取了丰富的营养，比如，梁宗岱与梵乐希、蒙田，李健吾与法朗士、勒麦特（哈罗特·佩特，19世纪英国唯美主义文艺批评的代表）等的文学批评。梁宗岱在梵乐希那里所借鉴的不仅是象征主义艺术精神，包括表现方法。我们可以看一段梵乐希谈自己创作长诗《年轻的命运女神》体会的文字：

我发现我变得对言词中的响度敏感起来。我留连忘返地发现着言语中的音乐，那入耳的言语在我的心灵中振荡着，我不知道怎样和谐的独立性和怎样瞬间性的节奏所结成的只能意会而不能言传的存在在振响着。字母绽现出绚丽的色彩。语言的某种宛转、某种形式时而通过其自身在灵魂与声音的边缘熠烁，仿佛要变成有生命的活物。

这种歌唱状态的开始，这种表达性发明的内心的春天，是优美动人的，犹如乐队在演奏之前，在万乐齐喧之前，在其接受指挥棒的指挥之前的短瞬间那种试乐的吱吱营营，但只有当它奏出了生机勃勃，姿态万千的音乐，一种清脆之声争喧竞巧，时而繁复漫演，时而间断停顿，时而又争奇斗妍、跃跃欲试，每一种乐器从其本质出发，相互关联，才形成一派整体的音乐的奇观。①

《年轻的命运女神》是梵乐希在经历了二十多年的哲学沉思之后诗思灵感的爆发。诗人原本只想写一首四十行左右的短诗，下笔之后，一发不可收，写成了五百多行的长诗。这首诗堪称法国诗歌史上的一座丰碑：“诗中改变了其早年严格恪守规范的诗的体式而呈现出一种灵思飞动和散漫无羁的精神的流溢之状，是一种具有浓重的现代意味的诗之范本。”②这种“灵思飞动”的精神状态在梁宗岱的诗论中不难找到。法国20世纪初期诗人、批评家伊夫·博纳富瓦对梵乐希创作体会的描述，认为其有种“绚丽多彩的幻像”，仿佛“在心灵里驾驭着万物”，是将“认知模式切入精神”。正是这一点对梁宗岱文章风格产生了很大影响。

李健吾对印象主义批评的接受是直接以其批评理念作为自己的批评原则。

勒麦特告诉我们：“作者拿他某一特殊时间在人世所受到的印象记在一件艺术作品里面，同时批评，不管武断不武断，它的趋止是什么，所能做的也不外乎把我们对于作品在某一时间段的印象凝定下来。”这就是说，批评是

① ［法］瓦雷里著，葛雷、梁栋译：《瓦雷里诗歌全集》，北京：中国文学出版社1996年版，第295页。

② ［法］瓦雷里著，葛雷、梁栋译：《瓦雷里诗歌全集》，北京：中国文学出版社1996年版，第11页。

一种印象的印象，犹如柏拉图解释艺术，把艺术看做模仿的模仿。

……法朗士告诉我们："犹如哲学和历史，批评是明敏和好奇的才智之士使用的一种小说，而所有的小说，往正确看，是一部自传。好批评家是这样一个人：叙述他的灵魂在杰作之间的奇遇。"①

此外，还有法国19世纪的圣·佩夫的批评，李健吾将这些人的批评精神化为自我的表现，因而形成了其独特的批评风格。

但是我们也必须看到，在两人的文学批评中，"艺术化"的表达最大限度地延伸了批评的审美价值，在西方的唯美主义或象征主义批评的理念骨架的支撑下，延续了中国古代传统的诗学批评方式方法，在一定程度上将中西诗学批评融合起来，形成独特的中国现代诗学批评风貌。梁宗岱诗人的想象使其诗学批评走上了主观化的道路。他不求理论上的客观求证，而是作为一种策略性的手段，追求真正的美学理想。这种美学主张表现在创作与鉴赏的"心凝形释"中追求主体的超越自由，生命与外物的深切的契合，一种美之创作的绝境。李健吾的批评调动了整体感知，让"心灵游弋在作品之间"，但毕竟抒发的是一些感悟似的印象，没有形成系统的批评美学原则，其批评也不乏晦涩之处，不如梁宗岱那样逻辑谨严、清澈澄明。

二、心灵与个性的写照——"走内线"的文艺批评观

在梁宗岱的诗评中，或是结合自己的创作经验来讨论某种"诗学"的范畴，比如《试论直觉与表现》；或是对他所推崇的中西方经典大家的评价，比如《保罗·梵乐希评传》、《歌德与李白》、《歌德与梵乐希》、《韩波》、《屈原》等；或是对当代新诗出路的关注，比如《论诗》、《文坛往那里去——"用什么话"问题》、《象征主义》、《谈诗》、《论崇高》、《说"逝者如斯夫"》、《新诗底纷歧路口》、《诗·诗人·批评家》等，总之是要建构一种"诗"应该如何的批评支点。在中国现代批评史上，20世纪二三十年代的主流批评方法是"走外线"。所谓"走外线"就是指批评不从作家的作品着眼，而是专注于他的种族、环境和时代。法国19世纪的批评家泰纳的实证主义批评传入我国，也差不多被我国文坛和学术这种考证所垄断。批评的结果往往是把手段看作目的，把理解的初步当作批评的终点。梁宗岱则挑选了另一条路，那就是"走内线"。"走内线"就是直扣作家作品：

① 李健吾：《自我和风格》，郭宏安编：《李健吾批评文集》，珠海：珠海出版社1998年版，第183页。

我以为一个作家之所以为作家，不在他底生平和事迹，而完全在他底作品。概括地说，一个诗人底生活和一般人并没有很大的差异；或者，假如他有惊天动地的事迹而没有作品，他也只是英雄豪杰而不是诗人。而在另一方面呢，一件成功的文艺品第一个条件是能够自立和自足，就是说，能够离开一切外来的考虑如作者的时代身世和环境等在适当的读者心里引起相当的感应。它应该是作者底心灵和个性那么完全的写照，他所处的时代和社会那么忠实的反映，以致一个敏锐的读者不独可以从那里面认识作者底人格，态度，和信仰，并且可以重织他底灵魂活动底过程和背景——如其不是外在生活底痕迹。所以我以为一切最上乘的诗都是最完全的诗，就是说，同时是作者底人生观宇宙观艺术观底显或隐的表现，能够同时满足读者底官能和理智，情感和意志底需要。①

在梁宗岱的作家作品评论中，大多都是奉行这条路线。直扣作品的批评让我们感受到了批评者文笔的诗意般的魅力：

在《九歌》里流动着的正是一个朦胧的青春的梦；一个对于真挚，光明，芳菲，或忠勇的憧憬；一个在美丽和崇高底天空一空倚傍的飞翔。这里面没有思想；没有经验；一切都是最贞洁的性灵；都是挚爱，怅望，太息，和激昂——就是悲哀，也只是轻烟似的，青春的悲哀。而诗人为自己创造的诗体，一种温婉，隽逸，秀劲的诗体，又适足以把他灵魂里这些最微妙最深秘的震荡恰如其分地度给我们。②

《九歌》底造诣，不独超前绝后，并且超过屈原自己的《离骚》：宋玉得其绵邈，却没那么幽深；曹子建得其绮丽，却没那么峻洁；温李得其芳馥，却没那么飘举；姜白石得其纯粹，却没那么浑厚。③

这前一段，是一向奉行的心灵诗学表达，后一段则回归到中国古代诗学的语态之中。不仅如此，在中西诗学家作品的互照、互比、互证中，寻求二者诗性的特点与差异：

① 梁宗岱著，马海甸主编：《梁宗岱文集·评论卷》，北京：中央编译出版社2003年版，第208~209页。
② 梁宗岱著，马海甸主编：《梁宗岱文集·评论卷》，北京：中央编译出版社2003年版，第218~219页。
③ 梁宗岱著，马海甸主编：《梁宗岱文集·评论卷》，北京：中央编译出版社2003年版，第219页。

但丁可以说是清明多于热烈，屈原则热烈多于清明；一个是光，一个是热，虽然实际上二者是分不开的；一个是光被四宇的长明灯，一个是烈焰万丈的大洪炉。但丁站在他所经历的环境和世纪中间，默察，倾听，和审判他四周的人物和景色；他自己就是他所叙述的光怪陆离，惊心动魄的奇观——苦难的躯体，忏悔的灵魂，光明的圣者——底耳闻目击的证人：所以《神曲》底表现方式是客观的，是一部个人的纪事诗。反之，摄入屈原底大洪炉里，无论是美人和芳草，云电和风雷，历史和神话，皆化作熊熊烈焰，变成屈原底歌唱灵魂底一部分：所以《离骚》底表现方式是主观的，是一首宇宙的抒情诗。[①]

像此类的方法，在梁宗岱的《李白与歌德》、《歌德与梵乐希》中都有所表现。在这种表达中，我们看到了作者诗人般的热情，甚至有些失去了冷静，换句话说，诗人过于求“美”，而失去了“真”。假如作者就是为了颂赞屈原以及屈原的伟大作品，这样热烈、绮丽的语句也有可讲之处，但他偏偏与文学史的“证伪”联系起来，这就使得他的“走内线”的主观化批评，因缺少论证支持，显得过于“华丽”与“浮泛”了。

梁宗岱在《屈原》中，针对屈原的作品在“文学史权威底手里变得东鳞西爪，支离破碎”（有些作品，比如像《九歌》是否为屈原所作，确有争议，但比较一致的看法是经过屈原加工的民间诗歌；有些，像《远游》、《卜居》、《渔父》，史家认为不是屈原所作，为后人所记屈原的传说）。甚至“五四”以来，有学者竟对屈原的存在提出怀疑（胡适在《读楚辞》中认为屈原是一个复合物，是一个“箭垛”，后人将楚辞众多作品归于屈原的名下。他提出“《九歌》与屈原的传说绝无关系，细看内容，这九篇大概是最古之作，是当时湘江民族的宗教舞歌”[②]。在胡适看来，推翻屈原传说，目的是让《楚辞》本身的文学价值昭示出来，否则“《楚辞》只是一部忠臣教科书，但不是文学”[③]），提出他的反驳。梁宗岱认为屈原的这些作品，“在我巡礼的尽头竟是显得一贯而且完整。它们同是一颗崇高灵魂所辐射出来的强烈或庄严，澄净或凄美的光辉，不能分解也不容怀疑，正如从一颗参天的大树发出来的壮硕繁茂的枝叶——虽然这些枝叶有向阴向阳，向上或向下发展之不同。于是又一度证实

① 梁宗岱著，马海甸主编：《梁宗岱文集·评论卷》，北京：中央编译出版社 2003 年版，第 237 页。

② 胡适：《读楚辞》，欧阳哲生编：《胡适文集》（3），北京：北京大学出版社 1998 年版，第 76 页。

③ 胡适：《读楚辞》，欧阳哲生编：《胡适文集》（3），北京：北京大学出版社 1998 年版，第 77 页。

了这平凡的真理：每个伟大的创造者本身都是一个有机的整体，带着它特殊的疆界和重心。真正而且唯一有效的批评，或者就是摒除一切生硬空洞的公式，不断努力去从作品本身直接辨认，把捉，和揣摩每个大诗人或大作家所显示的个别的完整一贯的灵象——这灵象底完整一贯的程度将随你视域底广博和深远而增长”①。于是，作者将这些作品归之于屈原的名下，还分出了先后的次序：先作了《九歌》，又作了《天问》，次作了《九章》，再作《离骚》，之后是《招魂》，最后是《远游》。正如批评家李长之所言，像《远游》、《招魂》均为伪作，已有所证，如不推翻前人之说，是不能得出为屈原所作的结论的。

李长之说：

批评和文学史完全是两回事。批评追求一种永久的价值，它的对象是绝缘的，是独立的，是绝对的。它所处理的对象，往往抗拒着文学史所加给的封条。

可是文学史不同，文学史家的工作，则在阐明嬗变，它不管作品有无价值，只要在史的意义上值得处理，便绝不会放过。②

假若作者谨守批评的立场，对屈原（以及非屈原）的作品，只作一串单个的审美的考察，那我们就只有满意了，可是他一方面不能忘情于和一般考据家打笔墨官司，他的反攻却只见有情感，而不见有可靠证据，另一方面他又不禁技痒，自己也参进了考据的迷阵，却只显得武断和局促。③

的确如此，梁宗岱的“走内线”批评，多少有些“牺牲了逻辑”，“求美太过”，显得有些繁复、华丽，失却了简朴与真实，甚至失却了事物所应持守的基本原则。笔者以为，正如梁宗岱说理论家有时“例证赶不上理论，思想力强于美感”，梁宗岱的批评或可以说是“美感强于理智”，热情冲淡了思维，就像诗人作诗只顾痛快淋漓的宣泄，不顾及诗句的斟酌，因此写得有些像诗又有些不像诗的道理是一样的。

但是即便如此，梁宗岱对屈原作品的偏爱，对作品风格所作的品评，对但丁与屈原的比照，对屈原《橘颂》的印象，引得批评家李长之不住赞赏：

作者对于风格，更特别有一类敏锐的美感，他以轻歌微吟来形容《九歌》，

---

① 梁宗岱著，马海甸主编：《梁宗岱文集·评论卷》，北京：中央编译出版社2003年版，第210页。
② 李子云：《李长之批评文集》，珠海：珠海出版社1998年版，第198~199页。
③ 李子云：《李长之批评文集》，珠海：珠海出版社1998年版，第200页。

他以促管繁弦来形容《九章》，他以黄钟大吕来形容《离骚》，他并以“刻画精致，雕肝镂骨的雕刻或工笔画”来形容《招魂》，这形容有多美，有多切！①

在他抒写他那审美底印象中，尤以关于《橘颂》的一段最成功。他说：

当我们从这些作品，尤其是，譬如说，从《涉江》或《悲回风》转到《橘颂》的时候，我们仿佛在一个惊涛骇浪的黑水洋航驶后忽然扬帆于风日流利的碧海，或者从一个暗无天日，或只在天风掠过时偶然透出一线微光的幽林，走到一个明净的水滨，那上面亭亭玉立着一株“青黄杂糅”的橘树，在头上的蓝天划出一个极清楚的轮廓：一切都那末和平，澄净，圆融……（页三七）

他又想到以屈原那样，“阴郁波动的心境，何以能产生这样和平，澄净，圆融的诗境呢？他的答复是：这可以看歌德；他说：‘做能欣赏地中海底风光的，不是那具有地中海的法兰西人和意大利人，而是那些生活和思想长期浸在幽暗或朦胧里的日耳曼人。’”（页三九）。从来人对于《橘颂》的赞赏，可以说没有这样深刻，尽致，而又不失却美的！②

李长之的感受何尝不是我们的感受。梁宗岱的批评的确具有一种“魅力”，这“魅力”是其他批评家所不具有的，或者说虽具有，但未见达到他那样的高度。梁宗岱自己道出其中的缘由：“这篇文章便是我底心灵和这位（其实我应该说两位，因为从始但丁底影子便陪着我们像一支乐曲底低音伴奏）大诗人底心灵直接交流所激出的浪花。除了偶而不得已要拭去一些足以蒙蔽作品底真面目的尘埃之外，我并没有什么新奇的见解或惊人的议论要提出来。我只细心虚怀运用我底想象力（我觉得这是了解和享受这些想象的创造的唯一办法），想从作品所展示的诗人心灵底演变，艺术底进展，一句话说罢，想从创造底过程去领会这位大诗人所给我们的光明的启示。”③前面我们在谈到梁宗岱的象征主义诗学时讲过，梁宗岱所追求的象征主义不是单纯的形式，而是心灵层面的，是象征主义的心灵诗学。这无疑对梁宗岱的批评也有深刻的影响：他与大作家“过活”，追求“极致”；他的批评也追求这种“绝对”的价值，他强调心灵的感应，而不是烦琐的实证；他用意象描述，而不是逻辑的推理；他有着华美的文辞，追求语言的音乐性等，所有这些都构成了梁宗岱的批评个性与风格，而这种风格在中国现代文学批评史，或者说在当代中国批评史中，尤其在传统向现代转型，中西方文学创作方法交融汇通的前提下，人们的心

① 李子云：《李长之批评文集》，珠海：珠海出版社 1998 年版，第 199 页。

② 李子云：《李长之批评文集》，珠海：珠海出版社 1998 年版，第 199~200 页。

③ 梁宗岱著，马海甸主编：《梁宗岱文集·评论卷》，北京：中央编译出版社 2003 年版，第 210 页。

灵迷失在技巧的炫耀之中，梁宗岱不仅对我们确立诗学的批评支点具有重要的意义，而且对我们今天的文学创作与批评更有着指导意义。

第三节 梁宗岱诗学批评的现代价值意义

一、梁宗岱努力寻求中西批评的“共同素质”建构他的心灵诗学

梁宗岱的批评与他的诗学理论一样，实践着自己的“真的追求与美的创造”。求“真”，但并不像西方诗学家那样，按照逻辑推理去建构一套科学的、客观的概念体系；求“美”，也不同于中国传统古典诗学，建立一种诗学风格式的批评模式。笔者以为，梁宗岱的诗学批评，是继近代学者王国维之后的一个发展与开拓。王国维是试图“融西于中”，就是将西方诗学的观念与思维模式融入中国的古典诗学，梁宗岱则是以西方象征主义的心灵诗学的思维模式，努力寻求中国古典诗学中与其相近的“共同素质”，构建他的心灵诗学批评，以此与世界诗学接轨。这正像中国比较诗学学者叶维廉所讲的“借异而识同，藉无而得有”。[①]在梁宗岱的诗学批评中，我们感到诗人有着宏大的理想，这理想渗透着极浓厚的宗教情怀，甚至有种对彼岸世界的向往。在梁宗岱看来，诗应是一种生气的灌注，它并不是单纯技巧的运用，而要扎根到灵魂的深处，见出某种“心机”的东西。有人说梁宗岱的诗性批评是在此岸世界欲见出彼岸世界之圣洁的最高生命之境界，是一种精神的超度自由，是一种大美，这话不错。

二、梁宗岱的批评针对时下诗坛风气，立志为新诗的发展树立绝对的标尺

梁宗岱诗学批评的对象都是世界诗史上一流的大家，与其说是批评，不如说是赏鉴。他追求象征的绝美境界，目的是什么？其中最直接的目的是针对当时诗坛的创作风气：浮浅、空泛、低俗、滥情，时下学人的惰性与颓唐学风，立志为新诗的发展树立绝对的标尺。理想是我们每个人心中的向往，不独梁宗岱，但对理想的坚执并非人人都能做到。追逐理想意味着对现实的

① 温儒敏、李细尧编：《寻求跨中西文化的共同文学规律——叶维廉比较文学论文选》，北京：北京大学出版社1986年版，第32页。

间接反抗，梁宗岱就是这样一个具有浪漫情怀的诗学批评家。在《新诗底纷岐路口》中，梁宗岱对新诗所面临的处境，表现了一个批评家的忧虑。在一阵狂风暴雨的破坏之后，新诗面临着许多重建的难题，尽管经过了诗人们的不懈努力，但新诗“距离成功还很遥远”。梁宗岱提出，旧诗与新诗相比文字是极精炼纯熟的，但是由于陈陈相因已流为腐烂与空洞，失掉新鲜与活力，而新诗极富于新鲜与活力，但它的贫乏和粗糙之不宜于表达精微委婉的诗思，却不亚于前者底腐烂和空洞。“我们的诗坛仍然充塞着浅薄的内容配上紊乱的形体（或者简直无形体）的自由诗：我们的意志和毅力是那么容易被我们天性中的懒惰与柔懦征服的！”[①]因此，梁宗岱倡导用诗人的全人格浸润与陶冶，创造一种有生命的诗的形式。

梁宗岱在给诗人徐志摩的信中谈到了《诗刊》中孙大雨的《决绝》，尽管作者把简约的文字造成绵延不绝的十四行诗，其内容是决绝后的天地变色，山川改容，但读者读后感到“我们的心弦连最微弱的震动都没有！我们只看见作者卖气力去描写一个绝望的人心目中的天地，而感不着最纤细的绝望的血脉在诗句里流动！更不消说做到那每个字同时是声是色是义，而这声这色这义同时启示一个境界……”[②]正如梁宗岱在《论崇高》中讲到的，“崇高”之表现并非题材之宏大，线条之活跃，色彩之强烈，章法之横肆，而是生命与外物间的深切契合，因此，题材之大小与艺术的价值并非成正比。王维的《辋川集》引领我们进入一个宁静超诣的禅境，陈子昂的《登幽州台歌》令我们真切地感到宇宙的精神，歌德的《流浪者之夜歌》给我们的心灵震荡不减于贝多芬的一曲交响乐。“宇宙之脉搏，万物之玄机，人类灵魂之隐秘，非有灵心快手，谁能悟得到，捉得住？非有虚怀慧眼，又谁能从恒河沙数的诗文里分辨和领略得出来？”[③]梁宗岱在《文坛往那里去——“用什么话”问题》一文中谈到当时文坛的语言转换，文言虽精思，但也不免晦涩与空洞；白话虽新鲜而又有活力，但浮泛与粗陋。要想真正实现传统工具向现代的转换，必须认识到语言与思想的相生相长。因为深邃的思想可以精思与慎用语言，反之，语言的精思表达同样有助于形成深邃的思想。因此，梁宗岱认为文艺并不单是文字的工具与形式的问题，而是关系到思想和艺术的素养。梁宗岱提出，

① 梁宗岱著，马海甸主编：《梁宗岱文集·评论卷》，北京：中央编译出版社 2003 年版，第 158 页。
② 梁宗岱著，马海甸主编：《梁宗岱文集·评论卷》，北京：中央编译出版社 2003 年版，第 27 页。
③ 梁宗岱著，马海甸主编：《梁宗岱文集·评论卷》，北京：中央编译出版社 2003 年版，第 35 页。

当前的文艺与其降低我们的工具去迁就民众，不如改善我们的工具以提高他们的鉴赏水平。梁宗岱的诗学批评秉承的是精英化的审美趣味取向。

梁宗岱是受过中西文化熏陶之人，在美学趣味上，他将西方的审美范畴“崇高”与中国古代道家、佛教中的“境界”融合在一起。因为与“金刚怒目”、“纵横捭阖”极富冲突性的美学品格相比，他更推崇和平静穆以及庄严、肃穆、和谐、恬静之美，因为这种美更能勾人心魄，使人神思飞越。换句话说，就是能唤起人的崇高感觉。

这是因为，与西方追求绝高的人格不同，中国艺术所追求之“绝境”完全是靠内心的沉潜来达到与自然合二为一的和谐、宁静。与朱光潜一样，梁宗岱也特别喜欢陶渊明的诗。梁宗岱是把陶诗译成西方文字的第一人。正因如此，他对西方的“崇高”审美范畴的阐释比较偏重于主体的内心体验，而不是客观物体的形态。在梁宗岱的心灵里流淌着中西交融的血脉。他推崇陶渊明、屈原，推崇波德莱尔、歌德、但丁、梵乐希，在这些最上乘的诗作面前，“一种超越了灵与肉，梦与醒，生与死，过去与未来的同情的韵律在中间充沛流动着。我们内在的真与外界底真协调了，混合了。我们消失了，但是与万化冥合了”[①]。

三、梁宗岱诗学批评对当代文学批评的启示

20 世纪 90 年代以来，当代学者姜涛、夏中义等对梁宗岱的批评方式、方法以及诗美学有所研究。夏中义的《梁宗岱：诗论、诗艺及诗性》通过对梁宗岱的诗性人生，追求诗艺化的表达以实现其精神层面的审美期待的阐释，揭示了梁宗岱的诗性批评的特点。作为诗人兼理论批评家的梁宗岱，他的慎思明辨是建立在对诗性的体悟之上的，他力图在西方的客观逻辑论证与中国古代的诗性体悟之间寻找到一种汇通的途径。他不是刻意的、理性的，他是把诗学的范畴当作一种人生的价值视野赋予其一种精神的期待，他能做到倾其生命地投入，坚定自信。在《世纪的回响——梁宗岱批评文集》的序中，诗人彭燕郊写道：“他写说理问题的文字笔端常带感情。所论证的问题是经过多年研究的，提出的观点是经过深思熟虑的，是他坚定地相信应该是这样而不是那样的。他有足够的信心，有能力完满地回答可能有的诘难，有能力使人信服。更重要的是，他认为这些问题的正确认识和合理解决将大大有益于

① 梁宗岱著，马海甸主编：《梁宗岱文集·评论卷》，北京：中央编译出版社 2003 年版，第 72 页。

文艺事业的发展，他为此而激动。”[①]这种对理论问题的生命热情让理论家面色尴尬。梁宗岱的理论批评因其化为自己的人生感悟而具有了强大的生命力。

在20世纪后期的中国文学批评界，我们很少能够读到像梁宗岱这样的批评文字。当西方的批评话语泛滥于我们的文坛，并一再呼吁古代文论向现代文论转型，梁宗岱的批评难道不正给了我们深刻的启示吗？

① 李振声编：《梁宗岱批评文集》，珠海：珠海出版社1998年版，第2~3页。

结　语

本书《梁宗岱诗学研究》，以诗人、诗评家、诗学家、翻译家梁宗岱为研究对象，将梁宗岱诗歌创作、诗理论、诗批评、比较诗学以及翻译著述都纳入研究范围，分别研究讨论了他在各文学领域中的观点、主张，在中国诗学特别是中国现代诗学与比较诗学中的地位、影响和贡献，对当代诗学的思考和启示。

梁宗岱诗学的主题词可以用两个词进行概括——“真”与“美”。

正如作者以“诗与真”作为其著作的标题，他从18世纪德国作家歌德自传受到启示，在19世纪中后期法国象征主义大师瓦雷里的引领与感召下，矢志不渝地将之作为自身诗学探索的终极目标追求。这种追求不是亦步亦趋的对西方诗学的模仿或照搬，而是作为一种诗学参照，返归中国古典诗学，寻找与西方现代诗学可以共同比肩的美学元素或哲学之道，以此唤醒中国现代诗学的新生！梁宗岱仰望西方，追寻现代诗学发展的脚步，回首中国古代传统，汲取其优秀精华，考量当下，以中西古代经典的准绳，权衡新诗的分量，为中国现代新诗发展提出了高标尺。

梁宗岱诗学之真，从创作角度来讲，要求诗人要“言为心声”，要有丰富的生活经验、经历，厚积薄发。诗是经验的沉潜，不是一时的兴致！他青年期的诗作乃至中年期的古典词，无不是他内心之写照！梁宗岱是诗人，生性浪漫、天赋过人，有超常的审美直觉能力，但其诗歌作品没有在中国现代白话新诗中产生大的反响，因其诗型的颠覆性不是最引人注目的。与胡适不同，其诗追求高远意境，让人仰望，但经过一个世纪的时间，再读梁宗岱早年的诗，感觉与他一贯的诗学观念相吻合。诗中始终充满着浪漫与象征的创作方法的交融，与中国古典诗歌意境的交融。我们应该理解，梁宗岱为什么与19世纪法国后期象征主义大师瓦雷里相识相知，成为自己终身的导师，这真是两个“夜行人”的偶遇。

梁宗岱诗学之真，从诗作效果角度来讲，追究“美”而不是“善”。在我们的文论教材里，专门有一章“真善美——文学创造的价值追求”。这个观点得益于中国现代诗人艾青。艾青在其20世纪40年代撰写的《诗论》里，将“真善美”视作诗的“三轮子”。他比喻诗人创作如同诗神驾驭的纯金的三轮马车，在生活的旷野上驰骋。三个轮子就是真、善、美，它们闪烁着同样的光芒，以同样庄严的隆隆声震响着。作为抗战时期的时代诗人，艾青强调诗歌表达要有功利性，这无可厚非，但在梁宗岱看来，追求有限功利会损害诗美，会将诗视作工具、手段而不是目的。与其迎合民众，不如提高民众的审美水准！这是梁宗岱对中国现代白话新诗的期望。可见，梁宗岱一直坚守诗的高贵性品质，维护诗之为诗的独立存在。这也是为什么在新中国成立后，梁宗岱在大学的讲台上，恪守作为教授的职业责任——“携天下英才而教育之”。在他看来，教育是高贵的职业，主要是培养受教育者的天性才能，而不是普及知识迎合大众。这个观点对今天而言虽说悖逆，但也的确发人深省！梁宗岱不是反对功利，而是强调诗的最高的功利：“一首好诗最低限度要令我们感到作者底匠心，令我们惊佩他底艺术手腕。再上去便要令我们感到这首诗有存在底必要，是有需要而作的，无论是外界底压迫或激发，或是内心生活底成熟与充溢；换句话说，就是令我们感到它底生命。再上去便是令我们感到它底生命而忘记了——我可以说埋没了——作者底匠心。”[①]诗应该能给读者带来心灵的共鸣以及最高的审美享受。这最高的诗的境界，如同“出水芙蓉”一样，依它姿态的摇曳，而见不出栽者的心机与手迹。这是梁宗岱诗学的理想，情感与技巧混溶一体，甚至音、色、义三者融一，辨不出高低你我。如同一首高雅的乐曲，流动的音乐中隐喻着内在的情感，情感如同“镜中花、水中月”，只有影像不见实质了。要创作出这样的诗作，不是一时的兴致，而是长久的期待，经验的沉潜以及执着的人格坚守。

梁宗岱的诗学之真，更得益于其真挚、崇高而不伪作的人格。没有梁宗岱，就没有梁宗岱诗学。梁宗岱真诚不作伪的为人作风，直率、坦诚而坚执，其一生不为意愿之外的事物所囿，回归真实的内心，随顺性情！坚执表现在一生对诗、对艺术信仰如宗教徒般地虔诚，矢志不渝。梁宗岱受西方文化人格模式影响，个性张扬，学术上竭力追求一种“无私”的批评态度，只为维护自己心中神圣的艺术原则！

梁宗岱诗学追求“美的创造”。梁宗岱的诗学成就主要体现在《诗与真·诗与真二集》中，作为一部诗学或比较诗学著作，尽管这本很薄的小册子，分量不大，却以质取胜。以质取胜的意义在于它经历了时间的淘洗，历久弥新！

中国当代诗歌发展到了20世纪80年代中期，“朦胧诗”的出现，令人意外地想到了中国现代20世纪30年代的象征派诗歌，而在这之前人们忌讳“象征”及“象征主义”，甚至担心被扣帽子、打棍子。象征派重新为学术界所

① 梁宗岱：《诗与真·诗与真二集》，北京：外国文学出版社1984年版，第26页。

重视和研究，当然，梁宗岱及梁宗岱诗学又被学界提起。梁宗岱的诗论主张“象征主义”，他也在诗论中论述“象征主义”，他反对诗叙事、说理以及抒情，而强调诗如同音乐般美妙，主张暗示、象征，含蓄委婉地表达内在隐秘的感情。梁宗岱与其说是象征主义诗学家，不如说是浪漫主义诗人，因为在阐述象征主义方法的过程中，他动情地描述了象征的理想境界，唯有梁宗岱才能用诗一样的语言进行描述，唯有梁宗岱才能描述出那种辉煌的景象，因为他对艺术有宗教般的信仰。

梁宗岱的象征主义诗论讨论了诗的审美形式要素，重要的是上升到心灵的精神层面。梁宗岱追求宇宙和谐的“象征境界”，寓于象征主义诗学以极大的浪漫主义精神因素，弥补了中国现代诗学理论的表面化、平面化，使之具有了内在的精神气质与深度的哲学蕴含。梁宗岱的诗论有极大的审美价值，读梁宗岱诗论，心灵会随着他的文字产生情感的波动以及灵魂的震撼。这种极高的精神气韵、气质是对同代诗论家的超越，因此梁宗岱诗论也在同代诗论家中独树一帜，不同凡响。

梁宗岱在中西比较诗学的初创期贡献是突出的，随着中国比较诗学领域的拓展，他的著述越来越受到重视。梁宗岱的比较诗学，有一个突出的特点，那就是理论与创作、批评实践相结合，中外作品信手拈来，悠游自如，直扣作品风格、意境、主题、体裁等。在梁宗岱的比较诗学代表作《象征主义》一文中，作者消除了一切国家、民族及地域的偏见与局限，将“象征”概念置于现代诗学的前沿，寻求与中国古典诗学范畴“兴”的互识、互比、互证以及互通。梁宗岱在两种异质化诗学背景下互相参照，各有取，也各有舍。他将“象征”与“意境”联系起来，把王国维讲的“无我之境”纳入世界诗学视野之中，舍弃了“有我观物”的主体介入，强调非功利、忘我、无我地与客观物融为一体的审美态度。梁宗岱追随、仰望西方象征主义那种“纯粹”的为诗态度，对艺术形式的音乐般的感觉以及西方诗人那种“独具匠心”的艺术创造，对理想艺术达到的精神高度极为推崇，但对象征主义的神秘性以及晦涩有所舍弃。他将波德莱尔的“契合”论与中国道家之“道”贯通，描述了诗学的理想境界——宇宙和谐的极乐景象，将中西诗学的汇通升华到哲学的高度。梁宗岱的比较诗学与20世纪60年代的美国“新批评”的理论家韦勒克·沃伦在《比较文学的危机》中提出的世界比较文学的“文学性原则”产生了同构效应，典型地体现了比较诗学的“文学性”以及整体性原则，为比较诗学学科在中国的发展奠定了良好的基础。

梁宗岱的比较诗学对中国现代诗学的发展意义重大。他“中西融通”的象征主义诗学观对中国现代诗学不仅具有承前启后的理论启示，而且加强了传统诗学与世界诗学的对接，提升了民族的自信心与自信力。他强调象征主义诗学的心灵因素，对自“五四”以来的中国现代诗学也具有精神启蒙意义。

他的批评文本艺术化，高雅优美、情感充沛、想象丰富、富有激情，在同代诗学批评家中，卓尔不群。梁宗岱的诗学批评也有自身的局限，感情胜过理智，不免主观化。他的诗学批评与其说有原则，不如说有理想，因为他常常将批评的原则引向说明和描述，而不是分析后的逻辑推理，这实际上是批评之大忌。梁宗岱的诗学批评追求“真”与“美”的统一，对当代文学批评有重要指导意义。

附录一　梁宗岱的翻译概述

一、梁宗岱主要诗文译作

就梁宗岱一生的学术成就来看，他的翻译占有重要地位。梁宗岱从1924—1931年留欧七年时间，掌握了四国语言：英、法、德、意大利语。为了提高自己的口语能力，他观看了大量的欧洲古典、现代戏剧，以至于大诗人梵乐希都称赞他说："操一口十分清晰的法语，有时比习惯用法稍嫌精炼。"[①]特别是留欧两年后，与法国后期象征主义大诗人瓦雷里的结识，让梁宗岱这个在"黑暗"中彷徨、摸索的"夜行人"，忽然有了"旅程底方向"。

此时的瓦雷里在20世纪20年代的法国，文学事业正处于"旭日东升"的辉煌时期，他和他前期的一些诗人波德莱尔、魏尔伦、马拉美等形成了法国象征主义诗创作的核心，并以此为中心向西方国家辐射。在这样一个人人都崇尚艺术的国度里，可以想见，作为诗人的梁宗岱，真如同久旱逢甘霖，迫不及待地饮了。正是在大师的提携下，梁宗岱的艺术才华得以施展。他最早的译作是在罗曼·罗兰主编的《欧罗巴》月刊上发表的两首法文诗（其中一首是梁宗岱原作《途遇》的法译，改为《回忆》，刊于1927年12月第60期；另一首未见介绍）和一首我国唐代大诗人王维的《酬张少府》法译（刊于1928年3月号上）。这些诗因颇得罗曼·罗兰的赞许，于是就有了与大作家结识的契机。梁宗岱先是与罗曼·罗兰通信，他陶潜诗的法译得到了作家的鼓励："你翻译的陶潜诗使我神往，不独由于你底希有的法文智识，并且由于这些歌底单纯动人的美。它们底声调对于一个法国人是这么熟习！从我们古老的地上升起来的气味是同样的。"[②]罗曼·罗兰希望它们能在《欧罗巴》上发表，由于瓦雷里的偏爱，这些译诗由瓦雷里亲自作序，1930年由巴黎勒玛日出版社印出单行本，现由法国国家图书馆收藏。这部法译《陶潜诗选》的中文对照本，由外语教学与研究出版社于2003年出版，由梁宗岱的学生黄

---

① 梁宗岱著，马海甸主编：《梁宗岱文集·诗文卷·法译卷》，北京：中央编译出版社2003年版，第134页。

② 梁宗岱著，马海甸主编：《梁宗岱文集·评论卷》，北京：中央编译出版社2003年版，第195页。

建华作序，并撰写了《梁宗岱小传》。书的后面附录了梁宗岱最早在《欧罗巴》杂志上发表的法译诗《途遇》以及王维的《酬张少府》诗的中法文对照，还有刘志侠的《寻找法译〈陶潜诗选〉》及黄建华的《两张贺年片》。《寻找法译〈陶潜诗选〉》一文叙述了作者在法国寻找法译《陶潜诗选》的过程，表现出作者对宗岱师的巨大敬意。《两张贺年片》是当年瓦雷里赠送给梁宗岱的信物，由黄建华等人在20世纪80年代转给了瓦雷里的儿子，重续了已隔断近五十年的中法师生的“情缘”。

在梁宗岱的《法译陶潜诗选》出版单行本之前，他还把梵乐希的少作《水仙辞》翻译为中文，并撰写了《保罗·瓦雷里评传》寄回国内，刊登在1929年的《小说月报》第20卷第1号上。这是第一次有人将法国象征主义大诗人梵乐希个人生平以及他的诗介绍到中国来，将中法两国的文化互动交流，大大地向前推进了一步。我国现代法国文学研究专家罗大冈读到梁宗岱的这篇译文时，还是高中学生。后来罗大冈回忆说：“《水仙辞》原诗高洁的意境，梁先生译笔的华丽，当时给我很深的印象。后来，我选择了法国语言文学作为学习的专科，和梁译《水仙辞》的艺术魅力给我的启迪多少是有关系的。”[①]1930年，梁宗岱又完成了《水仙辞》（近作）第一断片的翻译，刊于《小说月报》第22卷第1号上，首次把Paul Valery的名字译为“保尔·梵乐希”。《水仙辞》的单行本，由上海中华书局1931年出版，其中增加了《水仙辞》（近作）第二断片翻译。

梁宗岱的中译《水仙辞》与法译《陶潜诗选》，可以说在中法文化交流史上具有里程碑的意义。

梁宗岱于1934—1935年在日本翻译外国诗人的部分诗作：歌德、布莱克、雪莱、雨果、波德莱尔、尼采、魏尔伦、里尔克、泰戈尔等，1936年由上海时代图书公司结集出版，并收入了梵乐希《水仙辞》的少作与晚作，该诗集名为《一切的峰顶》。书名取自德国作家歌德一首小诗《流浪者之夜歌》的第一句，这也是梁宗岱最喜爱的一首诗。在这部诗集的卷首，有梁宗岱于1934年9月在日本叶山写的“序”，其中谈到了自己译诗的体会与原则。此外，梁宗岱还翻译了莎士比亚的《十四行诗》（共154首），从20世纪40年代开始翻译，也是我国翻译莎士比亚《十四行诗》的第一人。但这些译作“文革”中被毁，后又重译，于1978年由人民文学出版社收入《莎士比亚全集·第

① 罗大冈：《回忆梁宗岱》，杜玲编：《罗大冈散文选集》，天津：百花文艺出版社1996年版，第327页。

十一卷》中。歌德的诗剧《浮士德》是梁宗岱最喜爱的一部诗作。他一生投入很大精力翻译此部作品，曾经译出第一部，但命运与莎士比亚的“商籁”诗一样，“文革”后又重译，只译出第一部，于1986年由广东人民出版社出版。

梁宗岱的译文，主要是法国文艺复兴时期的大散文家蒙田作品的选译。这些译文最初发表在上海《文学》1933年7月第1卷第1号上。1935—1936年，郑振铎编辑的《世界文库》第七册至第十二册收入梁宗岱译《蒙田散文选》21篇。1984年湖南人民出版社以《蒙田随笔》重刊梁宗岱译文，增加1篇未完成的译作，共22篇。2003年，中央编译出版社出版的《梁宗岱文集·译文卷》，编者根据前两种版本进行了重排，恢复了梁宗岱原拟的《蒙田试笔》。

关于蒙田，早在1933年上海《文学》杂志的创刊号上，梁宗岱就发表了纪念蒙田四百周年生辰的文章《蒙田四百周年生辰纪念》，现收入《蒙田试笔》作为“译者题记”。这是梁宗岱首次向国内介绍这位世界著名的大散文家，其意义是非凡的。蒙田的散文曾影响了很多西方的大学者，比如英国的散文家培根等，它对梁宗岱的影响是不言而喻的。于1943年由重庆正中书局出版的《罗丹》，是梁宗岱翻译的奥地利作家里尔克论法国雕塑家罗丹的两篇文章。这部译作在1962年修订出版，名为《罗丹论》。梁宗岱唯一一部外国小说翻译集《交错集》，收入了其翻译的7篇作品，其中译自德国作家里尔克《好上帝的故事》中的4篇：《老提摩之死》、《正义之歌》、《欺诈怎样到了俄国》、《听石头的人》，此外还有法国作家鲁易斯的《女神的黄昏》、德国作家贺夫曼《圣史葳斯特之夜底奇遇》以及印度诗人泰戈尔的剧作《隐士》。这些都是19世纪后期至20世纪初期的作家作品，因这些作品“既非完全一般小说或戏剧所描写的现实，它们底表现，又非纯粹的散文或韵文；换句话说，它们多少是属于那诗文交错底境域的”[①]，故名之为《交错集》。《歌德与悲多汶》是法国大作家罗曼·罗兰的作品，梁宗岱将之译成中文，于1942年由广西华胥出版社出版。1981年人民音乐出版社重印，更名《歌德与贝多芬》。2003年，中央编译出版社将其收入《梁宗岱文集·译文卷》，恢复原名《歌德与悲多汶》。

二、梁宗岱诗文译作“形神兼备”的特点

梁宗岱在译诗集《一切的峰顶》的序中，坦白了自己译诗的体会：

① 梁宗岱著，马海甸主编：《梁宗岱文集·译文卷》，北京：中央编译出版社2003年版，第283页。

诗，在一定程度上是不可译的。一首好诗是种种精神和物质的景况和遭遇深切合作的结果。

……诗像一滴凝重，晶莹，金色的蜜从笔端坠下来；在那里飞越的诗思要求不朽的形体而俯就重浊的文字，重浊的文字受了心灵底点化而升向飞越的诗思，在那不可避免的骤然接触处，迸出了灿烂的火花和铿锵的金声！

可是从另一方面说，一首好诗底最低条件，我们知道，是要在适当的读者心里唤起相当的同情与感应。像一张完美无暇的琴，它得要在善读者底弹奏下发出沉雄或委婉，缠绵或悲壮，激越或幽咽的共鸣，使读者觉得这音响不是外来的而是自己最隐秘的心声。

作品在译者心里唤起的回响是那么深沉和清澈，反映在作品里的作者和译者底心灵那么融洽无间，二者底艺术手腕又那么旗鼓相当，译者简直觉得作者是自己前身，自己是作者再世，因而用了无上的热忱，挚爱和虔诚去竭力追摹和活现原作底神采。这时候翻译就等于两颗伟大的灵魂遥隔着世纪和国界携手合作，那收获是文艺史上罕见的佳话与奇迹。①

可见梁宗岱在翻译上，首先推崇作者与译者的心灵感应与交融，这自然是大诗人与大翻译家才能做到的。梁宗岱自谦地称，自己所译诗作，只是一个爱读诗者的研习，与伟大的译作相比还有相当的距离，如果说译者有些许的自信与辩解，“那就是这里面的诗差不多没有一首不是他反复吟咏，百读不厌的每位大诗人底登峰造极之作，就是说，他自己深信能够体会个中奥义，领略个中韵味的”②。

其次，梁宗岱谈到译诗的方法，提倡“直译”，而非“意译”，他提出：“至于译笔，大体以直译为主。除了少数的例外，不独一行一行地译，并且一字一字地译，最近译的有时连节奏和用韵也极力模仿原作——大抵越近依傍原作也越甚。这译法也许太笨拙了。但是我有一种暗昧的信仰，其实可以说迷信：以为原作底字句和次序，就是说，经过大诗人选定的字句和次序是至善至美的。如果译者能够找到适当对照的字眼和成语，除了少数文法上地道的构造，几乎可以原封不动地移植过来。我用西文译中诗是这样，用中文译西诗也是这样。”③

---

① 梁宗岱著，马海甸主编：《梁宗岱文集·译诗卷》，北京：中央编译出版社 2003 年版，第 49 页。

② 梁宗岱著，马海甸主编：《梁宗岱文集·译诗卷》，北京：中央编译出版社 2003 年版，第 50 页。

③ 梁宗岱著，马海甸主编：《梁宗岱文集·译诗卷》，北京：中央编译出版社 2003 年版，第 50~51 页。

换句话说，梁宗岱在译诗上，强调“形神兼备”。如果我们知道，梁宗岱所选的诗文都是世界一流大家的作品：歌德、莎士比亚、尼采、雪莱、雨果及波德莱尔、魏尔伦、梵乐希等，后者是象征主义诗派的代表，前者多是浪漫主义创作的代表，就会明白他为什么主张“直译”，为什么强调心灵的相通了。

实际上，译诗完全再现原作的风貌是不可能的，但是接近“登峰造极”之作，“体会个中奥义，领略个中韵味”是翻译家梁宗岱所追求的目标。对于是否达到目标，或者说译诗的价值与意义在哪里？朱自清曾经在1944年写过一篇《译诗》，追述与探讨了中国现代诗歌的翻译问题。他对诗到底可不可以翻译，直言陈述了自己的见解：“一切翻译比较原作都不免多少有所损失，译诗的损失也许最多。除去了损失的部分，那保存的部分是否还有存在的理由呢？”① 他认为这理由就在于：“译诗里保存的部分可以给读者一些新的东西，新的意境和语感，这样可以增富用来翻译的那种语言，特别是那种诗的语言，所以是值得的。”② “译诗对于原作是翻译；但对于译成的语言，它既然可以增富意境，就算得一种创作。况且不但意境，它还可以给我们新的语感，新的诗体，新的句式，新的隐喻。就具体的译诗本身而论，它确可以算是创作。”③ 他引述了梁宗岱翻译的莎士比亚商籁诗一首：

啊，但愿你是你自己！但爱啊，你
将非你有，当你不再活在世上
为这将临的日子你得要准备
快交给别人你那温馨的肖像

这样，你所租赁的朱颜就永远
不会满期；于是你又将再变成
你自己，当你已经离开了人间
既然你儿子保留着你的倩影

谁会让一座这样的华厦倾颓
如果小心地看守便可以维护
它的荣光，去抵抗隆冬的狂吹
和那冷酷的死亡徒然的暴怒

① 朱自清：《新诗杂话》，桂林：广西师范大学出版社2004年版，第50页。
② 朱自清：《新诗杂话》，桂林：广西师范大学出版社2004年版，第50页。
③ 朱自清：《新诗杂话》，桂林：广西师范大学出版社2004年版，第52页。

啊，除非是浪子：吾爱啊，你知道
你有父亲；让你儿子也可自豪[①]

这是莎士比亚《十四行诗》中的第十三首，是一首关于爱的诗。朱自清先生认为诗中“你儿子保留着你的倩影”这种句式是求爱的说辞，对我们是很新鲜的。“你知道你有父亲；让你儿子也可自豪”，这也是一个曲折的新句子。另外，像“租赁”、“满期”等都是隐喻，还有“华厦”、“隆冬”等是一些很自由的隐喻，这些只有在译诗中才能独创出来。

朱自清是就“诗的句式”以及表现的方式，即“隐喻”说明了梁宗岱的译诗对汉语言新形式的生成意义。

中国当代学者钱兆明在《评莎氏商籁诗的两个译本》一文中，将我国现有的完整莎氏十四行诗的梁宗岱与屠岸的译文作了对比，辩证地分析了二者译文的特点。他认为，梁宗岱译文（以下简称“梁译”）的特色是：“行文典雅、文笔流畅，既求忠于原文又求形式对称，译得好时不仅意到，而且形到情到韵到。”[②]屠岸译文（以下简称“屠译”）的风格是：“着意明朗，平易清顺，虽求形式与原作接近，却不拘泥于机械等同。其译文更近乎现代口语，文体更自由洒脱。”[③]屠译与梁译的差别是：“后者按原格律译商籁诗，保持原作的风格；前者却用带自由节奏的散文代替‘抑扬格’，每行十三、四字中包含的五个发音单位代替‘五音步’，同样体现了原诗的风格。”[④]作者将莎氏《十四行诗》第九十一首前八行的原文的梁译、屠译一并列出，说明梁译：“不仅句式一一对应，而且清顺地保留了原诗的形象和生动活泼的风格，译得颇能传神。”[⑤]屠译则改变了句式，因而“风格就走了样”。作者又举莎氏诗第三十八首前八行原文的梁译、屠译，比较说明了梁译拘泥于原文形似反而有损于原诗的意象与风格；屠译则不拘于原文的句式和语序，而且不受字数的限制，重在使译文通顺达意，译得干净明畅。作者认为，“论格调梁译拘泥，屠译灵活；论意象却是梁译灵活，屠译拘板了”[⑥]。就“意象”而言，“第四十四首第七行，‘For nimble thought can jump both sea and land’，梁译是‘它立刻可以飞越崇山和大海’，屠译为‘敏捷的思想能跃过大陆和大海’；

① 朱自清：《新诗杂话》，桂林：广西师范大学出版社 2004 年版，第 53 页。
② 黄建华主编：《宗岱的世界·评说》，广州：广东人民出版社 2003 年版，第 353 页。
③ 黄建华主编：《宗岱的世界·评说》，广州：广东人民出版社 2003 年版，第 355 页。
④ 黄建华主编：《宗岱的世界·评说》，广州：广东人民出版社 2003 年版，第 356 页。
⑤ 黄建华主编：《宗岱的世界·评说》，广州：广东人民出版社 2003 年版，第 357 页。
⑥ 黄建华主编：《宗岱的世界·评说》，广州：广东人民出版社 2003 年版，第 361 页。

第四十六首第六行，‘A closet never pierc，d with crystal eyes’，梁译是‘从没有明眸闯得进它的宝箱’，屠译为‘那密室，水晶眼可永远窥探不到’”[①]；“第一百一十六首第五行，‘O,no! It is an even fixed mark’，梁译作‘哦，决不！爱是亘古长明的灯塔’而屠岸译作‘不呵！爱是永远固定的标志’”[②]。作者在分析二人的译文时并无扬此抑彼，但通过对比，梁译的诗性特色与注重意象的风格还是得到了凸显，且给读者留下很深的印象。

梁宗岱的学生刘志侠写过一篇文章《旧梦依稀一字师》，谈到宗岱师的译文擅长“字斟句酌”，因而常有“神来之笔”。一篇是梁译法国诗人魏尔伦《狱中》的第一段：

天空，它横在屋顶上
多静，多青
一棵树，在那屋顶上
欣欣向荣[③]

“这四句诗能长留脑海，全因第二行一个‘青’字。法文原词 bleu, 任何人一见都立即想起‘蓝’，坊间他译同样作‘蓝’。以目阅读，分别不大，一旦心中默念，‘青’字立即如黄鹂百啭，令人精神一振，真是名副其实的‘青过于蓝’。

宗岱师教学多年，弟子很多，其中不乏心怀大志的人，但是想重演一次‘青过于蓝’，谈何容易，数十年来，有谁成功过？”[④]

另一篇是梁译梵乐希的《水仙辞》。刘志侠将梁译与葛译（葛为葛雷，曾经翻译梵乐希的《水仙辞》，见葛雷、梁栋译：《瓦雷里诗歌全集》，中国文学出版社 1996 年版）作了对比：

哥呵，惨淡的白莲，我愁思着美艳
把我赤裸裸地浸在你溶溶的清泉
而向着你，女神，女神，水的女神呵
我来这百静中献呈我无端的泪点[⑤]

---

① 黄建华主编：《宗岱的世界·评说》，广州：广东人民出版社 2003 年版，第 361 页。
② 黄建华主编：《宗岱的世界·评说》，广州：广东人民出版社 2003 年版，第 362 页。
③ 梁宗岱著，马海甸主编：《梁宗岱文集·译诗卷》，北京：中央编译出版社 2003 年版，第 101 页。
④ 刘志侠：《旧梦依稀一字师》，《中国图书商报》，2003 年 11 月 12 日。
⑤ 梁宗岱著，马海甸主编：《梁宗岱文集·译诗卷》，北京：中央编译出版社 2003 年版，第 26 页。

娇慵的百合呵，我的兄弟，我那弱不经风的玉体不胜姣美
多想栖入你们那皎洁的裸瑰
并向你们，精灵，精灵，水泉的精灵
向那纯澈的沉寂洒下徒然伤情的清泪①

刘志侠认为，法文 Freres，这个词梁译“哥呵”是发自肺腑的呼唤，揪人肝肠；葛译“我的兄弟”直接从辞典移过来，还不如传教士宣道动听。其原因在于，梁宗岱是深得梵乐希诗歌表达的美学理念的：“如果涉及诗歌，音乐是绝对的条件：要是作者不重视音乐，不在上面花心思，要是发现他的耳朵迟钝，要是在诗的结构中，节奏、音调、音色没有占重要的地位，不跟意义平起平坐，那就不要对这个人抱希望。他唱歌而无唱歌的迫切感，他使用的词语令人联想起其他词语。”②梁译的《水仙辞》读起来的确音调悦耳，抑扬顿挫，朗朗上口。

梁宗岱有着极高的文学艺术素养，他的译诗不仅是朱自清说的“译笔更精炼了”，更重要的是，他以他的心灵走进大作家的心灵，尽管他们之间有着异域文化的差别。这差别表现在翻译语词的运用上——一种追逐现代性的、不同于古典传统的表达方式。

歌德（1749—1832）的《流浪者之夜歌》，是他于 1780 年 9 月 6 日登上伊尔美瑙山顶峰后，在一间猎屋的墙壁上用铅笔写下的一首小诗。从歌德的这首诗里，我们能够感受得到，作家在一个夜间，仰望深邃的苍穹，远眺隐约可辨的层峦叠嶂，宇宙的无限永恒，人生之须臾短暂，世俗的琐屑消泯着那诗人的天性，无名的伤感袭上心头：

一切的峰顶
沉静
一切的树尖
全不见
丝儿风影
小鸟们在林间无声
等着罢：俄顷

① [法]瓦雷里著，葛雷、梁栋译：《瓦雷里诗歌全集》，北京：中国文学出版社 1996 年版，第 17 页。
② 梁宗岱著，马海甸主编：《梁宗岱文集·诗文卷·法译卷》，北京：中央编译出版社 2003 年版，第 138 页。

你也要安静[1]

德国文学研究专家冯至也翻译过这首小诗，几欲与梁译接近：

一切的山之顶
沉静
一切的树梢
全不见
些儿风影
小鸟在林间无声
少时顷，你快
快也安静[2]

两首诗的音节、音数基本相同。但就两首诗选词差别，如“山之顶”与“峰顶”、“树梢”与“树尖”、“些儿”与“丝儿”等看，梁译所选的词更能逼迫读者走进此诗的“意境”。我们再看宗白华的翻译（以下简称“宗译”）：

一切山峰上
是寂静
一切树梢中
感不到
些微的风
森林中众鸟无音
等着罢，你不久
也将得到安宁[3]

如果我们把梁译与宗译比较一下，差别还是很明显的。宗译在第一、三句加上介词“上”与“中”，显然削弱了所要凸显的主体意识。从诗的形式上看，宗译全诗的音节数要至少比原诗多出 2 个（原文全诗的音节数共 37 个），显得不够精练；“寂静”无音比之“沉静”无声，已经将内在的象征意味平面化了；最后一句“也将得到安宁”比“你也要安静”多了一个音节不说，“安宁”一词指人心情的安定，而“安静”是与无声相应和，有深邃的象征：人随同

① 梁宗岱著，马海甸主编：《梁宗岱文集·译诗卷》，北京：中央编译出版社 2003 年版，第 56 页。
② 冯至：《德国文学简史》（上册），北京：人民文学出版社 1958 年版，第 148 页。
③ 宗白华：《宗白华全集》（第四卷），合肥：安徽教育出版社 1994 年版，第 2 页。

万物消失在无尽的宇宙空间中。因此，梁译比宗译更能走进异域文化的深处，他所选用的词语更具有现代蕴含，更能传达出西方现代文化的精神，而宗译则恰相反，处处流露出中国古典诗学，特别是禅宗般的“安宁”、“平和”的意境。

梁宗岱作为我国现代早期诗歌翻译家，其成就在同代学者中，不以量论，而以质胜。他的翻译并不以涉猎广泛而著称，而以精深名世。特别是他深得法国象征主义诗歌创作的精髓，他的诗歌翻译，为引领中国诗学快步迈入世界诗学现代化的大潮，作出了自己的贡献。他的译作是给我们后人留下的极宝贵的精神财富。翻译家柳鸣九赞誉梁宗岱的译文为中国翻译史上的一块丰碑，此言不差。

三、梁宗岱主要诗文译作的价值意义

正如梁宗岱的学生刘志侠所说：“在梁宗岱老师的文学道路上，1930 年在巴黎印行的法译《陶潜诗选》是一个重要的里程碑。”[①]为什么这样说？因为这是被当时法国两位文学大师争相推荐发表的：“他们在法国二十世纪文坛的地位何等显赫，《欧罗巴》杂志（*Europe*）被视为知识分子的大纛，至今屹立不倒，两人不约而同被陶诗翻译迷倒，可见此书文学成就之高。”[②]

梁宗岱的法译《陶潜诗选》之文学成就在哪里？这篇译文精选出陶渊明一篇“传”：《五柳先生传》；两篇“文”：《桃花源记》和《自祭文》；十七首诗：《形影神》三首（《形赠影》、《影答形》、《神释》），《归田园居五首之一》、《和郭主簿二首之一》、《移居二首之一》、《责子》、《乞食》、《饮酒二十首之四》、《饮酒二十首之五》、《饮酒二十首之九》、《饮酒二十首之十三》、《拟古九首之五》、《拟古九首之七》、《咏贫士七首之二》、《读山海经十三首之一》、《归去来兮辞》。应该说，诗歌本身的价值在中国古代诗歌史上是毋庸置疑的。瓦雷里或许从欧洲文化视点中见出了陶潜诗的价值：“任何国度，任何时代，穷精极美永远导致某种方式的自毁：它在追求至高无上的简朴中消亡。但这是一种考究的简朴，几近无暇，和大富翁挥霍无度的简朴一模一样。他在最昂贵的裁缝那里缝衣服，第一眼不易察觉其价钱；或者只吃水果，却是在乡间不惜工本种出来的。因为简朴分为两种：一种原始的，源自匮乏；一种产生自过度的富裕，挥霍之后而觉醒。古典作家出名

① 梁宗岱译：《法译陶潜诗选》，北京：外语教学与研究出版社 2003 年版，第 88 页。
② 梁宗岱译：《法译陶潜诗选》，北京：外语教学与研究出版社 2003 年版，第 89 页。

的简朴，他们刻意经营的清贫，他们如此远离不沾凡尘的纯洁，只会在历尽穷奢极侈、积金累玉之后才出现，因为过量的财富引起憎厌，令人想到还原它们的本质。”①尽管存在文化差异，但瓦雷里还是从陶诗中见出了“简朴”。我们不能理解瓦雷里将这种“简朴”归为“穷奢极侈”、“积金累玉”之后，与“大富翁挥霍无度的简朴”等同。这里法国大师对中国文学艺术精神，稍有“误读”。陶潜的诗追求一种超然物外的心境，“采菊东篱下，悠然见南山”，“我”陶醉于“物”中，这并不是一个富翁挥霍后所能感受到的。

梁宗岱法译《陶潜诗选》的翻译成就，不仅被罗曼·罗兰肯定，梵乐希在本书的长“序”中，也给予了很高的评价。他直言自己所采用的评判方法是“观察它们的语言本身及其和谐的所有方面”，认为在这部法译《陶潜诗选》中：“存在一种对文字轻重和强弱的感受力，存在一种对句法的功能如同器官般的深刻支配力，一种对形式的连贯、对文章单位的调配和对构成文章的遣词造句的爱好：在作品中觉察出这些东西，等于看到一个作家的前途。”②“如果在一部作品中发现作者有意识地留意语言的资源、含义及发音，同时察见成功的音乐布局，就可以认为作者身上有足够的感性，以及构建和组合能力，可以考虑成为诗人而不算荒唐。”③也就是说，梵乐希认为，涉及一部诗歌的评判“音乐是绝对的条件”，而这一点“在我这个中国年轻人的诗稿中，出现了以上所说的好征兆，我很惊诧，几乎被弄糊涂。比起请我或勒令我读的大部分诗，他的诗的确是拔类出群。我从中找到别人没有的东西。这些短诗明显受到四十年前法国诗人的影响而写成。当年在巴拿斯派和象征主义之间，出现过一种企图把极度严谨和极度自由协调起来的探索。这种把这派人的建筑原理和另一派人的音乐结合起来的努力，导致热衷此道的人研究发明或繁殖出各种技巧，其中不乏神来之笔”④。梵乐希惊诧于梁宗岱诗的精美，同时也佩服他这个初习法国语言的中国人，竟能将语言运用自如到如此程度。

梁宗岱的法译《陶潜诗选》与中译《水仙辞》、《保罗·瓦雷里评传》，在中法文化交流史上有着不可忽视的意义。双方各自都以对方为媒介，了解、

---

① 梁宗岱著，马海甸主编：《梁宗岱文集·诗文卷·法译卷》，北京：中央编译出版社 2003 年版，第 144 页。
② 梁宗岱著，马海甸主编：《梁宗岱文集·诗文卷·法译卷》，北京：中央编译出版社 2003 年版，第 138 页。
③ 梁宗岱著，马海甸主编：《梁宗岱文集·诗文卷·法译卷》，北京：中央编译出版社 2003 年版，第 140 页。
④ 梁宗岱著，马海甸主编：《梁宗岱文集·诗文卷·法译卷》，北京：中央编译出版社 2003 年版，第 140 页。

探寻自己所未知的，各取自己所需要的。梵乐希声称让自己认识这个民族的第一个人就是梁宗岱。他欣赏这个对诗有着狂热情绪的中国青年，惊诧于梁宗岱短时间内驾驭法语的功力与表现能力。从梁宗岱身上，从中国古代大诗人陶潜身上，梵乐希见出了中国民族是一个“最文学的民族”。他认为，这个民族不缺乏丰富的想象力（从制作复杂的象牙和硬木制品中见得出来）以及艺术家的直觉能力（在追求最精微乐趣方面，甚至比一个欧洲人更敏感），但为什么疏于对数学的研究？中国人的想象关涉到几何学，为什么没有以此作为敲门砖，发展抽象的思维？梵乐希之所以提出这个问题，是因为他本人一生的诗歌成就是以“数学的研究”与“智力的操练”做铺垫的。正如梁宗岱所评说：“把准绳的科学与美感的直觉融在一起：数学是训练他的膂力的弓儿；柏拉图教他深思；达文希和笛卡儿教他不特深思而且要建造；悲多汶和瓦格尼教他怎么能使诗情更幽咽更颤动；拉芳登，腊辛尤其是马拉美，教他怎么用文字来创造音乐的工具。”[①]梵乐希作为一个哲学诗人，从异族的弟子身上引发了他关于中西方文化差异的探究，这种思考的深入在梵乐希给另一个中国弟子盛成写的小说《我的母亲》的序言中有所体现。从反观对方到反思自己，这位哲学诗人力图将中西文化的比照达到互识、互证与互通的目的。

梁宗岱从梵乐希身上获得的更多。一个初涉法语的中国年轻诗人，来到了世界文学艺术的中心巴黎，遇见了西方现代文学运动的主流——象征主义的核心人物梵乐希。梁宗岱以诗性的敏感去接近大师的诗魂，他是这样体会《水仙辞》的创作意境的：“在那里心灵是这般宁静，连我们自身底存在也不自觉了。在这恍惚非意识，近于空虚的境界，在这‘圣灵的隐潜’里，我们消失而且和万化冥合了。我们在宇宙里，宇宙也在我们里：宇宙和我们底自我只合成一体。这样，当水仙凝望他水中的秀颜，正形神两忘时，黑夜倏临，影像隐灭了，天上底明星却一一燃起来，投影波心，照澈那黯淡无光的清泉。炫耀或迷惑于这光明的宇宙之骤现，他想象这千万荧荧的群生只是他底自我底化身。”[②]梁宗岱追逐大师的步履，深谙象征主义诗学的精髓：对灵魂或精神的诗化象征；对诗的音乐般纯粹底境界——艺术最高境界的追求。这两者合二而一，“由音乐与色彩底波澜吹送我们如一苇白帆在青山绿水中徐徐前进，引导我们深入宇宙的隐秘，使我们感到我与宇宙间底脉搏之跳动——一种严

---

① 梁宗岱著，马海甸主编：《梁宗岱文集·评论卷》，北京：中央编译出版社 2003 年版，第 15~16 页。

② 梁宗岱著，马海甸主编：《梁宗岱文集·译诗卷》，北京：中央编译出版社 2003 年版，第 45 页。

静，深密，停匀的跳动”[1]。梁宗岱将梵乐希的象征主义理解为，一种与宇宙脉搏协调、一致的“节奏”，一种“自我”与世界的和谐与契合，这种对象征主义的哲学诠释，超越了王独清、穆木天等人对象征主义的理解，在中国现代诗学史上奠定了自己的地位。象征主义诗学对中国现代诗学的意义是不寻常的，是曾经被遮蔽了的。这一点我们已有所述，此不赘论。

---

① 梁宗岱著，马海甸主编：《梁宗岱文集·评论卷》，北京：中央编译出版社 2003 年版，第 22 页。

附录二　梁宗岱年谱

时间	生平活动	主要著述
1903 年七月十四日(农历)	梁宗岱出生于广西百色，祖籍广东新会。自祖父梁祖胄起由新会来百色经商，生母陈氏是梁宗岱的父亲梁奕爵在百色娶的第二房妻子	
1909 年	梁宗岱的生母陈氏去世。不久父亲续弦何氏。同年，梁宗岱入百色县经正小学读书	
1916 年	梁宗岱跳级报考泗水镇百色中学，以第一名的成绩被录取，但因小学未读完，未得校长许可，于是返回故乡新会，并一举考中新会县立中学	
1917 年	考入了当时闻名遐迩的广州培正中学，因英文不及格，编入专科补习英文，半年后破格升入中学一年级	第一篇文学批评文章《左氏浮夸辨》发表在《培正学报》上
1919 年	开始陆续在报刊发表诗作，16 岁被誉为“南国诗人”	
1921 年	应郑振铎、沈雁冰的邀请，梁宗岱加入文学研究会，成为文学研究会的广州第四位会员； 中学毕业前夕，由祖母与父亲为梁宗岱操办一门婚事。新娘何氏，新会人。两人虽拜堂成亲，但并无婚姻事实。梁宗岱同情新娘，资助其到广州护士学校读书	
1923 年	秋天，梁宗岱收到岭南大学赠送的奖学金，不参加考试，直接进岭南大学学习	8 月 20 日在上海《文学旬刊》第 84 期发表评论《杂感》
1924 年	秋，梁宗岱由香港搭乘客轮，四十多天后抵达法国的马赛，先在瑞士日内瓦大学学习语言，一年后到法国巴黎	作为文学研究会丛书之一的诗集《晚祷》12 月由商务印书馆出版

（续上表）

时间	生平活动	主要著述
1925 年	秋，进入法国巴黎索尔邦大学攻读法国文学。留法期间，梁宗岱与中国艺术家刘海粟、傅雷等人在学习之余，聚在一起探讨艺术 结识了法国姑娘安娜	
1926 年	春天，结识了法国后期象征派诗歌大师保尔 . 瓦雷里（也译保罗・梵乐希）	
1927 年	秋，保尔 . 瓦雷里与梁宗岱在绿林苑散步，并向其讲解《水仙辞》的意境	梁宗岱将自己的《途遇》一诗译成法文，12 月刊登在欧洲一流刊物《欧罗巴》上
1928 年	撰写《保罗・瓦雷里评传》，全面介绍瓦雷里的生平、作品、人格	将唐代诗人王维的《酬张少府》一诗译成法文，《欧罗巴》杂志 3 月刊出
1929 年	夏，梁宗岱到瑞士南部的阿尔卑斯山避暑，回巴黎途中前往日内瓦逗留，在新城拜会了法国著名作家罗曼・罗兰	《保罗・瓦雷里评传》，《小说月报》第 20 卷第 1 号刊出
1930 年	夏，赴德国，进入海德堡大学	秋天，《陶潜诗选》法文译本由巴黎勒玛日出版社（Editions Lemarget）印行，瓦雷里作序
1931 年	夏，到意大利，入佛罗伦萨大学进修意大利语。受国际联盟附属机构“为争取和平之宗教与道德力量联合会”的邀请，赴日内瓦参加“裁军的道德问题”演讲，再次拜望法国作家罗曼・罗兰； 秋，痛别恋人安娜，返程回国； 接受北大校长蒋梦麟及文学院院长胡适的聘请，担任北大法文系主任兼教授，同时兼任清华大学讲师。28 岁的梁宗岱成为北大最年轻的教授。年底在上海与沉樱女士相识	《诗刊》4 月第二期发表与徐志摩谈诗的信《论诗》； 《水仙辞》单行本由上海中华书局出版

（续上表）

时间	生平活动	主要著述
1933 年	参加在朱光潜家里举办的文艺沙龙，与当时的文艺界朋友诵读中外诗歌，争辩文艺美学问题； 在北大国文学会作题为“象征主义”的演讲，探讨象征主义诗歌理论	《蒙田四百周年生辰纪念》载于上海《文学》杂志创刊号
1934 年	春，梁宗岱与夫人何氏引发了婚姻纠葛，最后对簿公堂，以梁宗岱作出赔偿为条件，办理了离婚手续。因胡适对梁的婚姻插手以及两人学术思想分歧，遂关系恶化，梁辞去北大教职；同年 8 月，梁宗岱与沉樱女士去日本游学，两人结为夫妻	《文学季刊》第二期登载《象征主义》一文
1935 年	秋，与沉樱结束了旅居日本的生活，返回国内，任天津《大公报》编辑	评论集《诗与真》由商务印书馆出版
1936 年	初，被聘为南开大学英文系教授，兼任《大公报》文艺副刊《诗特刊》编辑	评论集《诗与真二集》由商务印书馆出版； 译诗集《一切的峰顶》由商务印书馆出版； 《释〈象征主义〉——致梁实秋先生》初刊于天津南开大学《文学与人生》第三、四期
1937 年	7 月 5 日，大女儿梁思薇出生。因战事骤起，逃离天津，举家辗转广西百色	《从滥用名词说起》刊于 3 月 1 日《宇宙风》第 36 期； 《〈从滥用名词说起〉底余波——致李健吾先生》刊于 6 月 2 日《大公报》文艺版

（续上表）

时间	生平活动	主要著述
1938 年	应聘重庆复旦大学外文系教授，与沉樱一起寓居在重庆郊外的“琴庐”	《论诗之应用》初刊于 9 月 14 日香港《星岛日报 · 星座》第 45 期； 《谈抗战诗歌》初刊于 9 月 21 日香港《星岛日报 · 星座》第 52 期； 《谈“朗诵诗”》初刊于 10 月 11 日香港《星岛日报·星座》第 72 期； 《求生》初刊于 10 月 15 日香港《星岛日报 · 星座》第 76 期
1939 年		《胜利底条件》初刊于 1 月 15 日香港《星岛日报 · 星座》第 167 期
1940 年	3 月，梁宗岱父亲病逝，赶回百色奔丧	
1941 年	受聘复旦大学外文系主任。返回百色处理家业，被粤剧演员甘少苏表演打动，传出恋情	5 月，为纪念屈原作长篇论文《屈原》，由广西华胥出版社出版
1942 年	正月，梁宗岱与甘少苏结合。沉樱带着两个女儿离开北碚（二女儿思清出生），与梁宗岱分居	《非古复古与科学精神》发表于昆明西南联合大学《学术季刊》创刊号； 翻译并出版了罗曼·罗兰的《歌德与悲多汶》，由广西华胥出版社出版
1943 年	这期间，梁宗岱与沉樱的儿子“思明”出生	将奥地利诗人里尔克《罗丹论》译成中文《罗丹》，由重庆正中书局出版； 小说翻译集《交错集》（小说戏剧为题）由广西华胥出版社出版

（续上表）

时间	生平活动	主要著述
1944 年	梁宗岱担任译员培训班的主任，拒绝接受中将官职，但他不肯穿国民党军服； 暑假，梁宗岱辞去复旦大学教职； 秋，梁拒绝加入蒋介石的“智囊团”； 冬，梁宗岱回到广西百色隐居起来	《试论直觉与表现》载于重庆《复旦大学学报》创刊号； 《芦笛风》由广西华胥出版社印行，收入 1933—1943 年创作的旧体诗词
1945 年	与雷沛鸿创建西江学院，担任教务长。抗日　战争胜利后，专心管理家业，研制中草药以及翻译工作，发明了两种中成药：草精油与绿素町	
1949 年	初，接到沉樱的来信，告知其准备去台湾。梁宗岱即飞沪，力劝其留下，未果	
1950 年	梁宗岱被推选为广西省第一届政协委员。梁宗岱欲将“梁全泰”商铺改建成“太和化工社”，推广中草药	
1951 年	9 月，梁宗岱含冤入狱，历时两年零九个月。海外一度传言他已罹难。家业破产，“太和化工社”被拍卖	
1954 年	6 月，当地政府宣布：梁宗岱无罪释放	
1956 年	初，广西省人民医院对梁宗岱自制的中草药进行了临床实验，失败； 被聘为中山大学法语专业教授	
1957 年	加入中国民主促进会，成为民主促进会在中大的主要负责人、广东省政协委员	
1958 年	与中大外语系师生到东莞参加劳动	
1961 年	梁宗岱奉行“得天下英才教育之——乐也”，主张教育精英化	《麻涌杂咏》载《羊城晚报》1961 年 9 月 27 日； 《惠州西湖吟》载《羊城晚报》1961 年 11 月 11 日

时间	生平活动	主要著述
1962 年	梁宗岱作为省政协委员赴新会、淡水考察，逢人津津乐道“三自一包”的优越性	《虎门怀古》（1~4）载于《羊城晚报》1962 年 1 月 20 日； 《春来》载于《作品》1962 年 7 月； 《论神思》载于《羊城晚报》1962 年 3 月 29 日； 《法国启蒙运动的杰出代表卢梭》载于《羊城晚报》1962 年 7 月 21 日； 《怎样认识于连这个人》载于《羊城晚报》1962 年 6 月 2 日
1966 年	“文化大革命”开始，被揪抖、挨打四次，身体健康严重受损	
1970 年	中大外语系合并到广州外国语学院，梁宗岱来到广外，任法语教授	参加黄建华主持的《新简明法汉词典》的编订工作
1972 年	沉樱与梁宗岱直接通信	
1976 年	梁宗岱与沉樱的大女儿思薇和其丈夫回国探望梁宗岱	
1978 年	梁宗岱的学生黄建华到巴黎，遇到保罗·瓦雷里的儿子，并在他们之间建立了联系	《莎士比亚十四行诗》被人民文学出版社收入《莎士比亚全集》（第十一卷）中
1979 年	赴京参加中国第四次文代会，会见多年不见的老友刘思慕、罗念生、卞之琳等	
1981 年	开始瘫痪，反复住院	参与翻译《恩格斯与保尔·拉法格、劳拉·拉法格通信集（二）》，人民文学出版社出版
1983 年	病情恶化。11 月 6 日早上 8 时 40 分辞世，患的是脑动脉硬化及败血症。胡乔木、朱光潜、巴金等发来唁电	

参考文献

1. 梁宗岱著，马海甸主编：《梁宗岱文集》，北京：中央编译出版社 2003 年版。

2. 黄建华主编：《宗岱的世界》，广州：广东人民出版社 2003 年版。

3. 梁宗岱著，刘志侠校注：《诗与真续编》，北京：中央编译出版社 2006 年版。

4. 梁宗岱：《诗情画意——梁宗岱散文随笔选集》，北京：中央编译出版社 2005 年版。

5. 黄建华、赵守仁：《梁宗岱》，广州：广东人民出版社 2004 年版。

6. 李振声编：《梁宗岱批评文集》，珠海：珠海出版社 1998 年版。

7. 周良沛编选：《中国新诗库·梁宗岱卷》，武汉：长江出版社 2000 年版。

8. 董强：《梁宗岱穿越象征主义》，北京：文津出版社 2005 年版。

9. 陈太胜：《梁宗岱与中国象征主义诗学》，北京：北京师范大学出版社 2004 年版。

10. ［法］瓦雷里著，葛雷、梁栋译：《瓦雷里诗歌全集》，北京：中国文学出版社 1996 年版。

11. 钱林森：《法国作家与中国》，福州：福建教育出版社 1995 年版。

12. ［德］歌德著，刘思慕译：《歌德自传：诗与真》（上、下），北京：人民文学出版社 1983 年版。

13. ［美］雷纳·韦勒克著，杨自伍译：《近代文学批评史》（第四卷），上海：上海译文出版社 1997 年版。

14. 黄晋凯等编：《象征主义·意象派》，北京：中国人民大学出版社 1989 年版。

15. 贾植芳等编：《文学研究会资料》（上、中、下），郑州：河南人民出版社 1985 年版。

16. 朱自清：《新诗杂话》，上海：作家书屋 1949 年版。

17. 李广田：《诗的艺术》，重庆：开明书店 1943 年版。

18. 艾青：《诗论》，北京：人民文学出版社 1980 年版。

19. 温儒敏：《中国现代文学史批评教程》，北京：北京大学出版社 1993 年版。

20. 潘颂德：《中国现代诗论 40 家》，重庆：重庆出版社 1997 年版。

21. 常文昌：《中国现代诗论要略》，兰州：兰州大学出版社 1991 年版。

22. 孙玉石：《中国现代主义诗潮史论》，北京：北京大学出版社 2005 年版。

23. 孙玉石：《中国初期象征派诗歌研究》，北京：北京大学出版社 1987 年版。

24. 刘小枫：《拯救与逍遥——中西方诗人对世界不同的态度》，上海：上海人民出版社 1988 年版。

25. 李泽厚、刘纲纪主编：《中国美学史》，北京：中国社会科学出版社 1984 年版。

26. 曹础基：《庄子浅注》，北京：中华书局 1982 年版。

27. 叶嘉莹：《王国维及其文学批评》，广州：广东人民出版社 1982 年版。

28. 乐黛云、陈惇主编：《中外比较文学名著导读》，杭州：浙江大学出版社 2006 年版。

29. [美] 雷内 · 韦勒克著，张金言译：《批评的概念》，杭州：中国美术学院出版社 1999 年版。

30. [美] 刘若愚著，杜国清译：《中国文学理论》，南京：江苏教育出版社 2006 年版。

31. [美] 叶维廉：《中国诗学》，北京：生活 · 读书 · 新知三联书店 1983 年版。

32. 刘承华：《文化与人格——对中西方文化差异的一次比较》，合肥：中国科技大学出版社 2002 年版。

33. 张岱年、汤一介：《文化的冲突与融合》，北京：北京大学出版社 1997 年版。

后 记

《梁宗岱诗学研究》是在我的博士论文基础上修改而成的。当初选择梁宗岱诗学作为博士论文的选题，是基于个人的研究兴趣，也带着对梁宗岱的敬仰、崇拜之情。研究梁宗岱让我不断看清自己、认识自己、提高自己。我本科毕业后一直从事文艺理论教学工作。文学理论的书看了一些，那时自己最为服膺的是朱光潜，那么抽象的理论在他笔下变得如此浅显、明白，觉得他是一位我国美学界大师，但遇到梁宗岱后我才发现，天外有天、人外有人。这是另一个天赋极高的诗论家，他的诗论有很强的生命力，他的文章很多是从与朱光潜的争辩开始的，这引发了我的兴趣，成为我研究的动力。

这里，我真的要感谢我的恩师饶芃子导师。当初选题拿不定主意的时候，饶师坚定地支持我，帮我联系广东外语外贸大学黄建华、伍方斐教授，从那里，我收集到研究梁宗岱的大部分资料，并与他们作了一次比较详细的交谈，这是研究梁宗岱比较直接的渠道。饶师引领我走进了梁宗岱，在进入课题的过程中，我反复阅读梁宗岱，饶师嘱我要做笔记。我将梁宗岱的主要文章，尤其是难读懂的做了记录，这些笔记为我日后理解梁宗岱诗学观作出了贡献。在学术研究上，饶师主张深入个案，从具体文本进入，再从中提升理论观点及主张。多年的文学理论教学工作，让我养成了从对象的外围来阐释对象文本的习惯，因此没有建立起自己研究领域的坚实基地，只能跟风，随顺潮流，就好像时尚的东西，昙花一现。可能自己基础薄弱，越来越觉得驾驭不了那些后现代的理论，将自己悬在了半空中。我考读饶师的博士，也是基于改变自己的研究方法。在读博的三年时间里，在饶师的开导下，我“迷途知返”，虽然时光已经匆匆流逝，但我觉得与饶师的相遇，正如梁宗岱描述他与法国象征派诗人瓦雷里相遇时的感受——“像一个夜行人在黑暗中彷徨，摸索……忽然在一道悠长的闪电中站住了，举目四顾，认定他旅程底方向，这样便是我和你底相遇”。在我研究梁宗岱的过程中，我也发现，饶师的风格与梁宗岱很相像，两人都有诗性气质，都可称为“诗性”批评家。两人也都有清晰明澈的逻辑思维，在两人的文章里，都能感到“思”与“诗”的融合汇通。梁宗岱诗学有前瞻的视界，饶师的比较诗学及海外华文文学与诗学，同样有引领学科前沿的意义。饶师不仅是教授、学者，更是教育家，她将比较诗学学科意识引入文学理论，将比较诗学引入海外华文文学与诗学本身就是创举，这早已被当今学界所承认。饶师在做铺路砖的工作，为的是让本学科后继有人、兴旺发达！梁宗岱天赋过人，饶师才气横溢。我每每惊叹于她的记忆力，让我惭愧不已。我想，饶师没有机会出国，如果有梁宗岱的经历，饶师必能将她的才智发挥殆尽。梁宗岱的批评文字富有激情，充满了生命意识，饶师的诗文同样氤氲细腻的情感，有不已的生命感动。饶师对梁宗岱也别有一番喜爱，两人有太多的相同。如果用“奇葩”来形容他们的诗性批评在当今文学理论界的“卓然不群”，或许不是夸张，我们今天太需要这样的诗学理论家。研究梁宗岱让我认识了饶师。

梁宗岱的学生黄建华教授说过，研究梁宗岱最好要“合作”，他的意思是说，梁宗岱懂多国语言，融诗歌创作、翻译、诗论、批评为一体，融中西古近现代诗学观念为一体，他希望对梁宗岱的研究能从多学科着手以及加强多方面人才的合作，他的期望是好的，也是高的。在目前情况下，我的研究若能为后人铺一块砖，使他们在研究的路上走得更好、更顺，我想我的工作就没白做。

要感谢的人还有很多。我要感谢蒋述卓老师，蒋老师给我们讲“中外文论”、“文化研究”让我从中获得了不少研究方法的启发。蒋老师给我的感觉是不拘小节、气宇轩昂，他的课不拘一格、视野开阔，很能拓展我们的视界。我研究梁宗岱的文化人格，就是受到蒋老师的启发。王列耀老师宽容、和善，注重文本分析。他给我们开设“海外华文文学专题”课程，让我懂得了将文本分析与文化语境联系的意义。刘绍瑾老师，我觉得刘老师有“魏晋风度”。在开题报告上，刘老师的意见对我启发很大，如果能在梁宗岱的翻译上多下功夫、多做文章，会有突破。我也认真地读了梁宗岱的译文，发现了法国散文家蒙田文化观念对他诗学观的影响，不敢说突破，但也让我惊喜，在此，我要感谢刘老师。朱寿桐老师和宋剑华老师，我们有过一面之识。两位老师成果斐然，在自己一方沃土上辛勤耕耘，他们做学问的执着精神以及个性风格深深影响了我。张世君老师对文学的激情与想象，给我留下深刻印象，她启发我，研究梁宗岱要注意19世纪西方浪漫派诗歌及思潮对梁宗岱的影响等。除此之外，黄汉平老师、苏桂宁老师、蒲若茜老师、詹乔老师、郑少清老师以及陈玉珊博士等都直接或间接地帮助过我，这里一并对他们表示感谢！

还应该感谢的是暨南大学出版社的苏彩桃老师、责任编辑曹军及所有的编辑校对人员，对这部专著的出版倾注了他们的心血。

最后，我还要特别感谢我的家人，因为他们的无私支持我才得以顺利地完成了博士论文写作以及推敲修改出书，今天，当我的这本书要出版的时候，我也真诚地将它献给我的亲人，这里也寄予了他们很大的企盼。

张仁香

2014年8月30日